W9-BGN-853

Frenesí

Frenesí

Maya Banks

Traducción de Yuliss M. Priego

TERCIOPELO

Título original: *Burn*

© Maya Banks, 2013

Primera edición en este formato: mayo de 2014

© de la traducción: Yuliss M. Priego
© de esta edición: Roca Editorial de Libros, S. L.
Av. Marquès de l'Argentera 17, pral.
08003 Barcelona
info@rocaeditorial.com
www.rocaeditorial.com

© de la imagen de portada: oover

Impreso por LIBERDÚPLEX, S.L.U.
Crta. BV-2249, km 7,4, Pol. Ind. Torrentfondo
Sant Llorenç d'Hortons (Barcelona)

ISBN: 978-84-15729-65-5
Depósito legal: B. 6.879-2014
Código IBIC: FP

A mi «familia». No de sangre,
pero familia igualmente.

Capítulo uno

*A*sh McIntyre se encontraba en el paseo asfaltado de Bryant Park, de pie y con las manos en los bolsillos de sus pantalones mientras respiraba el aire primaveral de Nueva York. Todavía hacía fresco, pese a que el invierno se acababa y la primavera tomaba su lugar. A su alrededor la gente estaba sentada en los bancos y en las sillas que había junto a unas pequeñas mesas mientras tomaban un café, trabajaban con sus portátiles o escuchaban música con sus iPod.

Era un día precioso, aunque él no solía deleitarse en cosas vanas como pasear por un parque, o incluso simplemente estar en un parque, sobre todo durante horas de trabajo cuando solía estar atrincherado en su oficina, al teléfono o mandando correos electrónicos o preparando algún viaje. Él no era de ese tipo de hombre que se «para a oler las rosas», pero ese día se sentía inquieto y reservado, tenía muchas cosas en la cabeza y al final había llegado allí sin siquiera darse cuenta de que había terminado en el parque.

La boda de Mia y Gabe sería en unos pocos días y su socio estaba que se subía por las paredes con todos los preparativos para asegurarse de que Mia tuviera la boda de sus sueños. ¿Y Jace? Su otro mejor amigo y socio estaba comprometido con su novia, Bethany, lo que significaba que sus dos amigos estaban más que ocupados.

Cuando no trabajaban, se encontraban con sus mujeres, y eso quería decir que Ash no los veía excepto en la oficina y en las pocas ocasiones en que todos se reunían después del trabajo. Aún eran cercanos, y Gabe y Jace se habían asegurado de que su amistad continuaba siendo sólida al incluirlo a él en sus ahora diferentes vidas. Pero no era lo mismo. Y aunque era bueno para sus amigos, Ash aún no había terminado de asumir lo rápido que todas sus vidas habían cambiado en los últimos ocho meses.

Era raro y condicionante, aunque no fuera su vida la que hubiera cambiado. No es que no se alegrara por sus amigos. Ellos eran felices, y eso lo hacía feliz a él, pero por primera vez desde el comienzo de su amistad ahora era él el que parecía un intruso.

Sus amigos se lo discutirían con vehemencia. Ellos eran su familia, mucho más que su propia familia de locos a los que se pasaba la mayor parte de su tiempo evitando. Gabe, Mia, Jace y Bethany, pero sobre todo y especialmente Gabe y Jace, negarían que Ash fuera un intruso. Ellos eran sus hermanos en lo que de verdad importaba. Más que la sangre. Su vínculo era irrompible. Pero eso había cambiado, así que en realidad se sentía como un intruso. Aún formaba parte de sus vidas, pero de una manera mucho más pequeña y diferente.

Durante años su lema había sido juega duro y vive libre. Estar en una relación cambiaba a un hombre. Cambiaba sus prioridades. Ash lo entendía, lo pillaba. Tendría peor opinión de Gabe y Jace si sus mujeres no fueran su prioridad, pero eso dejaba a Ash solo. La tercera rueda de una bicicleta. Y no era demasiado cómodo.

Era especialmente difícil porque, hasta Bethany, Ash y Jace habían compartido a la mayoría de las mujeres. Casi siempre se habían tirado a las mismas mujeres. Sonaba estúpido decir que Ash no sabía cómo comportarse fuera de una relación a tres, pero era así.

Se sentía tenso e inquieto, como en busca de algo, solo que no tenía ni idea de qué. No era que quisiera tener lo que Gabe y Jace tenían, o a lo mejor sí y se negaba a reconocerlo. Solo sabía que no parecía él y que no le gustaba ese hecho.

Él era una persona centrada. Sabía exactamente lo que quería y tenía el poder y el dinero necesarios para conseguirlo. No había mujer que no estuviera más que dispuesta a darle a Ash lo que quería o necesitaba. ¿Pero de qué servía cuando no tenía ni idea de lo que era?

Paseó su mirada por el parque y se fijó en los carritos de bebés que empujaban las madres o sus niñeras. Intentó imaginarse a sí mismo con niños y casi le entraron escalofríos de solo pensarlo. Tenía treinta y ocho años, a punto de cumplir treinta y nueve, edad en la que la mayoría de los hombres ya habían sentado la cabeza y tenido descendencia. Pero él se había pasado todos sus veinte y una gran parte de sus treinta trabajando duro con sus socios para hacer que su negocio llegara a donde ahora se encontraba. Sin recurrir al dinero de su familia ni sus contactos y, especialmente, sin su ayuda.

Quizás esa era la razón por la que lo odiaban tanto, porque les había sacado el dedo y básicamente les había dicho que se fueran a tomar por culo. Pero su mayor pecado fue tener más éxito sin ellos. Tenía incluso más dinero y poder que el viejo, su abuelo. Y siguiendo esa misma línea, ¿qué había hecho el resto de su familia además de vivir de la riqueza del viejo? Su abuelo vendió su negocio cuando Ash aún era un niño. Nadie de su familia había trabajado un solo día de sus vidas.

Sacudió la cabeza. Todos ellos eran unas asquerosas sanguijuelas. No los necesitaba. Estaba convencido de que no los quería en su vida. Y ahora que los había superado —y a su abuelo— estaba más seguro aún de que no iba a dejar que volvieran a su vida para que pudieran vivir a costa de sus beneficios.

Se dio la vuelta para marcharse porque tenía cosas que hacer que no incluían precisamente estar de pie en un maldito parque reflexionando como si necesitara un psicólogo. Tenía que recuperar los hilos de su vida y empezar a centrarse en lo único que no había cambiado, el negocio. HCM Global Resorts tenía proyectos en diferentes etapas de trabajo. El del hotel de París ya estaba cerrado tras haber tenido que trabajar rápido para reemplazar a los inversores que se habían echado atrás. Las cosas se estaban moviendo y progresaban bien. Ahora no era el momento de relajarse, especialmente cuando Gabe y Jace no le podían dedicar al trabajo el mismo tiempo que le habían dedicado en el pasado. Ash era el único al que su vida personal no le distraía, así que tenía que hacerse cargo del chiringuito. Tenía que hacer el trabajo extra de sus amigos para que ellos pudieran disfrutar y tener una vida fuera del trabajo.

Cuando volvía en la misma dirección por la que había venido vio a una mujer joven sentada, sola, en una de las mesas que había fuera en la acera de una de las calles principales. Ash se paró a medio camino y dejó que su mirada se posara más aún en ella y en su físico. Tenía el pelo largo y rubio, que se movía con la brisa y revelaba un rostro asombrosamente precioso con unos ojos arrebatadores que podía ver incluso desde la distancia a la que se encontraba.

Llevaba una falda larga que se arremolinaba con el viento y dejaba a la vista gran parte de su pierna. Unas sandalias con piedrecitas adornaban sus pies y Ash pudo ver la laca de uñas rosa que llevaba además de un anillo que brillaba cuando movía el pie para cambiar de postura. El sol se reflejaba en la tobillera plateada que portaba, que no hacía otra cosa que atraer más la atención hacia su pierna esbelta.

Estaba ocupada dibujando; el ceño lo tenía fruncido de la concentración mientras su lápiz volaba sobre la página, y a su lado descansaba una enorme bolsa llena hasta arriba con un montón de papeles encima.

Pero lo que más llamó su atención fue la gargantilla que llevaba alrededor del cuello. No le pegaba. E hizo esa deducción al instante. La llevaba ajustada y caía en el hueco de su delicada garganta. Pero no le pegaba. No la reflejaba a ella para nada.

Resultaba ordinaria en ella. Una gargantilla de diamante, obviamente cara y probablemente no de imitación, pero no iba con su apariencia. Destacaba, no encajaba. Le picaba la curiosidad porque, cuando veía una pieza de joyería como esa en una mujer, para él significaba algo totalmente diferente que para el resto de la gente y se moría de curiosidad por saber si era un collar de sumisa o si era simplemente un adorno que ella misma había elegido. Si era un collar, el hombre que lo había elegido para ella había hecho un pésimo trabajo. El hombre no la conocía, o quizás no le importaba que tal significativo ornamento fuera con la mujer a la que llamaba suya.

Si Ash podía hacer tal juicio tras haberla estudiado apenas un momento, ¿cómo narices no podía ver lo mismo el hombre que le hacía el amor? Quizás el collar era más un reflejo de su dominante, lo cual era estúpido y arrogante. Un collar debería representar su afecto y cuidado hacia su sumisa, lo compenetrado que estuviera con ella, y debería ir con la mujer que lo llevaba.

Estaba haciendo un montón de suposiciones. Podría ser una simple gargantilla que la mujer hubiera elegido para ella misma. Pero para un hombre como Ash, esa pieza de joyería significaba mucho más y no era un simple accesorio.

No tenía ni idea de cuánto tiempo llevaba observándola, pero, como si ella hubiera sentido su mirada, levantó la cabeza para encontrarse con ella y abrió los ojos como platos al mismo tiempo que algo parecido al miedo se apoderaba de la expresión de la joven. Luego cerró el bloc de dibujo apresuradamente y comenzó a meterlo en la bolsa. Se medio levantó, aún metiendo cosas en esa bolsa enorme, y Ash se dio cuenta de que se estaba yendo.

Antes de que fuera consciente de ello, se precipitó hacia delante, intrigado. La adrenalina le recorría las venas. La caza. Curiosidad. Reto. Interés. Quería saber quién era esa mujer y qué significaba ese collar que llevaba.

E incluso mientras se acercaba a ella con paso largo sabía que si efectivamente significaba lo que pensaba, estaba entrando en el territorio de otro hombre, pero no le importaba en lo más mínimo.

Cazar a la sumisa de otro dominante era una de esas normas no escritas del mundillo, pero a Ash nunca se le habían dado bien las normas. Al menos las que él no había escrito. Y esta mujer era preciosa. Intrigante. Y quizás exactamente lo que él estaba buscando. ¿Cómo iba a saberlo si no hablaba con ella antes de que se fuera?

Estaba casi encima de ella cuando la joven se dio la vuelta, con la bolsa en la mano, obviamente preparada para alejarse, y casi lo atropelló. Sí, estaba invadiendo su espacio. Tendría suerte si no salía gritando por el parque; probablemente parecería un loco acosador a punto de atacar.

Oyó la rápida respiración de la mujer mientras daba un paso hacia atrás, lo que provocó que la bolsa se estrellara con la silla que había dejado libre. La enorme bolsa se abrió, soltándose del cierre que la mantenía cerrada y el contenido se desparramó por el suelo. Los lápices, pinceles y papeles salieron volando por todas partes.

—¡Mierda! —murmuró ella.

Se agachó de inmediato para recoger los papeles y él persiguió uno que había salido volando con el viento y se encontraba a unos metros de distancia.

—Yo los cogeré —dijo ella—. Por favor, no se moleste.

Ash cogió el dibujo y se lo devolvió.

—No es ninguna molestia. Siento haberla asustado.

Ella soltó una risotada nerviosa a la vez que extendía el brazo para coger el papel.

—Sí que lo hizo.

Ash bajó la mirada y observó el dibujo mientras empezaba a tendérselo a ella, pero luego parpadeó cuando se vio a sí mismo en él.

—¿Qué demonios es esto? —murmuró, ignorando sus apresurados intentos por hacerse con el dibujo.

—Por favor, devuélvamelo —dijo con una voz suave y apremiante.

Sonaba asustada, como si él fuera a perder los papeles, pero Ash estaba más fascinado con el pequeño trozo de piel del costado que había quedado a la vista cuando había alargado la mano para coger el papel.

En su costado derecho, Ash entrevió un tatuaje vibrante y lleno de colores, como ella. El breve vistazo que había echado le decía que era floral, casi como una vid, y que se extendía muchísimo más por su cuerpo. Ojalá hubiera podido verlo más, pero ella bajó el brazo y el borde de su camiseta volvió a colocarse junto a la cinturilla de la falda, privándolo de una vista más a fondo.

—¿Por qué me estabas dibujando? —preguntó con curiosidad.

El color invadió sus mejillas y se sonrojó. Tenía una piel clara, apenas bronceada por el sol, pero con su pelo y esos increíbles ojos azul aguamarina era preciosa. Esa mujer era preciosa. Y evidentemente tenía mucho talento.

Lo había dibujado perfectamente. No había tenido dificultad ninguna en reconocerse a sí mismo en el dibujo a lápiz. Su expresión pensativa, la mirada distante de sus ojos. Lo había dibujado mientras había estado de pie en el parque, con las manos metidas en los bolsillos. Ese momento de reflexión era más que evidente en el dibujo. El que una extraña hubiera podido capturar su estado de ánimo en unos pocos segundos lo hizo sentirse vulnerable. Sobre todo, que lo hubiera captado en ese momento y que hubiera reconocido lo que Ash le escondía al resto del mundo.

—Fue un impulso —se defendió—. Dibujo a un montón de gente. Cosas. Lo que sea que llame mi atención.

Él sonrió sin apartar su mirada de la de ella en ningún momento. Sus ojos eran tan expresivos, tan capaces de dejar sin sentido a un hombre. Y esa maldita gargantilla lo miraba, tentándolo con un montón de posibilidades.

—Así que estás diciendo que te he llamado la atención.

Ella se sonrojó otra vez. Era un sonrojo lleno de culpabilidad, pero que decía mucho más. Lo había estado examinando tanto como él lo había hecho con ella. Quizás de forma más sutil, aunque la sutileza nunca había sido uno de sus puntos fuertes.

—Parecías fuera de lugar —soltó de repente—. Tienes unos rasgos fuertes. Me moría por plasmarlos en un papel. Tienes un rostro interesante y era obvio que tenías muchas cosas en la cabeza. Encuentro a la gente mucho más abierta cuando creen que nadie los está observando. Si hubieras estado posando, la imagen no habría sido la misma.

—Es muy bueno —contestó lentamente mientras bajaba la mirada una vez más hasta el dibujo—. Tienes mucho talento.

—¿Me lo puedes devolver? —preguntó—. Llego tarde.

Él volvió a levantar la mirada y arqueó las cejas a modo de interrogación.

—No parecías tener prisa hasta que me viste acercarme a ti.

—Eso era hace unos minutos, y no llegaba tarde entonces. Ahora sí.

—¿Adónde llegas tarde?

Ella frunció el ceño con consternación y luego sus ojos reflejaron enfado.

—No creo que eso sea de tu incumbencia.

—Ash —dijo cuando ella se paró al final—. Me llamo Ash.

Ella asintió pero no repitió su nombre. En ese momento Ash habría dado lo que fuera por escuchar su nombre en sus labios.

Alargó una mano y pasó los dedos por encima del collar que adornaba su cuello.

—¿Tiene esto algo que ver con lo de llegar tarde?

Ella retrocedió y frunció con más ahínco el ceño.

—¿Tu dominante te está esperando?

Ella abrió los ojos como platos y posó los dedos automáticamente en el collar, justo en el mismo sitio donde los dedos de Ash habían estado segundos antes.

—¿Cómo te llamas? —preguntó al ver que ella seguía en silencio—. Yo me he presentado. Lo cortés sería que tú hicieras lo mismo.

—Josie—dijo en apenas un susurro—. Josie Carlysle.

—¿Y a quién perteneces, Josie?

Ella entrecerró los ojos y agarró la bolsa al mismo tiempo que echaba dentro el resto de lápices que quedaba.

—A nadie.

—Entonces, ¿he malinterpretado el significado del collar que llevas?

Josie se llevó los dedos hasta el collar otra vez y eso impacientó a Ash. Quería quitárselo. No era el adecuado para ella. Un collar debería ser minuciosamente escogido para una sumisa. Algo que fuera con su personalidad. Algo que estuviera hecho especialmente para ella. Y no para cualquier mujer.

—No lo has malinterpretado —dijo con una voz ronca que le provocó unos escalofríos que le recorrieron la espalda. Solo con su voz podría seducir a un hombre en cuestión de segundos—. Pero no pertenezco a nadie, Ash.

Y ahí estaba. Su nombre en sus labios. Le llegó muy adentro y le invadió de una satisfacción inexplicable. Quería oírlo otra vez, cuando estuviera dándole placer, cuando tuviera sus manos y su boca sobre su cuerpo y le sonsacara toda clase de suspiros.

Él arqueó una ceja.

—¿Entonces eres tú quien malinterpreta el significado de ese collar?

Ella se rio.

—No, pero yo no le pertenezco. Yo no pertenezco a nadie. Era un regalo, uno que yo elegí llevar. Nada más.

Ash se inclinó hacia delante y esta vez ella no retrocedió. Fijó su mirada en él, llena de curiosidad e incluso de excitación. Ella lo sentía también. Esa atracción magnética que había entre ellos. Tendría que estar ciega o en una fase de negación absoluta para no sentirlo.

—Si llevaras mi collar, sabrías más que de sobra que me perteneces —gruñó—. Y lo que es más, no te arrepentirías de ningún momento en el que te ofrecieras a mí por completo. Si estuvieras bajo mi cuidado, claramente me pertenecerías. No cabría ninguna duda. Y tú no dudarías siquiera un segundo en responder quién es tu dominante. Ni siquiera dirías que es un regalo como si no fuera nada más que una pieza de joyería escogida con prisas. Significaría algo, Josie. Joder, lo significaría todo, y tú lo sabrías.

Ella abrió los ojos como platos y luego se volvió a reír. Un brillo se instaló en sus ojos.

—Entonces es una pena que no te pertenezca.

Dicho eso, dio media vuelta y se alejó apresuradamente con la bolsa colgada del hombro dejándolo ahí de pie aún con el dibujo que había hecho de él.

La observó mientras se marchaba. El pelo se le deslizaba por la espalda y se levantaba debido al viento, y las sandalias y la pulsera del tobillo brillaban cuando se movía. Luego bajó la mirada hacia el dibujo que tenía en la mano.

—Sí que es una pena, sí —murmuró.

Capítulo dos

$\mathcal{A}$sh se encontraba sentado en su oficina, con la puerta cerrada, pensando en el informe que tenía frente a él. No era un documento para la empresa. No era ninguna tabla financiera. Ningún correo electrónico que tuviera que responder. Era un documento sobre Josie Carlysle.

Había actuado rápido y le había pedido un favor a la misma agencia a la que había recurrido para investigar a Bethany, que había cabreado a Jace seriamente por entonces. Eran buenos y, más importante aún, eran rápidos.

Tras su encuentro con Josie en el parque, no había podido quitársela de la cabeza. No había podido hacer desaparecer esa fijación que tenía con ella. No estaba siquiera seguro de cómo llamarlo, solo sabía que estaba actuando como Jace cuando conoció a Bethany por primera vez, y Ash no había tardado ni un segundo en hacerle saber a su amigo de su estupidez y de la precipitación de sus acciones entonces. ¿Qué pensaría Jace si supiera que Ash estaba básicamente acosando a Josie?

Jace pensaría que había perdido la cabeza por completo. Tal y como Ash había pensado que Jace había perdido la suya —y realmente la había perdido por completo— con Bethany.

Según el informe, Josie tenía veintiocho años. Una estudiante de arte ya graduada que vivía en un estudio en el primer piso de un edificio de arenisca en el Upper East Side. El apartamento estaba alquilado a su nombre, y no a otro hombre. De hecho, había poca evidencia en el informe de la presencia de este otro hombre más que cuando llegaba a recogerla en diferentes intervalos de tiempo. El informe solo reflejaba unos pocos días, ya que era justo el tiempo que había pasado desde que Ash conociera a Josie e inmediatamente pidiera la información.

Pasaba tiempo en el parque con bastante frecuencia, dibujando y pintando. Algunos de sus trabajos estaban expuestos en una pequeña galería de arte en Madison, pero no había vendido nada al menos durante el tiempo que Ash había tenido gente vigilándola. También diseñaba joyería *hippie* y tenía una página web y una tienda *online* donde la gente podía comprar sus artículos hechos a mano.

Todas las pruebas apuntaban a que era un espíritu libre. No tenía horario fijo de trabajo; iba y venía cuando quería. Aunque solo habían pasado unos pocos días, parecía que también era una solitaria. Este tipo no la había visto con nadie más que con el hombre que Ash suponía que era su dominante.

No tenía sentido para él. Si Josie fuera suya, estaba claro que él no pasaría tan poco tiempo con ella, ni ella estaría sola tanto tiempo. Le daba la sensación de que Josie era otra más en la lista de ese tío y que, o bien él, o ella, no se tomaba la relación tan en serio.

¿Era todo un juego?

No es que Ash tuviera nada en contra de que la gente hiciera lo que le diera la real gana, pero en su mundo la sumisión no era un juego. Lo era todo. Él no jugaba juegos. No tenía tiempo para ellos, y, simplemente, lo cabreaban. Si una mujer no estaba segura de lo que hacía, entonces no estaría con él. Si querían jugar a ser sumisas, y a un juego de rol mono donde solo lo iban a sacar de quicio para poder ganarse un castigo, cortaba la relación de raíz.

Aunque la mayoría de las mujeres con las que se había acostado había sido con Jace. Ellos tenían sus reglas. Las mujeres sabían dónde se estaban metiendo desde el principio. Bethany había sido la que había cambiado el juego por completo, y la que había roto las reglas. Jace no la había querido compartir, y Ash lo entendía. No lo hizo al principio, pero ahora sí. Sin embargo, eso no significaba que no echara de menos esa conexión que tenía con su mejor amigo.

Por otro lado, con Jace fuera del mapa, Ash estaba única y exclusivamente al mando. No tenía que preocuparse de arrollar a su amigo, de enfadarlo ni de jugar bajo las reglas de otro que no fueran las suyas propias.

Eso se le antojaba atractivo. Muchísimo. Siempre había sabido que la gente malentendía su personalidad. Al mirarlos a los tres, a Gabe, Jace y Ash, la gente asumía que Ash era el despreocupado. Un tío al que todo le daba igual. Relajado. Quizás incluso hasta un pelele.

Todos estaban equivocados.

De todos ellos, él era el más intenso, y eso lo sabía de buena tinta. Se había contenido cuando él y Jace estaban con la misma mujer, porque sabía que él lo llevaría todo mucho más lejos de lo que Jace lo haría nunca. Así que jugaba bajo las normas de Jace y mantenía esa parte de sí bajo control. Esa parte que tomaría las riendas por completo. Aunque nunca había habido ninguna mujer que lo hubiera tentado tanto como para dejar esa parte de sí libre.

Hasta ahora.

Y era estúpido. No conocía a Josie. Sabía sobre ella, sí. El informe era detallado, pero no la conocía realmente. No sabía siquiera si ella respondería a lo que Ash le quería dar. A lo que pretendía tomar de ella.

Eso era lo importante. Lo que él iba a coger de ella. Porque iba a ser mucho. Él daría mucho, pero sus exigencias podrían parecer extremas hasta a alguien bien versado en el estilo de vida que él llevaba.

Volvió a mirar el informe y ponderó cuál iba a ser su siguiente movimiento. Ya tenía un hombre vigilándola. La idea de que estuviera sola tanto tiempo le molestaba. No es que no creyera que estuviera bien que una mujer hiciera todo lo que quisiera sola en la ciudad. Pero le molestaba porque era Josie. Y mucho. ¿Tendría una mínima idea su supuesto dominante de dónde estaba ella durante el día? ¿Le ofrecía su protección? ¿O simplemente quedaba con ella cuando quería tener a alguien a quien follarse?

Un ligero gruñido se apoderó de su garganta y él se lo tragó. Necesitaba calmarse y recuperar su concentración. Esa mujer no era nada para él. Pero, incluso al mismo tiempo que lo pensaba, sabía que era mentira. Ella era algo. Solo que él no tenía claro el qué todavía.

Su teléfono móvil sonó y bajó la mirada. Luego frunció el ceño cuando vio el contacto. Era el hombre que vigilaba a Josie.

—Ash —respondió rápidamente.

—Señor McIntyre, soy Johnny. Solo quería comunicarle lo que acabo de observar. Con lo que me dijo, me imaginé que querría saber lo que ocurre.

Ash se irguió en su silla y frunció aún más el ceño.

—¿Qué pasa? ¿Está herida?

—No, señor. Solo acaba de salir de una casa de empeños. Ha vendido algunas joyas. Estuve en la tienda y la escuché hablar con el prestamista. Dijo que necesitaba el dinero para pagar el alquiler. Él le preguntó si quería vender las joyas o solo empeñarlas y ella dijo venderlas porque dudaba de que tuviera el dinero necesario para volver a recuperarlas a menos que algo cambiara. No dijo a qué cambio se refería, pero pensé que querría saber lo que ha hecho.

La ira nubló su mente. ¿Qué demonios estaba haciendo Josie vendiendo joyas en una maldita casa de empeños? Si necesitaba dinero, ¿por qué no estaba su dominante ayudándola? ¿Por qué no la protegía mejor? Y una mierda iba a estar ella en una casa de empeños si le perteneciera a él.

—Cómpralas —ordenó Ash—. Cada pieza. No me importa el precio. Y tráemelas.

—Sí, señor —dijo Johnny.

Ash colgó y volvió a recostarse en la silla mientras su mente comenzaba a trabajar frenéticamente. Luego se levantó de forma abrupta con el teléfono pegado a la oreja y llamó a su chófer para que lo esperara a la entrada del edificio de oficinas.

Casi atropelló a Gabe en el pasillo.

—Ash, ¿tienes un segundo? —preguntó Gabe cuando Ash continuó andando por el pasillo.

—Ahora no —sentenció Ash—. Tengo cosas que hacer. Te llamo luego, ¿de acuerdo?

—¿Ash?

Ash se detuvo un instante; mientras se giraba para mirar a su amigo, la impaciencia se apoderaba de él. Gabe, concentrado, frunció el ceño, y la preocupación se reflejó en sus ojos.

—¿Va todo bien?

Ash asintió.

—Sí, va bien. Mira, tengo que irme. Te veo luego.

Gabe asintió, pero había duda en sus ojos. Ni loco iba a compartir Ash lo que tenía en la cabeza. Gabe ya tenía suficiente con la boda para mantenerse ocupado. Mierda, era mañana. Lo que significaba que Gabe probablemente quería hablar con él de algo de la boda y la ceremonia.

Se paró justo al final del pasillo y llamó a Gabe.

—¿Todo bien con la boda? ¿Mia está bien? ¿Necesitas algo?

Gabe se paró justo en la puerta de su oficina y sonrió.

—Todo va bien. O al menos lo estará cuando la maldita ceremonia haya acabado y sea mía. ¿Aún estás libre esta noche? Jace está decidido a montarme una despedida de soltero, lo cual no tiene muy contenta a Mia. Dudo de que Bethany esté muy contenta tampoco, pero él jura y perjura que solo serán unas copas en Rick's y nada que haga enfadar a las chicas.

Mierda. Ash se había olvidado de todo. Con toda su preocupación con Josie, se le había ido de la cabeza todo lo relacionado con la boda y la despedida de soltero con Gabe y Jace.

—Sí, ahí estaré. A las ocho, ¿verdad? Nos vemos allí directamente.

Gabe asintió.

—De acuerdo. Te veré entonces. Espero que todo se solucione.

Gabe estaba intentando sonsacarle información otra vez, pero Ash lo ignoró y se dio la vuelta para llamar al ascensor. No tenía mucho tiempo si quería llegar a la galería de arte antes de que cerrara.

Ash se adentró en la pequeña galería y rápidamente miró en derredor. Daba la impresión de que se trataba de un marchante pequeño con no muchos artistas reconocidos en la exposición. Probablemente trabajara solo con artistas independientes. Esos que aún tenían que ser descubiertos. Esos que exponían sus trabajos con esperanzas de ser descubiertos.

Sus ojos se posaron inmediatamente en una pintura de la pared y supo sin lugar a dudas que se trataba de uno de los trabajos de Josie. Mostraba su estilo. Brillante. Vibrante. Despreocupado. La sentía a ella cuando miraba su cuadro. La veía, le recordaba el modo en que le había sonreído, ese océano que eran sus ojos en el que podría hundirse. Sí, era de ella, estaba claro. No había ninguna duda.

—¿Puedo ayudarle?

Ash se giró y vio a un hombre mayor sonreírle. Estaba vestido con un traje viejo y unos zapatos desgastados y llevaba unas gafas que atraían la atención de las arrugas de su frente y del contorno de sus ojos.

—Josie Carlysle —dijo Ash de sopetón—. ¿Expone su trabajo aquí?

El hombre pareció sorprenderse pero luego sonrió de nuevo y se volvió hacia la pared.

—Sí. Es buena. No muy centrada, no obstante. Creo que esa es la razón por la que no ha vendido. Es muy generalista y su estilo no ha emergido todavía. Uno que sea identificable, si sabe a lo que me refiero.

—No, no lo sé —dijo Ash con impaciencia—. Me gusta. Me gusta su trabajo. ¿Es todo lo que tiene de ella expuesto?

Las cejas del hombre se alzaron.

—No. Para nada. Tengo varias piezas suyas. Solo expongo unas pocas a la vez. Tengo que utilizar el espacio para exponer lo que vende, y solo he vendido uno o dos de sus cuadros, desafortunadamente. En realidad he reducido su número de obras expuestas solo porque no se mueve bien.

—Los quiero todos.

La sorpresa aún era evidente en el rostro del hombre pero se precipitó inmediatamente a la pared para bajar el cuadro que primero había llamado la atención de Ash. Estaba enmarcado. No muy bien, así que claramente iba a reemplazarlo por otro que fuera más merecedor de su talento. Pero primero tenía que comprar todos sus cuadros y hacerle saber al hombre que cualquier otra cosa que Josie trajera era suyo.

Tras unos pocos minutos, el hombre había bajado la última pintura y se dirigía hasta la mesa que había frente a la galería. Luego se paró y se giró, en su rostro se dibujaba una expresión pensativa.

—Tengo uno más. Detrás. Lo trajo hace dos días. No tenía espacio para colgarlo, pero no tuve tan mal corazón de decirle que no. No cuando ya le había dicho que no podría cogerle nada más hasta que vendiera algo.

—También lo quiero —soltó Ash.

—¿Sin verlo?

Ash asintió.

—Si ella lo pintó, lo quiero. Quiero cada cuadro de ella que tenga.

La expresión del hombre se iluminó.

—Bueno, entonces perfecto. ¡Estará encantada! Me muero por contárselo.

Ash levantó la mano para parar al hombre antes de que fuera a la trastienda para sacar la pintura.

—Dígale lo que quiera, pero no le dé mi nombre ni ninguna otra información sobre mí. Quiero completo anonimato o rompo el trato, ¿entendido? Y lo que es más, voy a dejarle mi tarjeta. Si trae algo más, llámeme. Quiero todo lo que traiga. Le pagaré el doble por todo lo que actualmente tiene, siempre y cuando se asegure de que ella se lleva su parte. Y averiguaré si la ha timado, así que no piense en ello siquiera. Pero ese dinero extra además me asegura ser la primera opción para cualquier cosa que le traiga —y voy a comprar todo lo que traiga—, así que sería lo mejor para sus intereses que la deje traer todo lo que sea que quiera.

—P… por su… supuesto —tartamudeó el hombre—. Lo haré como usted quiera. No sabrá nada más que a alguien le gustó su trabajo y quería todo lo que tenía. Estará encantada. Yo, por supuesto, le diré que es libre de traer lo que quiera.

Ash asintió.

—Bien. Entonces nos entendemos.

—Absolutamente. Déjeme traer la pintura de la trastienda. ¿Le gustaría llevárselos hoy, o que se los entreguen en casa?

—Me llevaré este conmigo —murmuró Ash haciéndole un gesto al primer cuadro que había visto en la pared—. Los otros que me los envíen a mi apartamento.

El hombre asintió y luego se apresuró a entrar en la trastienda para volver un momento después con un cuadro sin enmarcar envuelto en una funda protectora.

Un momento después, Ash le entregó al vendedor su tarjeta de crédito y observó cómo el hombre sumaba el importe de todos los cuadros. No estaba seguro de cuánta comisión habría, pero con lo que había pagado, Josie debería tener suficiente para solventar cualquier problema de dinero que tuviera a corto plazo.

¿A largo plazo? Ash no estaba preocupado por eso, porque aunque Josie no tuviera ni idea de sus intenciones —todavía—, él las tenía todas puestas en que el largo plazo lo incluyera a él.

Capítulo tres

$\mathcal{A}$ las ocho y diez de la tarde, Ash se adentró en el reservado en el que Gabe y Jace ya estaban sentados y disfrutando de una copa. Estos levantaron la mirada cuando Ash entró y Jace lo saludó con la mano.

—¿Qué vas a tomar esta noche? ¿Lo de siempre? —preguntó Jace cuando Ash se sentó a su lado.

Una mujer apareció con una sonrisa muy seductora en el rostro y apoyó el brazo en el hombro de Gabe.

—Siento escuchar que estás fuera del mercado —dijo con voz coqueta.

Gabe miró explícitamente el brazo de la mujer y al no responder este, ella lo apartó incómoda y luego se giró hacia Ash.

—¿Qué te traigo?

No se encontraba con ganas de beber, pero no quería ser un aguafiestas en la noche de su amigo. Era, de hecho, su última noche como soltero.

Bueno, ni Jace ni Ash estaban casados, pero Jace lo estaría pronto. Era la última noche donde los tres aún serían solteros y marcaba el final de casi veinte años de vivir libres y jugar duro.

Sus amigos argumentarían que ellos no eran libres ni jugarían duro. Estaba seguro de que ambos lo llevaban muy bien. Mia y Bethany no eran ninguna carga para ellos, y estaba claro que estaban convencidos de comenzar una relación duradera.

—Whisky —dijo finalmente Ash.

—¿Ha sido tan difícil elegir? —preguntó Jace arrastrando las palabras.

Ash sonrió aunque lo sintió más como una mueca. Un momento después, la camarera volvió con la bebida de Ash y este alzó la copa frente a sus dos amigos.

—Por Gabe, el primero en dar el gran paso. Bueno, el primero y el segundo —corrigió Ash, refiriéndose al hecho de que Gabe había estado casado una vez antes. Tendía a olvidarse de eso y estaba seguro de que Gabe lo preferiría así también. El matrimonio no duró mucho y no terminó bien.

Como era de esperar, Gabe gruñó, aunque levantó el vaso.

—Mia es la única que cuenta —dijo Gabe.

Jace asintió.

—Mucho mejor que Lisa. Lo has hecho bien.

—Dice el hermano de la novia —soltó Ash con una risotada.

Jace arqueó una ceja y miró a Ash.

—¿Estás diciendo que Mia no es una buena elección?

—Ni borracho. No le des a Gabe una razón para patearme el culo. No quiero que el pobre lleve el ojo morado en su gran día mañana.

Gabe se rio.

—¿Y quién dice que seré yo el que lleve el ojo morado? Barreré el suelo contigo, cabrón.

Ash puso los ojos en blanco y se repantingó en la cómoda silla.

—¿Así que de esta forma es como vamos a terminar? ¿Sentándonos alrededor de una mesa como pringados la noche de antes de la boda?

—Sí, bueno, tú no tienes a ninguna mujer esperando en casa ni a la que le tengas que explicar nada más... alocado —dijo Jace secamente—. Mia y Bethany nos cortarían los huevos si hiciéramos algo remotamente parecido a una despedida de soltero. Así que sí, esto es lo que vamos a hacer. Lo siento.

—Nos estamos haciendo muy viejos para eso de todas formas —murmuró Gabe—. Actuar como un puñado de niñatos con la primera tía a la que se van a tirar en su vida ya no me parece tan divertido.

—Brindo por eso —dijo Jace.

—Bueno, cuando lo ponéis así... yo también —añadió Ash—. Joder, ¿fuimos así de gilipollas?

27

Gabe se rio.

—Nosotros fuimos un poco más perspicaces, pero sí, no me digas que no te acuerdas de aquellos días de universidad. Mucho alcohol y sexo. No necesariamente en ese orden.

—Al menos yo me acuerdo de todas las mujeres con las que me acosté —dijo Jace.

—Eso es porque tienes a Ash para que te lo recuerde —le devolvió Gabe—. Yo no voy en equipo, así que no tengo a nadie que me recuerde todas a las que me he follado porque no me las estaba follando con mis mejores amigos en escena.

—Eso sí que es lo que yo llamo una buena imagen mental —soltó Ash arrastrando las palabras—. Probablemente sea lo único que no intentamos nunca. Un cuarteto.

Jace se rio. Incluso Gabe se unió mientras intentaban tirarse comentarios los unos a los otros.

Unas cuantas copas más tarde, Gabe no paraba de mirar la hora y eso le hizo gracia a Ash. El tío se moría por volver a casa con Mia. Mandando a tomar por culo todas las tradiciones que decían que no se podía ver a la novia la noche ni la mañana de antes de la boda, Gabe se iba a ir a la cama con Mia, se despertaría junto a ella por la mañana y probablemente la haría llegar tarde a la ceremonia al darle un adelanto de la luna de miel.

—No te quedes por nosotros —dijo Ash con sequedad.

Gabe levantó la mirada, llena de culpabilidad, mientras que Jace se rio.

—¿Cuánto tiempo os iréis Mia y tú de luna de miel? —preguntó Jace—. No nos lo dijiste y no he visto que hayas cancelado tu agenda en el trabajo.

La expresión de Gabe se oscureció.

—No voy a trabajar en dos semanas. No me voy a llevar siquiera el teléfono ni el ordenador. Así que si la empresa se va a la mierda en mi ausencia, no voy a estar muy contento.

—Que te den —murmuró Ash—. Jace y yo hacemos todo el trabajo de todas formas. Tú solo te sientas y te obsesionas.

—Me sorprende que solo vayas a estar fuera durante dos semanas —confesó Jace—. Me imaginé que te quitarías de en medio y que no volveríamos a verte el pelo en al menos un mes.

—No puedo decir que no esté tentado de hacerlo. Pero

por ahora, con dos semanas basta. Sin embargo, tengo intenciones de cogerme más vacaciones a partir de ahora. Hay un montón de lugares que Mia quiere ver y voy a hacer que sus deseos se hagan realidad.

—Te lo mereces, tío —dijo Ash con sinceridad—. Te has dejado la piel en la compañía. Ya tuviste un mal matrimonio. Tienes a una buena mujer ahora y más dinero del que te podrás gastar jamás. Ya es hora de salir y de disfrutar de los frutos de tu trabajo. Asegúrate de que no la cagues con Mia. Ella te querrá para siempre, que es más de lo que podré decir nunca de la zorra de tu ex.

—No arruinemos la noche hablando de mi ex —gruñó Gabe.

—¿Alguna intención de tener hijos ya? —preguntó Jace—. ¿Te ha hablado ella de eso?

—Mia no tiene que persuadirme —dijo Gabe encogiéndose de hombros—. Yo ya voy lanzado. Mi única preocupación es si ella está preparada. Aún es joven. Tiene mucha vida por delante. Esperaría si eso es lo que la va a hacer feliz, pero insiste en que quiere una gran familia y cuanto antes mejor.

—En otras palabras, vas a darlo todo para dejarla embarazada tan pronto como sea posible —concluyó Ash arrastrando las palabras.

Gabe levantó el vaso en dirección a Ash y Jace hizo una mueca. Le entraron claros escalofríos y luego le dio un largo trago a su bebida.

—Ya basta. Estamos hablando de mi hermana. Ahora voy a tener que volver a casa y lavarme los ojos con lejía por culpa de las imágenes mentales que me estáis proporcionando.

Gabe puso los ojos en blanco y Ash se rio entre dientes. Luego Gabe se puso serio y miró a Jace y a Ash.

—Me alegro de teneros a ambos acompañándome. Significa mucho para Mia que estéis allí mañana, pero no hay nadie más a quien quiera presente en la ceremonia. No me importaría un comino si nadie excepto vosotros y Mia estuvierais allí. Y Bethany, por supuesto.

—Un discurso muy elocuente, tío —dijo Jace, con un deje divertido en la voz.

—Lo digo en serio —añadió Gabe simplemente.

Ash extendió el brazo y chocó el puño con el de Gabe.

—Enhorabuena, tío. Me alegro por ti. Cuida de Mia y nunca tendrás que preocuparte de que Jace y yo te cubramos las espaldas.

Jace asintió.

—¿Y qué te pasaba a ti antes? —preguntó Gabe.

Ash parpadeó y se percató de que le estaba hablando a él. Se movió en el sitio con incomodidad mientras Jace centraba su atención también en Ash.

—Nada —dijo—. Solo tenía cosas que hacer.

—Parecías bastante serio cuando casi me noqueaste al salir de tu despacho —dijo Gabe—. ¿Algo que tenga que saber antes de que no esté disponible durante dos semanas?

—No tenía nada que ver con el trabajo —contestó Ash con un tono neutro—. Y eso es todo por lo que necesitas preocuparte.

—Joder —murmuró Jace—. ¿Es tu maldita familia otra vez? ¿Aún te siguen acosando? Pensé que les dijiste que se fueran a la mierda para siempre en la cena con el viejo.

Ash negó con la cabeza.

—No he hablado con ninguno de ellos en semanas. Vi al viejo, hice mi buena acción del día, actué como un nieto bueno y luego les dije a mis padres que me dejaran en paz.

Gabe se rio entre dientes.

—Me habría encantado ver sus caras.

Jace aún seguía gruñendo. Ash apreciaba el hecho de que sus amigos se enfadaran tanto cuando su familia empezaba a meter mierda. Gabe y Jace siempre habían estado ahí cuando se trataba de su familia, pero últimamente no quería que se vieran involucrados. No quería que Mia o Bethany quedaran expuestas a la maldad de su familia. Especialmente Bethany, que era muchísimo más vulnerable y sería objetivo inmediato de sus críticas.

—¿Estás seguro de que no te están dando la vara? —exigió Jace—. Gabe estará fuera de la ciudad durante su luna de miel, pero Bethany y yo estamos aquí. Sabes que estaremos a tu lado.

—Ya soy un niño mayor —dijo Ash arrastrando las palabras—. Puedo enfrentarme a mami y a papi sin ayuda. Pero te lo agradezco. Y no, no me están dando la vara. Están sospechosamente calladitos. Estoy esperando que aparezcan en escena en cualquier momento.

—Bueno, si todo está bien, y vosotros dos no vais a tener problemas manejando la nave sin mí durante las siguientes dos semanas, yo me retiro. Cuanto antes acabe esta noche, antes será Mia mi esposa y antes empezaremos nuestra luna de miel —dijo Gabe.

—Hablando de manejar la nave —cortó Ash antes de que ninguno de los tres se pusiera de pie para marcharse en direcciones distintas—. Nunca nos dijiste por qué dejamos fuera a Charles Willis de la negociación como si tuviera la lepra. Con él fuera, y al perder los otros dos inversores, apenas conseguimos salvar el hotel en París. ¿Hay algo que no hayas compartido con nosotros?

La expresión de Gabe se volvió indescifrable y sus labios formaron una delgada y fina línea. Jace miró inquisitoriamente a Gabe. Todo lo que Gabe había compartido con ellos por entonces fue que Willis estaba fuera y que inmediatamente los otros dos inversores se habían echado atrás sin dar ninguna explicación. Uno de ellos era un rico texano que no podía permitirse perder. Pero con el trabajo de buscar otros inversores que los reemplazaran, ni Jace ni Ash hicieron preguntas. Se callaron e hicieron lo que debían para que todo volviera a su orden natural.

—No era el adecuado para el trabajo —dijo Gabe con seriedad—. Lo supe en París cuando nos conocimos. Sabía que no trabajaría con él, sin importar lo que ofreciera. Fue una decisión por el bien del negocio. Lo mejor para la compañía. Mi decisión. Sé que sois mis socios, pero no teníamos tiempo para entretenernos con los cómos ni los porqués. Teníamos que movernos rápido para tener la situación bajo control y que los planes fueran viento en popa.

Jace frunció el ceño. Era evidente que no se tragaba la explicación de Gabe. A Ash no le convencía tampoco, pero el rostro de Gabe era implacable. Decir que fue una decisión por el bien del negocio era una sandez. Era algo personal. Ash no sabía qué podría haber pasado en París, pero sea lo que fuere había puesto a Gabe completamente en contra de Charles Willis. El hombre había desaparecido del mundo tras haberlo apartado de las operaciones de HCM.

Ash se encogió de hombros. Todo lo que le importaba era que habían arreglado el desastre. No iba a meterse en lo que había hecho que Gabe se comportara de esa forma entonces. Ya quedaba en el pasado. No había pena sin delito.

—Ahora, si hemos acabado, me gustaría volver a casa con mi futura esposa —dijo Gabe con voz cansada.

Gabe se levantó y Jace, también. Dios, realmente se estaban haciendo viejos. No eran siquiera las diez todavía y ya estaban despidiéndose, aunque ellos tenían mujeres con las que volver a casa. En su lugar, él tampoco tendría tantas ganas de pasar una noche con sus amigos.

Salió con ellos fuera y observó cómo Gabe se marchaba en su coche. Jace se giró hacia Ash.

—¿Quieres que te lleve a tu apartamento o te está esperando el chófer?

Ash vaciló. No estaba de humor para hablar y, sin duda, tras las preguntas de Gabe, la curiosidad le habría picado a Jace. Pero, si lo rechazaba, Jace estaría incluso más convencido de que algo lo estaba molestando. Sería mejor que se aguantara y aceptara la oferta.

—¿Cómo le va a Bethany? —preguntó Ash cuando entraron en el vehículo. Se imaginó que si conseguía que Jace hablara de Bethany no se metería en sus asuntos.

La expresión de Jace se suavizó y sus labios formaron una sonrisa.

—Le va bien. Emocionada por ir a la universidad.

—¿Cuáles son las últimas novedades de Kingston? ¿Aún sigue siendo un imbécil?

Jack Kingston era el hermano de acogida de Bethany. También era el hombre que casi la mató y estaba actualmente en rehabilitación. Personalmente, Ash pensaba que Jace había sido demasiado benévolo con él. Ash le habría dado una paliza y luego lo habría puesto contra la pared, pero en un intento de no hacerle más daño a Bethany del que había sufrido, Jace había ayudado a Jack a conseguir la condicional que incluía rehabilitación y un período de prueba.

—No sabemos mucho de él, y a mí eso me parece perfecto —dijo Jace.

Ash arqueó una ceja.

—¿Pero a Bethany le parece bien?

Jace suspiró.

—Tiene sus días buenos y malos. Cuando consigo que solo piense en mí o en nosotros, las cosas van bien. Cuando tiene tiempo de pensar, se preocupa. Sabe que él la fastidió, y no ha superado eso. Dudo que algún día lo haga. Pero aún lo quiere y se siente enferma por lo que ha hecho.

—Vaya mierda —murmuró Ash.

—Sí.

Aparcaron frente al edificio de Ash y este se sintió aliviado de que Jace no hubiera tenido tiempo de hacerle preguntas. Porque las habría hecho. Tal y como Ash las hubiera hecho si hubiera percibido que algo no iba bien con él. Pero saber que él haría lo mismo no significaba que tuviera ganas de que Jace lo interrogara. Eso lo convertía en un hipócrita, pero… en fin.

—¿Te veo mañana entonces? —preguntó Jace cuando Ash comenzó a bajar del coche.

—Sí, no me lo perdería. ¿Vas a llevar a Mia del brazo hasta el altar?

El rostro de Jace se suavizó.

—Sí.

—¿No deberíamos haber tenido algún ensayo o algo así? —preguntó Ash.

Estaba claro que sus experiencias con las bodas habían quedado reducidas a la primera de Gabe, pero los ensayos eran normales en bodas de la escala de la de Gabe y Mia, seguro.

Jace se rio.

—Sí, tío. Fue anoche. No apareciste. Pero solo tenías que estar allí de pie junto a Gabe. Mia te va a cantar las cuarenta por haberte escaqueado. Te cubrí y le dije que tenías pendientes algunos asuntos de trabajo y que te habías quedado para que Gabe pudiera ir al ensayo. Eso la tranquilizó.

—Señor —dijo Ash—. Me siento como un cabrón. Te juro que no me acordé. No me habría acordado de que la boda es mañana si no me hubiera cruzado antes con Gabe en la oficina.

—Has estado perdido últimamente —dijo Jace con curiosidad—. ¿Va todo bien? Las cosas no han sido tan malas en el trabajo a menos que haya algo que no me estés contando. Las cosas han estado bastante calmadas desde que Gabe se volvió loco intentando dejarlo todo listo antes de irse de luna de miel.

—Solo he estado preocupado. Nada del otro mundo.

Jace se echó hacia delante antes de que Ash pudiera cerrar la puerta.

—Mira, sé que las cosas han sido... diferentes desde lo mío con Bethany. Lo sé. Pero no quiero que las cosas cambien, Ash. Tú formas parte de mi familia.

—Las cosas sí que han cambiado —replicó Ash con suavidad—. No hay nada que hacer con eso. Lo estoy llevando. No hagas de la situación un problema que no es, Jace. Sé feliz y haz feliz a Bethany.

—Entonces, ¿está todo bien? —preguntó Jace—. Porque has estado raro últimamente. Y no solo lo he notado yo.

Ash dibujó una sonrisa en su rosto.

—Sí, está todo bien. Deja de actuar como una maldita niñera. Vete a casa con tu mujer. Te veré mañana vestido de pingüino. Dios sabe que solo hago estas cosas por Mia.

Jace se rio.

—Sí, dímelo a mí. Bethany y yo nos vamos a escaquear.

—¿Habéis decidido una fecha ya?

Aunque Jace y Bethany se hubieran comprometido en la fiesta del vigésimo cuarto cumpleaños de Bethany, no habían decidido una fecha todavía, al menos que supiera Ash. Él había estado tan metido en su mundo últimamente que era posible que no se hubiera enterado.

—Todavía no —dijo Jace—. Estaba esperando hasta que todo este marrón con Jack terminara. No quiero que eso pese entre nosotros cuando estemos casados. Cuando salga de rehabilitación y se centre, planearé algún viaje a algún sitio y nos casaremos en la playa.

—Suena bien. Te veo mañana, ¿de acuerdo?

Ash cerró la puerta y retrocedió un paso para indicarle al chófer que podía marcharse. A continuación, se dio la vuelta y entró en el edificio de apartamentos.

Una vez dentro de su apartamento, entró en su dormitorio y su mirada recayó en la pintura que el marchante de la galería de arte había sacado de la trastienda. La que aún estaba protegida en su envoltorio y aún no había sido expuesta.

Había colocado las otras en la pared del salón, pero había dejado esta en su dormitorio con toda la intención de verla nada más llegar a a casa. Ahora la curiosidad lo estaba carcomiendo por dentro, así que con cuidado quitó el papel de embalar que protegía la obra y dejó el cuadro al descubierto.

—Joder —dijo en voz baja.

Era… impresionante. Provocador y sugerente a más no poder.

Era ella.

O mejor dicho, su tatuaje. O lo que él imaginaba que tenía que ser su tatuaje. Apenas había podido verlo cuando la camiseta se le subió hasta la cintura, pero el que mostraba el cuadro estaba en el sitio correcto y parecía una vid en flor.

El cuadro era del perfil de una mujer desnuda. Se veía una de las dos caderas y los brazos cubrían los pechos, pero se dejaba entrever mínimamente de forma tentadora uno de ellos por debajo del antebrazo. Y a lo largo del costado se encontraba el colorido tatuaje floral. Se curvaba por encima de su cadera y desaparecía entre sus piernas.

Tenía que estar en la parte interna de uno de los muslos y ahora se moría por saber si este era una réplica exacta de su tatuaje. El que había visto en su cuerpo. Dios, se moría por saberlo. Se moría por trazar las líneas del mismo con los dedos y la lengua.

Se quedó mirando el cuadro para absorber cada detalle. El marchante había sido un estúpido por no haberlo incluido en la exposición. ¿Lo había mirado siquiera? Era increíblemente erótico y aun así tenía un gusto exquisito.

El cabello rubio caía por la espalda y terminaba con las puntas levantadas como si la brisa lo estuviera sacudiendo. Se abrazaba el cuerpo con los brazos y los dedos de las manos se extendían sobre el brazo que ocultaba el pecho. Delicado. Totalmente femenino. Y tan jodidamente precioso que hacía que las pelotas le dolieran.

Joder, estaba obsesionado con la mujer que solo había visto en persona una vez. Y esta pintura no estaba ayudando ni un poquito.

Al día siguiente iría a enmarcar el cuadro y lo iba a colgar encima de la cama para que así pudiera verlo cada vez que entrara en el dormitorio. O, incluso mejor, lo pondría en la pared opuesta a la cama para que fuera lo primero que viera cuando se despertara por la mañana y lo último cuando se fuera a dormir por la noche.

Sí, no estaba solamente obsesionado. Estaba completamente ido con esta mujer. Tenía que serenarse.

Johnny llevaría sus joyas a la oficina pasado mañana ya que toda la compañía cerraría debido a la boda de Gabe al día siguiente. Ash tendría que ingeniárselas entonces para ver cómo iba a devolvérselas. Podría simplemente enviárselas por correo, pero entonces no la vería. Y tenía más que planeado volverla a ver. Pronto.

Capítulo cuatro

Ash se encontraba sentado en su despacho al día siguiente de la boda de Gabe y estudiaba la pequeña caja que contenía las joyas que Josie había empeñado. Examinó cada pieza antes de devolverlas cuidadosamente a la tela para que no se vieran dañadas.

Eran piezas de calidad. No era un experto pero parecían antiguas y reales. Definitivamente no eran falsas. Valían mucho más de lo que Josie había obtenido al empeñarlas, y el prestamista lo sabía a juzgar por el precio que Ash tuvo que pagar para conseguirlas.

No le gustaba la desesperación que había en ese simple acto de empeñar joyas para obtener dinero rápido y conseguir menos de lo que valían porque no tenía otra opción. Él le iba a dar esa otra opción. ¿Pero otras? No tanto. No si él tenía algo que decir al respecto.

Eso lo hacía parecer arrogante y exigente, pero él ya sabía que era ambas cosas, así que no le molestaba. Así era él. Sabía lo que quería, y quería a Josie. Ahora solo tenía que poner el plan en marcha.

Su interfono sonó y Ash levantó la cabeza con irritación.

—Señor McIntyre, su hermana está aquí y quiere verle —dijo Eleanor, su recepcionista, con un deje en la voz que sonaba a enfado.

No eran un secreto los sentimientos de Ash —y de Gabe y de Jace— hacia su familia. Eleanor había estado con ellos durante años y no le había gustado ni un pelo tener que molestarlo con esta clase de información.

¿Qué demonios estaba haciendo Brittany aquí? ¿Había tenido su madre que resignarse a mandar a su hermana para que hiciera el trabajo sucio por ella? Podía sentir cómo su presión sanguínea estaba por las nubes, a pesar de saber que tenía que dejar de darles tanto poder sobre él.

—Dile que entre —dijo Ash con voz seria.

De ningún modo iba a airear asuntos familiares fuera de la privacidad de su despacho. Sea lo que fuere que Brittany quisiera, Ash le daría unos pocos minutos y luego le haría saber que no era bienvenida en su oficina. Nadie de su familia lo era, y ahora que lo pensaba, ninguno de ellos había pisado jamás las oficinas de HCM. Se habían guardado su maldad para fiestas y reuniones familiares.

Si ponían un pie dentro de las oficinas de HCM, se verían obligados a reconocer su éxito en vez de tratarlo como si fuera un secretito del que nadie hablaba. Se verían forzados a ver de primera mano que no los necesitaba y que había tenido éxito sin su ayuda o influencia. Y ni en sueños iban a hacer eso.

Unos golpes suaves sonaron en la puerta y él simplemente contestó con un «adelante».

La puerta se abrió lentamente y su hermana entró con el recelo pintado en la cara. Parecía estar más que nerviosa. Parecía aterrorizada.

—¿Ash? —preguntó suavemente—. ¿Puedo hablar contigo un minuto?

Brittany era una réplica de su madre. No es que su madre no fuera una mujer hermosa. Lo era. Y Brittany era igual de guapa, o incluso más, que su madre. El único problema era que su madre era fea por dentro y eso le estropeó la percepción de su apariencia física. Porque sabía lo que residía detrás de esa cara bonita. Una mente fría y calculadora. Ash creía fervientemente que su madre era incapaz de amar a nadie más que a sí misma. Era un misterio para él saber por qué había tenido hijos siquiera. Y no solo uno, sino cuatro.

Además de Brittany, Ash tenía dos hermanos mayores. Ambos hombres siempre bien agarrados de la manita de su madre y su padre. Aunque Brittany era la más joven, se estaba acercando a los treinta. O quizás los había cumplido ya. No se acordaba y tampoco es que le produjera mucha tristeza ese hecho. Ella estaba igual de ciega por su familia que sus hermanos. O quizás incluso más.

Su madre había elegido al marido de Brittany. Un tío mayor que ella con el que se había casado cuando apenas salió de la universidad. Rico. Con influencia. Con los contactos adecuados. El matrimonio apenas duró dos años y la madre de Ash la culpó de todo a ella. No le importó que en las investigaciones de Ash encontrara muchos más secretos por parte de Robert Hanover.

Ese tipo no era el hombre que le gustaría que estuviera casado con su hermana o cualquier otra mujer. Pero Brittany se había sometido a los deseos de su madre sin queja alguna y a pesar de las advertencias de Ash de que Robert no era el hombre que aparentaba ser.

Al menos ella había tenido el valor de romper el matrimonio. Eso les sorprendió.

—¿Qué pasa? —preguntó Ash en un tono neutral.

Le hizo un gesto para que se sentara en la silla frente a su mesa. Ella lo hizo y se sentó en el borde; el nerviosismo y la inseguridad eran evidentes en su lenguaje corporal.

—Necesito tu ayuda —dijo en voz baja.

Él alzó una ceja.

—¿Qué ha pasado? ¿Has discutido con mamita querida?

El enfado se reflejó en los ojos de Brittany mientras esta le devolvía la mirada a Ash.

—Por favor, no empieces, Ash. Sé que me merezco tus burlas y tu desdén. Me merezco un montón de cosas, pero quiero largarme. Y necesito tu ayuda para hacerlo. Me avergüenza tener que venir y suplicarte que me ayudes, pero no sé adónde o a quién más acudir. Si voy al abuelo, se lo diría a mamá y probablemente no me ayudaría de todos modos. Tú eres su favorito. Al resto de nosotros no nos soporta.

La sorpresa se apoderó de él al escuchar la sinceridad —y la urgencia— en su voz. Se inclinó hacia delante y entrecerró los ojos en dirección a Brittany.

—Quieres largarte. ¿Qué significa eso exactamente, Brittany?

—Quiero alejarme de ellos —dijo agitadamente—. De todos ellos.

—¿Qué narices te han hecho? —exigió Ash.

Ella sacudió la cabeza.

—Nada. Es decir, nada además de lo habitual. Ya sabes

cómo son, Ash. Siempre te he envidiado mucho. Tú les dices que se vayan a freír espárragos y te has marcado tu propio camino. Todo lo que yo he hecho ha sido casarme con el hombre que mi madre quería, intentar sacar lo mejor de una situación pésima y fracasar miserablemente. No cogí nada del divorcio y me parece bien. Yo solo quiero alejarme. Pero no tengo nada sin la ayuda de mamá y papá. Y no la quiero ya. Porque su ayuda viene con ataduras. Tengo treinta años, ¿y qué más en mi vida? No tengo vida, ni dinero. Nada.

La desolación de su voz le llegó a Ash muy adentro. Sabía exactamente a lo que se refería. Podría haber sido él perfectamente el que estuviera en su situación. Sus hermanos lo estaban. No le gustaban las manchas oscuras que tenía bajo los ojos y la mirada apagada que tenía en estos momentos. Por mucho que se hubiera comportado como una zorra antes, imitando a su madre, no podía ignorar la carita de cordero degollado que mostraba.

—¿Qué quieres hacer? —preguntó en voz baja.

—¿Es muy patético que no lo sepa? No sé siquiera por dónde empezar. He venido a ti porque no tenía a dónde más ir. Mis amigos no son amigos cuando las cosas se tuercen. Están más que encantados de apoyarme cuando todo va bien, pero no puedo contar con ellos para un apoyo real.

—Te ayudaré —dijo Ash con un tono regular—. Jace tiene un apartamento en el que Mia vivía antes, y más recientemente su prometida. Pero está otra vez vacío. Probablemente pueda comprárselo o al menos usarlo hasta que te instalemos en otro sitio.

Ella abrió los ojos como platos, sorprendida.

—¿Tienes un trabajo? —preguntó.

Ella se ruborizó y bajó la mirada.

—No te estoy criticando, Brittany —dijo suavemente—. Te pregunto para saber qué clase de ayuda necesitas.

Ella negó con la cabeza.

—No. He estado viviendo con mamá y papá. No es que no quiera trabajar, ¿pero qué se me da bien?

—Se te podrían dar bien muchas cosas —comentó Ash—. Eres lista. Tienes una carrera universitaria. Solo tienes miedo de intentar salir al mundo real.

Ella asintió lentamente.

—Puedo conseguirte un puesto en uno de los hoteles, pero Brittany, tienes que saber que será un trabajo real con responsabilidades reales. Puedo mover los hilos para que te contraten, pero si no haces tu trabajo, no lo conservarás. ¿Entendido?

—Lo entiendo y gracias, Ash. No sé qué decir. Hemos… yo me he comportado fatal contigo. —Las lágrimas inundaban sus ojos mientras lo miraba con total sinceridad—. Te odian porque no pueden controlarte. Y yo les he permitido que me controlen. Pero ahora que ya no lo harán, me odiarán a mí también.

Ash extendió un brazo por encima de la mesa y le cogió la mano antes de darle un apretón tranquilizador.

—No los necesitas, Brittany. Eres joven y lista. Puedes sobrevivir tú sola. Solo necesitas un poco de ayuda para conseguirlo. Pero estate preparada. Vas a tener que ser fuerte. Nuestra madre es peor que un zorro, y no vacilará en usar cada arma que tenga en su arsenal contra ti en cuanto sepa lo que estás haciendo.

—Gracias —susurró—. Te pagaré de alguna manera, Ash. Te lo juro.

Él volvió a darle un apretón en la mano.

—Lo mejor que puedes hacer por mí es vivir tu propia vida y no dejarles que te hundan otra vez. Te ayudaré. Haré lo que pueda para protegerte de toda esa mierda. Pero va a conllevar mucha fuerza por tu parte también. Me gustaría pensar que vamos a poder ser familia otra vez.

Ella entrelazó ambas manos alrededor de la de él con los ojos brillantes de la emoción.

—A mí también me gustaría, Ash.

—Deja que llame a Jace y vea qué opina sobre lo del apartamento. Si no podemos instalarte ahí, tendremos que echarle un ojo a lo que hay en el mercado. ¿Necesitas que vaya contigo a recoger las cosas de casa de mamá y papá?

Ella negó con la cabeza.

—Ya lo tengo todo listo. Mi ropa y demás, me refiero. No tengo nada más. Me lo traje conmigo. Mis maletas están en el área de recepción. Cogí un taxi hasta tu oficina. No estaba segura de lo que iba a hacer si te negabas a verme.

—Está bien, entonces deja que llame a Jace e iremos a buscar tus maletas. Por esta noche te registraré en nuestro hotel. Estoy seguro de que el apartamento necesitará provisiones. Me ocuparé de eso durante el día de hoy y también te abriré una cuenta bancaria con el dinero suficiente hasta que cobres tu primera nómina. Tómate unos cuantos días libres para instalarte y luego vuelve a verme por lo del trabajo. Para entonces espero tenerlo todo listo.

Ella se levantó y de repente rodeó el escritorio y lanzó los brazos alrededor del cuello de Ash. Él la cogió al mismo tiempo que se ponía de pie. La agarró para que no se cayera y le devolvió el abrazo.

—Eres el mejor, Ash. Dios, te he echado de menos. Siento cómo te he tratado. Tienes todos los motivos para echarme y no volverme a ver nunca. No olvidaré lo que vas a hacer por mí. Jamás.

El fervor de su voz hizo a Ash sonreír mientras pacientemente esperaba a que el festín de abrazos terminara. ¿Quién habría pensado que el día de hoy traería a su hermana a la oficina para una reunión familiar de lo más peculiar? Gabe y Jace no se lo iban a creer. Aunque pasarían dos semanas antes de que Gabe supiera nada.

Jace pensaría seguramente que había perdido la cabeza por ayudar a su hermana. Pero Ash nunca podría darle la espalda. Aunque eso hubiera sido exactamente lo que su familia le hubiera hecho a él. Brittany aún seguía siendo su hermana pequeña y quizás este era un nuevo capítulo para ellos. A Ash no le gustaba esa distancia que había entre él y su familia, pero no le habían dejado otra elección. Él quería lo que todos los demás daban por hecho. Una unidad familiar sólida. Gente que le cubriera las espaldas. Gente que lo quisiera y lo apoyara sin condiciones.

Tenía eso con Gabe y Jace, y ahora con Mia y Bethany. Pero nunca lo había tenido con los de su propia sangre. Quizás Brittany pudiera cambiar eso. Aunque nunca fueran una gran familia feliz, él y su hermana podrían al menos tener una relación.

—Haré que mi chófer te lleve al hotel. Le pediré a Eleanor que le diga que suba y recoja tus maletas. También llamará al hotel para asegurarse de que tengan una habitación lista para cuando llegues. Tendrás que ir al banco para abrir la cuenta. Le diré a Eleanor que te ayude con eso también. Pero por ahora tómatelo con calma, intenta descansar y mañana te instalaremos en el apartamento.

Sonrió indulgentemente cuando ella lo abrazó una vez más. La joven se secó apresuradamente una lágrima de la mejilla a la vez que se giraba.

—Esto significa mucho para mí, Ash. Lo significa todo. Y te juro que te lo compensaré.

—Solo sé feliz y no dejes que te hundan —dijo Ash en un tono serio—. No se dará por vencida con facilidad, Brittany. Tienes que saberlo y estar preparada para ello. Si intenta algo, ven a mí y yo lo solucionaré.

Brittany sonrió lánguidamente y empezó a dirigirse a la puerta. Se paró con la mano agarrando el pomo.

—Siempre te he admirado, Ash. Y si soy sincera, siempre he sentido celos de ti. Pero no eres lo que ellos dicen. Los odio por lo que te hicieron a ti. A mí. Y me odio a mí misma por haberlo permitido.

—No se merecen tu odio —dijo Ash en silencio—. No les des esa clase de poder sobre ti. No estoy diciendo que vaya a ser fácil, pero no puedes dejar que te afecte y te hundan.

Ella asintió y luego sonrió ligeramente.

—Te veré pronto. Quiero decir que… me gustaría. Quizás una cena. O puedo cocinar algo en el apartamento para los dos.

—A mí también me gustaría —dijo con sinceridad—. Cuídate, Brittany. Y si necesitas algo, llámame.

Tan pronto como salió de la oficina, llamó a Eleanor y le dio todos los detalles de lo que necesitaba. Después de pedirle que ayudara a Brittany a abrir una cuenta bancaria, le dijo que le diera el número una vez lo tuviera Brittany para poder ingresarle dinero.

Qué día. Así que Brittany tenía agallas después de todo. Le había llevado bastante tiempo, pero mejor tarde que nunca. Sus otros dos hermanos mayores nunca habían tenido el valor o el deseo de desafiar a sus padres y al viejo. Ya no tenían arreglo. Ambos estaban en la cuarentena y ninguno era capaz de mantenerse a sí mismo ni a su familia. Joder, Ash tenía sobrinas y sobrinos que apenas había visto. No sabía nada de sus cuñadas más que se habían casado con hombres débiles que aún estaban bajo el ala protectora de sus padres.

Ese no iba a ser él. Nunca sería él. Y ahora, si de él dependía, tampoco iba a serlo Brittany.

Aún quedaba por ver si ella tenía la fortaleza necesaria para empezar de cero y huir del control de sus padres. Pero estaba más que feliz de ayudarla si ese era su verdadero objetivo. Era joven y guapa. Era lista aunque hubiera tomado algunas decisiones bastante malas. Tenía tiempo más que suficiente para darle la vuelta a su vida y seguir por el buen camino.

Todo el mundo cometía errores, y todo el mundo se merecía una segunda oportunidad. Él solo esperaba que Brittany diera un giro a su vida y mantuviera la cabeza bien alta.

Abrió el cajón para mirar la caja llena de joyas que había metido dentro apresuradamente cuando Eleanor lo avisó de la llegada de Brittany. Pasó un dedo por el filo de la misma a la vez que se la quedó mirando con una expresión pensativa.

Brittany desapareció de su mente; ahora tocaba concentrarse en su principal preocupación.

Josie.

Capítulo cinco

—¿*Q*ué quieres decir con que las has vendido ya? —preguntó Josie elevando la voz, mirando como un pasmarote al prestamista al que había ido unos cuantos días atrás a vender las joyas de su madre.

Él la contempló con calma.

—Las he vendido. Tuve un cliente al que le gustaron.

Josie revolvió las manos nerviosamente.

—¿Puede darme una dirección? ¿Un nombre? ¿Un teléfono? ¿Algo? Me gustaría recuperarlas.

—Tuvo la opción de empeñarlas, señorita Carlysle —dijo el hombre con paciencia—. Le pregunté específicamente si prefería un préstamo con la opción de poder recuperar los artículos.

—Pero el préstamo no habría sido suficiente —argumentó—. Necesitaba el dinero por entonces. No podía esperar. Pero ahora es diferente. Tengo el dinero y ¡tengo que conseguir las joyas de mi madre! Es todo lo que me queda de ella. Eran de mi abuela. Oh, Dios, no puedo creer que las haya vendido tan rápido.

El hombre le lanzó una mirada llena de compasión pero permaneció en silencio. Josie estaba segura de que pensaba que estaba tratando con una loca.

—¿Puede darme la información de la persona a la que se las vendió? —preguntó de nuevo, desesperada.

—Creo que sabe que no puedo hacer eso —contestó el hombre.

Se pasó una mano por el rostro agitadamente. Ojalá hubiera esperado otro día más. ¿Pero cómo narices iba a saber ella que alguien iba a entrar en la galería de arte y se enamoraría de su trabajo —todo su trabajo— e incluso pagaría por los cuadros más de lo que el marchante pedía? Era una locura. No es que no se sintiera increíblemente agradecida por su buena fortuna, pero si hubiera esperado un solo día más, no habría empeñado las joyas de su madre y ahora no estaría aquí, en una casa de empeños, desesperada por recuperarlas.

—¿Contactará al menos con esa persona por mí y le dará mi teléfono? Podría pedirle que me llamara. Dígales que les pagaré el doble de lo que tuvieron que pagar por ellas. Tengo que recuperarlas, por favor.

Él suspiró y luego le acercó un trozo de papel y un bolígrafo sobre la mesa.

—No puedo prometerle nada, pero escriba sus datos y yo se los pasaré al cliente. Normalmente no hago este tipo de cosas; una vez está vendido, ya no me incumbe. Renunció a cualquier posesión cuando me vendió las joyas a mí.

—Lo sé, lo sé —dijo Josie al mismo tiempo que garabateaba rápidamente su número y su nombre—. No estoy diciendo que sea su culpa ni que sea el culpable de nada. La culpa es mía por haber actuado tan precipitadamente. Pero de verdad le agradecería si pudiera llamar a esta persona y decirle lo desesperada que estoy por recuperar las piezas.

Él se encogió de hombros al mismo tiempo que ella le tendía el papel.

—Haré lo que pueda.

—Gracias —susurró.

Se giró para salir de la casa de empeños con un gran peso en el corazón. Debería haber estado eufórica. Sus cuadros se habían vendido. ¡Todos! Y el señor Downing le había pedido que trajera más, todos los que quisiera. Tenía un comprador interesado, y aunque no había divulgado ningún dato sobre el comprador, le había dicho que estaba interesado en cualquier cosa que trajera.

Lo único que le había estropeado el día era que las joyas de su madre hubieran desaparecido. No tenía ni idea de quién las había comprado o si las volvería a recuperar algún día. Había estado tan contenta cuando el señor Downing le dio ese cheque... Era más dinero del que ella hubiera esperado nunca. Suficiente como para pagar el alquiler y hacer la compra durante varios meses; tiempo más que de sobra para llevar más cuadros a la galería. Y mucho más importante, habría sido suficiente como para recuperar las joyas que había vendido aun sabiendo que le iba a costar más de lo que ella había conseguido al venderlas.

La casa de empeños había sido el primer sitio al que había ido tras depositar el dinero en una cuenta bancaria. Y se había jurado a sí misma que pasara lo que pasase, nunca volvería a separarse de las joyas otra vez.

Solo que ahora habían desaparecido, y con ellas el último vínculo que tenía con su madre.

Salió de la tienda y se adentró en la frenética actividad de la calle sin saber exactamente adónde ir. Cuando giró hacia la derecha, se paró al reconocer una cara familiar. Parpadeó varias veces mientras se quedó mirando al hombre que había conocido en el parque unos cuantos días atrás. Estaba ahí, para nada sorprendido de verla. De hecho, parecía como si la hubiera estado esperando. Un pensamiento absurdo, pero aun así no parecía que estuviera sorprendido en lo más mínimo por el inesperado encuentro.

—Josie —murmuró.

—Ho… hola —tartamudeó ella.

—Creo que tengo algo que te pertenece.

Él sacó una caja abierta; tan pronto como ella pudo ver el contenido, la respiración se le cortó en el pecho.

Levantó la mirada hasta él, totalmente confundida.

—¿Cómo has conseguido esto? No lo entiendo. ¿Cómo podrías haberlas conseguido? ¿Cómo lo sabías?

Él sonrió, pero su mirada seguía siendo de acero. No había ningún amago de sonrisa en esos ojos verdes.

—Las compré después de que las vendieras en la casa de empeños. Supuse que ya que acababas de salir de allí, querrías recuperarlas.

—Sí, por supuesto que las quiero. Pero eso no responde a mi pregunta de cómo las conseguiste.

Él arqueó una ceja.

—Acabo de decírtelo. Las compré cuando las vendiste.

Ella sacudió la cabeza con impaciencia y fue entonces cuando Ash fijó su mirada en la garganta de Josie. Sin collar. Los ojos le brillaron de interés al instante. Ella levantó una mano automáticamente hasta el lugar donde una vez había descansado el collar.

Sabía que lo había llevado durante algún tiempo ya que había una delgada marca de piel más clara justo donde la gargantilla había estado alrededor de su cuello.

—Eso no explica cómo lo supiste —replicó con voz ronca.

—¿Importa? —le preguntó él con suavidad.

—¡Pues claro que importa! ¿Has estado siguiéndome?

—¿Yo, personalmente? No.

—¿Se supone que tiene que hacerme sentir mejor que hayas mandado a otra persona a seguirme? —exigió—. Simplemente me da… ¡escalofríos!

—¿Quieres recuperar las joyas? —le preguntó él de sopetón.

—Por supuesto que sí —contestó con irritación—. ¿Cuánto quieres por ellas?

—No quiero dinero.

Ella dio un paso atrás y lo miró con la guardia en alto. Estaban en una calle pública y había gente por todas partes, pero eso no significaba nada si era algún lunático perturbado que quisiera hacerle daño.

—¿Entonces qué quieres?

—Una cena. Esta noche. Te llevaré las joyas y te las podrás quedar. Todo lo que quiero a cambio es tu compañía por una tarde.

Ella sacudió la cabeza.

—Ni hablar. No te conozco. No sé nada sobre ti.

Ash sonrió con paciencia.

—Para eso es la cena. Para que me conozcas mejor y yo pueda conocerte mejor a ti.

—Está claro que tú sabes un montón sobre mí —le soltó—. Incluyendo dónde encontrarme, dónde he estado y lo que he estado haciendo.

—¿Por qué no llevas el collar? —preguntó fijando una vez más los ojos en su garganta.

Su mirada la hacía sentir vulnerable. Como si estuviera completamente desnuda frente a él.

Esta vez ella se llevó la mano al cuello en un intento de esconder la piel desnuda de sus ojos.

—No creo que eso sea de tu incumbencia —dijo Josie en voz baja.

—Pretendo que sí lo sea.

Ella abrió los ojos como platos.

—¿De verdad piensas que voy a aceptar ir a cenar contigo? Me has estado siguiendo, o mejor dicho, has hecho que me sigan. Me preguntas cosas personales y básicamente me chantajeas con devolverme las joyas de mi madre.

—Así que pertenecían a tu madre —dijo él con suavidad—. Deben de ser muy importantes para ti.

El dolor se instaló en el pecho de Josie; tuvo que respirar hondo para serenarse.

—Sí, sí que lo son —admitió—. Me odié por haberlas tenido que vender. Ojalá hubiera esperado un día. Tengo que recuperarlas. Es lo único que me queda de ella. Dime lo que pagaste y te lo devolveré. Por favor.

—No quiero tu dinero, Josie. Quiero tu tiempo. Cenar esta noche. Un sitio público, sin ataduras. Yo llevo las joyas y tú simplemente a ti misma.

—¿Y después? ¿Me dejarás en paz?

—No puedo prometerte eso —contestó amablemente—. Yo persigo lo que quiero. Si me rindiera cada vez que me encuentro un obstáculo en el camino, no habría conseguido el éxito que ahora tengo, ¿no?

—No me conoces —rebatió Josie, frustrada—. No me quieres. ¿Cómo podrías? No sabes nada sobre mí.

—Razón por la que quiero cenar contigo esta noche —respondió pacientemente.

Pero ella podía ver que Ash estaba perdiendo la paciencia con bastante rapidez. Sus ojos brillaban de impaciencia aunque su tono de voz fuera normal. Estaba claro que era un hombre acostumbrado a conseguir lo que quisiera. Podía afirmar eso con solo mirarlo. ¿Por qué iba entonces tras ella? ¿Qué podría tener ella que él quisiera?

Era un hombre que no tenía que buscar mucho para encontrar mujeres. Probablemente tenía hasta una cola en la puerta de su casa a todas horas. Era obvio que era rico; tenía esa apariencia de revista *GQ* que gritaba riqueza y clase alta. Y tenía una confianza en sí mismo —arrogancia— que le decía que no solo conseguía lo que quería, sino que él también era consciente de ello.

La arrogancia no era una cualidad hacia la que ella se sintiera particularmente atraída. Pero en él lo era. Le pegaba, de la misma forma que su ropa y toda su forma de comportarse. Y había algo en esa mirada que la volvía loca. Ya lo había conseguido la primera vez que se conocieron. El estómago le dio vueltas y él le hizo considerar cosas que nunca antes se le hubieran pasado por la cabeza. Le había hecho querer cosas que nunca había tenido o que nunca se había dado cuenta de que quería.

Y lo odiaba por eso. Por alterar su vida tan cuidadosamente ordenada. No, no estaba tan bien ordenada. No tenía una rutina y eso le gustaba. Pero estaba cómoda en su vida; sabía quién y qué era. Hasta que apareció él. Hasta que se lo encontró en el parque y le hizo dudar de todo lo que tenía en la vida.

No era un hombre que se quedara callado. Le daría la vuelta a su mundo en el mismo momento en que ella le diera acceso a él. Estaba convencida de ello. Era alguien a quien le gustaba —y exigía— el control. Era evidente por la forma en que hablaba, la forma en que se comportaba. Había comprendido el significado del collar. Había sabido lo que significaba y le había hablado como si tuviera muchísima experiencia en el estilo de vida al que el collar pertenecía.

Pero él no sería como Michael. Ni remotamente parecido a él. Y eso la asustaba y la intrigaba a partes iguales. Tenía curiosidad, eso no podía negarlo. Tampoco negaría que le había hecho cuestionarse toda su vida y su relación con Michael. Que él era la razón por la que ya no llevaba ese collar.

Y ahora lo tenía frente a ella, con las joyas de su madre, exigiendo una cena a cambio de ellas. Pero su mirada prometía mucho más. Sería una tonta si creyera que se quedaría satisfecho con solo una cena.

No era una idiota. Había sentido la atracción —esa chispa— entre ellos. Sabía que él la había sentido también. Por muy inexplicable que fuera que hubiera encontrado algo interesante en ella, sabía que estaba completamente interesado en ella. Pero ¿por cuánto tiempo? Las mujeres como ella no tendían a mantener la atención de un hombre a largo plazo. Y Josie no tenía ningún deseo de ser su juguete temporal. Un reto que se sentía obligado a ganar.

—¿Josie? —la animó—. ¿Cenamos? ¿Esta noche?

Ella suspiró y bajó la mirada nerviosa a la caja que aún sostenía en las manos. Quería recuperar las joyas. Tenían un valor incalculable para ella. Debería sentirse aliviada de que no quisiera su dinero. El dinero que había recibido por la venta de sus cuadros la ayudaría bastante en los próximos meses. Sin embargo, se encontraba deseando que simplemente hubiera cogido el dinero, le diera las joyas y luego desapareciera de su vida. Porque este hombre lo pondría todo patas arriba. No tenía ninguna duda.

Todo lo que quería era una cena. Una simple cita. Josie había tenido citas. Salir una noche. Comida. Un poco de conversación. Después podría irse y aclarar que no quería volver a verlo.

—De acuerdo —concedió por fin—. ¿Dónde y a qué hora?

—Te recogeré a las siete.

Ella sacudió la cabeza.

—No. Te veré allí directamente. Solo dime el lugar y la hora.

Él se rio entre dientes.

—Eres tan difícil… Te concederé esto, pero te lo advierto ahora. Esta será probablemente la última concesión que permitiré en lo que a ti se refiere.

Josie entrecerró los ojos.

—No estás haciendo que tenga muchas ganas de ir a cenar contigo.

Ash sonrió.

—Simplemente te digo las cosas como son, Josie.

—¿Hora? ¿Lugar? —lo animó.

—Siete y media —respondió suavemente—. Hotel Bentley. Te veré en el vestíbulo.

—¿Y llevarás las joyas?

Él bajó la mirada hasta la caja que tenía en las manos y luego la volvió a mirar con una expresión divertida.

—Si no estuviera seguro de que al final no irías esta noche, te daría las joyas ahora. No tengo ningún interés en conservar algo que evidentemente significa mucho para ti. Pero si con ello logro que vengas a cenar conmigo esta noche, entonces lo tomaré como un daño colateral. Y sí, las llevaré. Yo no rompo mis promesas, Josie. Cena conmigo y tendrás las joyas. No importa lo que pase.

Ella soltó el aire que había acumulado en los pulmones y hundió los hombros de alivio.

—Está bien. Te veo a las siete y media.

Ash alzó una mano para tocarle la mejilla. Sus dedos simplemente le rozaron el mentón.

—Lo estaré esperando con ansia. Tenemos mucho que discutir.

Mientras decía esto último, bajó la mano hasta llegar a tocar el hueco de su garganta, donde el collar había estado antes. El gesto era imposible de malinterpretar. Quería saber su estatus. Lo que le había pasado al collar. Y por qué ya no lo llevaba.

Josie suspiró y luego se dio la vuelta para irse. ¿Cómo podría explicarle que precisamente él era lo que había pasado?

Capítulo seis

$\mathcal{A}$sh miró su reloj mientras esperaba en el vestíbulo del hotel Bentley, uno de los muchos hoteles que HCM poseía. Exhaló con irritación al posar de nuevo la mirada en la entrada del lujoso hotel.

Llegaba tarde.

O quizás había decidido no acudir a la cita.

Habría apostado lo que fuera a que iba a venir. Las joyas de su madre claramente significaban mucho para ella, y aunque se hubiera comportado como un auténtico cabrón al chantajearla con ir a cenar con él, no podía sentir ni una pizca de arrepentimiento. No si lo ayudaba a conseguir lo que quería.

Unas pocas horas en compañía de Josie.

Tenía una docena de preguntas listas y preparadas. Quería saber por qué no llevaba el collar. Quería saber si el tipo que se lo regaló había desaparecido del mapa. No cambiaba mucho sus planes si no hubiera cortado con él, pero sí que hacía las cosas mucho más fáciles si ella tenía una relación con otro tío.

A las ocho menos cuarto, Ash se enderezó y empezó a aceptar que no iba a venir. La decepción se adueñó de él; una sensación a la que no estaba acostumbrado. Pero si ella pensaba que el plantón lo iba a disuadir, se equivocaba. Solo había enardecido su empeño.

Estaba a punto de coger el teléfono para llamar a su chófer cuando Josie entró precipitadamente por la puerta principal del hotel. Las mejillas las tenía rojas y el pelo despeinado, como si hubiera venido corriendo y el viento hubiera estropeado los largos tirabuzones.

Cuando su mirada reposó en él, se paró a unos pocos metros mientras sus ojos se encontraban. Ash se estaba acercando a ella cuando, normalmente, nunca era el primero en dar el paso. La gente venía a él, no al contrario. Pero aun así, quería acercarse antes de que ella cambiara de parecer y saliera de nuevo por la puerta.

—Josie —la saludó con diplomacia.

—Siento llegar tarde —dijo ella sin aliento—. Estaba pintando. Estaba totalmente abstraída en lo que estaba haciendo y olvidé la hora por completo.

Ash miró el bolso exageradamente grande que colgaba de su hombro y las pequeñas manchas de pintura que cubrían sus dedos. Luego la miró a ella, de la cabeza a los pies, memorizando cada detalle.

—No pasa nada. Nos guardarán la mesa —dijo—. ¿Quieres comer ya o prefieres tomar algo primero?

Ella hizo una mueca ante la situación.

—No suelo beber mucho. Es decir, no tengo nada en contra, y sí que bebo en algunas ocasiones, pero soy bastante especial y siempre bebo las tonterías para mujeres. Pero sí que me gusta una copa de vino de vez en cuando.

Ash se rio entre dientes.

—Encajarías perfectamente con Mia y Bethany y sus amigas.

Ella ladeó la cabeza.

—¿Quiénes son Mia y Bethany?

Alargó la mano para cogerla del brazo y la guio hasta la entrada del restaurante.

—Mia es la mujer de uno de mis socios, Gabe, y es la hermana de mi otro socio, Jace. Bethany está prometida con Jace.

—Suena como a una gran familia feliz —murmuró.

—Algo así.

Llegaron al restaurante y el *maître* inmediatamente los llevó a la mesa que siempre estaba reservada para él, Gabe o Jace cuando preferían comer aquí.

Josie se sentó frente a Ash, pero no se relajó por completo. Se acomodó en el borde de la silla y su mirada no dejó de mirar de derecha a izquierda y por detrás de Ash. Parecía nerviosa y como si prefiriese estar en cualquier otro lugar menos en ese con él. Su ego lo estaba sufriendo. Normalmente no tenía que chantajear a las mujeres para que accedieran a tener una cita con él.

—¿Quieres vino? —le preguntó inmediatamente cuando el camarero apareció.

Ella negó con la cabeza.

—No. Agua está bien. Gracias.

—Que sean dos —murmuró Ash al camarero.

—No dejes que te impida disfrutar de una copa de vino si eso es lo que prefieres —dijo—. Yo simplemente no quiero beber y tener que volver a casa luego. El alcohol me nubla bastante. Lo último que necesito es ir borracha por Manhattan cuando haya oscurecido.

—Así que no toleras bien el alcohol y, cuando bebes, son bebidas de mujeres. Tendré que recordarlo.

Sus labios se movieron y sus ojos resplandecieron. Casi había conseguido sacarle una sonrisa. ¿Tan ogro era? Estaba acostumbrado a que las mujeres cayeran rendidas bajo sus encantos, aunque en defensa de Josie tenía que decir que no había sido exactamente encantador en su presencia. Algo en ella hacía que sus instintos más primitivos salieran a la superficie. Tenía suerte de poder formar frases coherentes sin gruñir, golpearse el pecho o arrastrarla del pelo hasta su cueva.

Eso podría ir muy bien…

No solo le cortaría los huevos, sino que no la vería nunca más.

El camarero apuntó lo que habían pedido y luego desapareció rápidamente. Josie levantó la mirada con los ojos llenos de interrogación tan pronto como se quedaron solos.

—¿Has traído las joyas? —preguntó con suavidad.

Ash se llevó la mano al bolsillo del pecho de la chaqueta y sacó una bolsita pequeña de terciopelo. La puso sobre la mesa y se la acercó a ella, pero se paró justo antes de que ella pudiera cogerla.

—El trato era la cena —dijo—. Si te doy las joyas ahora espero que no salgas corriendo en el mismo momento en que las tengas en tu posesión.

Ella se ruborizó, Ash no estaba seguro si de vergüenza o de culpabilidad. Quizá lo hubiera considerado.

—Mi ego se está llevando hoy una paliza —dijo, dándole voz al pensamiento de antes—. ¿Soy tan poco atractivo, Josie? No me imaginé tu reacción ante mí en el parque. Percibiste tanto nuestra química como yo. Pero actúas como si tuviera la lepra y no quisieras respirar el mismo aire que yo.

Ella enrolló los dedos sobre la bolsita sin poder evitar el roce con su mano. Una calidez instantánea le recorrió el brazo hasta llegar al hombro. Solo con un roce. Con algo tan simple que no tenía ninguna doble intención detrás. Fue accidental y aun así el aire se cargó inmediatamente de reconocimiento. No, él no fue el único que lo sintió, pero fue el único que lo aceptó de lleno.

—Creo que sabes que no eres poco atractivo —dijo ligeramente—. Dudo que necesites que te diga eso. Estoy segura de que lo debes escuchar todo el tiempo. Las mujeres probablemente se pelean para regalarte cumplidos.

—Me importa un comino lo que las otras mujeres piensen —dijo de sopetón—. Me preocupa más lo que tú pienses.

Con cautela, apartó la mano con la bolsa bien sujeta entre su puño, como si tuviera miedo de que él intentara detenerla. Como no hizo ningún movimiento para quitarle la bolsa, la abrió rápidamente y con cuidado sacó los dos anillos, un collar y una esclava.

El alivio era evidente en sus ojos. Sus pozos aguamarina se iluminaron mientras pasaba los dedos por encima de las joyas con adoración. Una mirada distante se adueñó de sus ojos cuando volvió a poner su atención en Ash; las lágrimas le empañaban la visión.

—Gracias por devolverme a mi madre —susurró—. Esto es todo lo que tengo de ella. De mi abuela, también. Un día quiero dárselas a mi hija. Mi abuela y mi madre eran mujeres excepcionales. Quiero que mi hija tenga este legado. Aunque mi hija no las conozca, quiero que sepa sobre ellas. Quiénes fueron y lo importantes que fueron para mí.

—¿Qué le pasó? —preguntó Ash con delicadeza.

Sus labios temblaron, pero se mantuvo serena y no apartó la mirada en ningún momento aunque esta se volviera sospechosamente más brillante a causa de las lágrimas.

—Cáncer —dijo con la voz llena de pena.

—¿Reciente? —preguntó él en un tono más bajo.

Lo último que quería era apenarla más, pero le daba un absurdo placer saber que se estaba abriendo a él. Se comunicaba. Era un comienzo. El principio de algo más permanente si se salía con la suya. Y tenía toda la intención de salirse con la suya. Solo iba a requerir muchísima más paciencia de lo que estaba normalmente acostumbrado.

La adrenalina le quemaba por las venas. Era un reto. Uno que anhelaba conquistar. Había pasado bastante tiempo desde la última vez que se sintió así de excitado por algo. Y Josie claramente lo excitaba.

—Hace dos años —dijo Josie mientas la tristeza se reflejaba en sus ojos—. Pero estuvo enferma durante mucho tiempo. Al final… —se paró, la voz rompiéndosele justo al final.

—¿Al final qué? —la animó con suavidad.

—Al final fue un alivio aunque estuviera completamente devastada por tener que dejarla ir y decirle adiós. Sufría mucho. Dolía verla así. Le dolía a ella. Odiaba que la tuviera que ver de esa forma, que tuviera que cuidar de ella. Se preocupaba de que estuviera ocupando demasiado mi vida, de que me estuviera reteniendo y cargando con la responsabilidad de cuidar de ella. Pero Dios, era mi madre. Habría hecho lo que fuera por ella. Nunca me arrepentí de ninguno de los momentos que pasamos juntas. Y al final, estaba preparada para irse. Había luchado durante tanto tiempo y tan duro. Estaba cansada y ya sin fuerzas para seguir luchando. Eso fue lo más duro para mí. Ver a mi supermadre desaparecer lentamente. Solo quería que su dolor terminara y que tuviera paz. Así que cuando murió, hubo un sentimiento de alivio. Y sé que eso suena horrible.

Él sacudió la cabeza.

—No es horrible, Josie. Es humano. Era tu madre y la querías. A nadie le gusta ver a sus seres queridos sufrir.

Josie asintió y se secó los ojos con el dorso de la mano. Los dedos le temblaban cuando volvió a poner la mano en la mesa.

—En fin, qué gran conversación para una cena, ¿verdad? Siento haberme puesto así.

—Yo pregunté —dijo él simplemente—. ¿Y tu padre? ¿Tienes hermanos o eres hija única?

Ella suspiró con tristeza.

—Soy hija única. Mis padres querían tener más, pero mi madre no pudo quedarse embarazada después de tenerme. Le diagnosticaron el cáncer antes y, con todos los tratamientos, no solo no podía soportar otro embarazo, sino que estaba demasiado debilitada debido a todo el proceso. Yo... nosotros pensamos que lo había superado, ¿sabes? Se pasó veinte años en remisión y luego volvió a aparecer. Y de una forma más generalizada esta vez. No respondía al tratamiento como lo había hecho antes.

Ella sacudió la cabeza.

—Lo siento. Otra vez me enrollo.

Ash extendió la mano por encima de la mesa y cogió la de Josie.

—Estamos teniendo una conversación, Josie. Es lo que dos personas hacen cuando van a cenar. Deja de disculparte. Si no estuviera interesado, no habría preguntado. Sin embargo, si es un tema demasiado doloroso, podemos hablar de otras cosas. Pero estoy interesado en cada parte de ti. Quiero saber de ti, de tu vida, de tu familia, lo que sea que te mueva.

Ella sonrió y no apartó la mano de la de él. Un hecho por el que se sentía absurdamente triunfante.

—¿Qué ha sido de tu padre? ¿Murió también?

Ella pegó los labios para formar una fina línea con ellos y una frialdad se apoderó de su mirada, transformando el color aguamarina en más azul. Era como mirar a un cristal cubierto de escarcha.

—La abandonó... De hecho, nos abandonó la primera vez que mi madre tuvo cáncer. No de repente. Esperó hasta que estuvo lo bastante recuperada como para estar sola y, luego, se marchó. ¿La razón? No podía soportar el dolor que le provocaba perderla por culpa del cáncer. No quería tener que verla morir y por eso se fue. ¿No es esa la mentira más grande que hayas oído en tu vida? No tiene ningún sentido para mí. Nunca ha tenido ningún sentido el que se alejara de su mujer y su hija, todo porque se preocupaba de que se fuera a morir. La perdió de una forma u otra, pero también me perdió a mí. Nunca se lo perdoné. No le perdoné que se fuera cuando nosotras lo necesitábamos con desesperación. Especialmente mi madre, que tras soportar el extenso tratamiento tuvo que buscar trabajo para poder mantenerme y pagar las facturas.

—Sí, eso son estupideces —dijo Ash, con tono serio—. ¿Así que no lo has visto desde entonces? ¿Cuántos años hace de eso?

—Dieciocho —contestó con la voz tensa. A pesar del enfado, y no la culpaba en absoluto por estarlo, también había dolor en su voz. Traición. Ash le pasó el pulgar por encima de los nudillos en un movimiento tranquilizador y en silencio la urgió a que continuara.

La tenía hablando ahora y esperaba que se relajara y se abriera a él más aún.

—Yo tenía diez años cuando se fue. Durante bastante tiempo él ni siquiera intentó ponerse en contacto con ella ni conmigo. Más tarde, cuando me gradué en el instituto, me llamó. Quería mandarme un regalo de graduación. Le dije dónde podía meterse su regalo de graduación.

Cuanto más hablaba, más se le nublaban los ojos de lágrimas y en los labios se fue instalando una mueca.

—No volvió a contactar conmigo hasta que mi madre murió.

Las lágrimas brillaron con intensidad en los ojos, pero Josie levantó la mano libre y se limpió el rastro húmedo que se había formado en las mejillas con el pulgar.

—Lo siento —murmuró otra vez—. No hablo nunca sobre el tema. Quiero decir que nunca he compartido esto. Parece que todo está saliendo y no me había dado cuenta de lo enfadada que aún estoy con todo eso.

—Es comprensible —dijo él—. Son muchos años de guardártelo todo para ti.

Ella asintió.

—¿Así que te llamó cuando tu madre falleció? ¿Sabía que estaba enferma de nuevo?

—Lo sabía —soltó Josie con rabia—. Nunca vino a verla. Jamás la llamó. Ni una vez habló con ella. Tras su muerte, llamó porque quería verme. Dijo que sentía lo de mamá pero que quería que fuésemos una familia. Le dije que la familia no hace la clase de cosas que él ha hecho y que mi familia estaba muerta. Eso fue hace dos años. Nunca ha intentado volver a ponerse en contacto conmigo. No sé siquiera dónde vive. Se mudaba mucho tras el divorcio con mi madre. Su trabajo lo hace viajar bastante.

—¿Alguna vez te arrepientes de no verlo?

Ella pareció sorprenderse por la pregunta.

—No. Para nada. No creo que pudiera verlo sin montar en cólera. Especialmente justo después de que mamá muriera. Si llega a haber estado allí, creo que me habría lanzado contra él. Estaba furiosa y dolida. Y enfadada. Enfadada de que hubiera sido tan cobarde y de que no hubiera estado ahí para mi madre cuando ella más lo necesitaba.

—Lo entiendo. Créeme, lo hago. Yo no veo a mi familia. Bueno, a la mayoría de ellos. Recientemente mi hermana vino a verme, pero hasta entonces no he tenido nada que ver con ellos.

Ella ladeó la cabeza para estudiarlo. Sus manos aún estaban unidas, así que Ash trazó varios círculos y dibujos en su piel desde los nudillos hasta la muñeca, y viceversa. Le gustaba tocarla. La podría seguir tocando durante toda la noche. Y no era algo meramente sexual, simplemente disfrutaba con la satinada suavidad de sus manos. Dedos que estaban manchados de pintura, un color diferente en cada uno.

—¿Qué te hizo tu familia? —preguntó ella con suavidad.

—Es una larga historia. Te la contaré algún día. Ahora estoy mucho más interesado en saber de ti.

Ella frunció el ceño.

—Eso no es justo. Yo te he contado lo de mi familia. No diré una palabra más a menos que tú también hables.

Ash se rio entre dientes y apretó su mano sobre la de ella. Ella abrió mucho más los ojos y bajó la mirada hasta sus dedos entrelazados. Sí, Josie lo sentía tanto como él, solo que ella estaba combatiendo contra ello, y él no.

—Muy bien. Te daré un cotilleo y luego es tu turno otra vez.

Ella entrecerró los ojos.

—Eso depende de lo valiosa que yo crea que sea tu información. Debes darme algo que iguale a lo que yo te he dado.

—Eso es imposible —murmuró él. La miró con toda atención a los ojos y esa sensación como de ahogarse lo inundó.— Ninguna información que pueda darte es igual de valiosa que tú abriéndote a mí.

Josie se sonrojó y bajó la mirada. Su mano se movió debajo de la suya, pero Ash la agarró con firmeza para que no pudiera apartarla.

—A lo mejor solo tú piensas eso —dijo con voz ronca—. Pero quizá yo encuentro tu información mucho más valiosa. Ya ves, me tienes en desventaja. Tú ya me has investigado y has hecho que me sigan. No tengo ninguna duda de que sabes más sobre mí de lo que me hace sentir cómoda. Así que es justo que equilibres la balanza diciéndome todos tus oscuros y más profundos secretos.

Estaba flirteando con él. De una manera tímida y adorable, como si no estuviera segura de cómo hacerlo. Ash nunca había experimentado tal intensa… excitación. Había lujuria, sí. La deseaba como nunca había deseado a una mujer antes. Pero había más. Estaba interesado en ella. En lo que le gustaba. Quería meterse dentro de su cabeza tanto como quería introducirse en su cuerpo. Y lo más importante de todo, quería su confianza, aunque nada que hubiera hecho hasta ahora se mereciera tal regalo.

Con tiempo le demostraría cómo era él de verdad. Solo tenía que darle una oportunidad.

—Secretos oscuros y profundos, ¿verdad? Me temo que te decepcionarás. Soy tremendamente aburrido. Estoy casado con mi trabajo, y desprecio a mi familia casi tanto como ellos me desprecian a mí. Mi verdadera familia son mis socios y sus mujeres.

—Excepto tu hermana que ha ido a verte recientemente. ¿Os habéis reconciliado?

Esta vez fue él el que apartó la mano y se recostó en la silla. Su mirada se posó más allá de donde se encontraba Josie por un momento y luego volvió a centrarse en su rostro.

—Supongo que se podría decir que sí. No estoy completamente convencido de su sinceridad todavía. Me gustaría pensar que por fin está intentando salir de la boca del lobo, pero solo el tiempo lo dirá.

—¿Qué os hicieron?

Ash suspiró.

—¿Darnos a luz a los dos? Ojalá lo supiera. Mi madre tiene cero instinto maternal, y aun así tuvo cuatro hijos. Me desconcierta que una mujer tan interesada continuara teniendo hijos que consideraba una carga.

La nariz de Josie se arrugó y sus ojos se llenaron de compasión.

—¿Alguna vez te has llevado bien con ellos? ¿Aun siendo niño?

—Raramente los veía cuando era un niño —dijo secamente—. Nos metieron en un internado y solo volvíamos a casa durante las vacaciones e incluso entonces teníamos una niñera. Normalmente, mi madre y mi padre estaban haciendo sus cosas. Viajando. Inmersos en algún acto social. Mi abuelo ganó mucho dinero durante su vida, pero no somos ricos antiguos. Nos podríamos considerar como nuevos ricos, un hecho que mi madre nunca ha podido aceptar.

—Perdona mi juicio, pero suena a ser una persona bastante horrible.

—No es tu juicio. Ella y mi padre son personas abominables. No solo en el sentido parental, sino en todos los aspectos. Yo firmemente creo que la única razón por la que ella tuvo tantos hijos es porque mi abuelo vino de una familia grande con bastantes hijos, y él quería que mi madre le diera varios nietos. Y por supuesto, mi madre nunca hará nada que enfade al viejo porque depende de él demasiado. Ella nos tuvo, pero él pagaba nuestros gastos, tal cual. Las únicas veces que ella o mi padre tenían tiempo para nosotros eran cuando el viejo estaba presente. No sé qué era peor, si ellos al ser tan horripilantes o al actuar como si fueran padres increíbles cuando estaban en compañía.

—Qué putada —dijo Josie—. Yo adoraba a mi madre. Y a mi abuela. Eran mujeres maravillosas. ¿Y qué pasó con tu hermana? ¿Qué edad tiene?

—Brittany es la más joven. Tiene treinta años. Mi madre la casó justo cuando terminó la universidad con un hombre con buen pedigrí mucho mayor que ella. El matrimonio duró dos años y Brittany se divorció, pero no se llevó nada con la separación. Eso mosqueó a mi madre incluso más porque, según sus palabras, había trabajado muy duro para conseguirle un marido a Brittany y lo mínimo que podía hacer era aguantarse y seguir siendo una esposa ejemplar hasta que su marido muriera y la dejara viuda y rica, lo que significaba una fuente de dinero para nuestros padres.

—Guau —susurró Josie—. Es una locura. Es decir, parecen cosas sacadas de alguna novela histórica. No pensé que de verdad hubiera gente así en el siglo que estamos.

Él sonrió.

—Siento haber alterado tu burbuja.

—¿Y qué hizo que Brittany te visitara?

—Quiere alejarse —dijo quedamente—. Como dije, no se llevó nada del divorcio y ha estado viviendo con mis padres desde entonces. Tiene una carrera universitaria pero nunca ha tenido un trabajo. Vino para pedirme ayuda. Mayormente financiera, pero creo que también está buscando un aliado. Apoyo emocional también.

—¿Y la ayudaste?

—Por supuesto. La he instalado en un apartamento, le abrí una cuenta bancaria con suficiente dinero como para vivir bien hasta que empiece a trabajar. En unos pocos días se incorporará a trabajar en uno de mis hoteles. El resto depende de ella. Le di los medios para que empiece una nueva vida, pero dependerá de ella tener éxito. Mi madre le dará la vara. Querrá que vuelva bajo su techo donde ella tiene todo el poder. Solo espero que Brittany tenga lo que hay que tener para enfrentarse a ella.

—Creo que es maravilloso que hicieras tanto por ella. Debe de haberse sentido como si no tuviera a nadie a quien acudir.

Ash negó con la cabeza.

—No tenía a nadie. Y a pesar de lo mal que me haya podido tratar en el pasado, me doy cuenta de que no tenía otra elección. Mi madre nunca hubiera permitido que actuara de otra forma. Parece sincera ahora, y si lo es, entonces haré todo lo que pueda por ayudarla. No me importa lo que mis padres o mis otros hermanos piensen de mí. Brittany no ha llegado a ese punto todavía, pero lo hará.

—¿Otros hermanos? ¿Cuántos tienes?

—Tres, incluyendo a Brittany. Tengo dos hermanos mayores, ambos en la cuarentena, y ninguno de ellos puede mantener a su familia sin la ayuda de mis padres y del viejo.

—Eso es triste. Así que si no tienes nada que ver con ellos, ¿cómo lo consigues? O sea, es evidente que te ha ido bien.

—Creo que es tu turno —señaló—. Yo he soltado todos mis sentimientos y hasta ahora todo lo que sé de ti es que tu padre es un cabrón y que tu madre falleció tras una larga lucha contra el cáncer.

—Te dejaré que me hagas una pregunta cuando respondas a la última mía.

Él arqueó una ceja.

—Mejor dos porque tú ya te has pasado.

Ella sonrió, divertida.

—¿Tienes alguna idea de lo estéril que resulta esta conversación con toda esta charla sobre llevar la cuenta?

—No tiene por qué serlo. Y, de acuerdo, la responderé, pero esta es la última hasta que tú me correspondas por igual.

—Trato hecho —dijo con una sonrisa.

—Me hice amigo de Gabe Hamilton y Jace Crestwell en la universidad. Los padres de Jace murieron en un accidente cuando él tenía veinte años y tuvo que hacerse cargo de una hermana mucho más pequeña que él. Nuestra actitud cambió después de eso. Antes teníamos ese aire de que todo nos daba igual y, aunque sacábamos buenas notas, estábamos más preocupados por beber cerveza y ligar con tías. Montamos la empresa tan pronto como salimos de la universidad. Empezamos con un simple hotel. Le pusimos todo nuestro corazón y empeño, así como cada céntimo que pudiéramos conseguir o pedir prestado. Esperamos un año antes de expandirnos. Usando el primer hotel como garantía, pudimos asegurarnos la financiación para otra propiedad. De ahí, aprovechando los otros hoteles y su éxito, nos expandimos rápido y comenzamos a encontrar inversores más fácilmente.

—Entonces tu familia no tuvo nada que ver con tu éxito, ¿es así?

—Nada de nada —soltó con mordacidad—. No cogería ni un céntimo de ellos. No quería que me tuvieran atado. Y no quería que ellos formaran parte de mi negocio.

—Supongo que no se lo tomaron muy bien —murmuró ella.

Ash sonrió.

—No. De hecho, estaban muy cabreados por que lo estuviera consiguiendo sin su ayuda, y además por que no les diera dinero. Es como si tu padre se presentara ante ti mañana y quisiera que fuerais una gran familia feliz.

Los ojos de Josie se volvieron tormentosos y pegó los labios en una fina línea ante la mención de su padre.

Ash se inclinó hacia delante y deslizó la mano por la mesa para cubrir la de ella otra vez. Un músculo se contrajo en su brazo y ella se estremeció mientras una serie de escalofríos le recorrían la piel.

—Ahora es mi turno de preguntarte veinte preguntas.

—Eh, yo no te he hecho veinte.

—Casi —murmuró.

Ella suspiró.

—De acuerdo, está bien. Pregunta.

Su mirada inmediatamente recayó sobre su cuello. Sobre esa marca pálida donde la gargantilla había estado antes. Había sido lo primero de lo que se había percatado cuando salió de la casa de empeños, y no se había atrevido a tener esperanzas. Pero el hecho de que hubiera aceptado la invitación para cenar, incluso aunque la hubiera chantajeado, y de que no llevara el collar esta noche como barrera entre ellos le decía que al menos estaba intrigada con esta cosa que había entre ellos. Fuera lo que fuese.

—¿Por qué no llevas el collar? —le preguntó con suavidad.

Su mano libre se fue inmediatamente hasta su cuello, y la consternación brilló intensamente en sus ojos. Pero se mantuvo callada y con los labios firmemente cerrados.

—Josie, ¿por qué no llevas el collar?

Ella suspiró.

—Ya no me estoy viendo con él.

Ash tuvo que esforzarse mucho para no reaccionar ante esa noticia. Había sospechado lo mismo, pero no había querido lanzarse a ninguna conclusión sin tener la confirmación.

—¿Qué ha pasado?

Ella retiró la mano que Ash tenía agarrada y la dejó caer en su regazo. Bajó la mirada, negándose a mirarlo a los ojos. Él esperó; no la dejó librarse de la pregunta. Era demasiado importante. Quería saberlo todo.

—¿Rompiste tú o fue él? —preguntó al final.

—Yo lo hice.

—¿Quieres decirme por qué? ¿Qué ha pasado, Josie?

Ella levantó la mirada y sus ojos destellaron.

—Tú eres lo que ha pasado, Ash. Tú.

Capítulo siete

*E*ra imposible que la sorpresa de Ash fuera fingida. Claramente lo había pillado con la guardia baja al soltarle aquello. Sus ojos se entrecerraron y se inclinó más hacia ella sobre la mesa. Aún le sostenía una mano, pero cubrió la otra que tenía libre también deslizando la palma sobre sus nudillos.

El hombre era letal. Con cada caricia la seducía, y dudaba de que él siquiera se diese cuenta. O a lo mejor sí. Quizás supiera exactamente lo que estaba haciendo.

—Yo no —dijo en voz baja—. Porque si así hubiera sido, ahora mismo estarías en mi cama.

Su voz salió como un gruñido ronco deslizándose sobre su piel hasta que los pelos de la nuca se le pusieran de punta.

Ella intentó apartar las manos, pero él se las sujetó y no permitió que escapara.

—Sí que eres tú lo que ha pasado —refutó—. Ese día en el parque. Hiciste que me lo cuestionara todo. Y no me gustó lo que descubrí como resultado.

—¿Y qué fue?

Ella se removió incómoda en la silla bajo su intenso escrutinio. No quería mantener esta conversación. Era demasiado íntima. Era demasiado… reveladora. Ash era un hombre al que si le dabas la mano, te cogía el brazo.

—¿Qué hice que te cuestionaras, Josie?

Estaba claro que él no iba a darse por vencido.

—Lo que el collar significaba —dijo, accediendo por fin.

—¿Qué quieres decir con eso? —la animó delicadamente.

Ella respiró hondo.

—Las cosas que dijiste, lo que el collar significaba para ti y lo que debería significar para mí. Me di cuenta de eso. Pensé mucho en ello, y cuando fui a ver a Michael para averiguar lo que el collar significaba para él, ni siquiera se percató de que no lo llevaba puesto. Puede que me equivoque, pero pensé que a un hombre no le gustaría el hecho de que su mujer se quitara el collar. Es decir, claro está, si se supone que significa todo lo que tú insinuaste.

—No te equivocas —dijo Ash.

—Es un juego para él. Quizás para mí también lo era —susurró—. Me dijo que me estaba tomando las cosas con demasiada seriedad. Que el collar era divertido, pero sin ningún significado. Es como si estuviera jugando a algún juego de rol y nada de eso fuera real. Y cuando me di cuenta de eso, también me di cuenta de que yo no quería un juego. Aunque al mismo tiempo, no sé si quiero que sea real. Contigo… creo… que sería muy diferente. Con un hombre como tú, me refiero.

—Sí que tiene un significado —gruñó Ash con el ceño fruncido—. Y sí que sería diferente conmigo. ¿Pero sabes qué? Sería real. Y significaría algo.

—¿Qué significaría? —preguntó ella con los labios temblorosos mientras le devolvía la mirada a esos ojos tan intensos.

—Significaría que me perteneces. Solo a mí. Que te sometes a mí. Que te cuidaré, te daré lo que necesites y te haré el amor.

Ash no podía saber el efecto que sus palabras tenían sobre ella. De que le habían llegado tan adentro del alma y habían despertado una parte de ella que no sabía ni que existía. Con Michael, todo había sido un juego, ahora lo veía. Habían sido dos personas actuando, haciendo cosas por el simple morbo de hacerlas. No había nada malo en ello, pero no era lo que ella quería.

Pero la idea de estar con Ash, de pertenecer a él en el sentido que él decía, la asustaba. Era abrumador en todos los sentidos de la palabra.

—Creo que sabes que te deseo, Josie. Está claro que no lo he ocultado. La pregunta es si tú me deseas igual y quieres todo lo que te puedo dar. Pero también tienes que pensar en todo lo que yo voy a coger. Porque voy a coger mucho. Te daré más, pero yo me adueñaré de todo.

Ella tragó saliva; las manos le temblaban bajo las de él. Ash enroscó más sus dedos alrededor de las manos de Josie y le dio un pequeño apretón.

—No sé qué decir.

—Di que pensarás en ello —murmuró—. Al menos dame eso.

Ella se relamió los labios; el pecho le subía y bajaba debido a sus rápidas respiraciones. Decir que lo pensaría no era un compromiso. No tenía por qué decir nada definitivo. Y sí que necesitaba tiempo para considerar en dónde se estaba metiendo.

—Lo pensaré —concedió finalmente.

La satisfacción, no, el evidente triunfo brilló con fuerza en los ojos de Ash. Actuaba como si hubiera aceptado ya. Quizás pensaba que así era al haberle dicho que lo pensaría. O a lo mejor era que no le gustaba obtener un no por respuesta.

El camarero volvió con los entrantes. Ash se quedó en silencio hasta que sirvió los platos y el camarero se hubo retirado.

—Ahora cuéntame más sobre ti. Eres una artista, obviamente.

Ella asintió, sin siquiera saborear la comida que se había metido en la boca. El solomillo olía deliciosamente bien y estaba tan tierno que podía cortarlo solo con el tenedor. Pero cuando se lo llevó a la boca, no percibió ningún sabor. Estaba demasiado preocupada con Ash y con la proposición que le había hecho.

—¿Puedes vivir de ello? —le preguntó.

Era una pregunta personal, pero Ash no parecía ser el tipo de hombre que se preocupara demasiado por lo que era apropiado o no.

—Ahora más —dijo con remordimiento—. He podido hacerlo. No siempre es fácil. Pero lo he intentado con trabajos de ocho horas, y no tengo una gran pasión por ellos. No como cuando pinto. He vendido algunos cuantos cuadros aquí y allí y diseño joyas y las vendo por Internet. Gano lo suficiente como para pagar el alquiler. La mayoría de las veces —añadió con una mueca en el rostro—. Este mes ha sido malo. Los pedidos de Internet, que normalmente son regulares, bajaron y no había vendido ninguno de los cuadros que expongo en una galería en las últimas seis semanas. Esa es la razón por la que fui a la casa de empeños a vender las joyas de mi madre. Odié tener que hacerlo, pero no veía otra opción para pagar las facturas. Podía haber conseguido un préstamo, pero eso no me beneficiaría si no tengo el dinero para pagarlo con intereses.

—¿Y dónde demonios estaba Michael cuando pasó todo esto? —exigió Ash.

Ella parpadeó ante la ferocidad de su mirada y de la ira que vio reflejada en sus ojos.

—No estoy segura de saber a lo que te refieres.

Ash curvó los labios con irritación.

—Tenías problemas económicos, lo que te obligó a elegir entre vender las joyas de tu madre, algo que obviamente significa mucho para ti, o no poder pagar el alquiler y por lo tanto acabar sin un lugar en el que vivir. Michael debería haberte ayudado.

Ella negó con la cabeza.

—No. No es así. No quiero que me mantenga. Él gana bastante dinero, pero nuestra relación no era por eso. No podía pedirle dinero. Sería como si estuviera pagándome por tener sexo.

Ash la miró incluso más molesto.

—Tienes una forma de razonar un poco retorcida, Josie. Si fuera elegir entre vivir en la calle o coger dinero de un hombre que debería haberte protegido mejor de lo que lo ha hecho, no hay ningun duda de que él te tenía que haber ayudado. No deberías haber tenido ni que pedirlo. Si él estaba contigo, si él era tu dominante y lo conocía todo sobre ti, entonces debería haber sabido que tenías dificultades. Debería haber sabido que estabas en una maldita casa de empeños vendiendo joyas para no quedarte en la puta calle. Y debería haber aparecido y haberse encargado de ti. Si te hubiera tratado como se supone que debería hacerlo, no te sentirías incómoda con que te ayudara. Deberías tener completa confianza en el hombre al que te has entregado. Y él debería cuidar y mantener ese regalo asegurándose de que no tienes preocupaciones, económicas o de lo que sea.

—Supongo que nunca lo miré de esa forma —murmuró.

—Lo harás —dijo él.

La determinación en su voz la hizo quedarse muy quieta. Estaba tan seguro de sí mismo, de ella. De que habría al final un «nosotros».

—¿Cómo está tu comida? —le preguntó, cambiando la dirección de la conversación por completo.

Ella se quedó mirando su plato y se dio cuenta de que el filete estaba a medio comer y de que no se había acordado de seguir comiendo mientas hablaban.

—Buena —dijo quedamente—. En realidad, excelente. Nunca había comido aquí antes. Es demasiado pijo para mí. ¿Qué te hizo elegirlo?

Ash sonrió ligeramente.

—Soy dueño del hotel, así que es lógico que tenga un restaurante en él en el que me guste comer. Me alegro de que el solomillo fuera de tu gusto.

Josie se quedó mirándolo boquiabierta.

—¿El hotel es tuyo?

Él arqueó las cejas.

—Pareces sorprendida. Te dije que mis socios y yo teníamos varios hoteles.

—Supongo que pensé que te referías a una pequeña cadena de hoteles o algo más modesto. Este hotel es… —luchó por encontrar la palabra correcta para evitar parecer como una auténtica idiota.

—Es ¿qué? —preguntó.

—Es muy pomposo y obviamente un buen reclamo para gente adinerada. Supongo que pensé que eras dueño de algo a una escala mucho menor —murmuró ella.

—¿Eso te molesta?

Josie sacudió la cabeza.

—No. Solo me ha pillado por sorpresa. Bueno, sí que aparentas ser rico, pero quizás no pensé que lo fueras… tanto.

—¿Y piensas que si aceptas lo que te he propuesto te hará parecer una cazafortunas?

Lo acertó a la primera. El hombre era muy hábil leyendo la mente.

—Digamos que no juego en tu misma liga. Cualquiera

que nos mire a los dos me etiquetaría inmediatamente de oportunista. Nadie se creería nunca que no estoy contigo por tu dinero.

—¿Y lo estarías? —preguntó él de sopetón.

Ella no pudo esconder su reacción. Los labios formaron una fina línea.

—¡Por supuesto que no! No quiero ni necesito que me mantengas, Ash. No quiero tu dinero. Quiero…

Ella se paró, horrorizada, ante lo que había estado a punto de decir. Pero Ash no perdió detalle y su mirada se volvió mucho más intensa.

—¿Qué quieres?

—A ti —susurró—. Solo a ti.

La satisfacción se reflejó en sus ojos y una sonrisa lenta apareció en sus labios.

—Entonces tienes que lidiar con ello, Josie. Porque conmigo viene todo lo que puedo darte, y no me hará feliz que rechaces lo que yo elijo darte o hacer por ti. Mientras tú y yo sepamos de qué va la cosa, no me importa una mierda lo que los demás piensen y a ti tampoco debería importarte.

Ella se relamió los labios mientras las palabras de Ash volvían a ella como en cascada. Lo había querido interrogar entonces, pero el momento no había parecido el correcto, y luego la comida llegó. Pero la pregunta le estaba quemando la punta de la lengua y tenía que saber la respuesta.

—Antes dijiste algo… quiero decir, cuando dijiste que darías pero que cogerías… mucho. ¿Qué querías decir con eso?

—Todo —dijo él abruptamente—. Tú en mi cama. Tú en mi espacio. Tú bajo mi protección. Lo voy a coger todo, Josie, y tú me lo darás.

—Eso no parece muy igualitario —murmuró.

—Nada que te pueda dar yo se puede comparar con el regalo de tu sumisión. El regalo de tu confianza. Nada es más valioso que eso, y no puedes ponerle un precio a esa clase de regalo. Me pasaría toda la vida intentando llegar al mismo valor, porque, joder, claro que no es igual. Lo que tú me darías sobrepasaría todo lo que yo pudiera darte.

—¿No me estarías tú dando a ti mismo también? Quiero

decir, dijiste que me entregaría a ti, pero tú te entregarías a mí a cambio, ¿verdad?

Él hizo una breve pausa durante un momento pero siguió mirándola intensamente a los ojos.

—Me tendrás a mí. Todo lo que soy. Lo que yo elija darte. Nada más. Y tú tienes que entender eso. Si te molesta, entonces tienes que aguantarte y tomar una decisión porque no te podré dar más.

Ella digirió sus palabras durante un largo rato y luego volvió a alzar la mirada hacia él con una ceja arqueada mientras volvía a prepararse con su siguiente pregunta, o mejor dicho, condición. Puede que no se la tomara muy bien, pero no podría considerar esto si se negaba a ello.

—No te compartiré con ninguna otra mujer —dijo—. Me refiero a que, si hacemos esto, no toleraré que estés con ninguna otra mujer. No sé cómo funciona esto, si ya tienes a otra mujer como yo. Pero no quiero tener que preocuparme de que estés con ninguna otra. Porque si yo te doy todo lo que estás exigiendo, especialmente mi confianza, entonces yo esperaré que tú me seas fiel durante todo el tiempo que dure.

—No tengo intención de acostarme con ninguna otra mujer o incluso estar con ninguna otra mujer si te tengo a ti. ¿Por qué necesitaría a alguien más si tú te has sometido a mí y estás en mi cama? Yo nunca te faltaría el respeto así, Josie. De todo lo que te doy, el respeto es lo principal. Te cuidaré, te protegeré y te querré. Ninguna otra mujer tendrá esas cosas de mí.

Josie no estaba del todo segura de saber qué responder a eso. Ash sonaba tan... decisivo. Como si ya diera su relación por hecha.

Se inclinó hacia delante con la mirada volviéndose mucho más intensa aún y su tono de voz persuasivo, como si quisiera que le diera una respuesta ahora en vez de tomarse su tiempo para pensarlo mejor.

—Una cosa de la que tienes que darte cuenta es que no soy más que tú, Josie. Entiendo que hay una desigualdad de poder en la relación. La balanza está inclinada a mi favor, pero eso no significa que yo sea más. Nunca más. Tú lo eres absolutamente todo en esta ecuación. Tú no vas a bajar la mirada. No vas a sentir nunca que eres menos, porque eso sí que me cabreará. No necesitas arrodillarte a menos que eso sea lo que yo quiera que hagas cuando estés mamándome la polla. Yo tomo las decisiones y tú te sometes a mí, pero eso no me hace a mí superior ni a ti inferior; te hace a ti el todo. Y tu poder sobre mí es, de lejos, mucho mayor que el poder que puedas percibir que tengo yo sobre ti. Hablas de lo que tú me das y lo que yo te doy. Sin mí, estás bien. Puedes apañártelas sola, ya lo has demostrado. Pero sin ti, yo no soy nada, porque el dinero, la riqueza, el poder, no significan nada sin tener a alguien con quien compartirlos. Así que a lo mejor mi necesidad de ti es superior a la tuya de mí. Pero eso no significa que no vaya a hacer todo lo que esté en mi poder para que me necesites tanto como yo te necesito a ti.

Josie abrió los ojos como platos ante su apasionado discurso. Joder, ¿lo decía de verdad? ¿Todo?

—¿Me necesitas? —susurró ella.

Él le soltó la mano y se echó hacia atrás al mismo tiempo que se pasaba la mano por el pelo con nerviosismo.

—No puedo explicarlo. Esta cosa, lo que hay entre nosotros. Pero sí, te necesito. No estoy siquiera seguro de que «necesitar» sea la palabra adecuada porque es muy inadecuada para la urgencia loca que tengo de estar contigo. De tenerte. De tener tu sumisión. Nunca ha sido así con ninguna otra mujer. Es algo que quiero, algo que deseo, algo que disfruto. Pero contigo lo necesito y si no lo tengo, voy a perder la puta cabeza. Así que sí, te necesito, Josie. Y eso es decirlo de un modo suave. Y si te asusta, lo siento, pero no puedo ser de ninguna otra manera contigo. Te estoy diciendo las cosas claras. Intentaré no abrumarte, pero solo conozco un único modo de actuar contigo, sin frenos y sin restricciones.

Se había quedado sin palabras. Josie no tenía ni idea de qué responder. Esto era una locura. Todo. Solo se habían visto dos veces antes de esta cena. ¿Cómo podría haber determinado que era algo que necesitaba cuando no conocían casi nada el uno del otro? Y, a todo esto, ¿cómo podía sentirse ella como si lo necesitara a él?

—Otra cosa que tienes que saber —dijo él antes de que pudiera responder—. A mí no me van las fantasías, Josie, sino la realidad. Y quizás tu fantasía es mi realidad, y eso me parece bien siempre y cuando sepas que al final esa fantasía se convierte en realidad. Lo que hacemos es real. Está aquí. Es sólido. No se va a ir mañana o al día siguiente. Tienes que estar segura de que puedes lidiar con eso porque, sí, te daré la fantasía pero va a ser muy real. Nada de ilusiones con las que solo sueñas en la cabeza. ¿Estás preparada para eso? ¿Puedes lidiar con que esto sea real y permanente?

—Pero ¿cómo? Quiero decir, entiendo adónde quieres llegar con lo de la línea entre la fantasía y la realidad. Sé que Michael claramente quería un juego. No era real con él, y me di cuenta de que yo no quería jugar a un juego. Pero si no estoy siquiera segura de lo que quiero, ¿cómo puedes esperar saberlo tú?

Él sonrió y extendió su mano sobre la de ella otra vez.

—Ese es mi trabajo. El tuyo es someterte, entregarte libremente. Mi trabajo es estar al día de tus necesidades y deseos, conocerlos mejor que los míos propios.

—Suena demasiado bien como para ser verdad —admitió—. Dices que esto no es una fantasía, que sería real contigo, pero sí que suena como una fantasía.

—No lo sabrás a menos que decidas dar el paso. Pero créeme cuando digo que no es ningún juego. Si te sometes a mí, sabrás que es real. Nada de actuar ni de juegos tontos. Eso lo sentirás en tus huesos, te lo garantizo.

Tenía en la punta de la lengua decir que sí, que aceptaba dar el paso, como él había dicho. Pero sería estúpido por su parte no tomarse tiempo para pensar sobre ello, preferiblemente cuando él no estuviera sentado frente a ella seduciéndola con cada mirada, roce y cada palabra que salía de su boca.

No había ninguna duda de que él la atrapaba y despertaba una parte de su alma que nunca había salido a la luz. Hacía que quisiera cosas que nunca había considerado. Sabía sin ninguna duda que una relación con él sería muy diferente a la que había tenido con Michael. Y ella no estaba totalmente segura de poder manejar eso. Ash tenía una presencia abrumadora. La asustaba y la intrigaba a partes iguales.

—Lo pensaré —dijo quedamente—. Necesito tiempo, Ash. Esto es… muy fuerte. Es una decisión enorme que no puedo tomar a la ligera. No querría faltarte al respeto accediendo y luego negándome a los términos de nuestra relación. Si acepto tengo que saber que soy capaz de darte todas las cosas que pides.

—Te daré tiempo —dijo—. Espero que no tardes demasiado, pero tampoco tienes un tiempo límite para decidirte. No voy a conseguirme otra mujer en una semana porque no me hayas dado tu decisión. Has de saber que no hay ninguna otra mujer. Nadie que esté considerando. Otra cosa que has de saber es que yo no hago esta oferta a la ligera. De hecho, nunca le he propuesto a ninguna otra mujer una relación de estas características.

Ella frunció el ceño.

—Pero dijiste que esto es quien tú eres. Lo que eres. ¿Cómo puedes no haberle pedido a ninguna otra mujer estas cosas? Dudo que hayas estado célibe toda tu vida.

Él se rio.

—No, claro que no. Las mujeres con las que he estado sabían dónde se metían, lo que esperaba de ellas y lo que cogería. Pero nunca las consideré una relación de verdad, porque, voy más allá, tanto ellas como yo sabíamos que era temporal. Para nada lo que yo llamaría una relación de verdad.

—¿Entonces esto no sería temporal? —preguntó, dándole voz quizás a su mayor miedo. Miedo a que él se cansara de ella en una semana y simplemente la dejara por otra.

¿Pero qué era lo que esperaba? ¿Qué era lo que pedía siquiera? ¿Algo a largo plazo? ¿Cómo podría pedirle eso a él cuando no estaba segura de querer algo más permanente? Era dar un paso enorme. Era posible que no fuera capaz de lidiar con las exigencias que él pedía. Y aun así, la sola idea de que él quisiera únicamente algo temporal la molestaba.

—No puedo decir con alguna autoridad lo que serás, Josie —dijo en voz baja—. Pero lo que puedo decir es que no, seguramente no vas a ser temporal. Tengo toda la intención de conservarte durante mucho tiempo. Y si te hace sentir mejor, nunca antes le he propuesto a una mujer nada más allá de unas pocas semanas, y ninguna de esas mujeres me tenían tan amarrado como tú ya me tienes.

El calor le recorrió las venas y su pecho se hinchó de placer. Era estúpido este sentimiento de atolondramiento de que de alguna manera fuera más para él que cualquier otra mujer. ¿Pero a qué mujer no le gustaba sentirse así con el hombre con el que estaba?

No importaba lo que el futuro tuviera preparado para ellos ni para la relación que empezarían; ella se sentía más tranquila al pensar que por alguna razón él sentía por ella lo que no había sentido nunca por ninguna otra mujer.

—No me llevará mucho —dijo ella—. Solo dame unos pocos días para que me aclare la cabeza.

Él asintió.

—De acuerdo. Te daré mi número de móvil. Cuando hayas tenido tiempo de considerar todo lo que he dicho, llámame y cenaremos en mi apartamento. Luego, si has aceptado, pasaremos a los términos, o mejor dicho, a mis expectativas.

Ella frunció el ceño.

—¿No deberíamos hacer eso antes de que tome mi decisión?

Ash sonrió.

—Ahí es donde entra la confianza, Josie. Considera todo lo que te he dicho, cómo será, y luego cuando digas que sí, pasaremos a los detalles más íntimos de nuestro acuerdo.

Capítulo ocho

Ash no era un hombre al que le gustara esperar. Especialmente para algo que quería. Estaba demasiado acostumbrado a conseguir lo que quería y cuando él quería. La palabra «no» no existía en su vocabulario y cuanto más tiempo pasaba desde su cena con Josie, más nervioso se sentía.

Ni siquiera la situación con Brittany había podido distraerlo de su preocupación con Josie.

Su hermana se había instalado en su apartamento y había empezado a trabajar en el departamento de administración del hotel Bentley. Hasta ahora parecía estar llevándolo bien. Recibía informes regulares sobre Brittany del encargado, que estaba satisfecho con su trabajo por ahora. Le había comentado que era puntual, muy trabajadora y parecía motivada con querer hacer bien su trabajo.

Esta noche tenía planes para ir a cenar con Brittany, y habría estado esperando el momento con ansias de no ser porque no había tenido noticias todavía de Josie. Había pasado una semana desde la cena que tuvieron y él había estado convencido de que sabría de ella en cuestión de días. Lo había visto en sus ojos. Estaba intrigada. Se sentía claramente atraída hacia él. Y las cosas que le había ofrecido parecían atraerle.

Entonces, ¿por qué tardaba tanto en responder? ¿O tenía siquiera pensado contestarle? Quizás había llegado a casa e inmediatamente se había convencido de que no era una buena idea tener una relación con él.

Sabía que debería haberla presionado para que le diera una respuesta la misma noche que habían cenado juntos. Había estado casi a punto de acceder. Lo había visto en sus ojos y en su lenguaje corporal. Consciente de ello o no, ella lo deseaba y quería la misma clase de relación que él proponía.

Esto era territorio nuevo para él. Nunca había tenido que esperar a que una mujer se aclarara las ideas para ver si quería estar con él o no. Las mujeres con las que había estado en el pasado no habían dudado ni por un minuto. Habían estado demasiado ansiosas de liarse con él sin importar lo mucho o poco que durara.

Y de hecho, había habido varias mujeres que no habían pillado el mensaje de que habían terminado. La última mujer con la que habían estado juntos él y Jace —sin contar a Bethany— no se había tomado el final de su aventura con ambos demasiado bien. Se había enfadado y había empezado a actuar con desdén aunque tanto él como Jace le dejaron más que claro que era algo temporal.

Volvió a reproducir en su cabeza la cena con Josie. Sí, había sido directo y abrupto. Quizá la había asustado. Quizás había actuado demasiado rápido. Pero no quería engañarla. Quería que supiera exactamente dónde se estaba metiendo si mantenía una relación con él.

—Hola, tío.

Ash levantó la mirada para ver a Jace, de pie, en la puerta del despacho. Ash le hizo un gesto con el brazo para que pasara y Jace se acercó a la mesa tras cerrar la puerta a sus espaldas.

—Has estado muy callado últimamente. ¿Va todo bien? ¿Cómo han ido las consecuencias de la huida de Brittany?

Ash puso los ojos en blanco.

—Predecibles.

—¿Qué quiere decir eso?

Jace se sentó frente a Ash y lo taladró con una mirada inquisidora.

—Oh, ya conoces a mi queridos y viejos padres. Papá es un debilucho incapaz de decir o hacer nada. Él simplemente le da la razón a mamá y lo que diga ella va a misa.

—¿Le han estado dando la lata? —preguntó Jace frunciendo el ceño.

—Bueno, se presentaron en el apartamento que le has dejado que use. Le ordenaron que volviera a casa y le dijeron que dejara de comportarse como una niña pequeña. A una mujer de treinta años, no te lo pierdas. Cuando Brittany se negó, mamá quería saber cómo se podía permitir el apartamento en el que vivía y cómo se las apañaba sola. Brittany le dijo que no era de su incumbencia cómo hubiera conseguido el piso y que sobrevivía como la mayoría de la gente hacía. Trabajando.

Jace se rio entre dientes.

—Bien por ella. Nunca hubiera pensado que tuviera agallas de rebelarse contra la loca de tu madre.

—Yo tampoco, si te soy sincero —admitió Ash—. Pero parece decidida a romper con la familia. Estoy orgulloso de ella. Mamá puede ser intimidante y tienes que entender que, hasta hace poco, Brittany había hecho siempre todo lo que mi madre quería. Sin hacer preguntas.

—Debe de ser un cambio duro para ella —dijo Jace con compasión.

—Voy a cenar con ella esta noche. ¿Queréis venir tú y Bethany? Me gustaría que Brittany conociera a Bethany. Brittany no se ha relacionado con las mejores amigas que digamos. Nunca fueron verdaderas amigas y Brittany lo sabe. Cuando las cosas se ponen feas, ellas no van a ir a rescatarla. Le han dado de lado como si tuviera la peste.

—Claro. Llamaré a Bethany y me aseguraré de que no tengamos otros planes.

—Gracias. Me vendrá bien para despejarme la cabeza de otras cosas.

Se dio cuenta demasiado tarde de lo revelador que ese comentario había sido, y lo último que quería era tratarlo con Jace, quien estaba claro que iba a aferrarse a ello y no lo iba a dejar pasar.

—¿Algo con lo que necesites ayuda? —preguntó Jace con la frente arrugada de preocupación.

—Nada. No a menos que tengas una manera infalible de hacer que una mujer acceda a tus exigencias.

Ante eso Jace alzó una ceja.

—¿Una mujer? Cuéntame. Esto tiene toda la pinta de ser una confesión.

—Es complicado —murmuró Ash—. Está siendo difícil.

Jace se rio.

—¡Dime alguna mujer que no lo sea!

—Bethany —señaló Ash—. Eres un cabrón afortunado por tenerla. Ella te daría la luna y lo sabes.

—Entonces,¿cuál es el problema con tu chica del día?

Ash gruñó.

—De eso se trata. De que no es cualquier mujer. No sé, tío. Me está haciendo plantearme cosas que nunca una mujer había conseguido en mí.

—Mierda. Ha sucedido —se jactó Jace—. El cabrón engreído que nos ha dado tanto la vara a mí y a Gabe por fin se ha enamorado, y por lo que dices parece que ella no te esté exactamente correspondiendo.

Ash le hizo un gesto con el dedo corazón.

—Es muy pronto para eso. Ella solo me intriga. La quiero tener —dijo abruptamente—. Haré lo que sea para que se vaya a la cama conmigo. El problema es que ella no parece estar loca porque eso suceda.

—Eso tiene gracia. Las mujeres se matan entre ellas para acercarse a ti. Tú eres el encantador. El que no es tan duro como Gabe o yo.

Ash apenas pudo contener una risotada. Sus amigos estaban tristemente equivocados en eso. Puede que diese la impresión de ser más relajado, pero en lo que a mujeres se refería, lo que quería y lo que deseaba, no había ni encanto ni actitud relajada. Habían pasado años desde que dejó salir esa parte de él por última vez con una mujer. Aún la recordaba con cariño. Él acababa de cumplir los treinta, y ella era unos cuantos años más joven que él. Ambos querían y disfrutaban de las mismas cosas y cuando él se mostró como de verdad era, ella no huyó.

Aún pensaba en Cammie de vez en cuando. Se preguntaba dónde estaría. Si estaría casada y con hijos. Y se preguntaba si habría encontrado a un hombre que satisficiera su vena sumisa.

Ella y Ash se despidieron como amigos. Ella quería más de lo que Ash podía darle. Por entonces, él estaba completamente ocupado con su carrera laboral, intentando transformar HCM en lo que era hoy. Ella quería sentar cabeza, tener una familia, vivir el sueño americano. Y Ash no estaba preparado para hacerlo.

No es que le importara la idea de casarse con ella. Era una mujer preciosa y divertida. Podría haber llegado a amarla, lo sabía. Pero había preferido esperar. No había querido casarse con ella cuando no estaba absolutamente seguro de poder darle todo lo que Cammie necesitaba.

¿Ahora? El matrimonio y el compromiso parecían ser el siguiente paso lógico en su vida. Gabe y Jace ya lo habían hecho. Estaban ante tal punto de sus carreras laborales donde podían relajarse y centrarse en otras cosas además de los negocios.

Pero aunque Gabe y Jace hubieran encontrado esa mujer perfecta, alguien que aceptara con los brazos abiertos la clase de hombre que eran y que los amara a pesar de sus imperfecciones, Ash aún no había conocido a la mujer que llenara esos huecos abiertos en su corazón que su carrera y sus buenos amigos dejaban.

—Ella me desea —dijo Ash—. Quiere lo que puedo darle, pero al igual que veo que lo quiere, tiene dudas.

—Sé que la paciencia no es una de tus virtudes, pero a lo mejor ahora es el momento perfecto para que la pongas en práctica.

La diversión en la voz de Jace solo hizo que Ash estuviera más gruñón. ¿Paciencia? Definitivamente no era una de sus virtudes. Y tampoco iba a serlo ahora. No cuando quería algo con tanta intensidad como quería a Josie.

Y aún no podía explicarlo. Obsesión. Era una palabra que la había asociado con Jace cuando pasó lo de Bethany, y Ash machacó a Jace por lo mismo. No lo había entendido. Él incluso había intentado que Jace cambiara de parecer yendo muy lejos e investigando a Bethany para luego advertir a su amigo.

No fue una de sus mejores acciones, porque Bethany había sido lo mejor que le había pasado a Jace nunca. Era bueno que su amigo no hubiera escuchado el consejo de Ash, y ahora que él mismo se encontraba en una situación similar, podía entender bien la extraña reacción que tuvo con Bethany.

—Déjame que te pregunte algo —dijo Ash, poniéndose serio—. Al principio con Bethany, ¿esperaste sentado o entraste en acción y te hiciste cargo de la situación?

Jace hizo una mueca, sus facciones denotaban vergüenza.

—Intenté ser paciente primero y llevar las cosas poco a

poco. Pero eso apenas duró. Quería darle tiempo a que se adaptara. Me refiero a que sus circunstancias eran diferentes a las de la mayoría. Me volvió loco pensar que no tenía un sitio donde dormir, y cuando se instaló en el antiguo apartamento de Mia también me volvió loco porque no estaba conmigo todo el tiempo aunque estuviéramos juntos todos los días. Pero yo la quería en mi apartamento. Mientras viviera en otro sitio, yo no la sentía como si fuera completamente mía. Suena fatal pero quería saber dónde estaba a cada minuto. Me hace parecer un puto acosador, aunque quizás sí que lo era. Ojalá lo supiera. Solo sabía que la quería conmigo. Todos los días. En mi apartamento cuando llegara a casa. En mi cama cada noche. No en otro apartamento donde podía irse cuando quisiera aunque tuviera dos hombres vigilándola.

—Sí, eso no acabó yendo muy bien si no recuerdo mal —dijo Ash con sequedad—. ¿No se escabulló y desapareció durante unas horas?

—Un día entero —murmuró Jace—. Dios, pensé que me había dejado o había huido, pero todo lo que hizo fue buscar a Jack. Aún me pongo nervioso solo de pensar en todo lo que le podría haber pasado en esas pocas horas.

—No lo entendía entonces —admitió Ash—. Pensé que te habías vuelto loco. Pero ahora sí, porque yo me siento igual con Josie. Y es una locura. Solo nos hemos visto un par de veces y hemos tenido una única cita donde no pasamos más que unos pocos minutos en la compañía del otro. Aún me estoy dando de hostias por no presionarla más en la cena. Estaba tan cerca de acceder, pero qué imbécil soy, le dejé espacio porque no quería abrumarla, así que le di tiempo para que se lo pensara. Bueno, eso fue hace una puta semana y no he tenido noticias de ella desde la cena.

Jace arrugó el rostro con compasión.

—¿Y qué vas a hacer?

—Bueno, tengo planes para esta noche con Brittany, y contigo y con Bethany si podéis venir, pero mañana voy a ir con todo el armamento que tenga. Estoy harto de esperar pacientemente. Si me va a decir que no, al menos quiero oírlo de sus labios en vez de soportar este prolongado silencio.

—Buena suerte, tío. Espero que te salga bien. Y arriesgándome a parecer como un completo hipócrita ya que yo me cabreé contigo por haber investigado a Bethany, ¿has investigado a Josie?

Ash asintió.

—Sí, lo hice. Tras nuestro primer encuentro en el parque. No hay ningún secreto macabro que descubrir.

—De acuerdo, está bien. Si hay algo que pueda hacer, sabes que solo tienes que pedirlo. Si consigues que acepte, tenemos que quedar. Y cuando Gabe y Mia vuelvan de su luna de miel, podemos hacerlo todos juntos. Puedes presentarle a Mia y a Bethany a Josie. Tienen un buen grupo de amigas, y te lo digo por experiencia, ¿cuándo tienen la noche de chicas en la discoteca? —Se paró y dibujó una enorme sonrisa en sus labios.

Ash levantó la mano con un quejido.

—Lo sé, lo sé. Ya me has obsequiado con todos los detalles de las chicas seductoras y borrachas con zapatos para morirse queriendo que os las folléis con esos mismos zapatos. No tienes por qué torturarme más.

Jace se rio y luego se puso de pie.

—Déjame llamar a Bethany y te digo lo de esta noche. ¿Dónde y a qué hora? Solo tengo que informarle de los planes para que esté lista.

—¿Qué tal el Bryant Park Grill justo después del trabajo?

Jace asintió.

—Suena bien. Te veo allí.

Capítulo nueve

*B*rittany estaba claramente nerviosa en la cena, aunque Bethany fuera una auténtica dulzura intentando hacer desaparecer la incomodidad y tratándola como si fuera una vieja amiga.

El Bryan Park Grill estaba lleno a rebosar, como cualquier otro día después del trabajo. Estaba lleno de gente con traje, hombres de negocios y mujeres disfrutando de unos cócteles tras un día de trabajo. Era un lugar de encuentro bastante conocido para ir después del trabajo, pero ese no era el motivo por el que Ash lo había escogido.

Lo había elegido porque pensó que podría ver a Josie allí. Pero según el hombre que tenía asignado para que controlara a Josie, no había salido de su apartamento en varios días.

Quizás estaba trabajando sin parar para terminar un nuevo cuadro para la galería. Quizás no había pensado siquiera en su proposición. Le había dicho a Jace que le daría hasta mañana, pero apenas estaba prestando atención a la conversación que habían entablado en la cena porque se sentía tentado de ir al apartamento de Josie sin avisar.

Paciencia. Jace había dicho que tenía que tener paciencia. Ash casi soltó una risotada ante la hipocresía de esa afirmación, aunque Jace ya lo hubiera admitido.

Les sirvieron la comida y Brittany por fin se relajó. Incluso sonreía en dirección a Ash. Una vez se inclinó hacia él para que solo él pudiera oír y le dijo:

—Gracias, Ash. No sabes lo que esto significa para mí. Tú eres la única familia que tengo ahora. Los otros han dejado de hablarme. Me tratan como si fuera una especie de traidora por querer tener mi propia vida. Tú entendiste lo que quería y necesitaba y no me juzgaste por ello.

Ash sonrió.

—Únete al club de los renegados. No está tan mal, de verdad. Cuanto más tiempo estés alejada de ellos, más perspectiva ganarás y te darás cuenta de que esto es algo con lo que habrías sido más feliz mucho antes. Pero lo has hecho, y eso es lo que cuenta. Se hará más fácil, te lo prometo.

—¿Te molesta? —preguntó ella con voz seria—. Quiero decir, ¿te molesta que te traten como a un extraño? ¿Que muestren tanto desdén hacia ti y tu éxito?

Ash se encogió de hombros.

—Al principio sí, supongo. No he pensado mucho en ello durante los últimos años. Tengo buenos amigos y ellos son mi familia. Y ahora tú.

Su rostro se iluminó y las sombras que poblaban sus ojos desaparecieron de un destello.

—Me alegro de que podamos ser familia, Ash. De verdad. No te voy a defraudar. Sé que no conseguí el trabajo por mi cuenta, pero no voy a hacer que te arrepientas de habérmelo dado.

Los interrumpió el sonido del móvil de Ash al sonar. Se llevó una mano automáticamente al aparato y dejó de respirar sin siquiera darse cuenta al principio de que lo había hecho. Podría ser Josie. Había esperado una maldita semana para algo, lo que sea que viniera de Josie.

—Perdonadme, tengo que cogerlo —dijo Ash mientras se levantaba y pulsaba el botón para aceptar la llamada.

Se alejó de la mesa y fue hacia un área más silenciosa cerca de los servicios.

—Ash —dijo rápidamente.

—Señor McIntyre, sé que mis informes han sido más de lo mismo esta semana. La señorita Carlysle no ha dejado su apartamento hasta ahora y sabía que querría que le informara de lo que he visto.

—¿Qué? —exigió.

—Lleva un ojo bien morado. El labio partido. Parece que alguien se desahogó con ella. Podría equivocarme. Podría haber sido un accidente, pero lo dudo. Y podría ser la razón por la que no haya salido del apartamento.

Ash maldijo.

—¿Adónde va ahora? ¿La estás siguiendo?

—Sí. Parece que va a la galería. Tenía varios lienzos cuando se subió a un taxi. Le mantendré informado.

—Hazlo —murmuró Ash antes de colgar.

Se quedó de pie durante un momento mientras su mente se llenaba de rabia ante la idea de que alguien hubiera abusado de Josie de alguna manera. Y luego no haber preguntado al hombre si Josie había estado en algún sitio o si había tenido visitas. Seguramente le habría avisado si las hubiera tenido. Sin embargo, no la había vuelto a vigilar hasta dos días después de la cena que tuvieron. Había pensado que le habría contactado para entonces y cuando no lo hizo, decidió volver a vigilar a Josie.

¿Obsesionado? Sí, esa era la palabra para describirlo. Demente era otra. Estaba actuando como un acosador loco de la clase de la que cualquier mujer haría bien en mantenerse alejada. Solo que él no iba a hacer daño a Josie. Se quería dar de hostias por no haberla tenido vigilada, porque alguien le había hecho daño, o al menos se había lastimado de alguna manera.

¿Por qué no lo había llamado? ¿Por qué no le había pedido su ayuda? Tenía que saber, tras la conversación que habían tenido, que él cuidaría de ella.

Con otra maldición volvió a la mesa donde Brittany, Jace y Bethany levantaron la cabeza para mirarlo. La preocupación se reflejó de inmediato en sus ojos. Su expresión debía de ser de lo más seria para que hubieran captado su estado de ánimo tan rápido.

—Siento tener que cortar esto así, pero tengo que irme. Brittany, te lo compensaré, te lo prometo. Jace y Bethany, gracias por venir, y por favor, acabad de cenar tranquilamente. Os veré luego.

Cuando se dio la vuelta para alejarse de allí, Jace lo llamó.

—¿Ash? ¿Va todo bien?

Ash le envió una mirada que sabía que Jace entendería. Sabría que era algo que tenía que ver con Josie y lo entendería. Jace asintió una vez y luego se dio la vuelta hacia las mujeres, sonriendo y entablando una conversación con ellas.

Suspirando de alivio y sabiendo que le debía una a Jace por

encargarse de la situación, cogió su teléfono para llamar a su chófer. Si Josie iba hacia la galería, probablemente volviera directamente a casa ya que no había ido a ningún otro lado en los últimos días. Ya se encargaría de comprar los cuadros que hubiera llevado a la galería más tarde, ahora se iba a ir directo a su apartamento a esperar que volviera y luego iban a tener una charla muy seria.

Capítulo diez

*J*osie soltó un suspiro de alivio cuando el taxi se detuvo en la esquina de la calle perpendicular a donde estaba su apartamento. No había querido salir bajo ningún concepto, pero había decidido llevarle más cuadros al señor Downing. Aunque el dinero de la venta de sus otros trabajos la tuviera cubierta durante unos pocos meses, había querido llevarle más para que el comprador no perdiera interés o pensara que no tenía nada más que ofrecer.

Mientras pagaba la tarifa y salía del taxi, se puso tímidamente una mano sobre la mejilla amoratada e hizo una mueca de dolor cuando los dedos rozaron la comisura de los labios donde tenía uno partido. Cabizbaja, se precipitó por la acera hasta llegar a su apartamento. Solo quería volver dentro y que nadie pudiera verla.

Aunque no tuviera nada de lo que avergonzarse, aún se sentía así por lo que había pasado. Sorprendida. Completa y totalmente conmocionada por que Michael hubiera ido a su apartamento y hubiera perdido los papeles, algo que nunca había ocurrido antes. Aún no podía creérselo. Debería haber presentado cargos. Debería haber hecho un montón de cosas, pero había estado demasiado entumecida como para procesarlo todo. Así que, en vez de todo eso, se había encerrado en su estudio y había trabajado fervientemente para dejar de pensar en los acontecimientos de la semana pasada.

Sabía que le debía a Ash una respuesta, una explicación. ¡Algo! Le había dicho que no tardaría mucho, ¿pero cómo podía ir a verle con moratones infligidos por el hombre que había sido su dominante?

Por supuesto, todo era de risa ahora. No era un verdadero

dominante. Había estado actuando. Fue un viaje para su ego. Se había convertido en alguien completamente diferente en el momento en que se dio cuenta de que iba en serio lo de cortar la relación. Su error había sido mencionar a Ash. Aunque no lo hubiera llamado por su nombre, sí que le había dicho a Michael que no podía darle las cosas que otro hombre le había prometido.

Ahora ya no estaba tan segura. ¿Qué pasaría si Ash no era mejor? No sabía apenas nada de él. Había estado a punto de acceder; se había hecho incluso a la idea de llamarlo el mismo día que Michael había acudido a su apartamento. Tras ese fiasco, la duda creció en su interior de nuevo y el instinto de supervivencia se hizo cargo de todo.

Si Ash era más intenso que Michael —y era evidente que lo era—¿entonces podía esperar el mismo tipo de trato bajo su mano? ¿O incluso peor?

La cabeza le daba vueltas con todas las posibilidades y sabía que no estaba en el estado emocional adecuado como para tomar tan enorme decisión. Como para depositar su confianza, su bienestar, todo su ser en las manos de un hombre como Ash. Y por eso había permanecido callada, dándole vueltas a su decisión una y otra vez.

El hecho era que tenía miedo. Y ese miedo la había prevenido tanto de aceptar como de declinar la proposición. Odiaba ese miedo. No era como ella quería vivir su vida o tomar sus decisiones. Necesitaba tener la cabeza clara antes de dar ese paso tan grande y confiar en otro hombre que podía perfectamente terminar siendo precisamente como Michael.

Soltó un suspiro lleno de tristeza y se metió la mano en el bolsillo para sacar las llaves de su apartamento. Seguía teniendo la cabeza gacha cuando llegó a los escalones y vio un par de zapatos caros justo en el primer escalón de su puerta.

Sorprendida, levantó la cabeza y se encontró con Ash. Mientras la inspeccionaba, la furia se reflejó en sus ojos y ella dio un paso hacia atrás por puro instinto.

—¿Qué narices te ha pasado? —exigió él.

Estaba que echaba humo; el enfado se le notaba a kilómetros. Cualquier apariencia relajada y encantadora se había ido. Era una gran masa de macho alfa cabreado a más no poder.

—Por favor, aquí no —susurró—. Solo quiero entrar en mi apartamento. Déjame pasar y vete.

Su completa expresión de «qué narices me estás diciendo» la hizo parar mientras intentaba apartarlo de su camino. Ash la agarró por los hombros, firme pero extremadamente gentil, con los dedos tensos sobre su piel pero sin clavarlos en su carne.

—Quiero saber quién narices te ha hecho esto —gruñó.

Ella hundió los hombros y casi dejó caer al suelo las llaves que colgaban peligrosamente de sus dedos. Reafirmó su agarre y luego levantó el mentón.

—Déjame pasar —dijo rechinando los dientes.

Para su sorpresa, Ash apartó las manos y dejó que bajara las escaleras. Él la acompañó pisándole los talones, por lo que no tendría oportunidad de cerrar la puerta y evitar que entrara.

Ella suspiró, metió la llave en la puerta y la abrió. Se sintió mejor en el momento en el que estuvo dentro, en su propio espacio. Tenía gracia que se sintiera segura aquí tras lo que había ocurrido con Michael. Pero ahora que sabía de lo que de verdad era capaz de hacer, nunca volvería a cometer el error de dejarlo acercarse ni a un kilómetro y medio de distancia de ella.

Tiró el bolso al suelo junto a la puerta y se encaminó hacia el pequeño salón. Ash cerró la puerta con pestillo y luego la siguió hasta el salón, que de repente parecía ser muchísimo más pequeño con él allí. Se quedó de pie, mirándola de arriba abajo sin cortarse, y luego volvió a centrarse en el moratón de la mejilla.

Sus ojos se volvieron fríos y ella se estremeció.

—No he sabido de ti —comenzó.

Ella se ruborizó con aires de culpabilidad y bajó la mirada; no quería que viera todo lo que quería esconder.

—Y ahora pienso que había una razón por la que no me has llamado.

Ella asintió lentamente, aún sin mirarlo a los ojos.

—Josie, mírame.

Su voz era suave. Amable incluso. Pero no era una petición. Era una orden. Una que se sintió en la necesidad de obedecer.

Lentamente levantó la mirada para poder encontrarse con sus ojos.

—¿Quién te ha hecho esto?

Toda la amabilidad se fue, dejando paso a un tono de voz de acero. Todo su cuerpo vibraba de furia y eso la hizo dudar de si contarle de verdad lo que había pasado. No tenía ni la más remota idea de cómo podía haber pensado que no era peligroso, o que era encantador y afable, porque el hombre que se encontraba frente a ella, justo en este momento, parecía capaz de hacer cosas horribles.

Y no era que tuviera miedo de él, no. Ella sabía de forma instintiva, aunque estuviera muerta de miedo por lo que ya le había ocurrido con Michael, que este hombre no le haría daño. Pero estaba cabreado. Cabreado no empezaba siquiera a describir lo que vio en sus ojos. Y parecía totalmente capaz de matar a alguien. No quería decírselo, y no porque tuviera miedo de él, sino por lo que pudiera hacer.

—Josie, respóndeme —dijo entre dientes—. Quién te ha hecho esto.

No estaba dispuesto a irse sin una respuesta. Y aunque Josie no temiera las posibles represalias, sabía que tenía que obedecerlo sí o sí. Él no la dejaría escaquearse. Incluso creía firmemente que se quedaría ahí de pie toda la noche y haría todo lo que hiciera falta hasta conseguir lo que quería.

Josie cerró los ojos, dejó salir un suspiro largo y cansado y hundió los hombros a modo de derrota.

—Michael —susurró con voz tan baja que ni ella podía oírla apenas. Quizá no lo hubiera dicho ni en voz alta.

—¿Perdona?

Las palabras salieron de sus labios con la misma fuerza con que ella las sintió. Levantó la mirada y se encogió al ver la expresión de sus ojos. Era… aterradora.

—Ya lo has oído —susurró con un tono de voz más alto.

—¿Me estás diciendo que ese hijo de puta te ha hecho esos moratones? ¿Que te ha partido el labio?

Él dio un paso al frente y ella automáticamente retrocedió, lo que solo pareció enfurecerlo incluso más.

—Maldita sea, Josie, ¡no voy a hacerte daño! Yo nunca te haría daño.

Las palabras fueron explosivas. No exactamente tranquilizadoras, aunque ella sí que se hubiera tranquilizado por la vehemencia con la que había hecho esa promesa. Tanto que volvió a dar un paso hacia él, lo que los dejó a apenas un paso de distancia el uno del otro.

Todo el cuerpo de Ash seguía vibrando de ira. Sus ojos verdes estaban casi negros, lo único verde que quedaba era un anillo alrededor de sus pupilas dilatadas. Y luego levantó las manos con lentitud, como si tuviera miedo de asustarla. Le rodeó el rostro con las manos; su tacto era tan infinitamente dulce que ella no supo cómo podía ser así cuando el resto de su cuerpo estaba tenso de rabia y su expresión era tan seria.

Pero su tacto fue tan exquisitamente tierno que ella literalmente se derritió entre sus manos. No sintió dolor aunque su rostro aún doliera cuando lo tocaban varios días después del incidente. Pasó los dedos por encima del moratón y luego delineó el corte que tenía en el labio con tanta suavidad que ella apenas lo notó.

—Lo mataré.

El tono de voz de Ash era absoluto. La resolución en su voz le heló la sangre en las venas porque lo creía. En este momento, lo creía totalmente capaz de matar al hombre que le había hecho daño. El corazón le dio un vuelco y la respiración se le aceleró al tiempo que el pánico se instalaba en su estómago.

—¡No! Ash, por favor. Simplemente déjalo ir. Esta es la razón por la que no quería decírtelo. Por la que no he llamado.

Josie habría dicho más, pero él le puso un dedo sobre la parte sana de los labios para silenciarla.

—¿Dejarlo ir?

Su tono era mortífero.

—¿Quieres que lo deje pasar cuando ese hijo de puta te ha puesto las manos encima? ¿Qué narices ha pasado, Josie? Y quiero todos los detalles, así que no te dejes nada. Quiero saber cuándo ocurrió esto. Quiero saber cuántas veces te golpeó. Y sobre todo, quiero saber por qué narices no viniste a mí inmediatamente, o me llamaste en el mismo instante en que pasó.

La boca de Josie perdió la tensión que tenía bajo su dedo. Y luego, como si él hubiera cambiado de parecer por completo, se separó y se giró para estudiar su salón. Seguidamente posó la mirada en el arco abierto que desembocaba en su dormitorio.

—Te voy a llevar a mi apartamento —dijo con firmeza—. Te vas a venir a vivir conmigo.

—Espera, ¿qué? Ash, no puedo…

—No es negociable, Josie. —Sus ojos brillaron llenos de determinación y su actitud era inflexible, no iba a ceder—. Vas a venir conmigo. Ahora vete a tu cuarto. Te vas a sentar en la cama y me vas a decir lo que necesitas llevarte para esta noche. Mañana podemos hablar sobre lo que tienes que tener o quieres tener en mi apartamento y yo me encargaré de que alguien venga y lo traiga todo. Pero cuando tengamos esta conversación sobre ese capullo —y vamos a tener esa conversación— será en un lugar donde te sientas completamente segura. Un lugar donde sepas que nada te hará daño. Eso no tiene discusión.

Ella abrió la boca aún más, pero incluso entre toda esa completa conmoción ante su proclamación predominó la sensación de… alivio. Seguridad. Pero sobre todo un alivio abrumador. La decisión se la habían quitado de las manos, y en ese momento lo agradeció. Sus preocupaciones —sus miedos— sobre Ash parecían estúpidas ahora. Pensar siquiera que él pudiera ser como Michael o que iba a entrar en una situación peor de la que acababa de salir parecía absurdo.

—Puedo coger mis propias cosas —susurró.

De repente hubo fuego en los ojos de Ash. Satisfacción ante su capitulación. Quizás había esperado que luchara más o que incluso se negara en rotundo aunque pudiera ver que él no tenía ninguna intención de darse por vencido.

—No dije que no pudieras hacerlo. Lo que dije es que te vas a sentar en la cama mientras yo lo hago por ti. Todo lo que necesito que hagas es que me digas lo que quieres para esta noche y a lo mejor mañana. El resto lo tendrás cuando tú y yo hablemos esta noche.

Se sentía abrumada. La situación se estaba moviendo a una velocidad supersónica. Tenía la sensación como si acabara de bajarse de una montaña rusa y aún estuviera intentando orientarse.

Él le tendió una mano, pero no se movió hacia ella ni cogió

su mano. Simplemente la extendió y esperó. Esperó a que ella la aceptara. A que cogiera su mano y entrara en su mundo.

Respirando hondo, extendió la mano y deslizó la palma de su mano sobre la de Ash. Este le rodeó los dedos con la mano y luego los agarró con firmeza. Como si estuviera forjando un lazo irrompible entre ellos.

Luego la guio dulcemente hasta su dormitorio y ella lo siguió, permitiendo que la llevara dentro donde la sentó en el borde de la cama como si fuera increíblemente frágil. Algo precioso y rompible.

Se alejó y echó un vistazo general a la habitación.

—¿Tienes una bolsa de viaje?

—En el armario —dijo Josie con la voz ronca.

Ella lo observó con estupefacción cuando empezó a meter cosas en el bolso siguiendo sus lentas indicaciones. ¿No estaba sucediendo todo al revés? Él estaba haciendo todo por ella. ¿Qué había hecho ella por él? Aunque bueno, él había dicho que daría mucho, pero que se lo llevaría todo.

Se estremeció ligeramente, preguntándose cuánto se llevaría y si a ella le quedaría algo para sí misma una vez hubiera acabado él.

Capítulo once

Ash no era estúpido. Sabía que había presionado a Josie y no le había dado ni tiempo para respirar, analizar o reaccionar a su arrogante reclamo. Y había sido la clase de arrogancia de entrar en su apartamento y ordenarle que se mudara al suyo.

Así que se precipitó a llevar a cabo su tarea con eficiencia, porque cuanto más tiempo se quedara sentada en esa cama sintiéndose abrumada y aturdida, más tiempo tendría de reconsiderar su acelerada y silenciosa conformidad. Lo que significaba que se arriesgaba a que ella no se fuera con él a su propio apartamento.

Y esa no era una opción.

Preparó la bolsa de viaje, llamó a su chófer para asegurarse de que estuviera esperándolos fuera del apartamento de Josie y luego la llevó apresuradamente a la puerta para no darle más tiempo para procesar los rápidos y precipitados sucesos de la noche.

Tras ayudarla a entrar en el coche, Ash cerró la puerta y se paró solo un momento para llamar al portero de su edificio y pedirle que subiera al apartamento y quitara el cuadro de Josie de su dormitorio y lo guardara, junto con los otros que había en el salón, hasta que Ash fuera a por ellos de nuevo. No quería que Josie supiera que él era quien le había comprado los cuadros. Todavía no.

Cuando se subió al coche a su lado, se relajó y luego la miró, fijándose en ese semblante pálido y alterado. Los moratones lo cabreaban. Lo enfurecían. El corte en el labio destacaba, un recordatorio de que otro hombre le había puesto las manos encima a lo que Ash ya consideraba suyo. Estaba seguro de que ese tío le habría puesto las manos encima a cualquier mujer de esa forma. No solo a la mujer de Ash, sino a cualquier otra también. Pero lo había hecho con la suya.

—No sé si esto es una buena idea, Ash —dijo ella en silencio. Era la primera vez que hablaba desde que le había dado las vacilantes instrucciones para saber qué guardar en la bolsa de viaje.

—Es una muy buena idea —dijo él con firmeza—. Habrías venido a mí de no ser por ese gilipollas. Tú lo sabes, y yo lo sé. Aún tenemos que discutir la cuestión de Michael, y lo haremos cuando estés en un lugar donde te sientas segura y a salvo, y lo harás entre mis brazos, donde nada malo te va a pasar ni nada te podrá tocar. Pero ten en cuenta esto, lo que él te ha hecho no cambia nada entre tú y yo. El «nosotros» es inevitable. Desde ese primer día en el parque ya era inevitable. Luchar contra ello es una pérdida de tiempo y de energía mental. Yo no voy a luchar contra ello y no quiero que tú lo hagas tampoco.

Ella abrió la boca, sorprendida. Sus ojos destellaron, no de enfado, sino de reconocimiento. Bien. Estaban yendo en la buena dirección porque ella empezaba a ver lo mismo que él. Lo que sabía.

—No me hace especialmente feliz que me hayas ocultado esto —continuó—. Que no vinieras a mí cuando esto ocurrió. Pero trabajaremos en ello. No eras mía por entonces aunque yo ya sabía que sí. Pero ahora lo eres, y vendrás a mí cada vez que tengas algún problema.

Ella asintió lentamente, y la satisfacción —el triunfo— se apoderó de él.

Extendió su brazo; no le gustaba la distancia que había entre ellos, pero tampoco quería presionarla demasiado. No todavía. Ya la había presionado suficiente por hoy. Quería que el siguiente movimiento saliera de ella, así que esperó con el brazo estirado hacia ella.

Ella se acercó inmediatamente, sin vacilación, y a él eso le gustó. Se deslizó junto a él, apretándose contra su costado para que él pudiera rodearla con su brazo. Y lo hizo. La pegó contra él. Ella reposó la cabeza contra su pecho y la coronilla de esta quedó justo debajo de su barbilla. A Ash le gustaba tenerla así.

Josie soltó un suspiro suave y luego pareció derretirse contra él. El cuerpo se le relajó como si se hubiera quitado un enorme peso de encima. Alivio.

El olor de su pelo lo tentaba. Suave y dulce, como ella. Le pasó una mano por todo el brazo, disfrutando del tacto de su piel y sabiendo que pronto descubriría todo su cuerpo. Pero por ahora necesitaba confort. Seguridad. Sentirse a salvo. Necesitaba saber que él nunca le haría daño. Nunca le levantaría la mano tal como Michael había hecho.

Presionó los labios contra su pelo e inhaló incluso cuando le estaba dando el beso.

Hasta el fondo. Sí, estaba pillado hasta el fondo. Ni siquiera tenía un plan completo pensado. Había actuado por instinto. Sabía que tenía que tenerla. Sabía que tenía que tenerla en su espacio. Y sabía que si no la presionaba ahora, lo más seguro era que la perdiera.

Abrumarla parecía ser la mejor idea, aunque eso lo convirtiera en un completo cabrón. Pero no se compararía con Michael. Él no era ese tío. Puede que no fuera la persona más comprensiva, paciente y considerada, y definitivamente no se rendía cuando quería algo, pero él nunca, jamás, le levantaría la mano a una mujer. La idea lo horrorizaba.

Pero no tenía en absoluto ningún problema con desembocar toda esa violencia en el hijo de puta que le había hecho daño a Josie.

Apartó ese pensamiento de su cabeza porque sabía que tendría que encargarse de ello más tarde. Y estaba claro que iba a ocuparse de ello. Pero Josie estaba primero. Sus necesidades, su comodidad, desde ya.

El camino en coche fue silencioso, y Ash no hizo nada para remediarlo. Sabía que Josie estaba procesando los sucesos de la noche. Sabía que estaría probablemente dándole vueltas y vueltas y sintiendo incluso arrepentimiento. Pero estaba aquí en sus brazos, y siempre y cuando estuviera aquí y no en su apartamento, podría luchar contra todo.

En vez de hablar, simplemente le acarició la piel, deslizando las palmas por sus brazos y ofreciéndole consuelo de la mejor manera que sabía.

—Lo siento, Ash—dijo ella en voz baja. Sus palabras casi se perdieron contra su pecho.

Sus manos pararon cuando estaban recorriendo el brazo hasta llegar al hombro y ladeó la cabeza para poder oírla mejor.

—¿Por qué lo sientes?

—Por no llamarte. Por no responder cuando dije que lo haría. Solo estaba histérica y asustada.

Ash deslizó sus dedos por debajo de la barbilla de Josie y se la levantó para que pudiera mirarlo a los ojos. Luego posó un dedo sobre sus labios.

—Ahora no. Y no te disculpes conmigo. No hay razón para ello. Lo hablaremos, Josie. Quiero escucharlo todo, cada palabra. Pero no aquí. Por ahora simplemente siéntate conmigo y déjame abrazarte. Cuando lleguemos a mi apartamento, hablaremos. Pero incluso entonces no te disculpes por algo que no fue por tu culpa. Puede que no me haya gustado que no me llamaras cuando necesitabas a alguien, pero lo entiendo.

La sonrisa que se dibujó en el rostro de Josie fue trémula y la calidez se apoderó de sus ojos, eliminando parte de esa inseguridad y ansiedad que se había instalado en esos pozos aguamarina.

—¿Ves? Eso está mejor —dijo—. Tienes una sonrisa preciosa. Voy a asegurarme de que sonrías más a menudo, Josie. Voy a hacerte feliz. Eso es una garantía.

Ella ladeó la cabeza con una expresión confusa reflejada en el rostro.

—Estoy perdida, Ash. Las cosas como esta no suceden simplemente. No lo hacen. Una parte de mí piensa que he entrado en una dimensión desconocida. Todo parece… una locura.

Él sonrió con indulgencia.

—En mi mundo, sí. O al menos ahora sí. No puedo decir que esto me haya ocurrido a mí antes, así que ambos estamos entrando en un territorio nuevo. Pero es tu mundo también, Josie. No más reglas que las que nosotros queramos. No puedo decir que haya sido muy tradicional. Yo soy más de hacerlo todo a mi manera y que le den al resto del mundo.

Su sonrisa se ensanchó, dejando ver sus dientes y formándosele un hoyuelo de lo más adorable en la mejilla. Se sentía fascinado por ella. Quería tocar esos labios y luego hacer lo mismo con su lengua.

—Ya me estoy dando cuenta de eso. Compadezco a la persona que alguna vez te diga que no puedes hacer algo.

—Sí, las cosas no terminan bien —admitió.

—Intentaré no ser la persona que te haga enfadar diciéndote no, entonces.

La sonrisa de Ash desapareció y se la quedó mirando intensamente a los ojos.

—Espero no tener que darte nunca una razón por la que decirme no. Pero si lo haces, Josie, quiero que entiendas que no ignoraré esa palabra a menos que tenga algo que ver con tu seguridad o bienestar. O si significa que te vas a alejar de mí. «No» es un factor decisivo. Significa que dejo de hacer lo que sea que esté haciendo. Así que úsalo con cabeza y solo si es de verdad. Porque me tomo esa palabra muy en serio.

Ella suavizó la mirada y se echó más contra él, moldeando su cuerpo al de él de una forma demasiado tentadora. Las pelotas le dolían, su polla estaba dura como una roca y los dientes le rechinaban mientras intentaba controlar esa reacción física a su cercanía.

Esta mujer le provocaba eso. No tenía ninguna explicación de por qué. Apenas la conocía, pero sabía que debía tenerla. De hecho, sabía que la tendría. Sabía que iban a enrollarse y que no tenía ningún deseo de liberarse. También sabía que esta mujer era diferente a todas las mujeres con las que había estado antes que ella.

Esa parte lo asustó y lo excitó al mismo tiempo.

¿Y si ella era la elegida? La mujer que, cuando un hombre la veía, sabía que ya no tendría que buscar más. Tal y como Mia lo era para Gabe, y como Bethany lo era para Jace. La única.

No podía siquiera pensar en ello. No iba siquiera a considerarlo. Era demasiado pronto. Toda la situación era una locura. Se iba a mudar a su apartamento. Se iba a adueñar de su vida. No había pensado más allá de eso ni se había preguntado ahora qué.

Porque ¿qué narices venía ahora?

Además de conseguir llevarse a Josie a la cama, bajo su cuidado, sumisa, completamente sumisa a cada necesidad y deseo que él tuviera. ¿No era eso suficiente? Tenía que serlo porque no se iba a permitir pensar más allá.

El chófer se detuvo en la callejuela junto al edificio de apartamentos y luego se bajó para abrirle la puerta a Ash.

Ash salió primero, alejándose de Josie, y luego extendió el brazo hacia ella para ayudarla a salir del asiento trasero. La pegó a su costado y luego cogió la bolsa de viaje que le tendió el conductor antes de precipitarse hacia la entrada.

—Vives al lado del Hudson —dijo Josie vagamente mirando en dirección al río.

—Sí. Hay una vista espectacular desde arriba. Vamos, entremos.

Subieron en el ascensor hasta la última planta y él le llevó la bolsa hasta dentro, guiándola hacia su dormitorio. Ella se tensó ligeramente cuando entraron en la suite principal, y miró en todas direcciones con prudencia reflejada en sus ojos.

Ash dejó la bolsa encima de la cama y luego señaló en dirección al baño.

—Te daré tiempo para que te cambies y te pongas lo que quieras para dormir. Estaré en la cocina sirviéndote una copa de vino. Tómate tu tiempo.

—¿Dónde voy a dormir? —murmuró.

Él le puso las manos en los hombros y deslizó las palmas hacia sus brazos.

—En mi cama, Josie. Conmigo.

La ansiedad se adueñó de sus ojos.

Ash se inclinó hacia delante y presionó los labios contra su frente; se sentía particularmente tierno con ella. Quizás era su vulnerabilidad. La preocupación y el miedo que podía ver en sus ojos.

—Cuando hablemos, Josie, será en mi cama. Contigo entre mis brazos. Segura. Y lo notarás. Pero solo vamos a dormir, que es la razón por la que te vas a poner el pijama. No lo volverás a llevar de nuevo, pero esta noche sí que necesitas esa barrera. Aún no estás completamente segura de mí. Tras esta noche, lo estarás.

La besó una última vez y luego se giró para dejarla sola en el dormitorio y que se pudiera cambiar.

Ash se dirigió a la cocina y se tomó su tiempo en coger dos copas y en abrir una botella de vino. Recordó que ella no bebía mucho alcohol, pero sí que había mencionado que le gustaba una copa de vino de forma ocasional, y esta noche estaba claro que la ayudaría a relajarse. No lo sabía con seguridad, pero se imaginó que prefería el vino tinto. Querría algo con color. Vibrante y lleno de sabor. No había nada más desprovisto de calor que el vino blanco.

Frunció el ceño cuando se dio cuenta de que su propia cena había sido interrumpida, y ya que había ido directamente al apartamento de Josie y se había encontrado con ella cuando llegaba, lo más probable era que no hubiera cenado tampoco.

Rebuscó en la nevera para hacer una ensalada de fruta y sacó varios trozos de buen queso. Preparó una bandeja con pan y galletas saladas que sacó de la despensa para acompañar el queso y la fruta. Y algo dulce. ¿No disfrutaban todas las mujeres del chocolate?

Su ama de llaves frecuentemente le dejaba pasteles caseros buenísimos, y esta semana se trataba de una *mousse* de chocolate con crema de queso. Había cinco cuencos individuales rellenos con la *mousse* en el estante más alto de la nevera, así que sacó dos y los añadió a la bandeja y luego sacó un par de cucharillas del cajón.

Satisfecho con haber considerado todas las posibilidades y con haberle dado a Josie suficiente tiempo como para cambiarse y superar los nervios que sentía, volvió al dormitorio.

Cuando entró, ella se encontraba sentada con las piernas cruzadas en el centro de la cama. Ash se sintió absurdamente feliz al verla en su cama. Cómoda, descalza, como si perteneciera a ese espacio.

Llevaba un pijama sedoso rosa de invierno abrochado hasta el cuello. Le cubría todo el cuerpo.

Se lo permitiría esta noche. Tener esa barrera. Pero después de esto, ella volvería a la cama completamente desnuda. Dormiría a su lado, piel con piel.

Ella abrió los ojos como platos cuando vio la bandeja que llevaba en las manos y se bajó de la cama para que él pudiera dejarla encima.

—Quita las mantas —la instruyó—. Nos meteremos en la cama y dejaré la bandeja en la mesita de noche. Puedes comer en la cama conmigo.

Rápidamente apartó la colcha y las sábanas e incluso mulló las almohadas antes de volver a sentarse en la cama.

Como Ash había dicho, colocó la bandeja en la mesilla y luego se dirigió al vestidor para quitarse la ropa.

Se encontró con un dilema, porque él nunca había llevado nada más que bóxers cuando se iba a la cama. Entonces se encogió de hombros. No era como si estuviera completamente desnudo, y le había prometido que solamente iba a abrazarla mientras dormía. No iba a meterle mano, así que con los bóxers serviría.

Cuando volvió a salir sintió los ojos de Josie sobre él aunque esta intentara esconder que lo estuviera observando. Era adorable la forma en que lo miraba por debajo de las pestañas. El color de sus mejillas se intensificó cuando se acomodó en la cama junto a ella.

Le ofreció la fruta y el queso primero y luego le tendió la copa de vino para que la cogiera con su mano libre. Ash le daba trozos de fruta de su mano, disfrutando del ligero roce de los labios de Josie sobre sus dedos. Y a ella parecía gustarle comer de su mano tanto como a él le gustaba darle de comer así.

Una expresión contenta y ensoñadora se adueñó de sus ojos. Algunas de las sombras que antes los perseguían desaparecieron conforme se relajaba. La tensión se evaporó de sus hombros y el cuerpo entero se relajó.

—¿Tienes hambre? —le preguntó él con voz ronca, hipnotizado por la imagen provocadora que tenía frente a él.

Y por fin en su cama. Solo a unos centímetros de distancia. Su cuerpo le gritaba que la poseyera, que tomara lo que era suyo aunque él mentalmente se reprendiera por ser un cabrón impaciente.

—Me muero de hambre —admitió—. No he comido nada en los últimos días.

Su expresión se oscureció y la ira vibró de nuevo por su cuerpo.

—Te cuidarás mejor de ahora en adelante. Yo cuidaré de ti —se corrigió.

Ella sonrió.

—No es únicamente por… Michael… y lo que pasó. He estado ocupada con el trabajo.

Él sabía muy bien por qué, pero preguntó de todas formas, porque si no lo hacía parecería raro. Ella se estaba abriendo a él, se estaba relajando, y él quería eso. Quería la fácil comunicación entre ellos. Que no hubiera vacilación ni reservas por su parte.

—¿En qué has estado trabajando?

El rojo coloreó sus mejillas y él la miró con curiosidad.

—He estado trabajando en una serie erótica de cuadros. No muy evidente. Con gusto. Eróticos pero con clase.

La emoción hizo mella en sus ojos cuando se volvió a sentar durante un momento, negándose a comer más de su mano.

—Vendí todos los cuadros expuestos en la galería de arte donde los vendo en consigna. Fue la cosa más increíble. El señor Downing me había dicho que no podía llevar ningún cuadro más porque no se había vendido ningún otro y ya le había llevado el primer cuadro de la serie en la que estoy trabajando. Luego me llamó para contarme la noticia de que no solo lo había vendido todo, ¡sino que quería más! Y que un comprador estaba interesado en todo lo que llevara. Me he pasado la semana trabajando en el resto de esa serie.

Ella apartó la mirada tímidamente y luego volvió a mirarlo por debajo de las pestañas.

—Son autorretratos. Es decir, no es que se pueda adivinar ni decir quién es, pero me usé como modelo en una serie de posados al desnudo. Tengo un… tatuaje, uno que diseñé yo misma, y es protagonista en los cuadros. Me… me gustan. Creo que son buenos. Espero que al comprador le gusten también.

Había una nota de ansiedad al final de su afirmación que hizo que a Ash se le encogiera el corazón. Joder, claro que le iban a gustar, y que se atreviera alguien más a verlos. Serían de él. Solo suyos. Y solo él la vería sin ropa. Ese privilegio era suyo y solo suyo.

Sin ninguna duda. Josie era una mujer preciosa, y tampoco cabía duda alguna que tanto hombres como mujeres se sentirían atraídos por los cuadros. Tenía talento a pesar de lo que el dueño de la galería hubiera dicho sobre su estilo. Solo era cuestión de tiempo que otros lo descubrieran. Ash solo se alegraba de haber comprado esos cuadros antes de que otro lo hiciera.

La idea de que alguien más poseyera algo tan íntimo de Josie hacía que los dientes le rechinaran.

—Estoy seguro de que a tu comprador le encantarán —dijo. Mientras hablaba, se hizo una nota mental para llamar al señor Downing a primera hora de la mañana el lunes y asegurarse de que entregaba los cuadros, envueltos, a la oficina de Ash—. Me encantaría poder verlos yo también.

Ella se ruborizó pero sonrió y luego dijo:

—A lo mejor puedo llevarte a la galería para que los veas. Los acabo de dejar allí. Es posible que el comprador no los haya comprado todavía. Puede que se queden allí durante días.

Ash se inclinó hacia delante para tocar su mejilla y dejó que sus dedos viajaran a lo largo de la línea de su mentón hasta el cuello, donde le apartó los largos mechones rubios del pelo.

—Preferiría que me pintaras algo nuevo. Algo que nadie excepto yo vea. Quizás algo incluso un poco más erótico que tus otros cuadros.

Ella abrió los ojos como platos y luego arrugó la frente como si estuviera ya visualizando el cuadro en la cabeza. Entreabrió los labios y exhaló con una excitada urgencia. Ash podía literalmente verla pintarlo en su mente.

—Tengo ideas —dijo—. Me encantaría hacer algo más personal. Siempre y cuando tú no se los enseñases a nadie.

Él sacudió la cabeza con solemnidad.

—Nadie excepto yo los verá. Atesoraré lo que sea que pintes para mí, Josie. Pero si me das a ti misma, tu yo sexi, puedes estar más que segura de que solo será para mí y para nadie más.

—De acuerdo —murmuró con el rostro pintado de color… y de excitación.

—¿Has tenido suficiente para comer?

Asintió y le devolvió la copa medio vacía de vino. Ash la puso a un lado y luego se llevó la bandeja hasta su vestidor y la dejó allí antes de volver a la cama. Y a Josie.

Se subió con el brazo extendido para que ella pudiera acurrucarse a su lado. Estaban echados contra la mullida montaña de almohadas, el cuerpo de Josie bien pegado al de él.

—Ahora cuéntame lo de Michael —dijo Ash en un tono normal.

Ella se tensó contra él y durante un largo rato se quedó en silencio. Luego se relajó y suspiró.

—Estaba muy equivocada con respecto a él —susurró—. Nunca creí que fuera capaz de hacer algo así. Incluso durante nuestra relación, cuando ejercía su... dominancia... siempre lo hacía con cuidado y de una forma refrenada. Siempre me trató con mucho cuidado. Como si estuviera decidido a no hacerme daño.

—¿Dónde estabas cuando ocurrió? —exigió Ash—. ¿Fuiste a verlo?

Ella negó con la cabeza.

—No. Vino él a mí.

Ash maldijo.

—¿Lo dejaste entrar en tu apartamento?

Ella se incorporó y se separó de él, girándose para poder mirarlo a los ojos.

—¿Y por qué no? Ash, éramos amantes. Nunca me dio ni una sola razón para pensar que me pegaría. Nunca perdía los papeles. Ni una vez. Y nunca lo vi enfadarse. Siempre se ha mostrado muy calmado y refrenado. Venía a verme porque no se pensaba que fuera en serio con lo de cortar la relación. Me volvió a traer el collar, disculpándose, diciendo que evidentemente significaba algo para mí y que sería consciente de eso de ahora en adelante.

Ash frunció el ceño pero no la interrumpió.

—Cuando le dije que se había terminado, me exigió saber por qué.

Se paró, posando las manos sobre su regazo, y apartó la mirada para quedarse de perfil a él. Él la apretó más contra sí y la moldeó contra su cuerpo. Podía sentir su pulso y lo nerviosa que se había puesto.

—¿Qué paso entonces? —le preguntó suavemente.

—Le dije que él no me podía dar las cosas que otro hombre me había prometido —susurró.

El agarre de Ash se volvió más firme aún.

—Continúa.

—Él se volvió loco. Quiero decir, se le fue la cabeza por completo. Las palabras apenas salieron de mi boca cuando él me abofeteó. Estaba tan sorprendida que no sabía siquiera qué hacer. Y entonces se lanzó sobre mí, donde me había caído al suelo, y me golpeó otra vez. Me agarró del pelo y me acusó de haberlo engañado. Me dijo que me había tratado con demasiada ligereza. Que si hubiera sido como él quería esto no habría ocurrido nunca, que yo nunca le habría engañado.

—Hijo de puta —soltó Ash—. Lo mataré por esto.

Ella sacudió la cabeza con violencia.

—¡No! Ash, déjalo. Ya ha pasado. Se acabó.

—¡Y una mierda!

Ash calmó su respiración, se obligó a controlar la rabia en su cabeza y suavizó el agarre que tenía sobre Josie en el brazo clavándole los dedos. No iba a llevar marcas suyas. Ninguna que no fuera fruto de la pasión y la ternura. Ninguna que no quisiese llevar.

—Debería haber ido a la policía —dijo en voz baja—. Debería haber puesto una denuncia contra él. Que lo hubieran arrestado. Pero Dios, estaba totalmente conmocionada. Y luego me sentí tan… estúpida. ¿Cómo podía no haber visto eso en él? ¿Esa capacidad de violencia? ¿Cómo podía haber tenido sexo con él y nunca saber lo que había debajo de esa fachada? Cuando pienso en lo que podría haber pasado… Confié en él. Implícitamente. Le di pleno acceso a mi cuerpo. Podría haber hecho lo que hubiera querido. Esa es la razón por la que…

Se paró y se quedó en silencio. Ash le apartó el pelo de la mejilla amoratada y luego le dio un beso sobre la piel dolorida.

—¿Por la que qué? —preguntó amablemente.

Josie cerró los ojos.

—Por la que no te llamé. Por la que no fui a ti. Por la que no acepté la oferta que me hiciste. Tenía… miedo.

Él se tensó y centró su mirada en ella con intensidad.

—¿Miedo de mí?

Ella asintió con tristeza.

Ash respiró hondo. Lo entendía. No le gustaba oírlo, pero lo entendía.

—Lo comprendo —dijo acariciándole el brazo con la mano—. Pensaste que por haberlo juzgado tan mal a él tampoco podías confiar en tu opinión sobre mí y mis intenciones.

Ella asintió de nuevo.

—Lo entiendo, pero Josie, tú tienes que comprender esto también. Yo no soy Michael.

Josie volvió a alzar la mirada hacia él con esperanza reflejada en sus ojos. Quería creerlo. Quería confiar en sí misma y en sus instintos en lo que a él se refería.

—Nunca te haré daño —dijo. La promesa salió solemne de sus labios—. Si tenemos problemas, los solucionaremos. Pero los solucionaremos sin tener que levantarte la mano. Nunca.

—De acuerdo —susurró.

—Ven aquí —murmuró él extendiendo el otro brazo hacia ella también.

Ella no vaciló e inmediatamente se acurrucó contra su pecho. Él la rodeó con ambos brazos y la abrazó fuertemente contra él. Aprovechó entonces para respirar su olor.

—Me cabrea que esos moratones duren unos cuantos días más. No me gusta verlos, pero si algo me gusta incluso menos es que seas tú la que tenga que verlos y recordar que te han hecho daño.

—Estoy bien —dijo contra su pecho.

—No lo estás. Todavía. Pero lo estarás —le prometió—. Dame eso, Josie. Dame la oportunidad de enseñarte que debemos estar juntos. Entiendo que seas tímida ahora y que tengas tus dudas, pero entrégate a mí. Dame esa oportunidad. No te arrepentirás.

Ella se quedó en silencio durante un rato largo, y lo tuvo en ascuas esperando su aceptación.

Entonces se la dio. Una simple palabra, pronunciada con inseguridad pero a la vez con una silenciosa determinación.

—Bien.

Su propio pecho se hinchó un poco. Inspiró y espiró durante varios segundos antes de reafirmar los brazos a su alrededor.

—Duerme, Josie. Mañana decidiremos qué hacer con tu apartamento.

La abrazó tal y como lo estaba haciendo hasta que su cuerpo se quedó relajado contra el suyo y el suave y regular sonido de su respiración llenó sus oídos. Aun así siguió esperando, tenso, reproduciendo en su mente cada palabra que le había dicho antes. El miedo en su voz. La desaprobación hacia sí misma. La imagen de ella tirada en el suelo y de Michael de pie encima de ella mientras la golpeaba le hacía imposible dormir.

Ya era bien pasada la medianoche cuando en silencio cogió el teléfono móvil de su mesita de noche y buscó el número de Jace en su lista de contactos.

—¿Qué pasa? —murmuró su amigo al teléfono—. Espero que sea importante, Ash.

—Necesito una coartada —dijo Ash.

Hubo un largo silencio.

—Dios. ¡Joder! ¿Qué narices dices, tío? ¿Necesitas ayuda? ¿Qué pasa?

Ash bajó la mirada hasta Josie, a las pestañas que descansaban sobre sus mejillas, a la sombra del moratón que aún llevaba en el rostro.

—Ahora no. Pero pronto. Ahora mismo Josie me necesita. Necesita paz y tranquilidad. Y necesita saber que nunca le haría daño. Por ahora voy a pasar cada minuto asegurándome de que eso lo sabe. Pero luego voy a ir tras el cabrón que le hizo esos moratones en la cara y necesitaré que me ayudes a conseguir una coartada por si fuera necesario.

—Señor, Ash. Joder. ¿Alguien le ha hecho daño a Josie?

—Sí —soltó con mordacidad—. Y me voy a asegurar de que nunca vuelva a tocar ni a ella ni a ninguna otra mujer.

Jace suspiró contra el teléfono al mismo tiempo que se quedaba en silencio.

—Todo lo que necesites, tío. Lo tienes. No tienes ni que pedirlo.

—Gracias —murmuró Ash—. Hasta luego.

Capítulo doce

Josie se removió e intentó estirarse, pero inmediatamente se encontró con un cuerpo duro a su lado. Abrió los ojos y parpadeó con rapidez mientras la confusión se abría paso en su cabeza. Luego se acordó de todo. Estaba en la cama con Ash. En el apartamento de él. En sus brazos.

Posó la mirada sobre esa pared dura que era su pecho y observó la subida y bajada de su precioso tórax al respirar. Josie inspiró y saboreó su olor. Sus labios estaban tan cerca que podía fácilmente pegarlos contra su piel. Y estaba tentada.

Pero no eran amantes que se despertaran tras haber estado haciendo el amor toda la noche. No habían tenido sexo. Todavía. No se conocían más allá de unas cuantas cortesías compartidas y una conversación durante una cena.

Y aun así, aquí estaba en su cama tras haber accedido a mudarse con él.

Cerró los ojos y se preguntó de nuevo si estaría tomando la decisión correcta. Su mente y su corazón se debatían incesantemente, y aún no estaba segura de quién era el claro ganador en esa pelea. Quizás no había ninguno. Iba a tener que arriesgarse, porque no había ninguna decisión clara ni correcta.

Levantó la mirada con vacilación, conteniendo la respiración mientras alzaba la cabeza para ver si Ash estaba despierto. Sus ojos se encontraron con los de él y sintió un calambre que le recorrió todo el cuerpo hasta los pequeños dedos de los pies. Estaba despierto y mirándola con muchísima intensidad. Como si pudiera extender el brazo y sacar todos esos pensamientos directamente de su cabeza.

—Buenos días —murmuró.

Ella hundió la cabeza mientras el calor se apoderaba de sus mejillas.

—¿Josie?

Volvió a levantar la mirada para ver la interrogación que se reflejaba en sus ojos.

—¿Qué pasa? —preguntó con amabilidad.

Tragó saliva.

—Esto es difícil.

Él deslizó la mano por su cuerpo; primero por el brazo y luego por el pelo enredado antes de acariciarle la mejilla con los dedos.

—Nunca dije que fuera a ser fácil. Nada que sea bueno lo es.

Eso era verdad. Y no, Ash nunca sería fácil. Nada que tuviera que ver con él era simple o poco complicado.

—Me gusta despertarme contigo en los brazos.

Esa afirmación salió del pecho de Ash y el calor comenzó a correrle por las venas por todo el cuerpo.

—A mí también —susurró.

—Quiero que te sientas segura aquí —dijo Ash en un tono serio—. Segura conmigo.

—Ya lo hago.

—Bien. Ahora acerca esa boca para que te pueda dar los buenos días como mereces.

Ella ladeó la cabeza y posó una mano contra su pecho. Ash se encogió bajo su contacto; sus músculos se tensaron y estremecieron. Josie apartó la mano apresuradamente, pero él se la cogió y la volvió a posar sobre su pecho.

—Me gusta que me toques —murmuró—. Quiero que lo hagas a menudo. Al igual que yo querré tocarte cada vez que estés cerca de mí. Si estamos en la misma habitación, Josie, voy a tocarte.

Y luego la besó. Su cálida boca trabajó sobre la de ella de forma exquisita.

Era un beso dulce. Poco exigente. Casi persuasivo.

Josie suspiró contra su boca y se relajó. Todo su cuerpo se quedó lacio contra el de Ash, lo que hizo que una de sus manos se quedara atrapada entre ambos.

—He estado esperando este momento —murmuró Ash—. Tú en mi cama. Tu boca sobre la mía. Que seas lo primero que saboreo en la mañana. La semana pasada me volví loco, Josie. Esperarte para tener esto... Y ahora que por fin lo tengo, no voy a dejarlo ir.

—Yo también he estado esperando —admitió ella. Y era verdad. Había soñado con ello. Se había preguntado cómo sería y lo que sentiría, y ahora lo sabía. Se sentía... bien.

Sus preocupaciones anteriores se evaporaron; sus preguntas, sus miedos, la idea de que estaba tomando la decisión incorrecta. Todas desaparecieron en lo que fuera un momento totalmente perfecto. Esto era lo que quería, lo que él podía darle, así que ya no iba a combatirlo ni a luchar contra sí misma más tiempo.

Ash la puso boca arriba en la cama y su cuerpo, fuerte y grande, la cubrió por completo. La besó de nuevo pero con mucha más profundidad esta vez para permitir que ella sintiera la misma urgencia que él en su boca.

Sus labios se movían con fuerza sobre los de ella. Exigentes, conquistadores. Le robó el aliento. Josie no podía respirar porque él no la dejaba.

—Estaba decidido a esperar. A ser paciente —dijo él con la voz ronca—. No puedo hacerlo, Josie. Tengo que hacerte mía ahora. Dime que estás conmigo. Tienes que estar conmigo. No puedo ser el único que sienta que se va a morir si no estoy dentro de ti.

Sus apasionadas palabras le llegaron al alma. Se arqueó contra él, invitándolo sin palabras, pero él se detuvo y la miró intensamente a los ojos. Quería las palabras. Las exigía.

—Dímelo —exigió—. Dime que estás conmigo, Josie. Quiero escuchártelo decir para que no haya ninguna duda de que esto es lo que quieres. Por mucho que te desee, por mucho que tenga que hacerte mía, si no estás conmigo, esto se detiene ahora mismo.

—Estoy contigo —dijo sin aliento, con el corazón a punto de salírsele por la boca y la adrenalina recorriéndole las venas.

—Menos mal —dijo él en voz baja.

La besó otra vez, como si no pudiera soportar tener la boca apartada de la de ella ni siquiera un momento. Seguidamente se separó de ella de mala gana con los ojos brillándole de lujuria y de excitación.

—Tengo que ir a por un condón. Hablaremos sobre las alternativas luego, pero por ahora tienes que estar protegida. Y tienes que deshacerte del pijama. El rosa eres tú. Ese es definitivamente tu color, pero ahora mismo me estoy muriendo por ver ese tatuaje que tienes.

Ella sonrió mientras Ash se quitaba de encima de ella y comenzaba a rebuscar en el cajón de la mesita de noche. Luego volvió a colocarse sobre ella y metió las manos bajo la parte superior de su pijama hasta llegar a la cinturilla de sus pantalones.

—Me he estado muriendo por verlo desde ese primer día en el parque cuando pude verlo de refilón porque la camiseta se te subió.

—¿Ya lo has visto? —preguntó sorprendida.

Él sonrió y dejó de tirar de sus pantalones hacia abajo.

—Sí. Me volvió loco. He estado pensando en él todo el día. Quiero ver hasta dónde llega.

Ella levantó el trasero para que él le pudiera bajar el pijama por completo. Tiró los pantalones a un lado y luego comenzó a desabrocharle lentamente la parte superior del pijama desde el último botón para dejar a su vista el resto del cuerpo de Josie.

Cuando desabrochó el último botón, le deslizó la prenda por sus hombros y brazos. Josie se echó hacia delante; quería deshacerse del pijama tanto o más que él. Esta vez fue ella la que envió la prenda volando hasta el otro lado de la habitación, junto al cuarto de baño.

Ash fijó la mirada en el tatuaje. Ella lo observó mientras sus ojos seguían la línea del diseño hasta abajo donde continuaba por encima de su muslo y desaparecía entre sus piernas.

Ella se estremeció ante la intensidad de su mirada. Había una taciturna posesividad en ella. Una mirada que gritaba indudablemente «¡mía!».

Ash giró suavemente a Josie para ponerla de costado; quería ver el tatuaje por completo. Era sorprendente la vitalidad que desprendía. Era una conmoción de colores sobre su pálida piel. Estaba hecho en rosas, naranjas, azules aguamarina que combinaban con sus ojos y en sombras verdes y moradas.

Era, tal y como él había sospechado, un viñedo floreciendo, pero estaba dibujado con detalles exquisitos. No era un simple tatuaje que se hiciera en unas pocas horas. No podía siquiera imaginarse cuánto tiempo le habría llevado hacérselo, ni la paciencia que había necesitado para conseguir tatuarse el diseño como debía y sin prisas.

Le recorrió la piel con los dedos; trazó las líneas del tatuaje por encima de su cadera y seguidamente por encima de su muslo antes de llegar más abajo por el interior del mismo. La volvió a girar para ponerla boca arriba y apoyó los dedos junto a los rizos dorados que cubrían su pubis.

—Enséñamelo —dijo con un leve gruñido—. Abre las piernas, Josie. Enséñame el tatuaje y ese dulce coñito.

Ella abrió los ojos como platos y estos perdieron toda expresión; las pupilas se le dilataron y seguidamente se le contrajeron, pero obedeció al instante. Las piernas perdieron toda tensión que pudieran haber tenido antes y lentamente las abrió para quedar completamente expuesta a su mirada. Ash le acarició los suaves rizos para dejarle saber que aprobaba su fácil consentimiento.

—Preciosa —dijo. Las palabras sonaron graves en su garganta. El tatuaje; esa carne dulce y rosada, femenina. Josie era preciosa.

El complejo diseño se curvaba alrededor del interior de su muslo y terminaba justo en la parte de atrás de su pierna. Era una manta floral y brillante sobre su piel, vibrante como ella, un perfecto reflejo de su personalidad y destreza.

Habría tiempo más que suficiente para ejercer su dominancia, para someterla de todas las maneras posibles. Hoy se trataba solo de su primera vez juntos y de entablar una confianza entre ellos. Se trataba de que él tuviera en cuenta todas las necesidades de Josie, de que la complaciera. Sería infinitamente suave porque antes de haber terminado siquiera sabía que arrasaría con todo. Le exigiría todo. Así que por esta vez, le daría una experiencia que sería la base de su relación.

Se inclinó hacia abajo y presionó su boca contra la piel de entre sus pechos. Ella se arqueó contra él y buscó más de su boca, así que él le dio más. Trazó una línea de besos desde sus pechos hasta el ombligo, que consiguió que un suave gemido se escapara de la garganta de Josie y que su estómago se estremeciera y se tensara bajo su boca.

Las ansias de saborearla íntimamente habían conseguido que él también se estremeciera. Estaba caminando sobre la hoja de una cuchilla. La urgencia de abrirle las piernas incluso más y de introducirse en ella era abrumadora. Quería poseerla. Era un instinto primitivo, uno que había gobernado sus pensamientos desde el momento en que había puesto sus ojos en ella. Y ahora la tenía aquí, desnuda y en su cama. Suya para hacer con ella lo que quisiera.

Iba a saborear bien el regalo que le estaba dando y lo valoraría tal y como se merecía. Le había dado su confianza, y él sabía lo mucho que eso significaba dadas las circunstancias.

Depositó un beso en los sedosos rizos de su pubis y luego la acarició con la nariz con más fuerza, inhalando su aroma mientras la abría incluso más para facilitar sus movimientos. Le acarició los aterciopelados labios con los dedos y le restregó la humedad desde su abertura hasta su clítoris para que estos se deslizaran con más facilidad y no le irritara la sensible carne.

—¡Ash!

Su nombre salió como una explosión de sus labios. Le encantó la forma en que lo había dicho, le volvía loco oír su nombre en sus labios. Y sabía que podría volverla incluso más loca de deseo en cuanto reemplazara los dedos con su boca.

Usando los dedos para abrirla más a él, se acercó a ella y le recorrió con la boca toda la carne desde la abertura hasta el clítoris. La humedad de Josie era como miel en su lengua.

Un gemido irregular salió de la garganta de Josie y de repente su mano apareció entre los mechones de pelo de Ash, hincándole los dedos en su cuero cabelludo. Él succionó levemente su clítoris, ejerciendo solamente la presión suficiente como para enviarle espasmos de placer a través de sus piernas. Luego se fue más hacia abajo otra vez, queriendo saborear de nuevo esa sedosa y caliente humedad.

Deslizó la lengua en su interior y la poseyó con movimientos lentos y sensuales. Aunque pudiera haber decidido que esta vez sería todo para ella y para su placer, hacerla retorcerse de-

MAYA BANKS

bajo de él también le provocaba placer a él. Estaba duro y palpitante, tan excitado que la cabeza le daba vueltas.

—Dame uno —dijo con voz ronca, levantando la cabeza para mirar por encima de su cuerpo—. En mi boca, Josie. Córrete en mi boca. Voy arriba otra vez, haré que sea bueno para ti.

Los ojos de Josie brillaban de pasión, sus labios estaban rojos e hinchados debido a sus besos y a los mordiscos que ella se había dado cuando Ash la había estado saboreando.

—¿Te gusta mi boca, Josie?

—Oh, sí —dijo en apenas un susurro—. Tienes una lengua muy diestra.

—Tú me inspiras —dijo con una sonrisa.

Ella gimió de nuevo cuando Ash deslizó la lengua de nuevo en el interior de su húmedo calor. La saboreó de dentro afuera.

Decidiéndose a aumentar la tensión en su cuerpo y a hacerle correrse con su lengua en su interior, deslizó el pulgar por encima del clítoris y lo acarició mientras él seguía lamiéndola y succionándola, actuando como si su lengua fuera en realidad su polla.

Josie levantó el trasero de la cama y se arqueó contra Ash debido a la presión que este había ejercido con el pulgar. Se humedeció incluso más alrededor de su lengua. Un líquido caliente y brillante se derramó en su boca y él la lamió con avidez. Ansiaba su orgasmo.

Con la mano que tenía libre, Ash introdujo un dedo y movió la lengua el tiempo suficiente para poder introducirse en ella. Acarició las sedosas paredes vaginales y luego se hundió bien en ella. Josie se aferró con fuerza a su dedo como un puño y se quedó así cuando él lo sacó y lo reemplazó una vez más con su lengua.

—Ahora, Josie —gruñó—. Vamos.

La acarició con los dedos y con la lengua y ella se volvió loca contra su cuerpo. Josie descargó un torrente de energía mientras se estremecía alrededor de su boca. Le rodeó la cabeza con las piernas y lo dejó anclado para que continuara lamiéndola con ansias. Y luego, de repente, Ash sintió un estallido de miel caliente sobre su lengua.

Josie movió las caderas y las levantó mientras, debido a su orgasmo, una ola de placer tras otra ola de placer los bañaba a ambos. Joder, su polla iba a dejar una marca permanente en el colchón. Estaba rígida y dura bajo su cuerpo, hambrienta por lo que su boca estaba saboreando en estos momentos.

Se levantó cuando sintió que su orgasmo se hubo desvanecido hasta dejarla demasiado sensible como para continuar recibiendo sus continuas atenciones. Agazapándose sobre ella, apoyó las manos a cada lado del rostro de Josie para que el peso de su cuerpo no la aplastara y ladeó la cabeza hacia ella para besarla. Para que ella pudiera saborearse a sí misma, y para que él pudiera compartirlo con ella.

—Tu pasión. Tu dulzura, Josie. Nunca he saboreado nada más dulce. Eres tú la que está en mi lengua y ahora en la tuya también.

Ella gimió, y sonó casi como si fuera de dolor pero le correspondió el beso con la misma hambre que él tenía de ella. Sus pezones estaban enhiestos, duros y rígidos como si estuvieran suplicando que su boca los lamiera al igual que su sexo. Estaría con ellos enseguida, pero primero quería probar su boca y su cuello. Luego se movería más abajo hasta llegar a esos pechos tan deliciosos.

—¿Puedo tocarte? —susurró ella.

—Eso no me lo tienes que pedir nunca —murmuró él en su oído. Le lamió la oreja y logró hacerla estremecerse—. Quiero que me toques a menudo. No voy a querer que no lo hagas. Si estás conmigo, quiero que me toques. Aunque no sea sexual. Soy una persona a la que le gusta el tacto, Josie. No sé si te molesta a ti o no, espero que no, pero me da igual si es en público o no, no tengo ningún problema con dejarle saber al mundo que eres mía.

Ella suspiró y deslizó sus propias manos sobre los hombros de él y luego sobre su espalda. Ash casi ronroneó cuando Josie le clavó las uñas en su carne.

—Me gusta —dijo.

—¿Qué parte?

—Todo. Michael no era así.

Sus ojos se llenaron de preocupación, casi como si se hubiera dado cuenta de que no era una muy buena idea sacarlo a relucir especialmente cuando Ash estaba a punto de introducir su miembro dentro de ella por primera vez.

Él se aseguró de suavizar la expresión sobre su rostro, no quería que pensara que lo había enfadado.

—¿No era cómo?

—Expresivo. No le gustaba mucho mostrar afecto, tocarme, excepto cuando teníamos sexo. Pero solo entonces, e incluso entonces, era muy… impersonal. La forma en que tú lo dices suena… bien. Como si quisieras que esté cerca de ti, que te toque.

—Pues claro que sí —dijo—. Y no me importa una mierda quién lo sepa, tampoco.

Ella sonrió y luego se volvió a estremecer cuando él rozó la piel de debajo de su oreja con los dientes.

—Me está gustando esto, Ash —susurró—. Todo. Y eso me asusta porque suena demasiado bien como para ser verdad.

—Me alegra que te atraiga, Josie. Sería un asco si no lo hiciera, porque esto es lo que soy y lo que te ofrezco. No es demasiado bueno como para ser cierto. Es bueno, simplemente. Ahora centrémonos en el asunto que tenemos entre manos. Porque si no meto pronto mi polla dentro de ti, va a ser todo muy doloroso para mí.

Ella pareció alarmarse, pero Ash sonrió, dejándole saber que solo estaba medio en broma. Porque sí que era doloroso. Había pasado bastante tiempo desde que había aguantado una erección de caballo durante tanto tiempo sin hacer nada para remediarla. Y saborearla mientras su pene había estado restregándose contra el maldito colchón no era una experiencia que quisiera repetir pronto.

Preferiría mucho más hacer un sesenta y nueve, con Josie succionándolo mientras él se daba un festín con ella. Pero junto con todas las otras fantasías que tenía, tendría que esperar. Y ahora que la tenía justo donde quería, tenía todo el tiempo del mundo para explorar cada perversión sexual que pudiera querer sacar de su repertorio.

Desvió la atención a sus pechos… y eran unos pechos perfectos. Pequeños, pero sin ser demasiado pequeños ni tampoco demasiado grandes. Tenían el tamaño justo para hacer que la boca se le hiciera agua. Y sus pezones eran una creación rosada y absolutamente perfecta.

Rodeó uno de ellos con la lengua, trazando cada detalle y lamiendo la punta antes de metérselo entero en la boca. Todo el cuerpo de Josie se puso rígido, sus jadeos llenaron el ambiente y acariciaron los oídos de Ash con un cálido zumbido.

—Ash.

Con la forma con la que había pronunciado su nombre, Ash supo que ella quería pedirle algo. Este alzó la cabeza para conectar ambas miradas y la observó con fascinación mientras el color de sus ojos se volvía eléctrico, un azul verdoso inundado de deseo.

—Yo también quiero saborearte —susurró—. Quiero hacerte sentir tan bien como tú a mí.

Ash sonrió tiernamente y luego se inclinó hacia delante para besarla en la comisura de los labios.

—Lo harás. Pero hoy se trata solo de ti, y de todas las veces que pueda hacer y conseguir que te corras. Créeme cuando te digo que tendrás mi polla en tu boca muy pronto.

—Lo estaré esperando con ansias —dijo apenas en un murmullo.

—Yo también —dijo él antes de bajar la cabeza hasta sus senos.

Jugó indolentemente con sus pezones, primero uno y luego el otro, lamiéndolos hasta conseguir ponerlos duros antes de succionarlos con mordiscos lo bastante fuertes como para hacerle soltar unos sonidos de lo más eróticos. No era una amante silenciosa. Era extremadamente ruidosa. Una multitud de sonidos se le escapaban de los labios, sensuales a más no poder, sonidos que representaban el placer máximo de una mujer.

Ash buscó a tientas el condón que había sacado antes, rompió el envoltorio y luego bajó la mano para ponérselo. Hizo un gesto de dolor cuando su mano tocó su erección. Estaba tan duro y tan cerca de correrse que incluso sus propias caricias eran dolorosas.

—¿Estás bien? —susurró ella.

—Lo estaré dentro de unos tres segundos —le respondió en un murmullo al mismo tiempo que deslizaba un dedo en su interior para comprobar lo preparada que estaba.

Aún estaba hinchada y caliente del anterior orgasmo. De repente, Ash comenzó a sudar al imaginarse lo placentero que iba a ser para ella tener su miembro bien adentro de su cuerpo mientras este lo apretaba y lo ordeñaba para conseguir hasta la última gota de su semen. Joder, tenía que controlarse o se iba a correr en el condón en ese mismo momento.

Respirando hondo, se colocó encima de ella y alentó la entrada de su cuerpo con la cabeza de su pene al mismo tiempo que fijaba sus manos a cada lado de su cabeza.

—Baja las manos y guíame —dijo con voz ronca—. Envuélveme con tus dedos y ponme en tu interior, nena.

Ash se percató de la reacción que había tenido a su palabra afectiva: aprobación y deleite se reflejaron en sus ojos. Se guardó esa información en la mente y luego cerró los ojos cuando su mano lo encontró.

Sus dedos rodearon todo su grosor y lo acariciaron en toda su longitud al mismo tiempo que lo colocaba justo a la entrada de su sexo. El sudor se le acumuló en la frente y Ash pegó los labios con fuerza en un esfuerzo para mantenerse bajo control.

—Hazme tuya —susurró—. Estás ahí, Ash. Entra ya en mi interior.

De inmediato, él empujó las caderas hacia delante asegurándose de no ser demasiado bruto y de que ella pudiera acomodarlo con facilidad. Estaba increíblemente estrecha, pero se abrió y lo envolvió cuando él la embistió con más fuerza y con más profundidad esta vez.

—Ahora mueve tus manos y ponlas por encima de tu cabeza contra el cabecero de la cama —le indicó.

Ella se retorció y vibró en reacción a sus palabras, y su sexo se humedeció y calentó más a su alrededor. Lentamente, Josie hizo lo que le había indicado y levantó las manos para ponerlas por encima de su cabeza.

Ash se echó hacia atrás y luego deslizó las manos por debajo del trasero de Josie para poder agarrarla y colocarla de forma que él pudiera introducirse en ella mucho más profundamente. Bajó la mirada atraído por la imagen de su polla deslizándose dentro y fuera de su sexo, luego deslizó las manos desde su trasero hasta sus piernas hasta enroscarlas alrededor de su cuerpo y así poder abrirla mucho más para tener acceso completo a su interior.

—¿Cuánto te falta para correrte otra vez? —le preguntó respirando por la nariz mientras intentaba hacerse con el control de su cuerpo.

—Estoy a punto —susurró—. Pero necesito…

Se mordió el labio, se paró y apartó la mirada de la de él.

—Mírame —soltó mordaz.

Ella volvió a conectar sus miradas con los ojos abiertos como platos.

—¿Qué necesitas?

—Mmm… que me toques. —El color inundó sus mejillas y ruborizó su cuerpo, dándole una apariencia deliciosamente rosa—. Nunca me he podido correr solo con la penetración.

Él bajó, dándole un descanso a sus antebrazos, de manera que su rostro estuviera justo encima del de ella con las bocas precariamente cerca.

—Un montón de mujeres no se pueden correr sin la estimulación del clítoris —dijo con suavidad—. No significa que haya algo mal en ti. Es más, aunque fuera una rareza, no dudes nunca en decirme lo que necesitas en la cama, ¿de acuerdo? No puedo complacerte si no sé lo que te pone a cien y lo que no. Y quiero complacerte porque eso me hace feliz.

—De acuerdo —le devolvió suavemente.

—Usa tu mano —le dijo al mismo tiempo que con cuidado levantaba una mano para coger la de ella y la metía entre ambos cuerpos—. Voy a ir con fuerza, nena. Estoy a punto de explotar. Llevo demasiado tiempo así. Una vez que empiece, no voy a poder parar, así que tienes que asegurarte de que estás allí conmigo. Si necesitas un minuto, adelante y empieza a tocarte ahora. Solo dime cuándo, ¿de acuerdo?

Josie deslizó los dedos entre sus cuerpos y Ash notó cuando ella empezó a acariciarse el clítoris. Una inmediata explosión de satisfacción inundó sus ojos; se volvieron borrosos y fantasiosos, nublados de deseo.

—Ahora —susurró.

—Estate segura, Josie. No voy a durar.

Ella asintió con el rostro tenso debido al orgasmo que estaba a punto de estallar.

Era como poner en libertad a unos sabuesos.

Ash se salió de su cuerpo disfrutando del sensual deslizamiento de su carne contra la de ella y luego la embistió y comenzó a hundirse bien en ella con fuerza. Más rápido. Con más fuerza. Los ojos se le pusieron en blanco; nunca había sentido nada tan bueno en toda su vida.

Un rugido comenzó en sus oídos, su sangre tronó en sus venas. Josie perdió toda noción del tiempo y espacio frente a él y la habitación se desvaneció a su alrededor mientras un agonizante placer florecía, desplegándose como un capullo bien cerrado durante los primeros rayos del sol de primavera.

—Dios —soltó rechinando los dientes—. Esto va a matarme.

—A mí también —jadeó Josie—. Oh, Dios, Ash, ¡no pares, por favor!

—Ni loco.

La embistió con tanta fuerza que sus movimientos agitaron toda la cama. Sus pechos rebotaban de forma tentadora, sus pezones estaban tan duros y arrugados que hasta dolía mirarlos. Se la estaba follando como un animal en celo.

La necesidad lo recorrió de pies a cabeza. Con fuerza, el orgasmo creció y creció en su entrepierna, concentrándose en sus testículos, pero luego salió disparado hasta su miembro, explotando hacia fuera en un doloroso chorro. Ash no estaba respirando. Solo estaba moviéndose, surfeando la ola. Sumergiéndose en su cálida humedad una y otra vez.

—Josie —susurró su nombre casi con un gemido.

—Estoy contigo, Ash.

Sus palabras marcaron el final de su orgasmo y Ash comenzó a bajar en espiral, como un copo de nieve en el viento, todo el camino que había subido hasta llegar al clímax. Era una total y completa locura. Todo su cuerpo crepitaba como un plomo fundido. Joder, lo más seguro es que hubiera fundido varios circuitos eléctricos. Su cerebro estaba hecho papilla. Estaba completamente rebasado, saciado y satisfecho.

Cayó encima de ella como un peso muerto al no ser capaz de seguir soportando su cuerpo con sus brazos. Se quedó ahí tumbado, jadeando en busca de oxígeno, con su cuerpo encima del de ella. Durante un largo rato se quedó allí, pero sabía que la estaba aplastando y también tenía que deshacerse del maldito condón.

Se moría por follársela a pelo. Se quedaría en su interior durante toda la maldita noche. Se despertarían pegajosos y húmedos, pero no le importaba una mierda. Quería derramar su semen dentro y encima de ella.

Levantándose, Ash la besó en la frente y luego le apartó el pelo que tenía en la cara antes de besarla en los labios.

—¿Ha sido bueno para ti? —preguntó.

—Si hubiera sido mejor, estaría muerta —dijo con arrepentimiento.

Él sonrió y luego se levantó el tiempo suficiente como para deshacerse del condón y volver a acurrucarse en la cama con ella entre sus brazos.

—Creo que podría volver a dormirme otro ratito —murmuró.

—Mmm… mmm… —coincidió ella.

—Entonces durmamos. Haré algo de comer cuando nos levantemos.

Ella se pegó más contra él y luego metió una pierna entre las dos suyas para que él estuviera rodeándola por completo.

—Me parece bien —susurró.

Capítulo trece

—Quiero que lleves mi collar, Josie —dijo Ash en voz baja.

Josie se giró entre sus brazos, sorprendida ante la brusca declaración. Los dos estaban tumbados en el sofá del apartamento de Ash; una mañana relajada tras haber hecho el amor y haber dormido una pequeña siesta antes. Tras haberse despertado de nuevo, Ash le había traído el desayuno a la cama y luego la llevó al cuarto de baño donde le lavó cada centímetro de su piel y de su pelo en la ducha.

La secó, le peinó el pelo y luego la envolvió en una bata antes de llevársela al salón, donde se habían quedado en el sofá desde entonces.

Ash la miró con intensidad como si estuviera calibrando su respuesta. Su mirada se movió por todo su rostro pero luego volvió a centrarse en sus ojos.

—Sé que llevaste el de Michael. También sé que no significó nada. Significa algo para mí, Josie. Quiero que signifique algo para ti también.

—De acuerdo —susurró.

—Quiero elegirlo especialmente para ti. No lo tengo todavía, pero lo haré. Y cuando lo tenga, quiero que lo lleves. ¿Lo harás por mí?

Ella asintió, ya imaginándose llevando su collar con pleno conocimiento de lo que significaría para él.

—Tenemos mucho de lo que hablar hoy —continuó—. Muchas cosas que necesitamos solucionar. Preferiría quitármelo de encima todo hoy para que así podamos avanzar en la relación sabiendo lo que necesitamos saber. Y sabrás lo que necesitas saber.

—De acuerdo, Ash. Estoy preparada.

Él la apretujó entre sus brazos con la satisfacción reflejéndose en sus ojos.

—Significa mucho para mí que confíes en mí. Especialmente tras lo que te pasó con ese gilipollas. Yo nunca te haré daño de esa forma, Josie. Puede que no estés completamente segura ahora mismo, pero lo sabrás pronto.

—Sé que no me harás daño —dijo al mismo tiempo que bajaba su boca hasta la de él—. Confío en ti, Ash. De verdad. No lo digo por decir. Tienes que saber lo difícil que todo esto es para mí, pero me siento bien con mi decisión. Sé que es la correcta. Eso no me lo tienes que demostrar.

—Sí, sí que tengo que hacerlo —la refutó—. Todos los días. Tengo que demostrar todos los días lo que significarás para mí. Ese es mi trabajo. Y lo lograremos. Sabes… tú eres importante para mí. Voy a asegurarme de que lo sepas todo el tiempo.

Ella se inclinó y apoyó la cabeza sobre su hombro al mismo tiempo que se acomodaba sobre el cuerpo de él. Se sentía muy bien pegada contra él. Su cuerpo era tan sólido y fuerte que no tenía que hacer mucho para que se sintiera segura. Ya lo hacía con el simple hecho de estar cerca de él.

—Lo primero que tenemos que discutir son los exámenes médicos y el sistema anticonceptivo que vamos a usar.

Ella volvió a levantar la cabeza con una ceja arqueada a modo de interrogación.

—No quiero usar condones. No contigo. Quiero poder correrme dentro de ti, sobre ti. Y para que podamos hacer eso, tienes que tener algún otro método anticonceptivo y también necesitamos hacernos unas pruebas para saber que ambos estamos limpios, aunque te lo diré ahora, Josie. No estoy seguro de lo que hiciste con Michael, pero yo siempre uso condones. Siempre. Y ha pasado bastante desde la última vez. No desde…

Se paró y sacudió la cabeza.

—Eso vendrá en un momento.

Josie ladeó la cabeza.

—¿El qué vendrá?

—Las circunstancias por las que tuve sexo la última vez con una mujer —dijo Ash con voz seria—. Llegaré ahí, pero ahora hay otras cosas que necesitamos hablar y dejar claras.

La forma en la que lo había dicho la preocupó. Frunció el

ceño, pero Ash levantó el brazo y le rodeó la nuca con la mano
para atraerla hacia él de manera que pudiera posar sus labios
sobre su frente.

—Michael y yo usamos condones —dijo en voz baja—. Él
es el único hombre con el que he estado en dos años. Y ya estoy tomándome la píldora.

—¿Tienes suficiente con mi palabra o quieres una copia de
la última prueba médica que me hice? —preguntó Ash.

Ella frunció el ceño, preguntándose si aquello tenía alguna clase de trampa. Si decía que quería una copia de su informe médico, ¿parecería que no confiaba en él? ¿Le estaba
preguntando si confiaba en él tan pronto? Pero si no lo pedía,
si decía que su palabra era suficiente, sería dar un paso
enorme. Y su vida era demasiado importante como para tomar esa clase de riesgos.

—Me gustaría tener una copia —dijo.

Él asintió sin parecer para nada molesto por su petición.

—Me aseguraré de que la tengas esta tarde.

—¿Y yo qué? —preguntó ella—. ¿Quieres que me haga
una prueba? La última vez que vi a mi médico fue hace tres
meses. Obviamente he tenido sexo desde entonces.

—Concertaré la cita para esta tarde.

Ella abrió los ojos como platos.

—No puedo conseguir una cita con mi médico tan rápido.

—Recurriremos al mío. Él te verá —dijo con confianza.

Josie asintió.

—Ahora tenemos que discutir nuestra relación aquí. En
este apartamento.

—De acuerdo.

Josie no había querido que sonara vacilante, pero las cosas
parecían mucho más simples en lo abstracto. Ahora que estaban entrando en los detalles específicos, se encontraba nerviosa
e inquieta.

—No hay otra forma de hacer esto más que a lo brusco
—dijo Ash con voz tranquilizadora—. Sé que estás nerviosa,
pero lo hablaremos todo y luego nos pondremos de acuerdo.

Ella respiró hondo y luego asintió.

—Este apartamento no es práctico para coger el transporte
público. Lo cual es bueno, porque yo preferiría tener la seguri-

dad de que estás segura cuando salgas de aquí. Lo cual significa que mi chófer me llevará al trabajo por las mañanas y me recogerá por las tardes. Entre esas horas, volveré aquí y estaré a tu disposición. Pero, y no es que sea un cabrón controlador, quiero saber adónde vas, cuándo vas, y quiero saber que estás segura mientras haces lo que quieras hacer.

»Ahora tenemos que solucionar el tema de tu apartamento y coger todo lo que necesites de allí. Te lo traerás aquí, todo lo que necesites. Tengo una oficina y dormitorios extra. Puedes usar cualquier espacio que quieras para pintar o dibujar. Pensé que el salón podría ser la mejor opción simplemente porque tendrás más luz y tendrás la vista del río.

Josie se sintió mareada. Como si todo a su alrededor se estuviera moviendo a velocidad supersónica mientras ella se quedaba ahí de pie conmocionada, intentando digerirlo todo.

—Querré y necesitaré que seas flexible, porque cuando llegue a casa todos los días, te querré aquí. Lo cual significa que me mantendré en contacto contigo y tú harás lo mismo conmigo. Mi horario varía. Algunos días llegaré a casa más temprano, y esos días te lo haré saber. Otros llegaré más tarde. Si viajo, aunque por ahora no tengo planes inmediatos de ningún viaje, voy a querer que te vengas conmigo. ¿Puedes lidiar con eso?

Ella inspiró y luego sonrió agitadamente.

—¿Tengo elección?

Ash se paró por un momento.

—No. Esas son mis expectativas.

—Bueno, entonces supongo que estaré en casa cuando vengas —dijo con ligereza.

Ash soltó la respiración y los hombros se le hundieron ligeramente del alivio, como si hubiera esperado a que se negara. Josie se preguntaba qué habría hecho si se hubiera echado atrás. ¿La habría echado? ¿O habría intentado comprometerse a cambiar esas expectativas?

Le había admitido con muchísima rapidez la necesidad que tenía de ella. La deseaba sin lugar a dudas. ¿Pero cuán inflexible era en realidad? Tenía curiosidad, pero no estaba preparada para enfrentarse a él. Aún no. No por algo que en realidad no le molestaba. Cuando llegara el momento en que propusiera algo que ella no podía aceptar, entonces sí que pondría a prueba los límites de su nueva y reciente relación.

—Para poder entender mejor tus… expectativas. Básicamente quieres que esté aquí cuando tú lo estés. O donde tú estés. Y quieres que te diga adónde voy y cuándo y dónde. Y quieres que te ponga al día con frecuencia.

No le sonaba tan exigente a ella, parecía razonable. Ella no quería que se preocupara por ella. No quería ser una distracción para él. Si se preocupaba —y era obvio que lo hacía— quería hacer todo lo que pudiera para aliviar ese estrés.

—Sí —dijo él con los ojos llenos de más determinación—. Pero, Josie, tienes que entenderlo. Haces que suene algo ligero, pero no lo es. Me enfadaré si no lo haces bien. No se trata de decirme un «lo siento, me olvidé completamente de decirte dónde iba» y luego todos felices. Espero que me lo digas todo.

—De acuerdo, Ash —dijo en voz baja—. Lo entiendo.

Él asintió.

—Ahora, hay cosas que tienes que saber sobre mí. No quiero que todo esto salga más tarde y te sorprenda o te haga sentir incómoda. Es mejor que lo sepas todo desde el principio para que puedas lidiar con ello y no se convierta en un problema luego con el tiempo.

Ella arqueó una ceja. Parecía muy serio, como si fuera a soltarle un pedazo de bomba encima a punto de estallar. Quería bromear con él y preguntarle si estaba a punto de admitir ser un asesino en serie, pero estaba demasiado serio y no apreciaría su intento de quitarle importancia al asunto. Así que se quedó en silencio, esperando a escuchar lo que él tenía que decirle.

Él se enderezó un poco hacia arriba, hizo una mueca durante un momento y luego se inclinó hacia delante para poder poner un cojín entre su espalda y el brazo del sofá. Josie se sentó más adelante para que él tuviera espacio pero luego él le rodeó la cintura con una mano y la atrajo sólidamente contra él para que estuviera una vez más acurrucada contra su cuerpo.

—Cualquier conversación seria que tengamos será teniéndote entre mis brazos para así poder tocarte —dijo—. Nunca separados en la misma habitación. Eso no me hará feliz. Te advierto ahora que si te enfadas conmigo y estamos discutiendo, no vas a poner distancia entre nosotros.

Ella sonrió contra su pecho. Eso sonaba bien para ella. Una de las cosas que más le habían disgustado de Michael era su indiferencia para con ella, la distancia —la distancia emocional— que había entre ellos. Michael era más un tipo de sentarse separados y luego discutir. Y lo que es más, la única vez que él la tocaba era cuando tenían sexo. No era expresivo ni afectivo. Y Ash no parecía ser capaz de mantener las manos separadas de ella ni dos segundos. A Josie eso le gustaba. Le gustaba mucho.

—¿Va a ser esto una discusión seria? —preguntó, sin poder evitar mostrar el deje burlón en su voz.

No había ninguna duda de que Ash radiaba seriedad en ese momento. Y estaba empezando a asfixiarla. Necesitaba quitar hierro al asunto, aunque solo fuera por un breve segundo. No estaba en su naturaleza tomárselo todo con tanta seriedad. Ash era un tío intenso. Quizás al final sí que se relajaría a su alrededor, o a lo mejor siempre sería así... pensativo y serio en lo que a ella se refería.

Su abrazo se volvió más fuerte alrededor del cuerpo de Josie.

—Sí. Es seria. Todo lo que se trate de mí y de ti es serio. Entiendo que parezca muy fuerte, especialmente hoy que lo estamos sacando todo fuera. No siempre será así de... intenso. Pero hoy, sí. Necesito sacar fuera todo lo que pueda hacerte daño en un futuro porque eso sí que no toleraré que ocurra.

Ella frunció el ceño otra vez y se impulsó hacia arriba para poder mirarlo a los ojos. Estaba tan serio y decidido... con ella. Observaba cada reacción que tenía.

—¿Qué es, Ash? —preguntó—. ¿Qué es lo que piensas que me va a hacer daño?

Él suspiró.

—No sé si lo hará o no, pero podría si no lo entiendes desde el principio. Yo lo único que quiero es que no te pille por sorpresa. Si estás preparada y lo sabes todo, entonces no tendrá el poder de cogerte desprevenida ni con la guardia baja.

Josie levantó la mano para tocarle el mentón y le recorrió con los dedos la ligera barba incipiente que llevaba. No se había afeitado esta mañana, así que el rubio oscuro formaba una sombra sobre su barbilla.

—Entonces cuéntamelo. Lo entenderé.

Él le cogió la mano y se la besó, acercando los labios a su palma.

—Jace Crestwell es mi mejor amigo. Tanto él como Gabe Hamilton. Pero Jace... compartíamos un vínculo. Gabe es mi mejor amigo, sin duda. Pero Jace y yo siempre habíamos tenido una amistad más cercana. Él es mi hermano en todos los sentidos de la palabra. Confío en él. Siempre me guarda las espaldas y yo las de él. Siempre. Solíamos compartirlo todo, y con eso me refiero también a las mujeres. He tenido muchos tríos con Jace durante todos estos años.

Ella arrugó la frente y alzó las cejas mientras se lo quedaba mirando a los ojos. Y pensar que había estado preocupada por tener que compartirlo con otras mujeres. Eso sí que no se lo había esperado. No se podía imaginar a Ash, tan posesivo como era, queriendo que ella tuviera sexo con otro hombre mientras él miraba o participaba en la acción. Y lo que es más, no era algo que ella quisiera.

—¿Es eso...? Quiero decir, ¿eso es lo que tú quieres hacer conmigo? ¿Compartirme con otro hombre?

—Joder, no.

La negación fue explosiva. Las palabras salieron de su boca como una ráfaga de aire que sintió en su barbilla. El alivio la invadió con fuerza y se relajó mientras esperaba a que continuara.

—No lo entendía entonces —murmuró—. Cómo Jace era con Bethany. No lo entendía, pero ahora sí.

—Estoy perdida —dijo ella con paciencia—. No entiendo de lo que estás hablando.

—Como he dicho, Jace es mi mejor amigo. Él está saliendo ahora con Bethany. Están comprometidos. Los veremos mucho. Quiero compartirte con ellos... como amistades, quiero decir. Ellos son importantes para mí y tú eres importante para mí también, así que pasaremos tiempo con ellos. Y lo que necesito que sepas es que al principio, la primera noche que Jace y Bethany estuvieron juntos, yo estaba con ellos.

Ella abrió los ojos como platos.

—¿Aún… tienes… tríos… con ellos?

Ash sacudió la cabeza.

—No. Jace no lo quería ni siquiera esa primera vez, pero yo no lo sabía por entonces. Es un lío muy complicado, pero lo que necesitas saber es que he tenido sexo con Bethany. Y la verás a ella. Y a Jace. Y no quiero que sea incómodo para ti. Ya lo era bastante las primeras veces que estábamos todos juntos después de esa noche, pero ahora lo hemos superado. Bethany ya está bien y Jace también. No es un tema que suela salir, pero está ahí. Y no quiero que te haga daño cuando la mires y sepas que he tenido sexo con ella. Porque no hay nada ahí, Josie. Nada más que una profunda amistad. Bethany es una mujer estupenda. Creo que te gustará. Pero no es ninguna amenaza para ti.

—Lo entiendo —dijo en voz baja—. Valoro que me lo hayas contado y que hayas sido directo conmigo. Puedo ver perfectamente lo incómodo que habría sido, especialmente si no lo llego a saber y de alguna forma meto la pata o algo.

Ash centró su mirada en ella y la estudió atentamente.

—¿Va a suponerte un problema pasar tiempo con una mujer con la que me he acostado y de la que me preocupo mucho?

—No si me dices que no debería suponerme ningún problema.

Él sacudió la cabeza.

—No, no es un problema. Como he dicho, no entendía lo que Jace sentía en ese momento. Su posesividad en todo lo relacionado con Bethany. Nunca habíamos tenido ningún problema entre nosotros por ninguna mujer, nunca ha habido ninguna que nos importara. Pero ahora sí que lo entiendo porque sé que yo no quiero compartirte con nadie, y especialmente con mi mejor amigo aunque este estuviera soltero y no tuviera una relación. Y referente a los otros hombres, eso es algo por lo que nunca tendrás que preocuparte. He tenido tríos con Jace y otra mujer. Muchas veces, no te voy a mentir. Nos hemos tirado a incontables mujeres a lo largo de los años. No es algo de lo que me sienta orgulloso pero tampoco me quita el sueño. Es lo que es. Pero no habrá tríos contigo, Josie. Solo seremos tú y yo. Yo voy a ser el único hombre que te haga el amor de ahora en adelante.

Todo sonaba tan inapelable, y al mismo tiempo Josie sabía que solo eran palabras. ¿Cómo podían ser algo más? Se conocían desde hacía muy poco. Solo habían tenido sexo una vez, y él hablaba como si tuviera la última palabra. Como si fueran algo permanente y estuvieran inmersos en una relación a largo plazo.

Y aunque ella no dudaba de su palabra, o incluso la suya propia, no había forma alguna de que pudiera mirar al futuro con ninguna autoridad todavía. Había demasiados «¿Y si?».

—Ahora dime lo que piensas —la animó.

Josie sonrió.

—No estoy segura de saber cómo esperabas que reaccionara, Ash. ¿Pensaste que cambiaría de parecer porque has tenido sexo perverso con un puñado de mujeres? ¿Qué tienes, treinta y cinco años? ¿Treinta y seis? No es realista pensar que no hayas tenido aventuras.

—Tengo treinta y ocho. Casi treinta y nueve —la corrigió.

—Bueno, de acuerdo, pues tienes treinta y ocho. Yo te acabo de contar que he tenido una relación, y sexo, con un hombre apenas hace unas semanas. No puedo echarte en cara a ti el haber tenido relaciones similares.

—Pero nosotros no veremos al hombre que te has estado follando todo este tiempo —señaló Ash.

Ella suspiró.

—No diré que vaya a ser divertido mirarla y compararla mentalmente conmigo o imaginarme siquiera a ti y a tu amigo haciéndole el amor. Pero lidiaré con ello, Ash. Y si es tan simpática como dices que es, entonces me gustará y espero que podamos ser amigas. Solo tendré que evitar torturarme imaginándote a ti con ella en la cama.

—Solamente ocurrió una vez —dijo con brusquedad—. No quiero que pienses en ello cuando estemos todos juntos. Porque cree esto, Josie: no importa quién estuviera en el pasado, tú eres mi presente y mi futuro. Y esas otras mujeres no tienen nada que hacer contra ti.

Una sonrisa se dibujó en los labios de Josie y se inclinó hacia delante para apoyar su frente contra la de él.

—Entonces, haré todo lo que pueda para no pensar en ello.

—Bien. Ahora ya casi es la hora del almuerzo y aún tenemos que dejar solucionado lo de tu apartamento. ¿Quieres que comamos algo ahora y luego nos pasemos por tu apartamento para que puedas traerte todas tus cosas para pintar? Si haces una lista con todo lo que necesitas mientras estemos allí, haré que alguien vaya y lo traiga aquí. No quiero que te preocupes por nada más que instalarte en mi piso.

—Eso suena bien —dijo ella.

Ash la besó con ansia.

—Ya tendremos tiempo de quedar con los demás. Por ahora, te quiero toda para mí. Estoy tentado de llamar al trabajo el lunes y cogerme toda la semana libre para estar contigo.

El corazón le dio un vuelco. Era un plan tentador. Toda una semana en la cama de Ash, entre sus brazos.

—Desafortunadamente, con Gabe en su luna de miel y todas las transacciones que tenemos abiertas actualmente, Jace y yo no podemos faltar.

—Lo entiendo —dijo Josie con facilidad—. Yo también tengo trabajo que hacer.

—Me gusta la idea de que trabajes en mi espacio —murmuró—. Cuando esté en la oficina, tú estarás aquí. Me gusta esa imagen. Y luego estarás aquí cuando llegue a casa. Sin ropa, Josie. Te llamaré cuando esté de camino cada día, y cuando llegue aquí, te quiero desnuda y esperándome. A menos que te diga algo diferente, así es como lo quiero.

—De acuerdo —susurró Josie.

Capítulo catorce

Jace estaba esperando a Ash cuando este llegó a la oficina el lunes por la mañana. Ash no había dudado ni un momento que su amigo estaría esperándolo para ahogarlo a preguntas tras la llamada de teléfono que había recibido la noche del sábado.

Jace se encontraba sentado en el despacho de Ash cuando este entró. La preocupada mirada de Jace se cruzó con la de él.

—¿Lo solucionaste todo? —preguntó Jace sin siquiera darle tiempo a Ash para que se sentara.

Ash soltó el maletín sobre la mesa y luego se dejó caer en la silla al mismo tiempo que miraba a su amigo; sus ojos estaban oscurecidos de la preocupación.

—Estoy en ello —murmuró Ash—. Hice algunas llamadas de camino al trabajo. Tengo que contratar a un tío para que siga a ese gilipollas, vigilar sus movimientos y luego decidir cuál es el mejor momento para actuar.

—Dios santo —murmuró Jace—. Vas en serio.

Ash levantó una ceja. Había un montón de notas sobre el escritorio: llamadas perdidas que tenía que devolver, documentos que necesitaban su firma… pero lo dejó todo sin tocar y se recostó en la silla mientras calmadamente sondeaba a Jace al otro lado de la mesa.

—¿Te he dado alguna razón para creer otra cosa? Le hizo daño, Jace. Le dejó moratones en la cara. Ni de coña voy a dejarlo pasar. Estaba demasiado asustada y conmocionada como para denunciarlo, pero me alegro de que no lo hiciera porque yo sí que puedo hacer sufrir a ese maldito cabrón. El tío habría estado fuera de la cárcel en dos segundos, y dudo que saliera algo de ahí. Ya sabes cómo este tipo de cosas siempre acaban en el olvido, especialmente cuando tienes dinero y contactos que lo hagan «desaparecer».

—¿Y él tiene todo eso? —preguntó Jace.

—Algo, sí. Pero no puede competir conmigo. Voy a asegurarme de que pilla el mensaje. Josie es mía y si alguna vez vuelve a hacerle daño, te juro que es hombre muerto.

—¿Cómo se está tomando Josie toda la situación? —preguntó Jace con voz queda.

Ash se paró.

—Creo que bien. No le di mucho tiempo para procesar las cosas, la verdad. Cuando llegué a su apartamento después de dejaros tirados en la cena del viernes, no le di más opciones. Le preparé una bolsa de viaje y le dije que se iba a mudar conmigo. Fui un cabrón. Josie necesitaba que la trataran con delicadeza, pero sabía que si le daba espacio podría no venir a mí nunca. Así que aproveché mi ventaja estando ella abrumada y alterada y me moví rápido.

Una sonrisa se dibujó en las comisuras de los labios de Jace.

—¿Tú? ¿Un cabrón? ¿No se supone que tú eres el chico encantador y simpático? Pensé que lo de ser cabrones era solo cosa mía y de Gabe.

Ash hizo una mueca.

—¿Por qué cojones todo el mundo piensa que soy un despreocupado?

Jace se rio.

—Yo nunca he dicho eso, tío. Pero normalmente siempre eres Míster Educado con las mujeres. Nunca te he conocido de otra forma.

—Las otras mujeres no importaban —dijo Ash con simpleza—. Josie sí. No puedo arriesgarme con ella. Tengo que usar todas mis bazas cuando las tengo.

Jace inspiró hondo y estudió a Ash atentamente. Tras un momento, Ash se removió incómodo en su silla bajo el escrutinio de su amigo.

—¿Estás hablando de algo a largo plazo? —preguntó Jace—. Dices que ella es diferente y yo ya he visto lo diferente que eres tú con ella. Estás hablando de ir contra la ley y de hacerle Dios sabe qué a ese gilipollas que le pegó. ¿Pero cómo de diferente estamos hablando, Ash?

—Piensa en cómo te sentiste tú cuando conociste a Bethany —dijo Ash en un tono regular.

—Joder —soltó Jace—. No digas más. Lo entiendo. Y enhorabuena, tío. Nunca pensé que te pudiera ocurrir a ti tan rápido. Siempre te has empeñado en querer vivir bajo nuestro lema «juega duro y vive libre».

—Sí, bueno, tú también —contestó Ash secamente—. Y no me des la enhorabuena todavía. Tengo muchas cosas que solucionar, y aunque pueda tener a Josie donde quiero ahora mismo, aún no la tengo en el saco.

—Pero sabiendo lo que yo sentí por Bethany y que tú me digas ahora que es igual, está ya todo dicho, tío. Si sientes la mitad de lo que yo sentí por Bethany al principio, esta es la tuya. Y conociéndote como te conozco, si Josie es lo que quieres, está claro que no la vas a dejar marchar.

—Joder, no —murmuró Ash—. Si no se queda conmigo durante una buena temporada es porque ha luchado contra mí con uñas y dientes y ha ganado. Y yo nunca pierdo.

—¿Estás pensando en matrimonio? ¿En compromiso absoluto? ¿De qué estamos hablando, Ash? Necesito saberlo para poder hacerte sufrir bien después de todos esos insultos que nos soltaste a mí y a Gabe al perder la cabeza por Bethany y Mia.

Ash le hizo un gesto con el dedo corazón.

—No lo sé todavía. El matrimonio es un paso enorme. Es permanente. Y es demasiado temprano como para estar pensando en boda, en bebés y en toda esa mierda. En todo lo que puedo concentrarme ahora es en Josie y en asegurarme de que se siente tan atraída por mí como yo por ella.

Jace asintió.

—Sí, lo pillo. Pero para que lo sepas, voy a empezar a organizar la despedida de soltero ya.

Ash se rio.

—Lo que sea, tío.

La expresión de Jace se volvió más seria y le dedicó una mirada dura a Ash.

—¿Y qué pasa con el tío que le hizo daño a Josie? Dijiste

que necesitabas una coartada, y ya sabes que haré lo que me digas, pero tengo que saber los detalles. Ir hasta la cárcel de Rikers Island para visitarte no es que esté en mi lista prioritaria de cosas que hacer por diversión.

Ash suspiró y se pasó una mano por el pelo.

—Estoy en ello, como ya te he dicho. Pero quiero hacerlo rápido. Quiero que Josie se instale y se acostumbre a esta nueva relación, y en parte para que eso ocurra tengo que saber que ese cabrón no la va a volver a amenazar nunca más. Ya tengo alguna información preliminar sobre él y cuáles son sus movimientos. Es bastante predecible, mantiene el mismo horario. Si sigue así algunos días más, planeo tomar cartas en el asunto el viernes por la noche.

Jace entrecerró los ojos y se inclinó hacia delante en el asiento.

—¿Te refieres a hacerlo tú personalmente? ¿O harás que una tercera persona se haga cargo?

—Ambas cosas —dijo Ash asimilando la reacción de su amigo.

—Dios, Ash. No la cagues, tío. Dudo que Josie quiera visitarte en la cárcel mucho más que yo.

—No va a ser un problema —contestó Ash con un tono neutro—. Los tipos que tengo en mente son buenos. Toman todas las precauciones. Jurarán que no me conocen y yo juraré que no los conozco. No te quiero poner en una mala situación a ti y tampoco quiero a Bethany metida en el asunto, así que preferiría que en mi coartada solo estés tú y no vosotros dos juntos.

Jace asintió.

—Sí, ya sabes que no me importa salir a la palestra por ti. Nunca. Pero no quiero que esto le salpique a Bethany. Te ayudaré en todo lo que necesites, tío. Ya lo sabes, ¿verdad?

—Sí, lo sé. Te lo agradezco, Jace.

—Mantenme informado, ¿de acuerdo? No me mantengas al margen. Querré detalles, y si te metes en líos, por tu bien espero que me llames. No hagas esto solo, ¿me entiendes? Si no puedes hacerlo al final con los tíos que tienes en mente, llámame y yo voy contigo.

Ash sonrió.

—Sí, mamá. ¿Quieres limpiarme el culo también?

—Que te jodan —contestó Jace con brusquedad.

Ash se rio entre dientes, pero luego se puso serio y miró fijamente a Jace.

—No quiero que esto os salpique ni a ti ni a Bethany. Que me des una coartada es suficiente. Es más de lo que puedo pedirte. Yo nunca haría nada que pusiera en peligro tu relación con Bethany.

—Sí, lo sé. Pero también sé que eres mi hermano, Ash. Eres de mi familia. No esos imbéciles con los que compartes sangre. Yo y Gabe, y también Mia y Bethany. No me importa lo que tenga que hacer para ayudarte, lo haré sin hacer preguntas.

—Joder, tío. Para ya o pareceremos un puñado de mujeres en busca de pañuelitos para llorar.

Jace lanzó la cabeza hacia atrás y soltó una risotada.

—Está bien, ahora que ya nos hemos quitado eso de en medio, ¿cuándo voy a conocer a Josie?

Ash resopló.

—Pronto. Quiero que tanto tú como Bethany la conozcáis, pero una vez que todo este lío con ese capullo se haya solucionado y pueda respirar con más tranquilidad. Quizás podamos cenar juntos el domingo por la noche.

Jace asintió.

—Me parece bien.

—Ella ya sabe lo de Bethany. —Ash hizo una mueca cómplice—. Le he contado todo. No quería que la pillara desprevenida, aunque tampoco pensé que el tema fuera a salir nunca, pero no quería dejarlo al azar.

Jace hizo una mueca también.

—¿Cómo se lo tomó? Va a ser bastante incómodo cuando estemos todos juntos, especialmente ahora que lo sabe.

—Se lo tomó bien. Dudo que haya alguna mujer a la que le guste salir con otra mujer que se haya acostado con su hombre en el pasado, pero le aseguré que no tenías intención de volver a compartir a Bethany con nadie más, y lo que es más, que yo tampoco iba a tener ningún otro trío ni iba a compartirla a ella con otro tío. Ni de coña, vamos.

Jace gruñó.

—Joder, no, no voy a compartir a Bethany con nadie. Ya es bastante malo que exista esa primera vez contigo.

Ash levantó las manos.

—No te cabrees. No he sacado el tema para molestarte. Solo quería decirte que Josie lo sabe. Fui directo con ella sobre todo lo que tiene relación con mi historial sexual.

—Apuesto a que te llevó un buen rato —soltó Jace con sequedad.

—Más o menos lo mismo que te llevó a ti cuando se lo explicaste a Bethany —le contestó Ash.

—*Touché* —cedió Jace con una sonrisa. Luego se levantó y se dirigió a la puerta.

—Si eso es todo, voy a volver al trabajo. Tengo llamadas que hacer y una videoconferencia en media hora. ¿Tienes planes para comer?

Ash bajó la mirada hasta su reloj.

—No, pero tengo pensado volver a casa temprano hoy. No me gusta dejar a Josie sola en la casa tan pronto después de la mudanza. Me he encargado de que le lleven a casa las cosas que necesita de su propio apartamento y le dije que la ayudaría a solucionar todo eso cuando llegara a casa. Así que lo más seguro es que me salte el almuerzo, haga todo el trabajo que tengo sobre la mesa y luego me vuelva a casa sobre las dos.

Jace asintió.

—Está bien. Mantenme informado. Especialmente sobre lo del viernes por la noche. Tenemos que dejar lista la historia que vamos a contar.

—Lo haré —respondió Ash.

Capítulo quince

Josie soltó el pincel y salió corriendo para limpiarse las manos antes de ir a coger su teléfono que estaba sonando. Estas le temblaron al ver que era Ash el que llamaba. Una bola de nerviosismo se le instaló en la boca del estómago y fue subiendo hasta llegar a su garganta.

—¿Sí?

—Voy de camino.

Las simples palabras de Ash enviaron un escalofrío por toda su espalda.

—De acuerdo —murmuró—. Estaré lista.

—Bien. Entonces no te has olvidado.

—No —dijo ella con suavidad—. Sé cuáles son tus expectativas.

Él se quedó callado un momento.

—¿Pero es lo que tú quieres, Josie? ¿O solo estás satisfaciendo mis deseos?

—Yo también lo quiero, Ash. Estoy un poco nerviosa, pero es porque todo esto es nuevo y aún nos estamos conociendo. Pero no estaría aquí si de verdad no quisiera. No me importa la clase de mujer que piensas que has metido en tu apartamento: no soy ella. No soy débil ni tampoco tengo poco carácter. Está claro que no supe manejar la situación con Michael como debería haberlo hecho, pero no se me pisotea fácilmente.

Él se rio y el sonido le llegó a Josie cálido y vibrante en el oído.

—Yo nunca he pensado ni por un instante que fueras débil o que no tuvieras carácter, nena. Hay que ser una mujer fuerte para lidiar con un hombre como yo. Nunca dudes de eso.

Una amplia sonrisa se dibujó en el rostro de Josie y el corazón le dio un vuelco al escuchar la suave expresión de cariño. No era la primera vez que la había llamado nena, pero le gustó desde el primer momento. La voz de este hombre al hablar con suavidad tenía algo… demostraba una ternura cuando usaba las palabras afectivas que hacía que el corazón se le parara ahí mismo.

—Tengo que colgar si quieres que esté lista para cuando llegues —dijo—. No quiero decepcionarte el primer día.

Hubo otra pausa y luego su voz sonó grave y dulce, lo que logró enviar una ola de felicidad rápida y enérgica por sus venas.

—No me decepcionarás, Josie. No quiero que pienses eso. No quiero siquiera que albergues ese pensamiento en la cabeza. Si estás allí cuando llegue a casa, desnuda y esperándome, no voy a decepcionarme. Lo he estado esperando durante todo el día. Dejaré que cuelgues para que puedas prepararte. Hasta luego.

—Adiós —susurró ella.

En cuanto colgó, se puso de pie y frunció el ceño al ver todas sus cosas de pintura repartidas por todo el salón. Sabía que el ama de llaves iba a venir por la mañana, pero no quería ser una carga extra para ella. Es más, todas sus cosas estaban todavía en cajas y bien organizadas junto a la pared del salón. No se había molestado en sacarlas porque había querido ponerse a trabajar; estaba loca por llevar más cuadros a la galería.

Con suerte Ash no se enfadaría por el desorden y el caos que había traído a su inmaculado apartamento.

Se precipitó hacia el cuarto de baño preguntándose si tendría tiempo para darse una ducha rápida. Pero se había dado una esta mañana. Estaba limpia. Solo sus manos y sus brazos tenían manchas de pintura, pero las podría limpiar sin necesidad de ducharse.

Aun así, Josie le prestó mucha atención a su apariencia. Se cepilló el pelo largo y rubio que tenía y luego se miró en el espejo. No llevaba maquillaje, pero en realidad ella raramente llevaba algo más que brillo de labios y un poco de rímel.

Una vez satisfecha por no parecer estar hecha un auténtico desastre, se fue hasta el dormitorio y se quitó la ropa. Dobló los vaqueros y la camisa sin saber si volvería a vestirse más tarde o si Ash la mantendría ocupada hasta que llegara la hora de irse a dormir. Se preocuparía de ese detalle en particular cuando llegara el momento.

¿Y ahora qué? ¿Lo esperaba en el dormitorio? ¿Debería sentarse en el salón y esperarlo allí? Frunció el ceño pensativa. No habían hablado de nada en particular, solo que la quería desnuda y esperándolo.

Sí que había sido específico en que no quería que se arrodillara a menos que él lo quisiera así cuando estuviera con su miembro en la boca. Las mejillas le ardieron al recordar esa afirmación. A Michael le había gustado que se arrodillara. Le gustaba su sumisión. Por entonces no la había molestado. Era parte de su relación, una a la que había accedido. Ahora se sentía como una estúpida por ofrecerle al imbécil su sumisión.

Caminó hasta el salón al decidir que sería allí donde lo iba a esperar. A Ash le había gustado la idea de llegar a casa y encontrársela desnuda y esperándolo, lo cual le decía que probablemente le gustaría verla en cuanto entrara por la puerta. Si tenía que ponerse a buscarla, entonces es que no lo había estado esperando muy bien. Y a ella le gustaba la idea de ser lo primero que viera cuando saliera del ascensor.

Ya que no se iba a poner de rodillas, optó por el afelpado sofá de piel, pero extendió una manta encima para que fuera cómodo contra su piel desnuda. Y luego se debatió en si debería simplemente sentarse o mejor tumbarse. La risa le estalló en la garganta. Estaba dándole demasiadas vueltas.

Josie era una artista y las imágenes le gustaban. Conocía todo tipo de poses provocativas y Ash agradecería una de esas seguro. Quería sorprenderlo la primera vez que volviera a casa con ella.

Un calor se apoderó de su pecho cuando esas palabras le calaron bien adentro. Volver a casa con ella. Qué fácil había entrado en su vida, en su apartamento y los había adoptado como suyos propios. ¿De verdad estaba considerando este lugar su casa? ¿Y que tenía un hombre que volvía a casa con ella todos los días?

Sin entrar en debates sobre si estaba loca o no por pensar esa clase de cosas, se tumbó de costado y se echó el pelo hacia un lado para que le cayera sobre un hombro y tapara parcialmente sus pechos. No es que ella tuviera alguna inhibición, pero menos algunas veces era más. Los hombres respondían normalmente mucho más a lo que no podían ver que a lo que sí.

Eso era lo que hacía que sus pinturas fueran provocadoras. Ese indicio de desnudez. Un simple vistazo a lo prohibido.

Apoyó la cabeza contra el brazo del sofá y posó la mirada en las puertas del ascensor. La piel le hormigueaba; la excitación tomó posesión de su cuerpo al imaginarse lo que Ash haría cuando llegara a casa.

La excitación le agitaba la zona baja de su cuerpo. Estaba tentada de deslizar los dedos entre sus dos piernas y de acariciarse hasta llegar a un orgasmo rápido. No le llevaría mucho. Ya estaba a punto de solo pensar en la llegada de Ash. Pero no quería adelantarse a lo que fuera que él tuviera planeado.

Así que esperó aunque cada segundo pareciera una hora.

Cuando escuchó el ascensor, la respiración se le volvió irregular y se le quedó por un momento en la garganta. La boca se le secó y rápidamente se relamió los labios al mismo tiempo que las puertas se abrían y pudo ver a Ash vestido con el traje que se había puesto para ir al trabajo.

Tenía una mano metida en el bolsillo del pantalón y su pose era casual y arrogante. Rezumaba encanto, dinero y… poder.

Josie se estremeció cuando sus miradas colisionaron. Los ojos de Ash ardieron sobre los de ella al verla con esa pose. El deseo brilló en ellos y Josie se alegró de haber optado por ser seductora en vez de quedarse sentada y esperar.

Ash se encaminó hacia ella con paso decidido, con la mandíbula apretada y los ojos llameantes. Ella levantó la cabeza y siguió su avance.

—Hola —le dijo con voz ronca—. Y bienvenido a casa.

Él la sorprendió al dejarse caer de rodillas frente al sofá. Se acercó a ella con fuerza y estampó su boca contra la de ella con un apasionado frenesí que le quitó la respiración a Josie. Ash le enredó la mano en el pelo y la atrajo más contra sí para que no hubiera ningún espacio entre ellos.

—Inmensamente preciosa —gruñó—. He estado pensando en esto durante todo el día. Volver a casa, verte esperando. Pero nada me podría haber preparado para la realidad.

Le pasó un dedo por la mejilla y la acarició con suavidad mientras intentaba recuperar la respiración que había perdido gracias al beso.

—Me alegro mucho de que estés aquí, Josie.

—Yo también me alegro —murmuró.

—He tenido una docena de ideas diferentes de camino a casa. Pensando en cómo te iba a hacer mía cuando llegara aquí. En el momento en que te vi me olvidé de todo excepto de cómo estabas tumbada en el sofá.

—Me encantaría escuchar todas esas ideas. Ahora estoy intrigada.

Él sonrió y la diversión se reflejó en sus ojos.

—Algunas probablemente sean ilegales.

—En ese caso, mejor aún.

Ash se rio y el sonido, grave y ronco, vibró por toda la superficie de la piel de Josie.

—Me gusta tu entusiasmo.

—¿Deberíamos escribirlas en papelitos y meterlos todos luego en un recipiente para decidir cómo tener sexo? —preguntó ella con una sonrisa—. ¿O puedo contar contigo para decidir en el asunto?

—Mi querida mujer está graciosilla hoy —dijo arrastrando las palabras—. A lo mejor he de castigarte por ello.

El calor se instaló de momento en sus mejillas. Ash alzó una de sus cejas.

—Te gusta esa idea.

Josie se aclaró la garganta, no estaba segura de saber qué decir. Ash le había dicho que los juegos no le iban. ¿No estaba jugando ella ahora a ser la sumisa traviesa para ganarse un castigo?

Ash entrecerró los ojos y deslizó los dedos por debajo de la barbilla de Josie para forzarla a que sus miradas se encontraran.

—¿Qué demonios estás pensando justo ahora?

Ella suspiró.

—Es una tontería. Supongo que estaba preocupada por saber qué responder a eso. Y cómo me haría parecer si te hubiera dicho que la idea de que me castigues me pone muchísimo. Dijiste que no te iban los juegos y que querías que todo fuera real.

Ash le pasó el pulgar por encima de los labios para silenciarla.

—Lo primero, nunca dudes en decirme nada. Especialmente lo que te excita, lo que quieres o lo que necesitas de mí. Sexualmente, emocionalmente o lo que sea. Lo segundo, tus deseos no son un juego. Sé que lo que dije podría haber creado algo de confusión. Lo que quería decir es que tú y yo, lo que tenemos, es real, no un juego. No significa que no podamos jugar juntos siempre y cuando tengas claro que lo que hacemos es real.

—Claro como el barro —dijo Josie con la voz llena de diversión.

—No hemos hablado de los castigos. Tengo que decirte que no me va mucho todo ese rollo de la disciplina. No soy tu padre y tú no eres una niña. Pero sí que hay cosas que me gustan, y hay una gran diferencia entre pensar que necesites un castigo o querer enrojecerte el trasero porque me excite. ¿Vas pillando por dónde voy?

—Sí —dijo con un medio suspiro.

—Supongo que la idea también te atrae a ti.

Ella asintió.

—Me gusta. O sea, me excita. Hay algo que me pone en toda esa idea del macho alfa buenorro azotándome. O ejerciendo su voluntad sobre mí. Eso a lo mejor suena estúpido.

Ash suspiró.

—No me estás entendiendo, nena. Nada de lo que pienses o sientas es estúpido, ¿lo entiendes? Si te excita, entonces no es estúpido. Si te excita, quiero saberlo porque te quiero dar placer. Quiero hacerte sentir bien. Y lo que quiero en este mismo momento es que estés de rodillas y con mi polla en la boca. Pero después vamos a tener una charla sobre tus gustos y tus perversiones, y sobre las mías también. Con suerte coincidirán bastante bien.

Josie tragó saliva y se relamió los labios con excitación.

Él gimió y luego posó su boca sobre la de ella y la devoró con ansia.

—Me vuelves loco —le dijo pegado a su boca.

—Bien —le susurró ella.

Ash se echó hacia atrás y se puso de pie. Luego extendió la mano hacia abajo para ayudarla a levantarse. Tras coger uno de los cojines del sofá, lo tiró en el suelo y luego la urgió a que se arrodillara sobre él.

Se llevó una mano a la bragueta para desabrochar el botón

y luego bajar la cremallera. Se metió la mano bajo el pantalón y liberó su rígida erección de los confines de su ropa interior para envolvérsela con el puño y acercarla a la boca de Josie.

—Lámela —dijo con un chirrido—. Juega con el glande y luego chúpala hasta tenerla bien adentro en tu garganta.

Ella sacó la lengua y rodeó la ancha cabeza con ella antes de entretenerse con la sensible piel de la parte inferior. Le encantaba la forma en que Ash siseaba para coger aire y la forma en que luego dejaba escapar el aire entre los dientes en reacción a sus caricias.

Enterró los dedos en su pelo y tiró de los mechones antes de que los nudillos descansaran contra su cuero cabelludo. La tenía agarrada con fuerza, y eso a Josie le gustaba. La otra mano la tenía colocada bajo su mentón, abriéndole la boca mientras él empujaba sus caderas hacia delante y se introducía en su garganta.

Sus movimientos no eran suaves, tal y como la tenía agarrada del pelo, y eso a ella le encantó también. Le encantaba todo ese poder primitivo que apenas escondía bajo su fachada. Era como un león a punto de atacar. Un macho predador y excitante.

Josie se alzó un poco para poder tomarlo en la boca más profundamente. Lo quería más adentro. Quería saborearlo, le encantaba la forma en que tomaba las riendas, el hecho de que no tenía ningún poder a excepción del que él quisiera darle.

—Dios —dijo en voz baja—. No he sentido nunca nada tan placentero como tu boca alrededor de mi polla, nena.

Ella se estremeció de placer al escuchar sus palabras. Los pezones se le endurecieron y se convirtieron en dos botones rígidos y enhiestos. Jadeó cuando Ash extendió las dos manos y agarró ambos pezones entre sus dedos, retorciéndolos suavemente y ejerciendo la presión justa para volverla loca sin causarle ningún daño.

Josie lo lamió sin ninguna prisa desde la base hasta la punta, dejando que la cabeza descansara peligrosamente sobre sus labios antes de volver a tomarlo entero en la boca hasta que la barbilla tocara la piel de sus testículos. Tragó saliva, lo que logró que la cabeza del miembro de Ash quedara exprimida en la parte posterior de su garganta. Ash gimió, recompensándole el esfuerzo con una sacudida y pellizcándole los pechos con más agresividad, lo cual consiguió que ella gimiera también.

—Te he imaginado de tantas maneras —dijo Ash con una voz forzada—. Atada, con el culo en pompa, con mis marcas en la piel. A cuatro patas, penetrándote desde atrás tanto el culo como el coño. Encima de mí, cabalgándome. Yo comiéndote toda mientras tú me chupas la polla. Todo lo que te venga a la cabeza lo he imaginado.

Josie se estremeció, el cuerpo le tembló casi con violencia al mismo tiempo que las imágenes mentales que él había provocado se instalaban en su mente.

—No siempre voy a ser así de fácil de complacer, nena —murmuró—. Es difícil contenerse, pero no quiero que vayamos demasiado rápido.

Ella apartó la boca de su miembro y alzó la mirada hacia él mientras le rodeaba la erección con los dedos.

—No quiero que seas fácil, Ash. Esa no es la razón por la que estoy contigo. Quiero lo que puedes darme. Lo necesito.

Ash le rodeó el rostro con las manos y bajó la mirada, la expresión en su semblante era tierna.

—Me encanta que quieras eso de mí, Josie. Solo quiero asegurarme de que estás preparada para ello. Has pasado por mucho y los últimos días han sido frenéticos y estresantes para ti.

—Es verdad —coincidió—. ¿Pero sabes que hoy ha sido el mejor día? El primer día en más tiempo del que puedo recordar donde he sido completamente feliz. Sí, Ash. Por ti. Porque estaba aquí. Me senté en el salón a pintar y todo en lo que podía pensar era en lo contenta que estaba de estar aquí, trabajando, deseando con ansia que llegara el momento en que me llamaras y me dijeras que venías de camino a casa.

Los ojos de Ash se suavizaron y el verde en ellos se derritió y se convirtió en un color casi eléctrico.

—Me quitas la respiración.

—Y ahora —dijo balanceándose sobre los talones y colocando la boca en la posición correcta para volver a acogerlo en la garganta—, ¿cuándo pasamos a la parte de las perversiones?

Capítulo dieciséis

*A*sh casi se derritió ante la imagen de Josie, arrodillada y con la boca alrededor de su polla, tal como la había imaginado tantas veces desde aquella primera vez que la vio en el parque. Ahora era suya, y estaba en su apartamento. En su vida.

Sabía que Josie le había dado un regalo muy valioso. No solo era el hecho de que le había ofrecido su confianza, sino que había puesto su corazón y su cuerpo en sus manos y él haría todo lo que hiciera falta para protegerlos a ambos. Nunca infravaloraría ni daría por hecho lo que esta preciosa y valiente mujer le estaba regalando.

Le pasó las manos por el pelo y le agarró varios mechones mientras se impulsaba hacia delante para hundirse más adentro. Cada caricia que le daba le proporcionaba el placer más exquisito que hubiera experimentado nunca.

Ash había tenido a muchas mujeres. Había sido honesto con Josie en ese tema. Pero ella era diferente. Y no podía siquiera decir el porqué. Había algo en ella que le hablaba en un nivel completamente diferente. Le hacía pensar en estabilidad cuando eso nunca había sido un problema en sus relaciones pasadas. Aunque también es cierto que, el que tanto él como Jace se tiraran a las mismas mujeres difícilmente podía clasificarse como relaciones en todo el sentido de la palabra.

Habían pasado años desde la última vez que había estado a solas con una mujer, y ahora esa idea le parecía atractiva. Josie le atraía.

Estaba de rodillas frente a él, totalmente sumisa, y no solo sumisa, sino que quería las mismas cosas que él. Disfrutaba las mismas perversiones que él. No había una mujer más perfecta para él, de eso estaba seguro.

Se hundió bien dentro de su boca, sacudiéndose en la parte posterior de su garganta antes de volver a deslizarse fuera de ella y de disfrutar de la caricia de su lengua en la sensible parte inferior de su miembro. Luego se apartó y la observó al mismo tiempo que sus ojos, esos pozos aguamarina cegados por el deseo, se encontraban con los suyos.

Sin decir ni una palabra, Ash extendió la mano hacia abajo para coger la de ella y la ayudó a ponerla de pie. En cuanto se hubo puesto de pie, Ash la estrechó entre sus brazos y la pegó contra su pecho. La besó casi olvidándose de tener cuidado en la urgencia por poseer su boca. Aún se le veían los moratones en la cara, y su boca seguía estando sensible, pero ni siquiera eso le había impedido tomar posesión de su boca por muy delicado que hubiera sido.

—Vayamos al dormitorio —dijo con brusquedad—. He estado duro en tu boca, pero ahora me voy a centrar en otras partes de tu delicioso cuerpo.

Los ojos de Josie se encendieron de calor y excitación. Le había pedido perversiones, y él se las iba a dar. Sus manos se morían por enrojecerle el trasero, por ver sus marcas de posesión sobre su cuerpo. Era una urgencia primitiva que lo superó. Quería poseerla, que no hubiera duda alguna de a quién pertenecía.

Pero al mismo tiempo que la guiaba hasta el dormitorio, se percató de que no quería solamente poseer su cuerpo. Quería su corazón también. Y aunque fuera a hacer suyo su cuerpo en cuestión de minutos —tal y como ya lo había hecho una vez— le llevaría mucho más tiempo y esfuerzo hacerse con esas partes de ella que Josie apreciaba más. Su corazón, su mente y su alma.

Ash lo quería todo. No se conformaría con menos.

Ahora solo tenía que convencerla.

—Súbete a la cama. Tiéndete boca abajo y llévate las manos a la espalda. Vendré en cuanto lo prepare todo.

A ella se le fue el aliento y el color rojo cubrió sus mejillas. Ash pudo ver cómo su respiración se empezó a acelerar y la excitación se reflejaba en su mirada. Le soltó la mano y rompió el contacto que tenía con él, luego se acercó a la cama y se colocó tal como le había indicado.

Él cogió todo lo que necesitaba de su armario: una correa de cuero, que estaba seguro que le provocaría a ella —y a sí mismo— mucho placer, y una cuerda.

Soltó la cuerda en la cama y luego puso una rodilla entre sus dos muslos separados. Le agarró las dos muñecas con una mano y comenzó a enrollar la cuerda aterciopelada a su alrededor para dejarlas atadas.

Josie jadeó con suavidad; Ash podía sentir la tensión que desprendía su cuerpo.

Cuando ató bien las muñecas, retrocedió.

—De rodillas —le dijo con firmeza y añadiendo un deje de exigencia en el tono de voz—. Pon el culo en pompa y apoya la mejilla en el colchón.

Josie luchó por alzarse, pero al ver que era demasiado, Ash le pasó una mano por debajo y la colocó bien abierta sobre su vientre. Tiró de ella hacia arriba hasta que las rodillas tuvieron estabilidad en el colchón y el rostro estuviera pegado contra la cama.

Satisfecho con su posición, Ash volvió a retroceder para coger la correa de cuero.

—¿Has hecho esto alguna vez antes, Josie? No quiero que sea demasiado. Me tienes que decir lo que puedes aguantar.

—Sí —susurró ella—. Y puedo aguantar mucho, Ash. No te contengas. Lo… lo necesito. Lo quiero.

Ash se inclinó hacia delante y la cubrió con el cuerpo.

—Si ves que es demasiado, en cualquier momento, dime «para», ¿lo entiendes? Todo acaba con esa palabra, cariño.

Un estremecimiento le recorrió a Josie todo el cuerpo. Le gustaban las palabras y los nombres cariñosos. Y a él le gustaba su reacción cada vez que los usaba.

Luego retrocedió una vez más y le pasó una mano con suavidad por encima del trasero en pompa.

—Doce —dijo—. Doce marcas llevarás en la piel. Cuando esté seguro de que estamos en el mismo punto, entonces subiré el número. Pero por ahora, con una docena está bien.

Ella asintió con los ojos cerrados y los labios apretados debido a la excitación. Ash no la hizo esperar más.

La primera vez que el cuero hizo contacto contra la piel, el azote sonó estridente en contraste con el silencio de la habitación. Ella dio un pequeño salto y el color rojo inmediatamente comenzó a brillar sobre las nalgas. A continuación un ligero gemido se escapó de los labios, que lo intoxicó a él.

De nuevo volvió a golpearle con destreza, esta vez en la otra nalga. El rojo resplandeció y coloreó la piel; el contraste entre la piel intacta y mucho más pálida y las zonas donde el cuero la había besado era precioso y sorprendente.

Josie se retorció mientras él le daba el tercero, cuarto y quinto azote. Cuando llegó al noveno, ella le suplicaba calladamente. Más. Con más fuerza.

—Los últimos tres, Josie. Estos serán más fuertes, y luego voy a follarme tu dulce culito. ¿Crees que podrás aguantar?

—Ash.

Su nombre salió como un gemido. Una petición desesperada. Sí, estaban ambos en el mismo punto. O incluso más, si cabe. Ash se estaba conteniendo, y ella no quería eso.

Se permitió administrar algo más de fuerza en el décimo azote y la observó atentamente para ver cómo soportaba el dolor. Estaba ahí, al principio. Pero con la misma rapidez que el dolor había aparecido, ella lo convirtió, lo alejó y se dejó abrazar por el placer.

Sus ojos, abiertos ahora, estaban brillantes y fantasiosos, como si se hubiera escapado a otro mundo completamente diferente.

Ash no estaba acostumbrado a controlar sus movimientos, a contenerse. Ya se había contenido con Bethany aquella primera noche en la que tanto él como Jace se acostaron con ella porque Jace no le había dejado hacer otra cosa. Pero Josie era importante. Diferente. Quería cuidarla. Ser suave y paciente aunque ella se hubiera mostrado impaciente con esas reservas. Había más que tiempo suficiente para dárselo todo. Pero por ahora quería asegurarse de que lo acompañaba en todo momento, de que no cruzaba la línea y le causaba más dolor que placer.

Le dio el undécimo y luego se paró por un momento para saborear el último, la quería al límite y con necesidad de sentir su mano sobre el trasero. Josie se retorció sin parar, arqueando la espalda. Ash no sabía siquiera si ella era consciente de la forma con la que su cuerpo suplicaba para recibir más.

—Doce, Josie. Aguanta el último. Dámelo. Dame todo lo que tengas.

Bajó la correa con mucha más fuerza que las veces anteriores y teniendo cuidado de no golpearla en los mismos sitios que antes. El chasquido sonó y el aullido que soltó Josie se transformó en un gemido, un suspiro de placer suave y agradable que le puso los pelos de punta y se le clavó bajo la piel. Tenía la polla tan dura y rígida que hasta dolía. Quería estar en el interior de su cuerpo, bien dentro de su trasero. Una parte de ella que no había poseído todavía, el último obstáculo que tenía antes de poder decir que poseía su cuerpo por completo.

Soltó la correa, impaciente por estar dentro de ella, pero se contuvo y se obligó a tomar las medidas adecuadas para asegurarse de que ella podía acogerlo sin sufrir ningún dolor.

Se tomó su tiempo aplicándole el lubricante, abriéndole el ano con un dedo y luego dos para poder esparcir el gel de dentro a fuera. Inmediatamente después se echó más en la mano y se lo restregó a lo largo de toda su erección.

Un gemido se escapó de su garganta. Su miembro odiaba su mano, no era lo que quería. Su pene quería estar dentro de ella.

Se impulsó hacia delante abriéndole las rosadas nalgas con las palmas de las manos para que su ano quedara a la vista. Luego se rodeó la erección con una de las manos desde la base y la guio hasta entrar en contacto con su abertura.

Josie representaba una imagen de lo más erótica ahí arrodillada, con el trasero en pompa y las manos atadas en la espalda. Totalmente incapaz de hacer nada más que recibir todo lo que él le quisiera dar.

Insertó la cabeza de su miembro en la estrecha abertura y comenzó a mover las caderas hacia delante, tomándose su tiempo y haciendo uso de toda la paciencia que no sabía que tenía.

Josie gimió cuando Ash empezó a introducirse en su interior, estirando el estrecho anillo que era su ano con el gran grosor de su polla.

—No luches contra ello, nena. Muévete hacia mí y déjame entrar —la tranquilizó—. Te vas a sentir muy bien una vez esté dentro de ti.

Le pasó un brazo por debajo del cuerpo, rodeándole la cintura, y colocó la mano bien abierta justo sobre el vientre. Luego llevó los dedos más abajo hasta hundirlos entre los rizos empapados de su pubis para encontrar el clítoris. En cuanto su dedo rozó el botón erecto, ella se sacudió a modo de respuesta y él aprovechó esa ola de placer para embestirla con fuerza.

Josie jadeó cuando su cuerpo se abrió y se rindió a su invasión. Ash cerró los ojos y respiró con brusquedad por la nariz mientras aguantaba el orgasmo. Dios, estaba tan tensa alrededor de su miembro que parecía que lo tenía agarrado con un puño. Y aún estaba a medio camino.

Le acarició una vez más el clítoris, ejerciendo la justa cantidad de presión, y cuando ella comenzó a moverse hacia él, Ash utilizó su fuerza para introducirse todo entero, hasta los testículos. Josie lo absorbió y se lo tragó entero. Los muslos de él descansaban contra el trasero mientras respiraba con dificultad e intentaba recuperar el aliento.

—Estoy cerca —susurró ella con desesperación—. No puedo contenerlo, Ash. Oh, Dios.

Ash apartó el dedo solo durante un momento para esperar a que ella recuperara el control. No quería que se corriera todavía. Haría la penetración demasiado dolorosa. Tenía que estar en el mismo punto que él todo el tiempo. En el momento en que llegara al orgasmo toda esa tensión contenida se perdería y le haría daño.

—No hasta que yo lo haga —le ordenó saliendo un poco de su interior para poder embestirla de nuevo—. Y yo aún no estoy listo, nena. Me siento tan bien dentro de ti… Voy a disfrutar de este dulce culito un poquito más antes de correrme en tu interior.

Ella gimió de nuevo mientras su ano se contraía con fuerza alrededor de su polla.

Se retiró y volvió a hundirse en ella con cuidado de no tocarle el clítoris con los dedos. Luego la tocó para comprobar lo cerca que estaba de llegar.

En cuanto su cuerpo se tensó, Ash apartó el dedo otra vez, lo que hizo ganarse un sonido desesperado de impaciencia y agitación. Él sonrió. Josie era tan receptiva. Tan inmensamente preciosa, y era toda suya.

Estaba enterrado en ella por completo, no había parte de su cuerpo que no estuviera tocando el suyo. Llevaba las marcas en ese precioso trasero, y aun así, ella seguía queriendo más. Era increíblemente perfecta.

Ash empezó a moverse con más fuerza. Con más ritmo. El último esfuerzo para llegar a la meta. En el momento en que sintió que los testículos se le contraían y el frenesí comenzó a tomar posesión de él, reanudó las caricias sobre su clítoris. La quería con él. Quería que ambos alcanzaran el éxtasis.

Con la otra mano que tenía libre agarró la cuerda que tenía atadas las muñecas de Josie a la espalda y tiró de ella con fuerza hacia sí para que sus acometidas fueran más profundas. Ella soltó un grito agudo, uno que lo preocupó por un momento porque temía haberle hecho daño. Pero se estaba moviendo en su dirección, desesperada por recibir más.

—Llega, Josie —le dijo con la voz ronca—. Córrete para mí, nena. Yo ya estoy ahí. Me corro. Joder.

Sus dedos no dejaron de acariciarle el clítoris ni siquiera cuando su propio orgasmo lo sacudió. La habitación a su alrededor se volvió borrosa. Cerró los ojos mientras se hundía en ella, mientras tiraba de ella hacia él para que recibiera sus exigentes acometidas con mayor profundidad.

El primer chorro de semen fue doloroso. Tenso. Abrumador. Pero aun así continuó moviéndose dentro de ella, bañándola con su semilla caliente hasta que goteó por su abertura y se derramó por el interior de su pierna.

La imagen hizo que su orgasmo se elevara a la séptima potencia. Ver la evidencia de su posesión sobre su cuerpo era sumamente satisfactorio. Nunca se había sentido tan satisfecho en su vida.

Su nombre salió de los labios de Josie con ronquedad. Todo el cuerpo se le tensó, enrolló los dedos de las manos hasta formar puños bajo su propia mano, que tenía agarrada la cuerda. Su cuerpo se sacudió y tembló y luego se deslizó por encima de la cama al perder la estabilidad que tenía en las rodillas. Él se fue con ella; apartó la mano de entre sus piernas y la apoyó en la cama para que ella no tuviera que soportar todo el peso de su cuerpo. Sin embargo, sí que dejó que sintiera parte de él. El sentirla debajo de él, el saber que su cuerpo cubría el suyo, lo golpeó en el pecho con fuerza. Le encantaba.

No había nada más satisfactorio que tenerla debajo de él y estar completamente enterrado en ella.

Cuando se dio cuenta de que su peso la molestaba y que a Josie le costaba respirar, Ash se movió, lo que consiguió que ambos gimieran al comenzar a retirarse del interior de su ano.

Con cuidado, se retiró por completo y se sostuvo con las manos sobre las caderas de Josie antes de bajar la mirada hasta sus nalgas coloradas, hasta la dilatada abertura donde había estado apenas unos segundos antes, y hasta los trazos de semen sobre su piel.

—Inmensamente preciosa —murmuró—. No he visto nada más bonito en mi vida, nena.

Josie suspiró y parpadeó varias veces. Luego Ash aflojó el nudo que mantenía sus dos muñecas juntas y se echó hacia delante para levantarla en brazos. La acurrucó contra su pecho al mismo tiempo que la llevaba hasta el cuarto de baño. La dejó sentada sobre la tapa del inodoro solamente el tiempo que le llevó abrir el grifo de la ducha y esperar a que el agua saliera caliente. Luego la metió en la ducha con él y le lavó cada centímetro de piel con sus suaves manos.

—¿Ha sido demasiado? —le preguntó en un murmullo mientras le acariciaba una mejilla con una mano.

Ella alzó la mirada hacia él, que aún estaba inundada de pasión, y sonrió. Le regaló una sonrisa tan preciosa y sobrecogedora que hizo querer poseerla otra vez.

—Nunca es demasiado —susurró—. Ha sido maravilloso, Ash. Me ha encantado.

Él se inclinó para besarla mientras el chorro de agua caliente caía sobre ambos.

—Me alegra escuchar eso, dulzura, porque es algo que voy a querer volver a hacer sin lugar a dudas. Nunca voy a tener suficiente de ti.

Josie le rodeó el cuello con los brazos para abrazarlo al mismo tiempo que le devolvía el beso. Ash levantó el brazo por detrás de ella para cerrar el grifo y luego la sacó de la ducha para envolverla en una toalla para que no cogiera frío.

Una vez ella estuvo seca, la envolvió en su bata y se la ató para que estuviera completamente cubierta.

—Es temprano todavía. ¿Quieres salir a cenar o prefieres que pidamos a domicilio y que comamos aquí?

Ella se paró a pensar un momento con las manos metidas en los bolsillos de la bata. La toalla que había usado para secarle el pelo aún estaba enrollada sobre su cabeza; no podía estar más guapa que ahora, vestida con su bata en el cuarto de baño y discutiendo los planes para la noche.

—Me gustaría comer en casa. Aquí, contigo, si te parece bien —dijo—. Esta es nuestra primera noche juntos. Bueno, no exactamente, pero es el primer día en el que has ido a trabajar y luego has vuelto a casa. Me gustaría pasarla a solas contigo.

Ash sonrió, porque entendía lo que quería decir. Él tampoco tenía ningunas ganas de compartirla con el mundo todavía. Le parecía perfecto quedarse tras las puertas de su apartamento, prolongando lo inevitable hasta que ambos salieran del piso juntos.

Quería presentársela a Jace y a Bethany. A Gabe y a Mia. Quería compartirla con sus amigos, y esperaba que todos se convirtieran en sus amigos también. Pero por ahora estaba más que contento con dejar que fueran únicamente ellos dos durante tanto tiempo como pudieran mantenerse alejados del mundo.

Se inclinó hacia delante para besarla lenta y suavemente.

—Suena perfecto. Pediré la cena y luego me puedes enseñar en lo que has estado trabajando hoy.

Capítulo diecisiete

Ash tocó con el dedo la gargantilla que había mandado hacer para Josie mientras esperaba que Jace apareciera en la oficina. Había sabido exactamente lo que quería para Josie, pero encontrar a alguien que pudiera diseñarlo en cuestión de días había sido más complicado. Pero averiguó que, como todo en la vida, si tenías suficiente dinero nada era imposible.

Había elegido el bronce porque le encantaba el contraste entre el metal dorado y la pálida piel de Josie y además combinaba con los reflejos dorados de su pelo. Sin embargo, en las piedras sí que había insistido en que combinara con sus ojos. Varias aguamarinas, que rara vez se encontraban en el mercado, estaban incrustadas en el metal, creando una deslumbrante gargantilla adornada con piedras preciosas que se veía impresionante contra su piel y le haría una perfecta compañía a sus preciosos ojos.

Podría haber elegido el topacio azul, pero no era tan raro ni tan caro, y él quería solo lo mejor para Josie. Unos diamantes más pequeños bordeaban toda la gargantilla, y entre las aguamarinas había esmeraldas más pequeñas solo para proporcionarle una diversidad de colores más amplia.

Lo había querido vibrante. Algo que reflejara su personalidad, no una simple pieza de joyería sin color y elegida sin haber tenido en mente a la persona que lo iba a recibir.

El resultado, tenía que admitirlo, era demoledor. Sabía que le iba a encantar aunque no lo hubiera visto todavía.

Y el momento era perfecto, porque no había sentido que fuera muy correcto dar este paso con Josie hasta que la situación con Michael no se hubiera solucionado por completo. Esta noche se haría cargo de eso y entonces Ash podría centrarse única y exclusivamente en Josie. Michael no volvería a ser una amenaza para ella.

Durante toda la semana, Ash había insistido en que Josie se quedara en el apartamento. No había querido que saliera, y la única vez que lo hizo para ir a la galería y llevarle más cuadros al señor Downing, mandó a su chófer con ella e incluso la acompañó dentro. Ash no había querido arriesgarse a que Michael estuviera mintiendo y esperando a ir a por ella o a que montara alguna escenita en público, algo que Ash sabía que horrorizaría y avergonzaría a Josie.

No le había explicado a Josie por qué había insistido tanto en sus expectativas, o por qué le había garantizado que a la semana siguiente tendría más libertad para hacer lo que quisiera. No podía decirle que primero tenía que hacerse cargo del gilipollas que le había puesto las manos encima. Nada de lo que tenía planeado salpicaría a Josie, se aseguraría bien de eso. Y Michael no la volvería a tocar tampoco nunca más.

Un sonido en la puerta le hizo alzar la mirada para ver a Jace adentrarse en el despacho. La expresión de su amigo era seria y estaba llena de preocupación, Ash ya le había dicho por qué necesitaba verlo.

—Lo tengo todo listo para esta noche —dijo Jace en silencio.

—Bethany no está involucrada, ¿verdad? —preguntó Ash. Había sido muy claro. Aunque Jace estuviera metido en el asunto, al menos proporcionándole una coartada, no había querido que Bethany formara parte del tema ni tuviera que mentir por él. Tal y como nada de esto salpicaría nunca a Josie, tampoco quería que Bethany se viera involucrada. Ya había tenido una vida lo bastante dura como para que Ash fuera a echarle ahora más mierda encima.

Jace asintió.

—Le dije, tal y como tú le has dicho a Josie, que tenemos una reunión importante en la oficina. He programado la videoconferencia con los inversores. Estarás aquí al comienzo para que puedan verte bien. Te levantarás unos pocos minutos después y te disculparás para ir al servicio. Pondrás la llamada en silencio durante un momento, y entonces es cuando se pone la cosa más complicada, porque tendrás que seguir con la reunión mientras estés de camino. Si pongo el monitor en el ángulo adecuado, puedo hacer que la cámara se centre principalmente en mí y que tu tipo entre y se siente por detrás. Tu chaqueta estará ahí, el tío también, pero serás tú el que esté en la llamada. Asegúrate de que te escuchan con frecuencia. He programado que los monitores de seguridad se «caigan» antes de que te vayas, así que ninguna cámara te grabará cuando te vayas. Tengo una identificación extra que puedes usar para salir, así que de acuerdo con el sistema tú aún seguirás aquí, conmigo, y si es necesario yo usaré tu identificación al salir cuando me vaya. Puedo hacer que dure la llamada solo por un corto período de tiempo, así que una vez que tengas la llamada en silencio para hacerte cargo de la situación, hazlo rápido y luego vuelve para que parezca que has estado aquí todo el tiempo. Sería mejor si volvieras directamente aquí para que ambos podamos irnos juntos una vez que las cámaras vuelvan a funcionar otra vez.

Ash asintió.

—Gracias, tío. Significa mucho para mí. Y para que lo sepas, si esto sale mal, tú estás limpio. No dejaré que esto te salpique.

—Entonces asegúrate de que salga bien —replicó Jace con sequedad—. Aún sigo pensando que deberías hacer que otra persona se encargue de esto. Estás poniendo en peligro muchas cosas al hacerlo tú mismo.

Ash juntó los labios con fuerza.

—Quiero que le quede claro, y la mejor forma de hacerlo es que yo mismo le entregue el mensaje. Quiero que el cabrón se acojone. Quiero que sepa que lo tengo cogido por los huevos, y tras pegarle la paliza del siglo, quiero que sepa que puedo arruinarlo muy fácilmente como se vuelva a pasar de la raya otra vez.

Jace sonrió con arrepentimiento.

—Tengo que admitir que tienes razón. Y también tengo que admitir que si algún gilipollas se metiera con Bethany, yo también le daría la paliza del siglo yo mismo y no confiaría en otros para que me hicieran el trabajo sucio.

—Me entiendes, entonces.

Jace asintió.

—Sí, te entiendo. No tiene por qué gustarme, pero lo entiendo. Estoy preocupado, Ash. No quiero que todo esto te caiga encima. No cuando has encontrado a…

Se paró y Ash lo atravesó con una mirada.

—Cuando he encontrado, ¿qué?

Jace mostró una sonrisa torcida al mismo tiempo que miraba fijamente a su amigo.

—Tu punto débil.

Ash no hizo ningún movimiento. ¿Eso era Josie? Sí, lo veía. Les había dado la lata a Gabe y a Jace por haber perdido la cabeza por una mujer e ir en contra de su lema de juega duro y vive libre, pero ahora que era él el que se encontraba en una situación similar, no pudo poner ninguna objeción.

Un sentimiento de paz se apoderó de él.

—Has estado mucho más calmado y relajado últimamente —dijo Jace—. Me gusta eso para ti, tío. Después de lo de Bethany… —Hizo una pausa de nuevo con un suspiro, casi como si odiara sacar el tema después de haber jurado que nunca más volverían a pensar en ello—. Después de lo de Bethany, estaba preocupado. Por ti y por mí. Odié lo que pasó aunque no me arrepiento de ello. No sé si suena siquiera coherente. No me gustó lo que eso nos hizo a ambos y no me gustó lo cabronazo que fui contigo y con Bethany tras esa noche. Pero tampoco me arrepiento de la decisión que hice de no compartirla contigo.

—Yo tampoco me arrepiento de eso —dijo Ash con una sonrisa—. Me parece bien, Jace. Tienes que dejar de obsesionarte con ello. Estamos bien. Dejaste de ser un capullo. Bethany te hace feliz. Ahora yo tengo a Josie, y ella me hace feliz.

—Me alegro por ti, tío.

—Sí, lo sé.

—¿No has sabido nada de tu familia? ¿Cómo van las cosas con Brittany?

Ash suspiró.

—Nada esta semana, y eso me tiene nervioso, porque no es muy normal en ellos darse por vencidos y quedarse sentaditos. Brittany está feliz con su trabajo. No ha hecho mucho más que ir a trabajar y volver a casa, pero poco a poco. Quiero que conozca a Mia y a Josie y que salga con las amigas de Mia. Le vendrán bien. Josie es más de la edad de Brittany, así que a lo mejor las dos congenian bien.

—Pareces estar totalmente domesticado con toda esa cantidad de quedadas de chicas que estás intentando organizar —bromeó Jace.

—Que te jodan, tío.

La expresión de Jace se volvió más seria.

—¿Así que no has tenido noticias de la Bruja Mala del Este? ¿Está calladita? ¿Y el viejo? No me puedo creer que no tuviera nada que decir de la deserción de Brittany. No cuando valora tanto los vínculos familiares sin importar lo falsos que sean.

Ash suspiró.

—Sí. Nada esta semana. Pero no creo que vaya a durar mucho más.

—Bueno, cuando vuelvan a atacar, espero que me lo digas. No voy a dejar que te metas en ese nido de víboras sin refuerzos.

Ash se rio entre dientes.

—Haces que suene como una operación policial.

—Bueno, pasar una noche con tu familia se le acerca bastante.

Ash bajó la mirada hasta su reloj.

—¿Quieres pillarte algo para comer antes de la videoconferencia? Quiero llamar para ver cómo está Josie. Necesito asegurarme de que todo va bien y recordarle que voy a llegar tarde.

—Sí, ¿quieres que vayamos al Grill otra vez?

Ash asintió.

—Gracias de nuevo, Jace. Sé que no te lo digo lo suficiente, pero tú y Gabe siempre me cubrís las espaldas... no tengo palabras.

Jace sonrió.

—Pasada esta noche, ¿qué tal si sacas a tu mujer de la cueva y la dejas mezclarse con el resto de los mortales?

Ash se rio.

—Sí, lo sé, me la he quedado para mí esta semana. Ha sido genial. Pero sí, quiero que os conozca a ti y a Bethany. Gabe y Mia vuelven el domingo. Estaría bien quedar con ellos también.

—¿Te habrías creído hace un año si alguien nos hubiera dicho que los tres estaríamos ahora tan comprometidos con nuestras mujeres? ¿Gabe casado, yo comprometido y tú loco por una mujer que apenas acabas de conocer?

Ash lo fulminó con la mirada.

—Y tú eres el más indicado para hablar de volverse loco por una mujer que apenas acabas de conocer.

La sonrisa de Jace era impenitente.

—Solo hace falta una mirada, tío. Cuando es la adecuada, lo sientes. Yo nunca habría pensado que me fuera a enamorar, pero luego vi a Bethany y simplemente lo supe.

—Sí, te entiendo. Yo no lo creía mucho al principio, pero luego conocí a Josie y algo hizo clic en mi cabeza. Ni siquiera puedo explicarlo.

—No tienes que hacerlo. Lo entiendo —comentó Jace mientras salían del despacho de Ash. Se paró justo en la puerta y se giró hacia Ash con la mirada seria—. Pero acuérdate de esto, tío. Y es más relevante y cierto de lo que te puedas imaginar. Ponme a mí como ejemplo, porque yo hice todo lo que pude por fastidiarlo. Enamorarse es lo fácil. Todo lo que pase después es lo complicado y lo que conlleva un trabajo diario.

—Dios, te has convertido en un sensibloide profundo —dijo Ash con disgusto.

Jace le sacó el dedo corazón.

—De acuerdo, no quieras escuchar mis consejos, pero no me vengas llorando después cuando la cagues.

—Sí, lo que tú digas —gruñó Ash.

—¿Quieres caminar o prefieres coger el coche?

—Caminar —respondió—. Llamaré a Josie por el camino.

Ash se quedó mirando impasiblemente al rostro ensangrentado de Michael Cooper, que se encontraba tirado en el suelo, mientras los otros hombres que lo acompañaban permanecían separados de la escena, alertas y vigilando que nadie los fuera a descubrir.

Ash dobló y estiró los dedos de las manos repetidamente para aflojar la tensión de sus nudillos. Los guantes estaban rotos en una mano y llenos de sangre del otro hombre.

—Te olvidas de que Josie Carlysle existe, ¿entendido? Si

me entero de que estás a menos de un kilómetro de distancia de ella, lo lamentarás.

Michael asintió y escupió la sangre que tenía en la comisura de los labios.

—Lo entiendo. Joder, ella no vale tanto.

—Respuesta equivocada, gilipollas. Ella vale esto y más. Más de lo que te puedas siquiera imaginar. Es mía ahora y yo protejo lo que es mío. Y si se te ocurre ir a la policía como ella debería haber hecho cuando le pusiste las manos encima, haré de tu vida un infierno. Te estaré vigilando, Cooper. No lo olvides nunca. Si intentas crear problemas por esto, te arruinaré. No te quedará nada. Y si no te crees que tenga el dinero, el poder y los contactos necesarios para hacer que ocurra, solo ponme a prueba. Cuando termine contigo, estarás viviendo en la calle sobre un cartón y pidiendo dinero para poder comer.

Michael asintió de nuevo, el miedo y el pánico brillaban en sus ojos. Era una rata cobarde y patética.

Ash soltó la camisa de Michael y lo dejó en el suelo donde se quedó jadeando en busca de aire. Unos suaves gemidos de dolor se le escapaban por la maltrecha boca.

—Esto es lo que tú le hiciste a ella, maldito cabrón —dijo Ash marcando con furia cada palabra pronunciada—. La golpeaste y la dejaste en el suelo mientras le seguiste pegando. Considérate afortunado por lo que te he hecho. Olvídate de mi advertencia e iré a por ti con tal fuerza que solo sabrás que estoy ahí cuando te hayas meado en los pantalones. Y lo que es más, te estaré vigilando, Cooper. Si me entero de que le vuelves a poner la mano encima a cualquier mujer, caerás hasta lo más hondo de este mundo.

—Tenemos que irnos —dijo uno de los hombres en voz baja—. Dijiste solo unos pocos minutos. Es peligroso quedarnos aquí mucho más tiempo.

Ash asintió.

—Ya he terminado con este gilipollas.

Ash y los otros se giraron y dejaron a Michael en el suelo junto al edificio en el que lo habían acorralado. Era el camino que tomaba cada noche y, por suerte para Ash, estaba bastante apartado de las calles principales. Aun así se había arriesgado sobremanera. Si la persona equivocada los descubría, el infierno se desataría sobre él. No podía permitirse ser visto, no se podía permitir tener ningún testigo que pudiera contrarrestar su coartada si Michael decidía ser estúpido e iba a la policía.

Se levantó el cuello de su abrigo largo, uno del que se desharía y no volvería a usar nunca más, uno que había comprado específicamente para esta noche. Satisfecho de que su rostro estuviera cubierto por el gorro que se había bajado y de que las solapas le taparan las mejillas, se alejó apresuradamente y dejó a Michael tumbado en el suelo, donde parecería que había sido víctima de algún robo. Ash había estado más que dispuesto a dejar que los otros tíos se llevaran lo que quisieran.

Ash le pasó al hombre de su derecha un fajo de billetes y le dio las gracias.

—Sin problema, McIntyre —murmuró C.J.—. Si nos necesitas, ya sabes dónde encontrarnos.

Ash asintió y se alejó en la dirección opuesta a ellos cuando llegaron a una calle principal. Se encontraba solo a unas cuantas manzanas del edificio que albergaba las oficinas de HCM y tenía que apresurarse para volver a tiempo antes de que las cámaras volvieran a estar operativas. Cogió su teléfono móvil, la llamada aún estaba activa, y se lo llevó al oído. Aún la tenía en silencio, pero la dejó así para que no se escucharan los sonidos de la calle.

Escuchó cómo Jace lideraba la conversación sin darle oportunidad a Ash a que interviniera para nada. Cuando llegó a la puerta del edificio, entró precipitadamente y asegurándose de que no lo reconocían. Se metió en unos servicios de la primera planta y guardó el abrigo en la bolsa de deporte que llevaba y se quitó la gorra. Después de mirarse en el espejo y asegurarse de que no tenía ningún rastro de sangre en la piel, desactivó el botón de silencio en el teléfono y se dirigió al ascensor.

Unos pocos minutos más tarde se encontraba en la puerta del despacho de Jace haciéndole un gesto al otro hombre al que habían pagado para que se moviera. Intercambiaron chaquetas, el otro hombre desapareció rápidamente y Ash se unió a la tapadera, agradeciéndole a los inversores por su tiempo y contestando algunas preguntas de última hora. Jace lo miró interrogante, sus ojos lo observaban como si estuviera calibrando si había algún indicio de lo que había hecho o no.

Ash simplemente asintió en su dirección mientras terminaban la llamada.

Un largo silencio se instaló entre ellos antes de que Jace finalmente decidiera romperlo.

—¿Algún problema?

Ash negó con la cabeza.

—No. Todo perfecto. El cabrón llevará los moratones durante más tiempo que Josie. Y se lo pensará dos veces antes de volver a levantarle la mano a otra mujer.

—Me alegro de que todo haya acabado. Esto me estresa, tío. Me encantaría saber cuándo cojones has conocido a los tipos que contrataste para el trabajo. Dios, y más aún, ¿cómo conociste a los tipos que se encargaron del problema que tenía Bethany con el hombre al que Jack le debía dinero?

Ash se encogió de hombros.

—¿Importa? No son gente a la que invitaría a cenar, ni tampoco gente a la que ni tú, ni Gabe ni especialmente nuestras mujeres necesiten conocer nunca.

Jace suspiró.

—Solo me hace preguntarme en qué mierdas has estado metido que yo no sepa.

—Nada ilegal —contestó Ash arrastrando las palabras.

—Hasta ahora —dijo Jace con voz queda.

—Hasta ahora —coincidió Ash—. Pero tenía que hacerse. No voy a permitir que nadie se meta con mi mujer. No dudaré en volver a hacerlo si alguna vez fuera necesario.

Jace se levantó y soltó el aire que tenía guardado en los pulmones en una exhalación profunda.

—Estoy listo para volver a casa con mi mujer, y estoy seguro de que tú también. —Sus ojos volvieron a recorrer a Ash de pies a cabeza con la preocupación reflejada en ellos—. ¿Estás bien, tío?

—Sí, estoy bien. Ese maldito cabrón no me tocó. Me duele la mano, pero no es nada serio.

Jace sacudió la cabeza.

—Larguémonos de aquí y asegurémonos por nuestro bien de que nos ven salir juntos.

Capítulo dieciocho

Era la primera noche en toda la semana que Ash había llegado tarde a casa después del trabajo, y era una lástima. A pesar de haber estado juntos únicamente durante una semana, Josie se había acostumbrado a que Ash volviera a casa antes del ocaso. Habían caído en una rutina cómoda. Ella trabajaba durante el día, él trabajaba durante el día. Pero luego él volvía a casa y ella lo recibía esperándolo. Cada día, en el sofá y desnuda. Y cuando él entraba por la puerta el ambiente cambiaba de inmediato.

Ella le había pedido perversiones, y Ash se las había dado. Su trasero aún seguía dolorido por el interludio de la noche anterior. Los primeros azotes del lunes por la noche no habían sido abrumadores. Habían sido perfectos. El resto de la semana los descartó y optó por otras exploraciones que no tenían nada que ver con azotes en el trasero con una fusta.

¿Pero anoche?

Josie se pasó una mano por las nalgas, disfrutando de la sensación hormigueante de los aún evidentes verdugones. Había usado una fusta, y no había sido tan suave con ella como la primera noche. Aunque en realidad había sido ella quien le había suplicado que le diera más. Que la llevara más al límite. Que la acercara más a esa fina línea entre el dolor y el placer.

¿Qué tendría en mente para esta noche? ¿O estaría demasiado cansado por el largo día de trabajo y la reunión?

Su teléfono móvil sonó y ella pegó un bote. Los ojos se le iluminaron cuando vio que era Ash el que llamaba.

—Hola —le dijo con suavidad.

—Hola, nena. Estoy de camino. Estate preparada para mí. Ha sido un día largo y me muero por volver a casa contigo.

Una ola de felicidad se le instaló en el pecho. La ponía ridículamente contenta que este hombre se muriera de esa manera por volver a casa con ella. Ash era un hombre que podría tener cualquier mujer que quisiera. Y la quería a ella. No había mujer viva en este mundo que no disfrutara de un subidón de autoestima como ese.

—Entendido —dijo—. Te estaré esperando, Ash.

Ya tenía en mente cómo lo iba a recibir esta noche. Estaba claro que hacían las cosas a su manera. Era su control. Su autoridad. Él llevaba las riendas. Pero tampoco le había pedido que le chupara la polla desde aquella primera noche, y ella sabía que le había gustado. Mucho.

Esta noche quería regalárselo. Quería tomar el control durante el tiempo suficiente como para poder darle el placer que se merecía tras un largo y agotador día de trabajo. No sabía por qué, pero no pensaba que a él le fuera a importar cederle ese poco control hoy.

Se quitó la ropa, se cepilló el pelo y luego se miró en el espejo tal y como hacía cada día cuando lo esperaba. Luego se fue al salón para esperarlo en el sofá.

No pareció tener que esperar mucho esta vez, lo cual significaba que Ash había tardado más tiempo en llamarla o que ella a lo mejor se había relajado tanto en su rutina que cada minuto no lo sentía como si hubiera pasado una hora.

En cuanto oyó las puertas del ascensor abrirse, pasó las piernas por encima del sofá y se arrodilló sobre la gruesa alfombra de piel que había frente al sofá.

Cuando su mirada se encontró con la de Ash, sintió una descarga eléctrica recorrer su cuerpo debido a la intensidad que residía en esos brillantes ojos verdes. Eran firmes pero agradecidos. Sombríos. Tanto que la hacían estremecerse. Si tenía que dejarse guiar por la expresión de su rostro, este no había sido el mejor día del mundo, pero parecía muy satisfecho de encontrarla de rodillas aunque le hubiera dicho que no esperaba que se arrodillara a menos que él se lo pidiera.

Ash se acercó a ella al mismo tiempo que soltaba el maletín en el suelo. También se quitó la chaqueta y la lanzó al sillón, e inmediatamente después comenzó a desabotonarse las mangas de la camisa.

Cuando se paró frente a Josie, ella levantó las manos y las llevó hasta su bragueta, con lo que consiguió que sus ojos brillaran de la sorpresa.

—¿Qué haces? —le preguntó suavemente.

Ella sonrió.

—Te estoy dando la bienvenida. Solo quédate ahí y disfruta.

—Oh, Dios —soltó en voz baja.

Le desabrochó los pantalones e impacientemente se los bajó por las caderas antes de meter la mano bajo sus bóxers y de liberar de su confinamiento a su rígida erección. Josie se relamió los labios con el recuerdo de la primera vez. Sentir tanta carne endurecida sobre su lengua.

—Dios, Josie. Verte relamerte los labios está a punto de volverme loco.

Ella sonrió de nuevo al mismo tiempo que guiaba la vasta cabeza de su pene hasta su boca.

—Esa es la idea.

Ash inspiró con un fuerte siseo que se pudo oír en el silencio que reinaba en el apartamento. Ella le lamió el glande y luego se introdujo el miembro en la boca, chupándolo con delicadeza al mismo tiempo que lo acogía con más profundidad.

—Te he echado de menos hoy —susurró Josie cuando dejó que su pene se liberara de su boca momentáneamente—. He estado esperando toda la tarde a que volvieras a casa. Quería que fuera especial. Algo que no olvidaras.

—Está garantizado que esto no lo olvidaré, cariño. Nunca. Me encanta volver a casa contigo. Esta semana ha sido la mejor en toda mi vida.

De nuevo esa felicidad la atacó y le envió una ola de calor por todo el cuerpo. Le encantaba que fuera tan abierto con ella. No tenía duda alguna de cómo se sentía, de que la quería. No tenía que jugar a adivinarlo. No tenía que jugar a nada. Aunque él ya le había dicho eso. Que no quería juegos. Que lo que pasaba entre ellos era de verdad. Que lo que hacían era real. Quizá Josie no hubiera apreciado eso al principio, pero le había demostrado que iba en serio con esas palabras.

Cada día, no vacilaba en decirle lo hermosa que era, lo mucho que la deseaba, lo mucho que le gustaba tenerla en su apartamento. Que adoraba el regalo de su sumisión y que atesoraba el hecho de que le había dado su confianza.

En el plazo de una semana, esto había sobrepasado a todas las relaciones que hubiera tenido en el pasado. En solo una semana, Ash se había clavado en su corazón más que cualquier otro hombre. Con Michael, las horas que habían estado separados no habían parecido interminables. No controlaba el reloj ni contaba las horas ansiosa por que llegara el momento en que lo viera de nuevo.

El corazón no había estado involucrado entonces, pero ahora sí. Ash no solo poseía su cuerpo, sino que su alma y su corazón también le pertenecían y los había conquistado en menos de una semana.

Parecía una locura. Cosas como esta solo ocurrían en los libros o en las películas. Las relaciones eran algo complicado que había que trabajarse todos los días. No ocurrían porque sí. El amor no aparecía sin razón alguna, ¿no?

Pero sí que lo había hecho.

No podía amar a Ash tan pronto, ¿verdad? No cuando aún estaban conociéndose y explorando los límites de su relación.

Estaba muy excitada. Totalmente. Ash claramente le gustaba mucho. Muchísimo. ¿Pero lo amaba? ¿Sentía como que cada minuto que estaban separados era la tortura más agonizante?

La volvía loca porque sabía que se estaba enamorando muy rápido de este hombre, pero desechó esa idea, aún era muy pronto. Aún había muchas cosas que no conocía sobre él. No había conocido siquiera a sus amigos. Su familia. Aunque dudaba de que eso llegara algún día. Él los odiaba, había sido bastante abierto en ese aspecto.

Josie no se podía imaginar odiando a su propia familia. Había adorado a su madre y la había llorado tras su muerte. Pero odiaba a su padre, ¿así que quién era ella para juzgar a Ash? Aunque ella no contaba a su padre como familia, porque la familia no te dejaba tirado. Al menos no la familia de verdad.

No, su padre solo había sido un donante de esperma y nada más.

—Nena, no estás aquí.

La suave reprimenda de Ash la trajo de vuelta al presente

y le hizo abandonar el tren de pensamientos difusos que estaba teniendo. Alzó la mirada y se lo encontró mirándola fijamente con el ceño fruncido mientras sacaba su miembro de la boca.

Ella se ruborizó, culpable de que la hubiera pillado tan rápido. No había forma de esconderse de Ash. Lo veía todo. Estaba sincronizado con sus estados de humor y sus pensamientos. Le asustaba que pudiera leerla con tanta facilidad tras haber estado juntos solamente durante una semana.

—¿En qué estabas pensando, nena? Porque está claro que no era en mi polla. No es que lo que estuvieras haciendo no fuera bueno, pero no tienes la atención puesta en ello.

Ella suspiró y se balanceó sobre los talones con la mano aún alrededor de su erección.

—Lo siento, Ash. Culpa mía. Estaba pensando en un centenar de cosas distintas.

Josie se preguntó si la castigaría. Eso sería lo que Michael hubiera hecho. Y sus castigos no eran perversiones placenteras. Dolían. Estaban hechos para que dolieran.

Ash entrecerró los ojos y continuó estudiándola con la mirada.

—¿Qué demonios se te acaba de pasar por la cabeza ahora mismo? Sea lo que sea, no me gusta.

Ella torció la boca casi dejando caer la palabra «nada». No valdría de nada escondérselo. Él la presionaría hasta que le dijera la verdad. Le gustaba la brusquedad y la honestidad. Le gustaba saber lo que estaba pensando.

—Me estaba preguntando si me ibas a castigar por haberme ido a la luna —dijo ella con voz queda—. Y estaba pensando en los castigos de Michael y en el hecho de que él sí que me castigaría por no darle mi total atención. Y sus castigos no eran placenteros ni perversos como los tuyos. Los suyos… dolían. Solo eso. No había placer en ellos.

La descarga de ira que pudo ver en los ojos de Ash le hizo apartar la mano de forma instintiva. La seriedad estaba reflejada en todo su rostro y ella inmediatamente se arrepintió de haber sido tan sincera. No debería haber sacado a Michael. No debería haberlo traído a su apartamento. A sus vidas.

Bajó la cabeza y entrelazó los dedos de sus dos manos entre sus mismas rodillas.

Ash desde arriba maldijo, pero ella no levantó la mirada. Luego la agarró con suavidad por los hombros y tiró de ella hacia arriba hasta ponerla de pie frente a él. Se subió los pantalones y volvió a abrocharse la bragueta.

—Esta es una de esas ocasiones donde vamos a hablar, pero yo contigo en mis brazos.

No parecía enfadado y eso hizo que el alivio la recorriera todo el cuerpo. Joder, qué complicado era navegar entre las aguas de una nueva relación. Preocuparse todo el tiempo de no hacer o decir nada malo era agotador. No quería estropear las cosas. Ya estaba medio enamorada. Bueno, de acuerdo, quizás estaba muy enamorada de Ash, y por eso quería ver hasta dónde llegaban.

Ash la giró y la guio hasta el sofá y luego se sentó mientras la estrechaba entre sus brazos. Deslizó las manos por su cuerpo y por sus brazos antes de darle otro leve apretón. Le rodeó el rostro con las manos y le tocó con uno de sus dedos pulgares la comisura de los labios sobre la que aún se podía apreciar muy ligeramente un moratón.

—Ya te lo dije, no soy tu padre. No eres mi hija. No estamos jugando a interpretar los roles de padre-hija. Eres una mujer adulta, libre de tomar tus propias decisiones. Y si eso suena contradictorio a la clase de relación que tú y yo tenemos, no es así como yo quería que lo vieras. Tú decides si te quieres someter a mí o no. Yo no puedo hacerlo por ti. No puedo forzarte a que tomes decisiones que no quieres tomar. No quiero hacerte eso nunca.

»Lo cual significa que no me gustan los castigos por cosas que supuestamente has hecho mal o para disgustarme. Eso solo me convierte a mí en un gilipollas, y no quiero ser así contigo. Ahora, ¿ponerte el culo como un tomate porque nos pone a cien a ambos? Sí, eso sí. Y ocurrirá con frecuencia si me salgo con la mía. Pero sacar una fusta e infligirte dolor por el mero hecho de que has hecho algo mal o de que me has enfadado, no. Eso no ocurrirá. Nunca. Porque en ese caso no sería mejor que ese maldito cabrón que te golpeó porque se cabreó cuando lo dejaste.

Ella asintió ya entendiendo adónde quería llegar.

—¿De verdad lo entiendes, Josie? Me enfurece pensar en él

provocándote dolor por haber cometido supuestamente una infracción. Yo nunca te voy a tocar física o sexualmente cuando esté enfadado. Podré decirte cosas que te duelan. Tengo mal genio. Pero no voy a hacerte daño a propósito.

Ella asintió de nuevo, aliviándose parte de la tensión que tenía acumulada en el pecho.

Ash bajó la voz hasta que esta fuera suave y la miró a los ojos con cariño y ternura.

—Nena, lo que necesito que entiendas es que tu relación con Michael no era buena. No era sana. No era un ejemplo de la clase de relación que tú pensabas que tenías con él. A lo mejor funciona para otra gente, y si es así, mejor para ellos. Siempre y cuando tanto el hombre como la mujer estén de acuerdo y la mujer dé su consentimiento. Si eso es lo que quiere y necesita del tío con el que está, entonces perfecto. Pero a mí no me funciona. Yo soy un tío exigente. Y tanto tú como yo sabemos eso. Pero no soy tan egoísta ni tan arrogante como para que nuestra relación se centre en mí todo el tiempo. Si hay algo que a ti no te gusta o que no quieres, todo lo que tienes que hacer es decírmelo. Lo hablaremos. Consideraremos si de verdad es importante, y encontraremos la manera de sortear ese obstáculo.

Josie luchó por contener la sonrisa, pero esta se dibujó en sus labios y el alivio se apoderó de los ojos de Ash.

—Iba a hacer esto cuando llegara a casa, pero al verte de rodillas, desnuda y esperándome... digamos que me olvidé de todo lo que iba a hacer. Pero ahora te tengo entre mis brazos y creo que es el siguiente paso lógico en nuestra relación.

Ella ladeó la cabeza y lo miró, interrogante.

—Déjame que lo saque del maletín.

Ash se giró para colocarla mejor en el sofá y luego se deslizó por debajo del cuerpo de Josie. Fue con pasos largos a por el maletín que había dejado tirado en el suelo, rebuscó dentro durante un momento y luego regresó con una caja larga y rectangular en las manos.

Se colocó la caja bajo el brazo y volvió a posicionarse en el sofá tal y como lo había hecho antes: él tumbado con la espalda pegada al brazo del sofá y con Josie en su regazo y entre sus brazos. Sostuvo la caja frente a ella para que ambos pudieran verla y, con cuidado, la abrió para descubrir una gargantilla impresionante en el interior.

Ella ahogó un grito mientras la sacaba de la caja y la sostenía entre sus manos. Sabía lo que era. Ash le había dicho que había mandado hacer una, pero nunca se hubiera imaginado que fuera a ser tan exquisito.

—Quiero que la lleves, Josie, y quiero que entiendas lo que significa.

—Me encantaría, Ash —respondió ella con suavidad.

Él la sostuvo entre sus dedos y se la colocó alrededor del cuello. Josie se dio la vuelta para que pudiera abrochársela y luego volvió a ponerse de cara a él para estudiar la expresión feroz de su rostro.

—Es perfecto —alabó. Y lo era—. Es algo que yo definitivamente habría elegido para mí misma.

Ash sonrió.

—Sí, es muy tú. Te pega. Quería algo que combinara con tus ojos, pero también quería algo que reflejara tu personalidad. Tu vitalidad.

Las lágrimas se le acumularon en los ojos y Josie respiró hondo para no perder la batalla contra ellas ni dejar que cayeran por sus mejillas.

Ash le tocó la mejilla para acariciar con ternura la piel de su rostro y luego deslizó los dedos hacia abajo para pasarlos por encima del collar que descansaba sobre el hueco de su garganta.

—Quiero que entiendas lo que esto significa, nena —dijo otra vez—. Sé que es precipitado, pero porque todo haya venido rápido no significa que no sea real. Vi a mis dos mejores amigos enamorarse hasta las trancas rápido. Muy rápido. Sé que puede ocurrir y que puede durar. Quiero que tú y yo duremos. No estoy diciendo que aún estemos en ese nivel todavía, pero quiero que lleguemos a él. Y quiero que entiendas el significado que tiene el collar. En parte es incluso más importante que un anillo de compromiso, y no estoy diciendo que no lo vayas a tener tampoco. Cuando llegue el momento, tendrás el diamante y mi compromiso. Pero este collar es igual de importante que un anillo y todas sus formalidades.

—No sé siquiera qué decir —pronunció ella resquebraján-
dosele la voz mientras lo miraba con asombro.

—Dime que entiendes su significado y que lo llevarás
puesto. Luego pasaremos a otras partes de la conversación que
quiero tener contigo.

Ella asintió y luego levantó una mano para tocar ella
misma el collar.

—No me lo quitaré nunca, Ash.

La satisfacción floreció en los ojos de Ash y luego la atrajo
contra él para besarla con fuerza y pasión. Cuando se separó de
ella, los ojos los tenía entreabiertos y nublados de deseo.

—Ahora, volviendo a tu relación con Michael.

Ella hizo una mueca pero Ash le colocó un dedo sobre sus
labios.

—Sé que no es un buen tema de conversación. Entiendo
que no quieras hablar de ello o incluso que tengas miedo de sacar el tema cuando estás conmigo. Pero, cariño, estamos hablando de ti. No voy a hacer como que tu relación con él nunca
ha ocurrido y tampoco soy tan cabrón como para prohibir
cualquier mención sobre tu pasado y sobre las cosas que te
afectan. Nunca jamás debes tener miedo de decirme lo que sea.
Si te preocupa a ti, entonces a mí también y lo hablamos. ¿De
acuerdo?

—Sí, está bien. Es solo que no lo quería aquí, ¿sabes? Tu
apartamento es nuestro mundo y odio que invada nuestro
espacio.

—Lo entiendo, nena. Pero aquí es donde te deberías sentir
más segura para sacar todas las cosas sobre tu pasado que te
duelan. No quiero que me ocultes nada. Y lo que iba a añadir
era que tu relación con Michael era insana y completamente
enfermiza. Y te diré por qué creo eso. No quiero que pienses
que te estoy juzgando o que crea que fueras una idiota por estar con él, pero lo que voy a decir es importante y tiene relación con lo que tú y yo tenemos ahora.

Dios, amaba a este hombre. Si no hubiera reconocido ya
que se estaba enamorando perdidamente de él, esas palabras
tan completamente sinceras e impresionantes e increíbles lo
habrían conseguido. ¿En qué otro lugar podría haber encontrado a un hombre así? ¿Alguien tan considerado y cariñoso,

tan amable y tierno con ella y al mismo tiempo brusco y exigente cuando lo necesitaba?

Ash era, en una palabra, perfecto. Y ella no había creído nunca que los hombres perfectos existieran excepto en el país de las fantasías.

Se acurrucó entre sus brazos, calentita y contenta, y esperó a escuchar lo que iba a decir ahora.

—Michael cogió de ti mucho en esa relación pero él no te dio una mierda. Y esto lo sé por lo que me has contado. Él esperaba cosas de ti. Te castigaba cuando no obedecías. Pero no te daba nada a ti a cambio. Dijiste que era frío y distante, que nunca fue cariñoso. No te dio las cosas que necesitabas, y tampoco te recompensaba cuando hacías algo que sí que lo complacía.

Ella torció la boca con disgusto porque Ash lo había clavado. Y lo peor de todo era que ella no había sido capaz de verlo cuando estaba en la relación con Michael. Había asumido equivocadamente que todas las relaciones como la que ella tenía con Michael eran así. Ash fue bastante rápido en hacerle ver lo equivocada que estaba.

—No te mostraba afecto. No hacía cosas por ti porque supiera que te encantaban. Y, nena, eso no está bien. Tu relación con él trataba solo de él, no sobre ti. Trataba sobre lo que él podía tomar de ti sin tener que darte nada a cambio. Y eso es una vergüenza. Esas no son formas de tratar a una mujer a la que se supone que tienes que proteger y cuidar.

—Tú no eres así —susurró ella.

Los ojos de Ash resplandecieron.

—No sabes cuánto me alegro de que pienses así, nena. No me haría ninguna gracia que pensaras que no te estoy dando lo que necesitas de mí. Y si alguna vez lo piensas, quiero que me lo digas. Porque lo arreglaré. No lo haré a consciencia, pero si llegara a ocurrir, espero que me lo digas muy clarito.

Ella sonrió.

—No te preocupes, Ash. Ahora que me has enseñado cómo pueden ser las cosas, soy avariciosa y no voy a volver nunca a tener una relación como la que tuve con Michael. Me has arruinado para cualquier otro hombre.

La expresión de Ash se ensombreció.

—Eso es bueno porque no tengo ni la más mínima intención de dejar que averigües cómo son las cosas con otro hombre. Si no te doy lo que necesitas, entonces mejor que me digas qué es lo que no te estoy dando porque no voy a dejar que vayas en busca de otro para eso. Eres mía, Josie.

—Soy tuya —susurró ella mientras delineaba con los dedos su firme mandíbula.

—Ahora hablemos de ese encierro en el que te tengo.

Ella alzó ambas cejas.

—¿Encierro? ¡Ash, eso suena fatal! ¿Eso es lo que crees que has hecho? ¿Dejarme encerrada?

Él se rio.

—Solo estaba bromeando, cariño. Jace me acusó de tenerte encerrada porque no te comparto con nadie más, solo conmigo. Y tiene razón. Te he controlado mucho esta semana, he sido egoísta. No te quería compartir con nadie todavía, y eso no es justo para ti. Solo has salido de casa una vez en toda la semana.

—No me ha importado, Ash. Me ha encantado esta semana contigo. Y he estado trabajando, así que no pasa nada.

—Sí, pero te cansarías después de un tiempo. Solo quería asegurarme de…

Él puso una mueca en el rostro y se calló.

—¿Asegurarte de qué?

—No es importante —dijo con brusquedad—. La cosa es que quiero que conozcas a mis amigos. Son las personas más importantes para mí además de ti. Son mi familia. Mi verdadera familia. Gabe y Mia vuelven el sábado por la noche y si les apetece, me gustaría que los conocieras a todos el domingo. Me gustaría que conocieras también a mi hermana, Brittany. Está pasándolo un poco mal ahora y es casi de la misma edad que tú. Mia y Bethany y las amigas de Mia son un poco más jóvenes pero creo que también te gustarán. Tanto Mia como Bethany tienen la cabeza bien puesta sobre los hombros y ambas tienen un corazón tan grande como Alaska.

—Me muero por conocerlos —dijo con sinceridad—. Si significan tanto para ti, no me cabe duda de que me gustarán, Ash. Quiero conocer a la gente que quieres. Me alegra saber que quieres compartir esa parte de ti conmigo. Ojalá yo también pudiera hacer lo mismo contigo.

Él la estrechó contra sí de nuevo.

—Quiero que tengas gente que te quiera y te apoye, nena. Odio que estés sola sin familia y que hayas perdido a tu madre. Estoy seguro de que la habría adorado si era tal y como me has contado.

Josie sonrió y se incorporó ligeramente para volverlo a besar.

—Bethany es diferente, Josie, y quiero que lo sepas de entrada. Ella ha tenido una vida dura, así que probablemente no sea muy buena idea que le preguntes cosas sobre ella. Sobre su anterior vida, me refiero.

Josie alzó las dos cejas a modo de interrogación y levantó la mirada hacia Ash.

—¿Qué quieres decir?

Ash suspiró.

—Ella vivía en la calle cuando Jace y yo la conocimos. Estaba trabajando en la fiesta de compromiso de Mia. Eso no lo sabíamos por entonces. Nos acostamos con ella esa noche, como ya te dije, pero a la mañana siguiente se esfumó y Jace casi puso la ciudad patas arriba buscándola. La encontró en un centro de acogida y se la llevó a casa con él. El resto es historia, pero incluso después de eso ha tenido que pasar por momentos duros. Tenía un hermano de acogida que vivía en la calle con ella y que estaba metido en toda clase de problemas. Bethany tuvo una adicción a analgésicos, y aunque eso es pasado, la intensidad de su relación con Jace casi la hizo volver a recaer. Y luego su hermano, Jack, le echó drogas en su chocolate caliente y casi la mató. Todos pensamos que era una sobredosis y que había intentado suicidarse. Fue una situación jodida porque la noche de antes Jace volvió a casa y me encontró a mí y a Bethany en el apartamento y le dio la paranoia. Se desahogó conmigo y con Bethany y ella se enfadó. Así que a la mañana siguiente cuando todo esto ocurrió, la verdad es que no pintaba nada bien.

—Guau —dijo Josie en voz baja—. Suena de película. Como algo que se pudiera ver en una serie de televisión o algo.

—Sí —murmuró Ash—. Pero era todo muy real. Jack no tenía intención de hacerle nada. Él era el que iba a suicidarse, pero Bethany cogió la taza equivocada y terminó en el hospital luchando por su vida. Quería que supieras esto para que no formularas las preguntas equivocadas ni tampoco sacaras algún tema de conversación que pudiera hacer que la situación fuera incómoda para ti o para Bethany.

Ella se mordió el labio. Tenía una pregunta en la punta de la lengua que no sabía si debería formular porque la hacía parecer... celosa. Aunque aún sentía un pinchazo dentro del pecho cada vez que hablaba de Bethany, porque su expresión cambiaba cuando hablaba de ella. Era evidente que aunque ella perteneciera a su amigo, él también se preocupaba mucho por ella.

—¿Qué estás pensando? —la animó Ash—. Conozco esa mirada. Quieres preguntarme algo. Simplemente hazlo, nena. Tendrías que saber a estas alturas que puedes preguntarme lo que quieras.

Ella inspiró hondo.

—Es solo que has dicho que Jace os encontró a ti y a Bethany en el apartamento y se volvió loco. Pero me dijiste que solo fue esa primera noche...

Ash torció su boca.

—No fue nada. Me acerqué al piso de Jace para llevarle unos documentos del trabajo. Por entonces uno de los acuerdos que teníamos en marcha se estaba yendo al garete, por eso estaba de ese humor de perros e inmediatamente llegó a la conclusión errónea. Le debía a Bethany una disculpa. Fui bastante duro con ella al principio. No pensaba que fuera la mujer adecuada para Jace al verlo perder la cabeza de tal forma por ella. Y además quería que dejáramos atrás esa primera noche y el cómo nos conocimos. Así que me disculpé y le dije que quería que fuéramos amigos. Que Jace era importante para mí, así que ella también lo era a partir de ese momento para mí. Eso fue lo que Jace interrumpió.

Josie asintió.

—Lo entiendo.

Ash ladeó la cabeza y se la quedó mirando atentamente.

—¿Aún te sigue molestando esta cuestión con Bethany?

Ella hundió los hombros con un suspiro pero fue honesta. No le debía menos.

—Sí. No te voy a mentir, me pone un poco nerviosa el conocerla. No es que no te crea, pero no hay mujer viva en este planeta a la que le guste encontrarse con la antigua amante de su pareja, aunque solo hubiera sido cosa de una noche. Si ya es malo tener que conocerla, imagínate pasar tiempo con ella a largo plazo. Lo superaré, pero seré lo suficientemente sincera contigo como para admitirte que cuando la conozca por primera vez, voy a estar imaginándoos a los dos juntos y no va a ser muy divertido que digamos.

Ash no pareció estar muy contento con esa afirmación.

—No quiero que te tortures con eso, nena. No significó nada. O al menos debería decir que para mí no significó nada. Para Jace sí que significó mucho. Y si él hubiera sido sincero conmigo desde el principio, esa noche nunca hubiera ocurrido. Yo habría retrocedido porque no me sentía atraído por ella. No lo hice entonces, ni tampoco ahora.

El alivio se instaló en el pecho de Josie. Sus palabras eran absolutamente sinceras y ella se las creía por completo.

—Estoy comportándome como una tonta. No dejaré que me moleste, Ash. Te lo prometo. Y no sacaré el tema. Ni tampoco el pasado de Bethany. La verdad es que parece ser una mujer bastante asombrosa.

—Lo es —dijo Ash—. Es perfecta para Jace. Y tú eres perfecta para mí.

Capítulo diecinueve

Ash llevó a Josie hasta el dormitorio con la mandíbula fuertemente apretada, luchando contra la urgencia de lanzarla sobre la cama y hacerla suya sin parar. Estaba inquieto. Todo el asunto de Michael aún daba tumbos en su cabeza.

Y eso solo hacía que su deseo por poseer a Josie, por reafirmar su propiedad y su posesión, fuera mucho más feroz. Era inexplicable esta urgencia que se apoderaba de él cada vez que ella estaba cerca. Se preguntaba si disminuiría con el tiempo, y, sin saber por qué, pensó que no.

Algo así de volátil e intenso no era flor de un día. No se iría en una semana, ni en un mes, ni siquiera en un año. Se podía ver perfectamente dentro de diez o veinte años sintiendo exactamente lo mismo, lo cual le decía que ya pensaba a largo plazo, a pesar de haberse decidido a vivir día a día y sin mirar más allá del presente.

Era muy difícil pensar simplemente en el hoy cuando estaba más que resuelto a atarla a él de forma permanente. Todo lo que hiciera ahora sería para convencerla de que se quedara con él. Para mostrarle lo perfecta que era para él y, con suerte, lo perfecto que era él para ella.

Josie se giró y Ash sintió su cuerpo desnudo cálido y suave. Ella alzó la mirada hacia él con los ojos inundados de deseo. Ash pensaba, y a veces podría hasta jurar, que veía amor en ellos. Pero a lo mejor era lo que él quería ver. Ella no le había dicho nada, pero él tampoco a ella. Era demasiado precipitado. A pesar de todo lo que le hubiera dicho, solo había pasado una semana. La gente no se enamoraba en una semana.

Pero en realidad sí. Él lo había visto. Sabía que ocurría y sabía que duraba.

¿Quería que Josie lo amara?

Joder, sí. Lo quería, lo podía sentir y saborearía la dulzura en esas palabras cuando finalmente salieran de sus labios.

—¿Qué te gustaría esta noche, Ash? —le preguntó suavemente—. Dime cómo me deseas. Has tenido un día largo, quiero hacerte sentir bien.

El corazón se le derritió. Su dulce y querida Josie, tan deseosa por complacerlo. Tan pasional y dispuesta. Toda la oscuridad que se había instalado en su persona desde que había salido de la oficina para ir tras Michael se esfumó debido a los rayos de luz que Josie desprendía. Parte de la tensión que sentía en los hombros se desvaneció cuando ella lo acarició desde los brazos hasta el cuello, donde le rodeó el mentón con las manos.

—No voy a marcarte el trasero esta noche, nena. Eso lo hice anoche, y adoré cada minuto. Me encantan esas marcas en tu piel. Pero te dolería si lo volviera a hacer hoy.

Y él no quería que la violencia que había desencadenado apenas hacía una hora la tocara de forma alguna. Sabía que no le haría daño intencionadamente, pero no iba a arriesgarse a olvidar que se encontraba aquí y no en ese callejón oscuro donde le había dado una paliza al otro tío.

No se arrepentía de lo que había hecho, pero tampoco quería que le salpicara a Josie. Nunca.

—¿Entonces? —susurró—. Dímelo. Haré lo que quieras.

Él le pasó una mano por el pelo y la miró a los ojos, que estaban inundados de sinceridad. Tenía tantas ganas de complacerlo. Era tan dulce y sumisa que hacía que el pecho le doliera.

—Te quiero a cuatro patas, nena. No te voy a atar esta noche. Quiero que seas capaz de mantenerte en pie tú solita. Voy a follarte el coño primero y luego voy a hacer lo mismo con el culo. No voy a ser tan suave como la primera vez. ¿Podrás soportarlo?

Mientras el deseo inundaba su rostro, ella exhaló de forma irregular y las pupilas se le dilataron rápidamente.

—Quiero todo lo que me vayas a dar, Ash.

La besó en la boca, deslizando su lengua dentro de ella para saborearla. Le encantaba cómo se tragaba el aliento de Josie, cómo respiraba el mismo aire que ella exhalaba. Había algo completamente íntimo en ello, en respirar el aire que ella le daba, en succionarlo y saborearlo antes de devolvérselo.

—Súbete a la cama —le dijo con voz ronca—. A cuatro patas, y las rodillas justo al borde del colchón.

Ella se separó y Ash se mostró reacio a dejarla ir incluso durante el poco tiempo que le llevó colocarse en la cama tal y como le había indicado. La observó subirse a la cama y mostrarle el trasero justo como él quería. Luego lo miró por encima del hombro con una clara invitación en los ojos.

Josie quería esto. Estaba preparada. Ash solo tenía que asegurarse de no llevar las cosas demasiado lejos. Ella se merecía que fuera con cuidado; ya había sufrido demasiado bajo la mano de un hombre dominante, aunque no es que Michael pudiera denominarse dominante. Él era más un cabrón. Un imbécil abusivo que se ponía a cien controlando a la mujer que tenía en su vida.

Tampoco es que Ash fuera menos controlador, pero todo radicaba en la presentación. Josie buscaría y acataría sin lugar a dudas su autoridad, pero él además le daría todas las cosas que Michael nunca fue capaz de darle. Amor. Respeto. Ternura. En resumen, la querría.

Se desvistió rápidamente y cogió el bote de lubricante del cajón de la mesita de noche, lo soltó en la cama junto al trasero de Josie y luego le pasó las manos por las nalgas para masajearlas y acariciarlas. Las marcas de la noche anterior aún seguían ahí. Desvaneciéndose, pero aún visibles. Un contraste increíble contra su pálida y suave piel.

Sus marcas. La evidencia de su posesión. La excitación lo atravesó con fuerza y con fiereza hasta hacer que su miembro creciera, amenazando con liberarse de esa exquisita tortura.

Deslizó los dedos entre los labios de su sexo para comprobar lo excitada que estaba. Su carne estaba hinchada y húmeda, más que preparada para su invasión, pero aun así se contuvo, quería llevarla todavía a alturas más elevadas.

Josie se retorció sin parar, moviéndose contra sus exploradores dedos y buscándolos con ansia cuando finalmente los retiró. Volvió a acariciarla más profundamente, evaluando las suaves paredes de su vagina y buscando ese punto donde la textura era más rugosa y ligeramente diferente al resto. Lo presionó y ella soltó un grito. Una oleada de humedad cubrió sus dedos y Ash sonrió. Sí, estaba más que preparada, y él se moría por estar en su interior.

Agarrándose la polla con una mano, la abrió a ella con la otra y se posicionó justo en la entrada de su sexo. Luego se introdujo lentamente, centímetro a centímetro, hasta estar ambos vibrando de necesidad.

Tras ganar profundidad y estar completamente dentro de ella con los huevos en contacto con sus nalgas y sus muslos, Josie soltó un suspiro entrecortado que Ash sintió en lo más profundo de su alma. Sintió ganas de llevársela a esa oscuridad que poblaba su mente. Josie tenía algo que llamaba a esa oscuridad, como si fuera la única persona con la que Ash estaría dispuesto a compartirla. Si la quería, era suya. Ella la necesitaba de la misma forma que él.

Ash se echó hacia delante para cubrirla con su cuerpo mientras seguía bien hundido dentro de su sexo.

—Dime algo, Josie —le dijo con una voz sedosa y suplicante—. ¿Te puso celosa toda esa charla sobre mi trío con Bethany y Jace?

Ella se tensó y luego giró la cabeza hacia él. Había una clara confusión e incomodidad reflejada en su expresión.

—Ash... no entiendo...

No, por supuesto que no. Había salido de su boca del modo equivocado. Maldijo su lengua porque no lo había dicho de la mejor forma que hubiera deseado.

—Quería decir, ¿te imaginaste en ese trío? ¿Lo pensaste? ¿Es algo que te excitó y que querías?

Ella sacudió la cabeza; sus ojos aún perplejos. Pero entonces hubo un resplandor. Un indicio de algo más en ellos, aunque apenas podía verlo debido a la posición en la que se encontraba girada.

—Creo que sí que te excitó —le dijo con la voz ronca—. Y ya te dije que no iba a ocurrir. ¿Te decepcionó eso, Josie? ¿Te imaginaste lo que sería tener dos pollas al mismo tiempo?

Bajó una mano y le acarició el clítoris, e inmediatamente sintió cómo su cuerpo respondía a su contacto. Ella se contrajo a su alrededor. Su dulce sexo se estrechó y se tensó, se cernió sobre su erección de tal forma que estuvo a punto de explotar.

—Sí —susurró—. Me imaginé cómo sería.

—Hay otra manera —dijo suavemente—. No es tan bueno como lo de verdad, pero puedo darte una sensación parecida. No tengo ningún deseo de compartirte con otro hombre, cariño, pero puedo al menos darte la experiencia.

—No lo entiendo —dijo ella con un tono de voz excitado y jadeante.

—Usaré un dildo anal. Uno más grande para que estés ceñida y apretada alrededor de él. Luego te follaré con el dildo dentro. Tendrás la experiencia de tener dos pollas dentro de ti sin tener a otro hombre en escena.

—Oh.

Solo esa palabra ya expresaba un montón de cosas. Emoción. Excitación. Sí, lo quería. Y se lo daría. Puede que no le ofreciera estar con otro hombre —eso no iba a ocurrir nunca— pero sí que le podía regalar la misma sensación llenándola tanto por delante como por detrás.

Se echó hacia atrás, aligerándole el peso de su cuerpo, y se retiró lentamente de esa carne sedosa e hinchada. Luego se hundió en ella de nuevo, no estaba listo para abandonar su estrecho calor. Todavía no. La tentaría durante un rato más, la excitaría y calentaría hasta que estuviera a punto de volverse loca.

La embistió una y otra vez, cada vez con más frialdad para intentar mantener el control. Josie gemía y se retorcía sin parar, pero Ash sabía que no iba a llegar al orgasmo. No a menos que sus dedos tocaran su clítoris. Eso lo ayudaba porque significaba que Josie llegaría al clímax únicamente cuando él quisiera que lo hiciera.

Tras unos pocos envites más, bajó la mirada y disfrutó de la vista que tenía frente a él: su polla deslizándose dentro y fuera de su sexo, mojada debido a sus fluidos vaginales, tan estrecha. Estaba tan inmensamente ceñida a su miembro que no podía siquiera imaginarse cuánto más lo iba a estar cuando tuviera el dildo en su trasero.

Se retiró por completo de su calor y la dejó temblando, apoyada sobre manos y rodillas en la cama mientras él iba a por uno de los dildos sin estrenar de su armario. Las manos le temblaron al abrir el embalaje del juguete. La excitación y el deseo le hervían en las venas.

Cuando volvió a la cama, las manos de Josie eran dos puños fuertemente cerrados que la sostenían sobre la cama, y luego ella se giró para mirarlo. Los ojos se le abrieron como platos cuando se percató del gran tamaño del dildo.

Ash se rio con suavidad.

—No es más grande que yo, mi amor. Lo acogerás, y me acogerás a mí también.

—Va a doler —replicó ella con recelo.

—Parte del placer es el dolor —le contestó suavemente—. Acuérdate de las marcas de anoche. Fui mucho más duro contigo que la primera vez, pero lo recibiste todo y me suplicaste que te diera más. Ignora el dolor, Josie. Abrázalo, porque después del dolor viene el placer. Te daré eso y muchísimo más.

Ella cerró los ojos y echó la cabeza hacia atrás, que consiguió que todo su pelo rubio se desperdigara como la seda por toda la superficie de su espalda. Ash quería enterrar las manos en sus mechones, tirar de ellos y hacerla suya incluso con más violencia. Pero eso ya llegaría. Por ahora lo que tenía que hacer era prepararla. Introducirla suavemente en la situación. Luego ya llegarían al séptimo cielo los dos juntos.

Untó una generosa cantidad de lubricante tanto en el dildo como en su trasero, extendiendo su abertura y deslizando los dedos en su interior para cubrir todo el conducto también. Cuando estuvo seguro de que ya era suficiente para poder insertar el dildo con un mínimo esfuerzo, soltó el lubricante a un lado y se volvió a colocar entre sus muslos.

—Respira, nena. Voy a ir introduciéndolo poco a poco, pero ayúdame respirando con calma y moviéndote hacia mí cuando te diga.

—De acuerdo —susurró con una voz entrecortada debido a la excitación.

Insertó la punta y dilató su abertura muy levemente. Luego comenzó a empujar el dildo hacia el interior de su cuerpo. Ella gimió suavemente y Ash se paró, sacando el juguete y seguidamente volviéndolo a insertar con movimientos lentos, como si se la estuviera follando, mientras ella seguía dilatándose a su alrededor.

Durante varios segundos, Ash se entretuvo jugando con ella, provocándola e introduciéndose más adentro con cada movimiento. Luego le rodeó la cintura con una mano para acariciarle el clítoris y empezó a presionar su ano con más fuerza y a internarse con más profundidad.

—Oh, Dios —gritó Josie.

—¿Demasiado?

—¡No! Es increíble, Ash. ¡No pares!

Él se rio entre dientes.

—Ni en sueños, nena.

Siguió acariciándole suavemente el clítoris hasta ponerla frenética, y luego le insertó el dildo por completo.

Ella gritó y arqueó la espalda. Sus piernas temblaban y se sacudían con violencia al mismo tiempo que respiraba con fuerza y de forma entrecortada.

—Shhh, cariño —canturreó suavemente—. Ya está metido entero. Solo respira y cálmate. Te daré unos segundos para que te relajes. No quiero que te corras todavía.

Ella bajó la cabeza hasta apoyarla sobre el colchón y cerró los ojos mientras su cuerpo continuaba sacudiéndose. Ash quería que la experiencia fuera buena para ella. Era enterita para ella. Él sin duda la disfrutaría igual o más, pero era solo para ella. Quería que se corriera gritando de placer. Gritando su nombre.

Él retrocedió y Josie volvió a alzar inmediatamente la cabeza, girándola hacia él para buscarlo con la mirada. Él sonrió y se inclinó hacia ella para darle un beso en la zona lumbar de su espalda, justo antes de llegar a la curvatura de sus nalgas.

—Dame un minuto, nena. Quiero que esto sea bueno para ti.

—Si haces que sea mejor todavía, me voy a morir —dijo con un gemido.

Él se rio otra vez y fue a por la cinta roja escarlata que tenía encima del armario. Había comprado todas estas cosas en el mismo momento en que Josie se hubo mudado a su apartamento. Quería que todo lo que usara con ella fuera nuevo. Que no hubiera tocado nunca a otra mujer.

Se la llevó consigo y luego, con cuidado, giró a Josie de modo que estuviera colocada de cara a él. Se hallaba alzada sobre sus rodillas, con los muslos separados para aliviar la tensión que el dildo le provocaba. Su rostro se encontraba ruborizado por la excitación, sus mejillas sonrosadas y sus ojos brillaban.

Los abrió como platos cuando él levantó la cinta para atársela alrededor de los ojos, y, para no asustarla, decidió al menos darle una explicación.

—Voy a vendarte los ojos, ya que eso realzará tus otros sentidos. Quiero que confíes en mí plenamente para darte placer.

—Confío en ti —le contestó ella con una voz suave y dulce.

Él sonrió con aprobación y luego le colocó la cinta sobre los ojos. La ató firmemente por detrás tras asegurarse de que cubría su visión por completo y de que no podía ver nada más que oscuridad.

—Ahora quiero que te tumbes —le indicó—. De espaldas, con las piernas en el borde de la cama.

Incluso mientras hablaba, Ash la ayudó a colocarse y se aseguró de posicionarla tal y como él quería. Josie se hundió en el colchón y él dibujó una ligera sonrisa sobre sus labios hinchados.

—Ojalá pudieras ver lo que yo estoy viendo ahora mismo —dijo con voz ronca—. Estás tan inmensamente preciosa, Josie. Tumbada frente a mí, con los ojos vendados y ese dildo bien enterrado en el culo. Esperándome.

Se arrodilló frente a la cama para que su rostro y su boca estuvieran a la misma altura que su sexo abierto. Lamió la abertura y subió hasta su clítoris antes de disfrutar de los estremecimientos que se apoderaron del vientre de Josie.

—No voy a durar mucho de esta forma, Ash —le informó con una voz forzada.

—Sí que lo harás —contestó él con calma—. Te correrás cuando te diga, y no antes.

Ella soltó un sonido de impaciencia que lo hizo sonreír. Seguidamente continuó lamiéndola y saboreándola poco a poco y con dulzura como si se tratara del manjar más exquisito. Ella se retorció y se alzó en busca de más, pero cada vez que volvía a bajar el dildo se hundía más en su cavidad anal. Jadeaba, estaba rozando el orgasmo, pero él conocía su cuerpo. Conocía bien los signos de su inminente culminación, así que se separó de ella y la dejó peligrosamente cerca de llegar al final.

Josie gimió. El sonido salió tan lleno de frustración y consternación que hizo que Ash volviera a sonreír de nuevo.

—Cuando yo te diga, nena. Cuando yo te diga y no antes.

—Me estás matando —suspiró.

—Oh, todavía no he empezado siquiera —dijo con dulzura—. Antes de que acabe contigo me estarás suplicando.

—¡Te estoy suplicando ahora!

Él ensanchó su sonrisa y le separó mucho más las piernas. Luego estiró un brazo hasta la mesita de noche y sacó las pinzas para pezones que Josie no podía ver. Se inclinó hacia ella y lamió primero un pezón y luego el otro hasta conseguir que ambos estuvieran túrgidos y enhiestos.

Los succionó con tanta delicadeza que los volvió a los dos locos de deseo y de necesidad. Cuando consiguió que sus pezones fueran dos botones duros y rígidos, los lamió una última vez con la lengua y luego con cuidado le colocó la primera pinza.

—¡Oh! —exclamó ella cuando sintió el primer pellizco—. ¿Ash?

—Tranquila, nena. No te haré daño, ya lo sabes. Solo es un poco de dolor. Te llevará al límite y te gustará.

Le colocó la otra y luego se enderezó para admirar su obra.

Josie era una obra de arte. Y no era una afirmación cursi que decía por decir. Era magnífica. El complejo y colorido tatuaje que serpenteaba por encima de su costado derecho era un reflejo exacto de quién y qué era ella. Ash podía admitir con total sinceridad que antes de Josie no le habían gustado mucho las mujeres con tatuajes. No era algo que lo excitara. Pero desde el momento en que pudo captar un destello del suyo había estado rabioso de curiosidad.

En ella no era un simple tatuaje como muchos otros. Era su arte. Un reflejo de ella misma. Y le iba que ni pintado. No podría tener a Josie de ninguna otra manera.

—Me fascinas, Josie. Tienes esa apariencia de niña buena, honesta y totalmente inocente. Ese pelo rubio, esos impresionantes ojos verdeazules. Pero bajo la ropa hay un tatuaje que grita «chica mala». Me gusta. Me gusta mucho.

Una sonrisa curvó los labios de Josie otra vez. Una sonrisa adorable.

—Me alegro de que te guste.

—Oh, desde luego, nena. Sin duda. Me gusta todo de ti. Todo lo que hace que tú seas tú.

Se quedó mirando las pinzas en sus pezones durante un rato más y luego dejó que una mano delineara su cuerpo justo por el centro de su pecho, pasando por su vientre y terminando en la humedad que tenía entre las piernas. Sí, estaba más que preparada para él. No cabía duda. Pero no quería que terminara tan pronto. Se tomaría su tiempo. La saborearía y haría que fuera una experiencia buena para ambos.

Se acarició el miembro y lo sostuvo cerca de su abertura mientras observaba lo que era suyo. Mía. Ella era suya, sin duda. Nunca pensó que encontraría a una mujer que lo entendiera tan bien en la cama. Y aun así, ahí estaba, comiéndose con los ojos a una mujer tan preciosa que dolía de tan solo mirarla. No podía mirarla sin que un dolor agudo se le instalara en el pecho: el reconocimiento de saber que ella era la adecuada para él. La única. Ash nunca volvería a mirar atrás. Nunca se arrepentiría de nada.

Tiró de sus rodillas hacia arriba y le dobló las piernas de modo que estuviera abierta por completo a él. La base del dildo estaba incrustada en su ano y Ash estaba más que preparado para hundirse en ese sexo tan estrecho.

El sudor empapó su frente y él apretó los dientes al mismo tiempo que se abría paso entre sus labios mojados y calientes y se enterraba por completo en su interior. Oh, Dios, estaba más estrecha. Mucho más estrecha que antes. El dildo estaba haciendo que la abertura de su sexo fuera mucho más pequeña.

No sería fácil entrar, pero sí increíble.

Empujó la cabeza de su miembro más adentro y puso los ojos en blanco ante la exquisita sensación de tenerla a ella oprimiendo su polla. Josie gimió con intensidad y movió las manos sin parar por la cama, casi como si no supiera qué hacer con ellas.

Joder, él sí que sabía qué hacer con ellas. La idea de tenerla no solo con los ojos vendados, sino atada también, lo excitaba visualmente. La idea de ser capaz de mirar a su mujer, vulnerable e indefensa contra su voluntad… Oh sí, lo ponía a cien.

Se apartó y ella transmitió su queja a través de un gimoteo.

Le acarició una pierna y dejó que su imaginación se pusiera en marcha ampliando la anterior idea de atarle solamente las manos. Sí, le ataría las manos… y las piernas. Las abriría tanto como pudiera y luego la amarraría en esa posición. Todo lo que tendría que hacer sería colocarla en la parte inferior de la cama donde pudiera atarle los talones a los postes de la cama.

—Dame solo otro minuto más, nena —dijo con la voz más grave de lo que había pretendido—. Voy a atarte.

Ella tragó saliva con fuerza, pero no hizo ningún sonido. Su pecho subía y bajaba debido al esfuerzo de sus respiraciones. Sabía que la idea la excitaba tanto como a él.

Sacó la cuerda de su armario y luego volvió junto a ella. La ayudó a levantarse y la guio hasta el borde inferior de la cama, donde estudió todas sus posibilidades.

Le levantó los brazos por encima de la cabeza y los juntó atando las dos muñecas con un nudo firme. Luego cogió lo que sobraba de cuerda y se la llevó hasta el cabezal de la cama para anudarla, de esa manera sus brazos quedarían totalmente estirados y en tensión. Sin embargo, cuando la ató comprobó lo tirante que había quedado la cuerda para que no fuera demasiado doloroso para sus hombros.

Satisfecho al saber que estaba perfecto, volvió a la parte inferior de la cama y dejó que su mano deambulara vagamente por su cuerpo, apreciando y saboreando la plenitud de sus curvas, las delgadas líneas de su estrecho vientre y la amplitud de sus caderas. Pero esta vez no la tocó íntimamente, un hecho que la frustró a juzgar por el gemido que emitió. Ash sonrió otra vez. Sí, iba a ser perfecto y no tenía prisa ninguna por acabar. Iba a saborear la deliciosa imagen que tendría de ella atada y se la iba follar hasta que ambos perdieran la cabeza.

Con cuidado, levantó uno de sus tobillos y se lo rodeó con la cuerda antes de volver a dejarlo sobre el colchón para atárselo al poste de la cama. De nuevo comprobó la tirantez de la cuerda, ya que quería que la mantuviera firmemente abierta para él, pero a la vez no quería hacerle daño o causarle demasiada incomodidad.

Para cuando se dirigió a la otra pierna, esta se sacudió y tembló bajo su contacto. El ritmo de sus respiraciones se aceleró y el sudor resplandeció sobre su piel.

—¿Ash?

Se paró justo cuando estaba en proceso de hacer el último nudo alrededor del poste de la cama.

—¿Sí, cariño?

—Olvídate de lo que te dije de no poder correrme sin la estimulación del clítoris —dijo con una voz débil—. ¡Creo que voy a hacerlo igualmente!

Él se rio y se inclinó hacia delante para besarle el interior de la pantorrilla.

—De eso nada, nena. No hasta que yo lo diga. No me vas a dejar atrás.

Josie suspiró y cerró los ojos al mismo tiempo que apretaba los labios y luchaba contra el deseo que crecía en su interior.

A continuación Ash se separó para admirar su obra de arte.

—Preciosa —dijo en voz baja—. No tienes ni idea de lo cachondo que estoy ahora mismo, Josie. Ojalá pudieras verte ahora mismo. Nunca he visto nada tan bonito como tú estando atada a mi cama, toda abierta para mí. Voy a darme un festín contigo.

—Por favor, Ash. Te lo suplico. Por favor, te necesito.

Le había prometido que le suplicaría, pero no quería que lo hiciera. No, él quería complacerla. Darle todo el placer que ella le estaba dando a él.

Deslizó las manos por debajo de su trasero y lo levantó tanto como la cuerda le permitió. Le agarró las nalgas y se las masajeó al mismo tiempo que se acercó a ella, listo para poseerla.

Colocó su pene en su abertura y se introdujo apenas un centímetro para comprobar lo estrecha que estaba. Ash soltó un gemido, y ella lo acompañó con otro cuando se dilató a su alrededor.

—Tan estrecha —dictaminó—. Quiero que sientas esto, nena. Así es como sería tener dos pollas dentro de ti.

—Es maravilloso —soltó ella en voz baja—. Más, Ash. Por favor. Antes de que me vuelva loca.

Sintiéndose morir, Ash se hundió más adentro a pesar de que el cuerpo de Josie luchaba contra la invasión. El dildo había hecho que su sexo fuera dolorosamente estrecho. Pero era un dolor que recibió con los brazos abiertos porque tras esa ola de dolor vendría un placer inimaginable.

Ahora sudaba: estaba tenso a más no poder e intentando mantener el control mientras se abría paso entre esas estrechas paredes vaginales para introducirse más en su interior.

—¡Es demasiado! —gritó Josie—. Oh, Dios, Ash. ¡Me voy a correr!

Él se paró y le agarró las piernas con tal fuerza que le hincó los dedos en su carne.

—No es demasiado, nena. Nunca es suficiente. Espérame. Córrete cuando yo lo haga.

Bajó la mirada y una mueca apareció en su rostro cuando vio que solo estaba enterrado a medias en su cuerpo. Se retiró ligeramente y luego llevó una mano hasta su monte de Venus y deslizó el dedo pulgar entre los labios para llegar hasta el clítoris.

—Voy a ir rápido, nena. No voy a durar, ni tú tampoco. Córrete conmigo ya. Voy a follarte con fuerza y va a doler, pero luego será increíble.

Ella gimió de nuevo mientras su cuerpo se ceñía alrededor de su miembro.

—Entonces hazme daño, Ash. Lo quiero. Lo necesito. Te necesito.

La suave súplica destruyó el último ápice de control que le quedaba. Presionó el dedo pulgar sobre su clítoris y seguidamente la embistió, decidido a enterrarse en ella por completo esta vez.

Josie gritó y su sexo se convulsionó a su alrededor. Se humedeció y se volvió totalmente resbaladiza, caliente y aterciopelada. Ash comenzó a moverse con fuerza y rapidez, y luego ella se abrió para él y lo dejó entrar bien hasta el fondo. Sin embargo, Ash no se paró para saborear la sensación de estar completamente enterrado en su calor. Estaba demasiado cerca, y ella también. No había forma de parar ahora.

Sus caderas chocaban contra el trasero de Josie, que provocaba que todo su cuerpo rebotara. Su cuerpo se balanceaba contra las firmes ataduras y se arqueaba hacia arriba, separándose de la cama.

Más adentro, más fuerte. La visión de Ash se emborronó. Los jadeos que soltaba Josie resonaban en sus oídos.

—Córrete —gruñó—. ¡Ya!

El grito que soltó ella atravesó toda la habitación. Sus gemidos continuaron sin parar mientras su cuerpo se sacudía alrededor del suyo. El clímax de Ash fue doloroso y tenso. Comenzó bullendo bien abajo en sus testículos y luego salió disparado hacia su miembro. Empezó a soltar chorros interminables de semen que goteó por fuera de su sexo y finalmente cayó sobre la cama.

Ash se movió otra vez al mismo tiempo que le tocaba el clítoris con el dedo pulgar y ella gritó de nuevo. Luego se retiró de su carne y se agarró la palpitante polla con la mano. Se masajeó con fuerza y dirigió su semilla hacia el vientre y los labios vaginales de Josie.

Salió disparada hacia su piel, marcándola. Ash se vació encima de su carne con abundantes chorros de semen.

Ella gimoteó con los oídos rugiéndole, y luego Ash se volvió a deslizar dentro de su cuerpo otra vez, incapaz de soportar estar fuera de su calor durante más tiempo. Se quedó quieto encima de ella, disfrutando de los últimos estallidos. Cerró los ojos y se echó hacia delante mientras respiraba con dificultad debido al esfuerzo.

Nunca antes se había sentido así de derrotado. Nunca antes se había sentido como si le hubieran arrancado la piel a tiras y se encontrara completamente desnudo. Permaneció ahí tumbado encima de ella y con el semen pegajoso y cálido entre ellos, y luego la besó justo debajo de sus senos.

—Eres mi perdición, Josie —murmuró—. Eres mi perdición total y completamente.

Capítulo veinte

Cuando Josie vio el restaurante donde ella y Ash habían quedado con sus amigos, la inquietud se apoderó de ella. Era un restaurante que Michael frecuentaba a menudo. Era su lugar favorito para comer, un lugar al que la había llevado a ella muchas veces.

Deshaciéndose de su momentánea vacilación, se situó junto a Ash y este le pasó el brazo a su alrededor para agarrarla con firmeza a la vez que entraban. Si se encontraba con Michael, y parecía bastante probable ya que él cenaba aquí casi todos los domingos por la noche, no actuaría como si estuviera avergonzada de nada. Definitivamente no de que la hubiera atacado. Y por supuesto tampoco de salir con Ash a pesar de lo rápido que hubiera empezado otra relación tras haber roto con Michael.

—¿Te pasa algo? —murmuró Ash mientras el servicio los llevaba hasta su mesa.

Ella negó con la cabeza y sonrió alegremente.

—No estarás nerviosa, ¿verdad? Relájate, cariño. Te adorarán.

Esta vez la sonrisa vino con mucha más facilidad.

—No estoy preocupada, Ash. De verdad.

Ash la pegó contra su costado.

—Bien. Quiero que te lo pases bien.

Cuando llegaron a la mesa, que estaba situada en la esquina más alejada donde tendrían silencio y privacidad, Josie vio que sus amigos ya estaban allí.

Parpadeó cuando pudo ver a los dos hombres que se levantaron una vez ella y Ash llegaron a la mesa. Virgen santa, madre de Dios. Por separado, cada uno de ellos era guapísimo.

Pero juntos eran el paradigma de la belleza absoluta mezclada con arrogancia y dinero.

Josie no se paró a mirar a las dos mujeres que estaban sentadas porque… ¿hola? Ella era una mujer, ¿cómo podría siquiera ver más allá de esos tres machos alfa que se habían juntado ante sus narices?

—Josie, te presento a mis amigos y socios de trabajo, Gabe Hamilton y Jace Crestwell.

El que se llamaba Gabe dio un paso al frente con una sonrisa enorme dibujada en su pétreo rostro. Extendió su mano y ella se estremeció cuando sus pieles hicieron contacto.

—Me alegro mucho de conocerte, Josie —dijo Gabe con una voz ronca que gritaba sexualidad en cada palabra—. Lo había estado esperando con ansia.

—Es un placer conocerte a ti también —murmuró Josie.

Se volvió hacia Jace y tragó saliva. El hombre era el polo opuesto de Ash. Serio y pensativo donde Ash era más despreocupado y aparentemente menos pensativo, pero Josie sabía que las apariencias engañaban. La de Ash era completamente contraria a su verdadera personalidad. Podría parecer relajado y despreocupado, pero era totalmente serio. Al menos con ella lo era.

Jace se inclinó hacia delante y la besó en ambas mejillas antes de separarse con una sonrisa que hacía que sus ojos marrones parecieran sensuales y seductores.

—He oído hablar mucho de ti, Josie. Me alegro de que Ash por fin te dejara salir de su apartamento el tiempo suficiente para encontrarte con todos nosotros.

Ella se rio y se relajó y luego centró su atención en las dos mujeres por las que se moría locamente de curiosidad. Cualquiera que se las arreglara para capturar y cautivar a dos hombres como Gabe y Jace tenía que ser increíblemente especial. Según Ash, ambos estaban totalmente cautivados y completa e irremediablemente enamorados.

Ella quería eso. Lo ansiaba. Lo quería con Ash, y si sus palabras eran ciertas, estaban en ello. Aún la desconcertaba que hubiera ocurrido tan rápido, pero luego él le explicó que había ocurrido exactamente igual de rápido con sus amigos. Con ese historial, a lo mejor no era tan raro que la relación entre ella y Ash se hubiera vuelto tan seria en tan poco tiempo.

—Cariño, te presento a dos mujeres muy especiales, Mia y Bethany. Mia es la recién casada y estoy seguro de que si Jace se sale con la suya, Bethany no se quedará muy atrás en lo que al matrimonio se refiere.

—Totalmente cierto —gruñó Jace.

—Hola, Josie —dijo Mia con una sonrisa abierta y simpática. Era la hermana de Jace según le había dicho Ash y ahora Josie podía ver el parecido.

—Hola —contestó Josie—. Me alegro mucho de conoceros a ambas.

—Hola, Josie —dijo Bethany con una sonrisa no menos simpática que la de Mia, pero era evidente que la muchacha era más tímida y más reservada que Mia.

Acordándose de todo lo que Ash le había dicho sobre Bethany, Josie la estudió y asimiló que la mujer joven sentada justo al lado de donde Jace había vuelto a tomar asiento había pasado por muchas cosas y había tenido una vida muy dura.

Y también estaba el detalle de que esa mujer había estado en la cama con Ash. Con Ash y Jace al mismo tiempo. Josie no sabía si sentir celos de que Bethany hubiera tenido las manos de Ash sobre su cuerpo, o envidia de que hubiera podido disfrutar de un trío con dos machos alfa increíblemente atractivos.

La segunda opción estaba ganando por goleada.

—Hola, Bethany —le devolvió Josie con amabilidad—. He oído hablar mucho de todos vosotros. Sois muy importantes para Ash. Su familia, como él os llama. Me moría de ganas por conoceros a todos.

Ash la llevó hasta la silla situada junto a Gabe y frente a Bethany y Mia.

—Él es nuestra familia —dijo Jace con voz firme—. Y nosotros somos la suya. Por supuesto.

—Creo que es maravilloso que tenga amigos tan leales —comentó Josie en voz baja.

—Bueno, Ash dice que eres una artista, Josie —habló Jace una vez todos estuvieron instalados en sus asientos—. Y que diseñas joyas.

Josie asintió, sintiéndose de repente cohibida por tener tanta atención centrada en ella.

—Es asombrosa —dijo Ash—. Sus obras son preciosas.

Josie se giró hacia Ash, sorprendida.

—Pero no las has visto. O al menos no muchas. Todavía no.

Ash pareció incomodarse por un breve espacio de tiempo, pero luego sonrió.

—He visto en lo que estás trabajando ahora. Es muy bueno.

El calor se apoderó de sus mejillas y ella supo que se estaba ruborizando. Los cuadros en los que estaba trabajando ahora eran un poquito más eróticos que los anteriores. Pero eran única y exclusivamente para Ash.

—¿Has diseñado tú esa gargantilla que llevas? —preguntó Mia echándose hacia delante y con la vista fija en el collar de Josie—. ¡Es precioso!

Ahora sí que se estaba ruborizando de verdad. Estaba convencida. Ash le dio un apretón en la mano por debajo de la mesa y ella controló su incomodidad. Esto era importante. Era lo que él quería: que no se avergonzara nunca de hacerle saber a la gente que era suya.

—No —respondió con voz ronca—. Ash mandó que lo diseñaran por mí. Fue un regalo.

Mia abrió los ojos como platos, entendiendo a lo que se estaba refiriendo. Sin embargo, había que agradecerle que no ahondara más en el tema y que intentara hacer desaparecer la incomodidad del momento al apresurarse a añadir algo más.

La mirada de Josie recayó entonces en la gargantilla que Bethany llevaba. La joven se había llevado la mano automáticamente hasta el collar en el mismo momento en que Mia había hecho el comentario sobre el de Josie. Evidentemente también era un collar de sumisa. Uno que le había regalado Jace. ¿Compartían todos sus amigos sus mismas tendencias sexuales? Definitivamente, sí que veía a Gabe y a Jace en el rol de dominantes. Estaba claro por la forma en que miraban a Mia y a Bethany. Por su lenguaje corporal. Por lo protectores que eran con ellas incluso cuando estaban sentados en un sitio público.

Era posible que otros no se dieran cuenta, pero Josie sí. Josie estaba bien sintonizada con ese aspecto porque era el estilo de vida que ella vivía. Era una necesidad que residía en ella tal y como parecía ser también para Ash, Gabe y Jace.

Tenía un millón de preguntas. Preguntas indiscretas que le encantaría hacer a Mia y a Bethany, pero se contuvo la lengua. A ella no le gustaría que las otras dos mujeres empezaran a indagar en su relación con Ash, así que les ofreció la misma consideración. Pero eso no palió la enorme curiosidad que sentía. Quizás con el tiempo, si se hacían amigas, se sintiera más cómoda teniendo esa clase de conversación con ellas. Pero aun así, sabía sin duda alguna que no quería tener nunca en la vida una conversación con Bethany sobre el hecho de que había tenido un trío con Ash y Jace. ¡Tanta envidia era imposible de manejar!

Gabe y Jace la estaban mirando con clara curiosidad en los ojos. Seguramente sentían tanta curiosidad por ella como ella por ellos. Pero si conocían a Ash y eran tan amigos íntimos como Ash le había sugerido, no cabía mucha duda de que sabían la clase de relación que él prefería y que Josie era... una sumisa.

Pero si pensaba que la irían a mirar con «menos» en los ojos, o que la iban a mirar como si ellos fueran «más», estaba equivocada. No la miraban con nada más que interés. Se preocupaban por su amigo, sin duda, y seguramente estaban considerando si Josie era una buena elección para él o no.

Ash le había dicho al principio que no había creído que Bethany fuera buena para Jace, y de hecho había sido bastante abierto con el tema. ¿Estaban pensando lo mismo de ella sus amigos?

No quería que la consideraran indigna de Ash. No la conocían y no quería que la juzgaran después de haberla visto tan solo una vez.

—Me encantaría ver tus obras algún día —dijo Gabe—. Creo que nos vendría bien tener un poco de color en las oficinas. Todo lo que tenemos es un puñado de cuadros abstractos y aburridos que no los entiende nadie. ¿Crees que podrías venir a echarle un ojo algún día para intentar darle un poco de vida a las paredes?

Ella sonrió.

—Por supuesto. Me encantaría. Pero te lo advierto, mis pinturas son bastante coloridas. No me va todo ese rollo oscuro y serio. Me gustan los colores vivos. Las intensidades. Y tendría que cambiar de tema por completo, porque los cuadros en los que estoy trabajando ahora no es que sean muy apropiados para un lugar de trabajo.

Ash tosió para ocultar su risa.

Las cejas de Jace se alzaron.

—¿Oh? Cuéntanos. ¿En qué estás trabajando?

Ella se ruborizó de nuevo sabiendo que había metido la pata.

—Nunca verás esos cuadros —dijo Ash con un tono neutro—. Esos son solo para mí y mis ojos, pero sí que puedes venir a ver todo lo demás que quiera enseñarte.

—¡Jo, ahora tengo curiosidad! —exclamó Mia—. ¿De qué está hablando, Josie?

Ella se aclaró la garganta, avergonzada de haberse quedado ella solita con el culo al aire. Su boca siempre iba por delante que su cerebro, por desgracia.

—Esto… bueno, son algo así como eróticos —se ruborizó de nuevo—. Autorretratos. Tampoco es que tuviera a nadie más para usar de modelo.

—Oh —dijo Bethany con la risa reflejada en sus ojos—. Sí, apuesto a que Ash se volvería loco si enseñaras esos cuadros a la gente.

—Exactamente —murmuró Ash—. Nadie los verá excepto yo.

Pero alguien más sí que los había visto. O al menos el primero que le había llevado al señor Downing. Lo había vendido junto a todas sus otras pinturas y el resto de esa misma serie que había llevado a la galería tras esa primera venta. Se preguntaba si a Ash le molestaría que una persona desconocida hubiera adquirido esos cuadros en los que posaba ella. Ahora deseaba no haberlos vendido. Deseaba que fueran solo y exclusivamente para Ash.

—Josie, estamos planeando una noche de chicas esta semana y nos encantaría que vinieras —dijo Mia.

Gabe y Jace no tardaron en dejar escapar un quejido, y Ash sonrió.

—¿Y esas quejas? —preguntó Josie.

Ash se rio.

—Según todo lo que me han dicho, creo sin ninguna duda

MAYA BANKS

que es una muy buena idea y deberías ir. Pero me decepcionaré si no vuelves a casa borracha perdida con un vestido muy sugerente y unos zapatos que griten a los cuatro vientos: fóllame. Me han estado torturando con eso desde la última vez que salieron todos. Ahora que voy a poder experimentarlo de primera mano, tengo que decir que estoy ansioso.

Josie les envió a todos miradas llenas de confusión.

Gabe se rio entre dientes.

—Digamos que cuando nuestras chicas salen, se emborrachan y se divierten, pero luego vuelven a casa y se aprovechan de nosotros, sus pobres hombres.

Bethany resopló.

—Vaya, como que no lo disfrutáis vosotros tampoco.

—No hemos dicho eso, nena —dijo Jace con la voz cargada de diversión. Sin embargo, su expresión y sus ojos lo decían todo. Ambos habían comenzado a arder mientras Jace se comía a Bethany con la mirada.

—¿Te parece bien? —le susurró a Ash para que los otros no los pudieran oír.

Ash entrelazó sus dedos con los de ella por debajo de la mesa, pero enseguida le soltó la mano, le rodeó la cintura con el brazo y la acercó hacia él hasta que sus sillas chocaron y ella estaba casi en su regazo.

Era evidente que no había mentido cuando le dijo que querría tocarla y estar cerca de ella sin importarle un comino quién lo viera.

—Oh, sí, me parece perfecto —le devolvió en un murmullo—. Si al terminar la noche consigo lo que Gabe y Jace consiguen de sus mujeres cuando salen y se emborrachan, entonces sí, por supuesto. Incluso iré a comprarte un vestido y unos zapatos para la ocasión.

Ella se rio con suavidad.

—¿Esto merece vestido nuevo y también los zapatos?

—Por supuesto.

—Yo no bebo mucho, como te dije, pero por esta vez a lo mejor tendré que hacer una excepción.

Los ojos de Ash resplandecieron y se la quedó mirando.

—Haz una excepción. Me aseguraré de que luego no te arrepientas.

Charlaron de temas triviales. La luna de miel de Gabe y Mia monopolizó la mayor parte de la conversación cuando la recién casada relató cómo había sido su viaje a París. Una vez la comida estuvo servida y hubieron comido, el camarero trajo la carta de postres y Josie se disculpó para ir al baño.

Mia y Bethany se levantaron para acompañarla, así que las tres mujeres se encaminaron hacia el baño de señoras.

Josie terminó primero y las esperó fuera. Oyó el ruido de una puerta al abrirse y se giró para ver si eran ellas, pero se quedó con la boca abierta cuando vio a Michael salir del lavabo de caballeros que estaba justo enfrente del de señoras.

¡Tenía un aspecto terrible!

Sus miradas coincidieron y se quedaron mirándose a los ojos durante un breve instante antes de que él parpadeara y apartara la vista precipitadamente.

—¿Michael? —susurró—. ¿Qué demonios te ha pasado?

Josie podría jurar que el miedo se acentuó en sus ojos. Él, no obstante, pareció no poder marcharse todo lo rápido que quería y Josie estaba demasiado impresionada como para hacer algo más además de observar cómo se esfumaba de su vista.

No había superficie de piel en su rostro que no hubiera estado amoratada y tenía un aspecto bastante malo. Tenía el labio partido y un ojo morado.

—¿Josie?

Josie se dio la vuelta y vio a Mia y a Bethany ahí, mirándola con preocupación.

—¿Conoces a ese hombre? —preguntó Mia—. ¿Va todo bien?

—Lo conocía, sí —murmuró Josie—. Y todo va bien. Vayamos a comernos el postre. Estoy segura de que lo habrán traído ya.

Durante todo el camino de vuelta hasta la mesa, la cabeza de Josie no fue más que un remolino de preguntas. No se había imaginado el rostro de Michael así de magullado ni tampoco el hecho de que había estado a punto de romperse el cuello intentando alejarse de ella. Y claramente tampoco se había imaginado el miedo en sus ojos. ¿Por qué iría a tener miedo precisamente de ella?

La mirada que Ash le dedicó cuando se sentó en la mesa fue

intensa. Estudió todos su movimientos y entrecerró los ojos para mirarla a ella y luego a Bethany y a Mia como si pensara que las otras dos mujeres hubieran hecho algo para molestarla.

—¿Qué te pasa? —le exigió—. Estás pálida. ¿Ha pasado algo?

—Aquí no —le respondió en voz baja.

Sin decir una palabra más, Ash se puso de pie y la cogió de la mano. Ella lo siguió con la boca abierta mientras él la arrastraba hasta el patio, frente a la fuente. La acercó hacia él, apoyó una mano sobre su mejilla y la miró a los ojos con intensidad.

—Cuéntame lo que ha pasado —le dijo sin rodeos—. ¿Te han dicho algo Mia o Bethany que te haya molestado?

Ella negó con la cabeza, sus pensamientos aún eran un revoltijo. No podía quitarse ese último pensamiento de la cabeza aunque fuera una auténtica estupidez. ¿No?

—He visto a Michael —soltó.

El rostro de Ash se ensombreció de ira y sus ojos echaron chispas.

—¿Qué? ¿Te ha dicho algo? ¿Te ha seguido el cabrón hasta aquí? ¿Por qué no viniste a mí inmediatamente, Josie?

Ella levantó una mano para frenar la riada de preguntas.

—Este es su lugar favorito para comer. Él y yo hemos venido aquí bastante a menudo. Y siempre está aquí los domingos. Habría estado más sorprendida si no lo hubiera visto.

Ash soltó una maldición.

—Deberías habérmelo dicho, Josie. Habríamos cenado en otro sitio.

Ella tragó saliva y levantó la mirada hacia Ash.

—Tenía un aspecto terrible, Ash. Parecía como si alguien le hubiera dado la paliza del siglo.

—¿Sí? No le podía haber pasado a un tío mejor. Quizás ahora no vuelva a levantarle la mano a una mujer en su vida.

—Dime una cosa, Ash. ¿Has tenido tú algo que ver con esa paliza?

Era arriesgado. Una pregunta peligrosa incentivada por el miedo que la había sacudido en el mismo momento en que hubo visto a Michael. Se acordó de la absoluta resolución de Ash de hacerse cargo del asunto, de decirle que ya no tenía que preocuparse más de Michael. Por entonces había pensado que solamente eran palabras de consuelo, compartidas en el calor del momento. Todo el mundo decía cosas en caliente, ¡pero no significaba que tuvieran que hacerlas al pie de la letra!

Sus ojos titilaron y él la miró sin alterarse y con los labios apretados.

—No te voy a mentir, Josie, así que ten cuidado con lo que preguntas.

—Oh, Dios —susurró—. Sí que has tenido algo que ver. Dios mío, Ash. ¿Qué has hecho? ¿Cómo has podido hacerlo? ¿Y por qué?

—¿Y tienes que preguntar por qué? —replicó mordazmente—. Joder, Josie. Te hizo daño. Ese hijo de puta te dejó tirada en el suelo. ¿No piensas que esa es razón suficiente como para asegurarme de que no vuelva a hacer algo así nunca más?

El color desapareció de su rostro. Josie se tambaleó, perdiendo el sentido del equilibrio momentáneamente. Ash maldijo de nuevo y luego la agarró para atraerla contra sí una vez más. Le acarició la mejilla con una mano y le echó el pelo hacia atrás.

—Te pusiste bajo mi cuidado, Josie. Eso no es algo que me tome a la ligera. Cuando me diste eso, cuando te sometiste a mí, también me diste el derecho de hacerme cargo de cualquier amenaza que tengas sobre ti. Tienes que afrontarlo. Aceptarlo. Porque no voy a cambiar. No vacilaré ni por un segundo en volver a hacerlo si alguna vez vuelves a estar en peligro.

—Por dios, Ash. No puedes hacer cosas así. ¿Y si te ha denunciado? Te arrestarían. Por el amor de Dios, Ash, ¡podrías ir a la cárcel!

La expresión de su rostro se suavizó.

—No va a pasar, nena.

—¿Cómo lo sabes? —le preguntó con desesperación.

—Me encargué de ello. Eso es todo lo que necesitas saber. No te salpicará, nena. Desearía que me hubieras dicho que había grandes probabilidades de encontrárnoslo aquí. No nos habríamos quedado. Quiero que te olvides del asunto y de él.

—¿Cómo se supone que voy a olvidarme de haberlo visto así? Ahora no voy a poder dormir por las noches preocupada de que la policía venga y te detenga. Ash, ¡esto podría destrozarte la vida! No merece la pena. Nada puede equipararse al valor de tu vida.

—Estás equivocada —replicó—. Asegurarme de que ese maldito cabrón nunca vuelve a acercarse a ti lo merece todo. No voy a discutir contigo por esto, Josie. Fue mi idea, así que lo haremos a mi manera. Ya lo sabías desde el principio. Las reglas no cambian solo porque decidas que no te gusta algo.

—Pero dijiste…

—¿Qué dije, nena?

Ella resopló y dejó que el aire saliera de su boca con lentitud.

—Dijiste que no era así. Que yo tenía voz y voto. Que no harías nada que yo no quisiera.

Él suspiró con paciencia mientras clavaba los ojos en su rostro.

—Nena, ya está hecho. No tienes voz y voto porque la decisión ya se ha tomado. No voy a disculparme por no hablarlo contigo de antemano. Era mi decisión. Me perteneces. Te dije desde el principio que yo me tomo eso muy en serio. Significa que tengo que protegerte. Que haré todo lo que haga falta para asegurarme de que estás a salvo y bien cuidada.

—¿Me lo habrías dicho de no haberme encontrado con él? —susurró.

Ash inmediatamente negó con la cabeza. Sin remordimientos. Con la mirada firme. Sin flaquear.

—No. No es algo que hubiera querido que supieras ni que pensaras nunca en ello. Estoy cabreado porque hayas tenido que verlo.

Ella cerró los ojos y negó con la cabeza en un intento de hacer desaparecer ese zumbido que se había apoderado de sus oídos. Era una locura, ¿verdad? Ash se había arriesgado una barbaridad por ella. Algo que ella no había querido que hiciera. Nunca. ¿Cómo podía estar tan seguro de que no le iba a caer nada encima? Lo único por lo que parecía estar enfadado era porque se había encontrado con Michael. Estaba claro que Ash nunca había tenido la intención de contarle nada de esto, y aún no sabía cómo sentirse con respecto a eso.

El dicho decía que la ignorancia daba la felicidad, y suponía que en este caso era verdad. Ojalá no se hubiera enterado. Quizás así no se sentiría tan alterada ni tan insegura del hombre al que se había entregado de tantas formas.

—Josie, estás dándole demasiadas vueltas —la reprendió—. Esta es la razón por la que nunca te habría dicho nada. Nada bueno puede salir si te preocupas y te estresas tanto. Y si esto te hacer dudar de nosotros, solo puedo decirte que he sido honesto contigo. He sido directo. Nunca he intentado esconderte la clase de hombre que soy. Y te dije desde el principio que haríamos las cosas a mi manera. Eres mía, así que debo protegerte y cuidarte. Te puedo garantizar que nada de esto te salpicará a ti, jamás. No quiero que pienses en ello. ¿Puedes hacerlo por mí?

Ella respiró hondo mientras Ash la observaba atentamente, esperando su respuesta. Esto era grande. Básicamente le estaba preguntando si podía superarlo y continuar con su vida. Le estaba pidiendo que no perdiera los papeles por esto, que confiara en él. Y todas esas cosas eran enormes. Josie había asumido que Ash era un hombre de negocios. Uno rico y bastante poderoso. Nunca se hubiera imaginado ni por un instante que estuviera metido en cosas oscuras y turbias o que fuera siquiera capaz de repartir tanta violencia a alguien que hubiera tocado algo que él consideraba suyo.

No debería sorprenderla, y quizás eso era lo que le molestaba más: la idea de que a lo mejor no había sido tan extraño para ella como debería. Al menos explicaría por qué estaba intentando luchar contra su indignación. O contra todas las respuestas que podrían considerarse apropiadas para esta situación. Porque no las sentía y creía que debería.

—¿Josie? —le preguntó con voz queda—. Necesito que me des una respuesta, nena.

—Sí —dijo al fin—. Puedo hacerlo, Ash.

Él la estrechó entre sus brazos y la besó en la frente. Josie cerró los ojos mientras se derretía en su abrazo.

—Me asusta, Ash. No por las razones que puedas pensar, y quizás me sienta culpable por eso. Pero lo que me asusta no es que seas esta persona que ha ido y le ha dado una paliza a alguien. No me preocupa que puedas hacerme daño así. Lo que me asusta es la idea de perderte. De que vayas a la cárcel porque me estabas protegiendo. No quiero eso. Nunca.

Él sonrió y ladeó la cabeza para besarla en los labios.

—No te preocupes por mí, cariño. Lo tengo solucionado. No salí y le di una paliza sin más. Y no te estoy diciendo esto para asustarte, pero no quiero que te vuelvas a preocupar por eso. Después de esta noche, no volveremos a hablar de ello. No sacaremos el tema. Pero llevé a cabo un plan bastante bien pensado. Tengo una coartada y Michael fue advertido de las represalias que habría contra él si volvía a acercarse a ti y también si iba a la policía. No creo que tengamos más problemas con él. Le dejé las cosas bastante claras.

Ella apoyó la frente sobre el pecho de Ash a una altura donde la parte superior de su cabeza quedaba justo rozando la barbilla de él.

—Está bien —susurró—. No me preocuparé y no volveremos a hablar otra vez del tema.

Él la estrechó contra él.

—Gracias, nena. Por confiar en mí. No te decepcionaré. Ahora volvamos adentro y terminémonos el postre. Tienes una noche de chicas que planear y ambos tenemos que ir a comprarte un vestido y unos zapatos nuevos.

Capítulo veintiuno

Josie se adelantó a Ash cuando el ascensor abrió las puertas que daban a su apartamento. El camino de vuelta a casa había sido tranquilo y en silencio. Se terminaron el postre y hablaron durante un rato con los amigos de Ash y luego Ash se despidió y Josie y él se fueron. Sabía que Ash la observaba, que estaba calibrando su estado de ánimo y su reacción ante el tema con Michael.

¿Qué podía decir? ¿Que se sentía más avergonzada por el hecho de no estar ofendida por lo que Ash había llevado a cabo que porque se hubiera vengado del hombre que le había pegado?

No quería ni pensar en qué clase de persona la convertía eso. O quizás simplemente la hacía humana. Odiaba a Michael por lo que había hecho. Detestaba que hubiera conseguido hacerla dudar de sí misma, de haber estado demasiado impresionada, avergonzada y asustada para presentar cargos contra él. También odiaba pensar que si hubiera hecho lo que debiera, Ash nunca se tendría que haber inmiscuido en este lío. Difícilmente podía culparlo cuando su propia inactividad había contribuido en todo este asunto.

—Tienes muchas cosas en la cabeza, nena —observó Ash al mismo tiempo que se paraban en el salón.

Ella se volvió hacia él e intentó regalarle una sonrisa tranquilizadora.

—Estoy bien, Ash. De verdad. No quiero que te preocupes por que esté molesta contigo. O enfadada. Estoy enfadada conmigo misma, pero no contigo.

Él alzó una ceja e intensificó su mirada.

—¿Y por qué narices estás enfadada contigo misma?

Josie suspiró y luego Ash le pasó un brazo alrededor de la cintura y tiró de ella hacia el sofá. Él se sentó y la colocó sobre su regazo, una posición a la que ella se estaba acostumbrando demasiado.

Le encantaba que no quisiera distancia entre ellos. Le encantaba que sintiera la necesidad de tocarla a menudo, que la quisiera cerca de él siempre que estuvieran hablando o discutiendo algún problema. Era reconfortante.

Era increíblemente difícil temer nada cuando estaba a su alrededor. Sabía que la protegería de cualquier cosa que pudiera hacerle daño de una forma u otra, tal y como lo había hecho con Michael.

—Josie —la animó—. Estoy esperando, nena.

—Si hubiera tenido el valor para hacer lo que se suponía que debería haber hecho, tú nunca te habrías tenido que arriesgar de la forma en que lo hiciste al ir tras Michael —dijo con el ceño fruncido, denotando tristeza.

Él le puso los dedos sobre los labios y la miró con fiereza. Parecía... enfadado.

—Eso son tonterías —soltó—. Le habría dado la paliza igualmente. Y mirándolo por otro lado, mi forma de encargarme de él es mucho más efectiva que si hubieras conseguido que lo detuvieran. Probablemente habría salido con una amonestación leve, y ni eso. Y si hubieras querido ahondar más en el tema, habría sido un infierno para ti. Todo eso sin contar con lo lejos que podría llegar él para convencerte de que no tomaras más medidas en su contra. De esta manera —mi manera— el tío está acojonado, y lo que es más, ahora sabe lo que se siente al recibir una paliza. No creo para nada que vuelva a ser un problema para ti. ¿Te dijo algo cuando lo viste hoy? No me lo has dicho.

Ella negó con la cabeza.

—No. Parecía... asustado.

El triunfo y la satisfacción se apoderaron de los ojos de Ash.

—Bien —expresó ferozmente—. ¿Así que no te dijo nada? ¿Te miró?

—Tropecé con él, o más bien él tropezó conmigo cuando estaba esperando fuera del lavabo de señoras a que Mia y Bethany salieran. Él salió del de caballeros y yo ahogué un grito cuando lo vi. Tenía un aspecto... ¡terrible!

—Bien —murmuró Ash de nuevo.

—Le pregunté qué le había pasado pero él no dijo ni una palabra. Actuó como si no pudiera separarse de mí todo lo rápido que quisiera.

Ash sonrió con suficiencia.

—Supongo que mi mensaje le quedó claro.

—Sí, supongo que sí —murmuró ella.

Él le pasó la mano por el pelo y luego le dio un beso en la sien.

—¿Aún te molesta?

—No —susurró—. Y creo que es precisamente eso lo que me molesta. Sé que no tiene sentido, pero me siento culpable. Me siento la persona más horrible del mundo por no sentirme mal por lo que le ha pasado.

Él la besó de nuevo, pero esta vez dejó los labios pegados contra su cabeza.

—Que no te sientas culpable porque ese imbécil haya recibido su merecido no te convierte en una mala persona. Es un cabrón, Josie. Piensa en que no solo no te volverá a hacer daño a ti, sino que no se lo hará a ninguna otra mujer. Arrestarlo no garantiza eso. Que yo le dé una paliza y lo amenace con arruinarlo si vuelve a ponerle la mano encima a otra mujer, sí.

Josie arrugó la nariz.

—Lo superaré. Se lo merecía. Casi desearía haber estado ahí para haberle podido dar bien en los huevos aunque sea una vez.

Ash se rio entre dientes.

—Yo ya le di más que suficiente, nena. No querría, nunca, que te vieras envuelta en esa clase de situación. Quiero que brilles, no que te vengas arrastrada por mí hasta las sombras.

—Que me cubras las espaldas no significa que estés en la sombra, Ash. Significa mucho que te hayas arriesgado tanto por mí.

—Puedes apostar que sí —dijo en un tono de voz bajo y serio—. Nunca lo dudes. Todo lo que necesites, todo lo que quieras, es tuyo. No tienes ni que pedirlo.

Ella se inclinó hacia delante para besarlo.

—En ese caso, hazme el amor, Ash. Eso es lo que de verdad necesito y lo que de verdad quiero en este momento.

—Y especialmente eso no me lo tienes ni que pedir —gruñó contra su boca.

Él se movió hacia arriba y la echó a ella hacia delante antes de levantarla y agarrarla entre sus brazos. Se la llevó al dormitorio y la dejó suavemente, casi con reverencia, en la cama.

—No sé qué es lo que tienes en mente esta noche, nena, pero lo que quiero darte es lo dulce. Ya has tenido el dolor. No quiero que pienses en dolor esta noche, no cuando acabas de ver al cabrón que te lo infligió. Así que hoy voy a darte lo dulce. Voy a hacerte el amor para que no solo sepas cómo me siento por ti, sino para que lo sientas también.

Dios, amaba a este hombre, y cada vez se le hacía más difícil no dejar que las palabras se le escaparan de los labios. Qué fácil sería decírselo, pero quería hacerlo en el momento adecuado. Ahora mismo no estaba segura de cuándo sería, pero no quería que pensara que solo eran palabras dichas por el calor del momento. Quería que supiera con total seguridad que las decía de corazón y que eran de verdad.

Ash se inclinó hacia delante y fundió su boca a la de ella con pasión. Sus lenguas se encontraron y se deslizaron sensualmente la una sobre la otra. Fuerte y luego suave. Era un beso pasional, húmedo, eléctrico.

Él quería demostrarle sus sentimientos, pero ella también quería hacerlo con él. Quería hacerle el amor, dejarle sentir lo mucho que significaba para ella.

Josie colocó las palmas de sus manos sobre los hombros de Ash y luego las deslizó hasta la parte posterior de su cuello. Lo atrajo más hacia ella para tener mejor acceso a su lengua y poder entrelazarlas sin descanso. Lo saboreó, pero quería más.

Bajó los dedos hasta su camisa y tiró de ella con impaciencia.

—Te quiero desnudo —se quejó.

Ash se rio entre dientes y el sonido vibró dentro de la boca de Josie.

—Yo también te quiero desnuda a ti. ¿Qué me dices si ambos solucionamos ese problemilla?

—El primero gana —lo retó con una enorme sonrisa en los labios.

—Oh, ni hablar —le contestó con una risa cuando ella rodó por la cama mientras se tiraba de la ropa—. Pequeña tramposilla.

Josie se rio a la vez que se quitaba la ropa y Ash empezaba a tirar de la suya. La lanzó a un lado y se quedó de pie junto a la cama con las palmas de las manos hacia arriba y sonriendo con suficiencia.

—Has tardado lo tuyo —lo provocó cuando este lanzó sus pantalones a un lado.

Él la atrajo hacia sí de un tirón y la encerró entre sus brazos. Josie aterrizó contra su cuerpo con un golpe.

—Si piensas que he tardado mucho, espera a ver lo que tardo en hacer que te corras —dijo Ash con una voz suave y sedosa.

—No lo harías —soltó ella en voz baja.

Él arqueó una ceja.

—¿Ah, no?

—Dijiste que no te gustaban los castigos —le señaló.

—¿Quién ha dicho que vaya a ser un castigo? No se me ocurre nada más placentero que tomarme mi tiempo provocándote y llevándote al límite, haciendo que te contengas hasta que finalmente grites mi nombre cuando te corras.

Josie gimió y se echó contra su pecho.

—Para. Me estás torturando, Ash. No importa cómo tú lo llames, esto claramente es un castigo.

—Bueno, ¿entonces qué me dices si hacemos un pequeño intercambio de roles?

Intrigada, alzó la mirada y ladeó la cabeza.

—Tú, encima. Llevando las riendas.

—Mmm… me gusta la idea. Tiene mérito, sí.

—Entonces a por ello, nena. Llévate a tu hombre a la cama y cabálgalo.

Poniéndose de puntillas para besarlo, Josie le rodeó el rostro con las manos y le dio un beso lleno de pasión y vigorosidad.

—Mmm… —le devolvió él imitando su anterior sonido de placer—. A mi preciosa y pequeña sumisa le gusta la idea de estar al mando por una noche.

A Josie le encantaron esas palabras que salieron de sus labios. Su preciosa y pequeña sumisa. De la forma en que lo había pronunciado, en su voz se podía percibir mucha ternura y afecto. Y ella sabía lo que él estaba haciendo, y lo amaba incluso más por ello. Estaba borrando de su mente los pensamientos sobre Michael. Sobre su relación con él. Y le estaba demostrando el hecho de que él nunca le devolvió nada de lo que ella le había dado.

Esta noche Ash le estaba dando el regalo más valioso que ella podría recibir nunca. Él mismo, su confianza y el cederle el control a ella.

Ash no era hombre de ceder nunca el control o su dominancia. Y no se engañaría a sí misma. Ella podría estar al mando, pero él sin duda manejaría la situación desde abajo. Porque sabía que él seguiría teniendo el control, y la controlaría aunque ella tuviera las riendas.

—Súbete a la cama —le dijo con voz ronca—. Bocarriba y con la cabeza en la almohada. Quiero que estés cómodo.

—Nena, tengo que decir que mientras estés encima de mí y yo bien dentro de ti, no importa dónde esté, estaré cómodo seguro.

Ella sonrió y le acarició el mentón antes de girarlo hacia la cama.

¿A quién estaba engañando? No tenía ni idea de cómo hacer esto. No tenía siquiera el deseo fuerte de ser la que estaba al mando. Pero era lo que él quería y lo que quería darle a ella, así que lo haría sin reserva alguna.

Ash hizo lo que le ordenó y se estiró sobre la cama. Su miembro salió disparado hacia arriba y se quedó descansando contra su ombligo mientras él yacía bocarriba. Estaba duro y completamente erecto, su cabeza era como una ciruela oscura y ya tenía líquido preseminal goteando de la hendidura.

Josie se subió a la cama entre sus piernas y lentamente se acercó a su cuerpo gateando. Agarró la cabeza de su sexo con la mano y la echó hacia atrás para poder lamer y jugar con sus testículos.

Ash gimió con suavidad y se retorció, reajustando su posición para que ella tuviera mejor acceso. Le recorrió el escroto con la lengua, succionándolo ligeramente con la boca antes de subir hasta llegar a la base de su miembro. Luego deslizó la lengua por toda la parte inferior del mismo y siguió la gruesa vena que lo recorría desde la base hasta la punta.

Cuando llegó hasta el glande, vaciló durante un breve instante y le rodeó la punta con la lengua. Luego se lo tragó entero de un solo movimiento. Sus caderas salieron disparadas hacia arriba, arqueándose e insertándose más adentro de su boca.

—Joder, Josie. Es increíble, nena. Esa boca tuya es puro pecado.

Ella sonrió.

—Me alegro de que le des el visto bueno.

Ash hundió una mano en su pelo y la retuvo en esa posición para que recibiera su envite. Sí, le había cedido el control, pero él seguía estando al mando de la situación.

Durante un buen rato, Josie lo chupó y lo lamió mientras disfrutaba de la forma en que se retorcía y se estremecía debajo de ella. Luego le apartó la cabeza con la mano aún fuertemente agarrada a su pelo.

—Nena, si te vas a subir, hazlo ya. Estoy cerca y no voy a durar mucho más. Quiero que te corras conmigo.

Ella levantó la cabeza y liberó su pelo del agarre al que Ash lo había tenido sometido. Luego le pasó una pierna por encima y se sentó a horcajadas sobre sus caderas. Se movió hacia delante hasta que su erección estuviera resguardada entre la unión de sus muslos.

Se inclinó hacia delante y le plantó ambas manos sobre el pecho para ayudarse a levantarse.

—Necesito tu ayuda —susurró—. Guíala hasta dentro, Ash.

Sus ojos brillaron con intensidad al tiempo que bajaba la mano y se agarraba la polla. La acarició entre los labios vaginales con la otra mano, estimulándole el clítoris mientras se colocaba adecuadamente. Cuando empujó la cabeza de su pene contra su abertura, ella se bajó y capturó su erección.

Ash liberó sus manos y enseguida las colocó sobre sus caderas, anclándola a él mientras ella se deslizaba por su miembro hasta envolverlo por completo.

Con un suspiro de felicidad, Josie lo acogió entero. La sensación de plenitud era abrumadora. Incluso más que cuando se la folló con el dildo enterrado en el trasero. Se sentía increíblemente pequeña y estrecha, y a él lo sentía enormemente grande dentro de su ser.

Cada movimiento le enviaba una punzada de increíble placer hasta su abdomen. Josie se alzó y gimió cuando comenzó a deslizarse tal y como lo había hecho antes.

—Dios —soltó Ash—. Estás tan estrecha. Estás abrazada a mí con tanta fuerza que tu coño parece un puño, nena. Nunca he sentido nada igual.

Josie echó más peso sobre sus manos y se hincó en su pecho con más fuerza. A él no pareció importarle ni lo más mínimo. Observó sus ojos, cómo se inundaban de deseo y de placer, cómo los ponía en blanco y cómo se dilataban las pupilas cada vez que lo acogía entero dentro de su cuerpo.

La mandíbula la tenía apretada, como si sus dientes estuvieran mordiendo con mucha fuerza. Se podían ver arrugas de tensión alrededor de sus ojos y en la frente, cubierta por una ligera capa de sudor. Era el hombre más guapo que hubiera visto nunca. Y era todo suyo.

—Mándame, nena —dijo—. Dime lo que necesitas para llegar y lleguemos juntos.

—Tócame —susurró—. Los pechos y el clítoris.

Él sonrió con esos preciosos ojos suyos ardiendo de pasión. Llevó una mano hasta uno de sus pechos y luego deslizó la otra entre sus cuerpos para acariciarla de forma íntima. Josie cerró los ojos, echó la cabeza hacia atrás y esperó un momento antes de continuar moviéndose para alcanzarlo a él.

Cuando los latigazos de su orgasmo comenzaron, fuertes e intensos, ella empezó a moverse de nuevo. Se levantaba y luego se volvía a deslizar hasta abajo. Rotaba sus caderas, rebotando el trasero contra su ingle. Ash no apartó las manos de su cuerpo. Siguió acariciándole los senos, alternándose entre ellos. Le tocó el clítoris con firmeza, con presión suficiente, pero al mismo tiempo con suavidad.

—Ya casi estoy —jadeó ella—. ¿Y tú?

—También —soltó—. No pares, nena. Hagas lo que hagas, no pares ahora.

Ella se volvió loca encima de él. Echó la cabeza hacia atrás, de manera que el pelo le cubría toda la espalda, y abrió la boca para soltar un grito silencioso que al final encontró voz. Las manos de Ash parecían estar en todos sitios, y su miembro se hundía hasta el fondo dentro de su cuerpo.

Su orgasmo creció más y más, sin control, haciéndola volar como si estuviera con un paracaídas. Y aun así la presión aumentó, y el alivio no llegaba.

Ash arqueó sus caderas para encontrarse con ella desde abajo. Se humedeció a su alrededor, pero luego se dio cuenta de que era él, que ya se estaba corriendo y su semen la estaba inundando. Sonidos húmedos de succión llenaron sus oídos; algo de lo más erótico. El olor a sexo, agrio y almizclado, se filtró a través de su nariz.

Ash le pellizcó el pezón con sus dedos pulgar e índice, lo que le provocó el placer suficiente como para por fin llegar al clímax. Fue una caída libre como ninguna otra que hubiera experimentado. Poderosa. Explosiva. Dolorosa y al mismo tiempo tan increíblemente buena que todo lo que pudo hacer fue sentir.

Le clavó las uñas en el pecho, sabiendo que le arañaría la piel. Llevaría sus marcas durante días, tal y como ella llevaba sus marcas de posesión. En ese momento donde todo era salvaje se sintió extasiada de felicidad por ellas. Por la idea de que él era suyo. De que esta era la prueba de que lo poseía. Joder, ella podría haberse sometido a él, pero él era tan suyo como ella era suya.

Josie se derrumbó hacia delante, sus brazos ya no eran capaces de soportar todo el peso de su cuerpo. Ash la pegó firmemente contra él, abrazándola mientras le susurraba al oído. No tenía ni idea de lo que le estaba diciendo. El pitido que tenía en los oídos no dejaba que lo escuchara. Su sangre palpitaba. Sentía su cuerpo hormiguear de la cabeza a los pies. Se sentía como si un rayo la acabara de atravesar y todas sus terminaciones nerviosas se hubieran colapsado.

Entonces se percató de otro pulso que no era el suyo; los reconfortantes latidos del corazón de Ash contra su mejilla. Ella suspiró, acurrucándose mucho más entre sus brazos. Él la abrazó con más firmeza, sosteniéndola contra él mientras ambos luchaban por recuperar el aliento.

—¿Te estoy aplastando? —le preguntó débilmente.

—No, cariño. No quiero que te muevas. Quédate justo aquí conmigo. Tal cual. Me voy a quedar dentro de ti tanto como pueda. Nos ducharemos por la mañana.

Ella sonrió al mismo tiempo que él le acariciaba el pelo con la mano. Nada era mejor que estar aquí, ahora, tumbada encima de su hombre tras haberlo cabalgado con fuerza y dedicación. ¿Y que se quedara en su interior tanto como pudiera arreglárselas? Claramente, una muy buena forma de irse a dormir. ¿Qué podría ser mejor?

Nada la podría tocar aquí. Ni el mundo exterior. Ni familias locas. Ni examantes abusivos. Ni siquiera el miedo a que Ash fuera arrestado por haberse tomado la justicia por su propia mano contra el hombre que le había hecho daño.

Aquí solo estaban ella y Ash.

«Te quiero.»

Las palabras permanecieron encerradas dentro de ella, pero sabía sin ninguna duda que pronto encontrarían la forma de salir a la superficie. ¿A quién le importaba que fuera demasiado pronto? Cuando llegara el momento, se las diría.

Capítulo veintidós

$\mathcal{A}$l día siguiente, Ash mandó a su chófer a recoger a Josie al apartamento. Iba a almorzar con él y con Brittany en el hotel Bentley donde Brittany ahora trabajaba. Al haber conocido a sus amigos la noche anterior, ahora ya no estaba nerviosa por conocer a su hermana, aunque tenía que admitir que sentía bastante curiosidad por la otra mujer.

Ash le había contado que hasta hacía poco Brittany había jugado el papel de hija cabrona obediente, poniéndose del lado de su familia a la hora de mostrar su desdén y desprecio contra él. Pero que había acudido a él al borde de las lágrimas porque quería huir de ellos.

Había que ser fuerte para enfrentarse a esa clase de familia —y madre— que Ash describía. Especialmente después de treinta años y de un matrimonio que su madre le había obligado a contraer.

Ash estaba esperando fuera cuando el coche llegó. Le abrió la puerta y le extendió la mano para ayudar a Josie a salir del vehículo. Deslizó un brazo alrededor de su cintura y la mantuvo bien apretada contra su costado mientras entraban en el restaurante.

Los guiaron hasta la misma mesa donde ella y Ash habían comido esa primera noche, y una mujer ya estaba sentada en ella. Josie se fijó en todos los detalles desde la distancia para no quedársela mirando fijamente una vez llegaran a la mesa.

Se veía claramente el parecido. Brittany tenía el mismo pelo rubio con diferentes tonalidades que Ash. También tenía los mismos ojos verdes que Ash y la forma de sus rostros era muy similar.

Cuando se acercaron, Brittany levantó la mirada y una

sonrisa amplia y amable se dibujó en sus labios. Josie juraría que vio alivio en la expresión de la otra mujer. A lo mejor había estado preocupada por que Ash no viniera.

Y cuando sonrió, Josie pudo ver lo increíblemente guapa que era. Aunque bueno, Ash era un hombre guapo. Brittany parecía más su equivalente femenino. No tenía los rasgos fuertes de él, y le faltaba la mirada intensa que Ash llevaba siempre, su expresión, la forma en que se movía.

A pesar de lo malos o locos que fueran sus padres, estaba claro que les habían dado los genes de la belleza.

Brittany se puso de pie, pero se quedó quieta, como si estuviera esperando a ver cómo la saludaba Ash. Su hermano rodeó la mesa y envolvió a su hermana en un gran abrazo. La besó en la mejilla y luego la cogió de la mano antes de darle un firme y cálido apretón. La reacción de Brittany fue dulce. Se quedó mirando a Ash tal y como la mayoría de las hermanas miraban a sus hermanos mayores cuando habían hecho algo increíble y amable por sus hermanas pequeñas. Lo miraba como si le hubiera regalado la luna.

—Britt, te presento a Josie. Josie, esta es mi hermana, Brittany.

—Hola, Josie —dijo Brittany con una voz refinada que gritaba dinero y alta sociedad.

Pero no había pretensión en ella. Cogió la mano de Josie con amabilidad y luego, para sorpresa de Josie, la abrazó y la besó en la mejilla.

—Hola, Brittany. Me alegro mucho de conocerte por fin. Ash me ha hablado mucho de ti.

Al decirle eso, su emoción pareció disminuir, y sus ojos se nublaron de preocupación.

—Todo bueno —se apresuró a añadir Josie, lamentando haber metido la pata ya—. Me contó que te está yendo muy bien aquí en el trabajo. Alardeó de ti diciendo que terminarías dirigiendo todo el hotel antes de que nos diéramos cuenta.

Brittany sonrió y se relajó. Ash guio a ambas mujeres a sus asientos y luego le hizo un gesto al camarero.

—Estoy disfrutando mucho —dijo Brittany una vez el camarero hubo anotado sus bebidas—. Es genial ser… útil. Estoy recordando lo lista que soy. Me ha llevado bastante porque, desafortunadamente, me acostumbré a ser estúpida con el paso de los años.

Ash sacudió la cabeza.

—No seas tan dura contigo misma, Brit. Poco a poco. Roma no se construyó en un día.

Josie se rio al escuchar el antiguo dicho.

—Tiene razón. Yo también he cometido algunos errores estúpidos, pero ya he dejado de torturarme por ellos.

Ash le dio un apretón a su mano por debajo de la mesa, pero luego la sorprendió levantándola por encima de la mesa y llevándosela hasta la boca para depositar un beso en su palma.

—Me alegro de escuchar eso, nena. Ya era hora.

Brittany miró inquisitivamente a Ash y a Josie y luego abrió los ojos como platos antes de que una enorme sonrisa iluminara su rostro entero.

Josie supuso que era bastante evidente que ella y Ash parecían ser algo más que una simple cita. Ash había dejado claro que Josie era alguien importante para él. ¿Por qué si no iba a traerla para almorzar con su hermana?

—¿Te está dando la lata mamá, Brit? —preguntó Ash.

Brittany hizo una mueca y luego le dio un largo sorbo al vino que el camarero había servido.

—Vino esa vez que te comenté. Después de eso, recurrió a llamarme todos los días. Yo ignoro las llamadas y dejo que se desvíen al buzón de voz. Me llamó al trabajo una vez, y le paré los pies. No me ha dicho nada desde entonces.

Ash asintió con aprobación.

—Bien. Poco a poco. Tarde o temprano se dará cuenta de que no puede volver a manipularte y se buscará otro objetivo.

—¿Como hizo contigo? —señaló Brittany con un resoplido.

—Bueno, a lo mejor no —comentó Ash con arrepentimiento—. Pero tú encontrarás la forma de manejarla y cuando pase un tiempo ya no te molestará tanto como antes.

—Te envidio —dijo Brittany—. Sé que ya te lo he dicho, pero daría lo que fuera por tener la misma confianza que tú tienes en ti.

El tono melancólico de su voz hizo que Josie se compadeciera de ella, pero se quedó callada porque no quería interrumpir su conversación.

El camarero volvió y tomó nota de la comanda. Luego Ash se recostó y alargó la mano hacia Josie. Ella se deslizó junto a él hasta pegar una silla con la otra, y él le pasó el brazo por encima del hombro mientras continuaba su conversación con Brittany.

—¿Cuánto tiempo lleváis saliendo? —preguntó Brittany.

Josie se puso tensa, su boca parecía incapaz de funcionar. ¿Qué podía decir? No estaban saliendo. Difícilmente se podría llamar así a lo que estaban haciendo. Esa etapa se la habían saltado. Y, sin saber por qué, decir que estaban saliendo sonaba muy... soso. No definía para nada la intensidad que existía en su relación.

—Josie y yo llevamos juntos un tiempo —dijo Ash con facilidad.

—Oh, eso es bueno. Se os ve muy bien juntos. Cuéntame más de ti, Josie. ¿En qué trabajas?

Aparentemente, Ash no le había hablado de Josie a Brittany. Josie se relamió los labios sintiéndose de repente cohibida ante su hermana. A pesar de la claridad con la que Ash le hubiera explicado todas las dificultades que Brittany había tenido que soportar en su vida, la mujer seguía viniendo de una familia de dinero. De un mundo al que Josie no pertenecía. Ella había tenido un marido y familia ricos. Dios, su hermano Ash tenía más dinero que todos juntos.

—Soy artista —dijo Josie con voz ronca—. También diseño joyas, pero mayormente pinto.

Brittany abrió los ojos como platos, pero Josie no estaba segura de si era de sorpresa, de juicio o qué. Los pelos de la nuca se le erizaron y sintió inmediatamente cómo se ponía a la defensiva.

—Me gustaría ver tus cuadros algún día —dijo Brittany.

—Estoy seguro de que eso se puede arreglar —dijo Ash—. Ahora mismo está ocupada trabajando en algo para mí, y tiene a un cliente que le compra todo lo que pinta, así que está bastante centrada en eso ahora mismo.

—¡Parece irte muy bien! —exclamó Brittany con entusiasmo.

Josie agachó la cabeza.

—Bueno, sí, supongo que sí. Es algo bastante reciente, así que aún me cuesta pensar en mí de esa forma. Alguien entró en la galería donde exponía mis cuadros y los compró todos además de pedir más. No tengo ni idea de lo que estará haciendo con ellos. No he oído nada de que estén haciendo una exposición privada. A lo mejor es para una colección privada que no verá nadie nunca.

—Aun así, debes estar loca de contenta. Me encantaría ser así de independiente —comentó Brittany con tristeza.

—Estoy contenta —dijo Josie—. Significa mucho para mí poder mantenerme sobre mis dos pies yo sola, sin nadie que me ayude.

Brittany asintió; sus ojos brillaban con comprensión.

Ash se tensó a su lado y sus labios formaron una línea firme. ¿Había dicho algo que lo hubiera molestado? Seguramente no podía culparla por gustarle poder mantenerse ella sola. Eso no interfería en su relación con él en nada. Pero le daba la confianza necesaria para permanecer con él como su sumisa, porque sabía que no era por obligación. No tenía que depender de él económicamente. Y eso era importante. Le daba mucho más poder de elegir estar con él que simplemente no tener otra opción.

Su comida vino, y eso rompió el tema actual de conversación. Durante un rato, se dedicaron solamente a comer y el silencio se instaló en la mesa.

Brittany alzó la mirada y abrió la boca para, obviamente, decir algo. Pero luego sus ojos destellaron y cerró la boca de golpe.

—Mierda —murmuró.

Ash frunció el ceño y comenzó a darse la vuelta para mirar a lo que Brittany estaba mirando, pero antes de poder llegar a concluir la acción, una mujer andando con pasos largos apareció de la nada junto a la mesa entre Ash y Brittany.

Sin que nadie tuviera que decirle nada, Josie supuso que la mujer tenía que ser su madre. También se veía claro que era a ella a quien habían salido los hijos físicamente. Tenía el pelo largo y rubio, seguramente teñido para cubrir las canas, ya que Josie no pudo detectar ninguna muestra de su verdadera edad, al menos no mirando únicamente esa melena de cabello sano y brillante.

De hecho, no tenía ni una sola arruga cubriéndole el rostro. No había indicio ninguno de su edad. Su piel era suave y no tenía manchas. Sus uñas tenían hecha una manicura perfecta, y de sus dedos y muñecas colgaban joyas caras.

—Joder —murmuró Ash.

Su madre le envió una mirada asesina que hubiera matado a cualquier otro hombre.

—Vigila esa lengua —espetó—. No hay razón para ser vulgar.

—¿Qué narices estás haciendo aquí? En mi hotel —soltó él con mordacidad.

El hincapié que hizo en aclarar que era su hotel no le pasó desapercibido ni a Josie ni a su madre.

Sus ojos destellaron de ira y atravesó a Ash con la mirada. Luego giró su mirada hacia Brittany. Josie solo se alegraba de que por ahora la mujer la estuviera ignorando.

—¿Cuándo vas a dejar de jugar a este estúpido juego? —exigió.

El color comenzó a florecer en las mejillas de Brittany. A pesar de lo que hubiera dicho sobre haber manejado a su madre antes, era evidente que aún no era una digna rival para ella.

—Y tú —dijo abordando a Ash y señalándolo con un dedo de modo acusatorio—. Sé lo que estás haciendo y no va a funcionar.

Su voz sonó como el hielo, y la frialdad en sus palabras hizo que a Josie le entrara un escalofrío. Estos eran sus hijos y aun así los trataba como si fueran personas a las que odiara.

—¿Y qué es eso que estoy haciendo? Por favor, dímelo —replicó Ash arrastrando las palabras.

No había movido el brazo de Josie, pero sí que se había tensado alrededor de sus hombros. Josie podía sentir cómo sus dedos se le hincaban en el brazo, pero no hizo nada para remediarlo. Dudaba de que él siquiera supiera lo fuerte que la tenía agarrada. Era el único indicio de que la visita inesperada de su madre lo afectaba.

Por mucho que dijera de su madre, aún le dolía que fuera tan... maliciosa.

Su madre entrecerró los ojos; destilaba ira por esos iris verdes que compartía con sus hijos.

—Usar a Brittany para vengarte de mí por cualquier menosprecio que te hayas imaginado de mí. De verdad, Ash. ¿Ponerla a trabajar en un hotel? ¿Cuán vulgar y común es eso? ¿Te estás riendo a gusto viéndola trabajar? ¿Te hace feliz saber lo que eso me hace sentir a mí?

Ash salió disparado hacia delante con una expresión seria en el rostro y los ojos brillando de indignación. Brittany le dedicó una mirada preocupada a Josie, pero al menos no reflejaba dolor. No se había creído la acusación de su madre. Josie le devolvió una mirada de compasión y apoyo para hacerle saber que ella tampoco se tragaba aquello.

—Me importa una mierda cómo te haga sentir —dijo Ash rechinando los dientes—. Todo lo que me preocupa es cómo se sienta Brittany. Pero no me tomes la palabra, querida madre. Pregúntale a ella tú misma. Pregúntale si se siente como si estuviera burlándome de ella al haberle dado un trabajo de verdad donde se gana un salario de verdad por hacer un trabajo de verdad.

Su madre no desvió su atención hacia Brittany en ningún momento, pero Brittany igualmente habló con una voz neutra y sincera.

—Yo le pedí un trabajo. Él me dio lo que yo le pedí. Ahora vete, madre, por favor. Estás montando un espectáculo, y eso es algo que siempre has odiado.

Salieron chispas de los ojos de la mujer más adulta y Josie se sorprendió de que no estuviera echando humo por las orejas. Y entonces su mirada recayó sobre Josie, casi como si estuviera buscando una víctima nueva. Josie se removió incómoda bajo su escrutinio pero rehusó reaccionar. Mantuvo la expresión serena y calmada.

—¿Esta es tu última puta, Ash? ¿Cómo te atreves a traer a mi hija a almorzar contigo y con tu última furcia?

Brittany ahogó un grito y se puso roja como un tomate. El pavor se reflejó en sus ojos mientras miraba a Ash fijamente.

Ash se levantó y el repiqueteo de la silla al arrastrarla se oyó con estrépito. Luego les hizo un gesto a los guardias de seguridad que ya estaban merodeando por fuera del restaurante.

—Escoltadla hasta fuera —dijo con un tono frígido—. Y, además, tiene terminantemente prohibido volver a entrar en las instalaciones de cualquiera de mis propiedades. Echadle una foto y distribuidla junto con su nombre. La persona que la deje volver a entrar será despedida inmediatamente.

El rostro de su madre empalideció de la sorpresa. Luego el color rojo la invadió y la vergüenza se apoderó de ella. Miró a la derecha y luego a la izquierda, conmocionada cuando vio a un guardia de seguridad a cada lado.

—Fuera —dijo Ash pronunciando cada letra—. Mantente alejada de Brittany y mantente alejada de mí. Y, por tu bien, también de Josie. Ella será mi esposa y la madre de mis hijos. No permitiré que se le falte el respeto. Nunca. Ahora apártate de una vez de mi vista. Y diles a mi querido padre y al abuelo que Brittany y yo no queremos saber nada. No tenemos ningún deseo de formar parte de esta familia.

—Ash, espera —suplicó su madre—. Tengo que hablar contigo. Por favor. Siempre dejo que mi genio saque lo mejor de mí, pero hoy vine para hablar contigo. Ni siquiera sabía que Brittany estaría aquí. Me pilló desprevenida. Pero tengo que hablar contigo sobre algo.

—No me importa una mierda —dijo Ash con frialdad—. No tengo ningún interés en escuchar lo que tengas que decir.

Josie se quedó ahí sentada, atónita ante lo que Ash acababa de decir. ¿Su mujer? ¿La madre de sus hijos? Santo dios, ¡eso era dar un paso gigantesco! Se conocían de muy poco tiempo. No le había dicho nada de matrimonio ni bebés. No es que ella tuviera nada en contra de todo eso, pero ¿no debería al menos habérselo mencionado a ella antes de soltar la bomba en un restaurante lleno de gente?

Su madre se relamió los labios mientras los guardias de seguridad se acercaban peligrosamente.

—Tengo que hablar contigo, Ash. Es importante. Es sobre el abuelo.

—No me vas a manipular como manipulas a todos los demás en tu vida. No tengo ningún interés en ti ni en el viejo. Mira a tu alrededor, madre. No te necesito. No lo necesito a él.

He conseguido todo este éxito sin ninguno de vosotros. Y a lo mejor esa es la principal razón por la que me desprecias tanto.

Ella se puso pálida, pero la ira resplandeció en sus ojos. A Josie le dolía el corazón por Ash. A pesar de lo mucho que se hubiera insensibilizado con su familia, ¡esta era su madre! Todo el mundo necesitaba a una madre. No se imaginaba cómo tendría que hacerle sentir saber que su propia madre lo despreciaba.

Josie levantó la mano sin saber si debía hacerlo o no y enroscó sus dedos alrededor de la mano de Ash antes de ponerse de pie junto a él. Pero él se movió, así que no es que estuviera exactamente a su lado, si no detrás de él, arrimada contra su costado. La estaba protegiendo del mal juicio y del veneno de su madre incluso ahora. Josie solo quería que supiera que estaba aquí, con él. A su lado. Siempre. Puede que él fuera muy protector con ella, pero ella también lo protegería a él de todo lo que pudiera.

—Acompañadla hasta fuera —le dijo Ash a los dos guardias de seguridad.

—Sé salir yo solita —replicó exacerbada, apartando la mano de uno de los guardias.

—No me cabe ninguna duda. Pero dejar que te vayas sola me privaría del placer de hacer que te echen —soltó Ash.

Asintió en dirección a los dos guardias de seguridad y ellos agarraron a su madre por los brazos, uno a cada lado, y comenzaron a alejarla de allí.

Sus alaridos de indignación llenaron el ambiente. Josie se encogió de vergüenza porque todos los ojos en el restaurante estaban puestos en ellos. Incluso había visto unos cuantos flashes de cámaras. No tenía ninguna duda de que el incidente de hoy aparecería por toda la prensa amarilla. Ash era uno de los hombres más ricos de la ciudad. Venía de una familia de dinero, de gente con contactos en la alta sociedad. Su abuelo era una figura bien conocida en la política, así que no cabía ninguna duda de que los periódicos se matarían entre ellos para informar del distanciamiento entre Ash y su madre.

¿Y si Michael lo veía? ¿Intentaría causarle problemas una vez supiera quién era Ash en realidad?

Más flashes, esta vez mucho más cerca. Josie se encogió y se apartó al mismo tiempo que se cubría la cabeza con una mano. Ash la escondió más detrás de él y movió la mano con rapidez en dirección a las personas que estaban tomando fotos. En cuestión de un momento, más guardias de seguridad aparecieron y pararon con efectividad la espontánea sesión de fotos.

Josie se hundió en su silla. Brittany parecía estar completamente conmocionada. Estaba pálida y parecía avergonzada mientras se combaba contra el respaldo de su silla. A Josie se le rompió el corazón de solo mirarla.

—Voy a tener una noche de chicas el miércoles por la noche —dijo Josie como si nada—. Deberías venir también. Será divertido.

Brittany parpadeó, sorprendida, y se la quedó mirando fijamente.

Junto a Josie, Ash había vuelto a tomar asiento en la mesa. Luego entrelazó sus dedos con los de ella y le dio un leve apretón mientras esta emitía su invitación. Ella le echó una mirada a Ash y vio aprobación —y aprecio— reflejados en sus ojos. Josie le sonrió alentadoramente, como si dijera que todo iba a ir bien.

—No sé —comenzó Brittany.

—Deberías ir, Britt. Josie va a salir con Mia y Bethany y las chicas. Ya has conocido a Bethany. Son buenas chicas. Te gustarán. No hay mejores mujeres que ellas en ningún otro sitio —dijo Ash.

Las mejillas de Brittany se volvieron de color rosa pero la felicidad estalló en sus ojos.

—Me encantaría, Josie. Gracias. Dime dónde y cuándo.

Josie levantó la mirada hasta Ash porque no sabía ni el dónde ni el cuándo. Solo que iba a salir el miércoles por la noche y que tanto ella como Ash iban a ir a comprar un vestido y unos zapatos tras el almuerzo con Brittany.

—Mandaré un coche para que te recoja —prometió Ash—. Pero te lo advierto, estas mujeres se toman sus salidas muy en serio. Necesitarás un vestido sexi y unos tacones de esos para morirse. Ese es el código de vestimenta, o eso me han informado.

Brittany se rio.

—Bueno, tengo muchos de esos. Gracias a Dios que podré

seguir usándolos. Le eché un ojo a mi armario el otro día y pensé que ya no necesitaría ponérmelos nunca más.

Ash sonrió a su hermana.

—Estate lista para las siete. Le toca a Jace hacer de chófer así que estará libre. Le diré que te recoja y te lleve de vuelta a casa cuando acabéis.

Sus ojos brillaron de emoción. En ese momento, Josie se alegró de haberla invitado de esa forma tan impulsiva.

—Gracias por invitarme, Josie. ¡Suena divertido!

Josie sonrió cariñosamente a la hermana de Ash y luego estiró el brazo por encima de la mesa para darle un ligero apretón a su mano.

—Las mujeres nos tenemos que apoyar las unas a las otras, ¿no es así?

Brittany le devolvió la sonrisa.

—Sí. Y con hombres como Ash revoloteando por alrededor, es incluso más importante no dejar que nos caiga un rapapolvo encima.

—Eh —se defendió Ash.

Josie le dio un codazo en el pecho y él fingió doblarse hacia delante debido al dolor.

—Terminemos de comer. No voy a dejar que esa bruja nos fastidie el almuerzo —proclamó Ash—. Tienes que volver al trabajo, Britt, y Josie y yo tenemos que hacer unas compras.

Brittany puso los ojos en blanco.

—¿De compras? ¿Tú?

Ash la atravesó con la mirada.

—Para algunas cosas sí que merece la pena ir de compras. Como las que vamos a ir a comprar hoy.

El rostro de Josie se encendió y ella le dio un codazo de verdad.

Brittany se rio y Ash sonrió. Josie se relajó. El momento incómodo había acabado y Ash y Brittany no habían dejado que eso arruinara su día.

Quince minutos más tarde, Ash guio a Josie hasta el coche y se dirigieron hacia las tiendas a las que Ash la quería llevar.

La pegó contra él rodeando sus hombros con su brazo. La besó en la sien y dejó los labios pegados contra su piel durante un rato.

—Ha significado mucho para mí que invitaras a Britt a tu noche de chicas —dijo Ash en voz baja—. Fue muy amable por tu parte, nena. No lo olvidaré.

Josie sonrió y luego volvió a ponerse seria.

—No crees que a Mia y a Bethany les importe, ¿verdad? No pensé siquiera en preguntarles a ellas antes.

Ash negó con la cabeza y se alejó de su sien.

—No, son las mejores. No les molestará para nada. Especialmente si le doy la lata a Mia sobre Britt. Has sido muy amable, nena. No tenías por qué hacerlo, pero me alegro de que hayas incluido a Britt en tus planes con las chicas. Necesita eso. Necesita buenas amigas.

—Yo he estado más que encantada de hacerlo —mencionó Josie suavemente—. Todo el mundo necesita amigos. Y Brittany probablemente más que la mayoría. Se la veía muy triste y avergonzada cuando tu madre apareció.

El rostro de Ash se ensombreció y él se tensó a su lado.

—Perdona por eso. Siento que haya arruinado el almuerzo.

Josie sacudió la cabeza.

—No lo ha arruinado, cariño. Tú y Brittany no la dejasteis. No conozco a la mujer. No me importa lo que piense de mí ni que crea que no soy lo bastante buena para ti.

Él se puso tenso y se quedó completamente quieto con los ojos echando chispas frente a su rostro.

—Me has llamado «cariño».

Ella se ruborizó y apartó la mirada.

—Lo siento. Seguro que ha sonado estúpido.

Ash la agarró por la cabeza no con mucha suavidad y la obligó a volverlo a mirar a los ojos.

—Me ha gustado. Me ha gustado mucho. Nunca me has llamado nada más que Ash.

—¿Sí?

Él asintió.

—Sí. Me importa un comino lo que a otros hombres les guste o lo que piense nadie porque me llames con un apelativo cariñoso. Me gusta. Me hace sentir como que significo algo para ti, así que sí, me gusta mucho.

Josie sonrió.

—Entonces está bien, cariño. Lo recordaré.

Él la besó con fuerza y pasión hasta dejarla sin aliento. Su lengua entró en su boca y deambuló por su cavidad con una sensual familiaridad. Cuando por fin se separó, sus ojos estaban inundados de deseo. Le acarició la mejilla con una mano y se la quedó mirando fijamente.

—Tampoco me importa una mierda lo que mi madre piense de ti, nena, siempre y cuando tú sepas que eso de que no eres lo suficientemente buena para mí es una gilipollez. No quiero que pienses eso ni por un instante. No tienes ni que planteártelo. Eres increíblemente perfecta para mí, así que recuerda eso siempre.

Ella sonrió de nuevo y se inclinó hacia delante para besarlo y poder saborear su dulce boca contra la de ella.

—Lo haré.

Capítulo veintitrés

$\mathcal{T}$ras haber oído de Ash todos los detalles de las anteriores noches de chicas, Josie estaba decidida a asegurarse de que él la disfrutara tanto como Gabe y Jace lo habían hecho en todas las ocasiones previas. Lo cual significaba que no le dejaría ver el vestido, ni los zapatos. Ni, bueno, nada de nada.

Él protestó ante la idea de dejarla vestirse en casa de Mia. Había querido un pequeño adelanto de lo que vendría por la noche, pero Josie le dijo con una voz firme que el efecto no sería el mismo si la viera de antemano.

Oh, por supuesto que había visto el vestido. Incluso había visto los zapatos. Al fin y al cabo había ido con ella a comprarlos, y le llevó veinte minutos convencerla de que se los comprara porque, Dios, ¡eran ridículamente caros! Estaba claro que se había equivocado completamente de trabajo, porque solo ese par de zapatos costaba tres veces más de lo que ella ganaba al vender un solo cuadro. Sin embargo, Ash no la había visto con el vestido puesto ni tampoco maquillada para esta noche. Puso en una bolsa el maquillaje, el vestido y los zapatos, convencida de que se peinaría y arreglaría en casa de Mia.

Ash no estaba muy contento con esa decisión, pero la vio entrar en el coche y le dio instrucciones al chófer para que la llevara al apartamento de lujo que tenían Mia y Gabe en Midtown. Ella se despidió con la mano descaradamente con la promesa de volver a verlo mucho más tarde.

Cuando llegó al edificio donde vivía Mia, se encontró, para su sorpresa, que tanto Bethany como la misma Mia la estaban esperando en el vestíbulo. Bethany cogió una de las bolsas de Josie mientras Mia las guiaba hasta el ascensor. Cuando llegaron hasta la última planta, el ascensor se abrió y dejó a la vista un espacioso apartamento con preciosas vistas a la ciudad desde las ventanas del salón.

Gabe las recibió en el salón y Josie retrocedió, un poco recelosa de él. Tenía un aspecto tan… formidable. No es que pensara que fuera a hacerle daño —ni a Mia tampoco—, pero era un tío bastante callado e intimidante. Y ella solo había estado con él una vez, así que todavía no había llegado a alcanzar un nivel mínimo de confianza con él.

Gabe pegó a Mia contra su cuerpo y le plantó un beso abrasador en la boca que hizo que Josie se estremeciera. Bethany simplemente sonrió y miró a Josie con un deje burlón en sus ojos.

—Os dejaré a lo vuestro —dijo Gabe—. El coche y el chófer os están esperando en la entrada. Solo llamad abajo y avisad al portero cuando estéis listas. Jace irá a la discoteca un poco más tarde y se asegurará de que todas lleguéis a casa luego. Yo iré al apartamento de Ash para cenar con él.

Mia le confirió una sonrisa devastadora a su marido, una que se ganó una mirada seductora por parte de Gabe que le hizo ver a Josie que él estaba deseando que llegara esta noche.

—Si necesitas algo —dijo Gabe mientras le levantaba la barbilla a Mia con la punta de los dedos—, llámame. Tendré el móvil conmigo en todo momento. Si tenéis algún problema, el que sea, me llamas.

Mia puso los ojos en blanco.

—Sabes que lo haré, Gabe. Además, Jace estará allí, por no mencionar a Brandon y todos sus amigos gorilas. Siempre nos vigilan de cerca cuando estamos allí.

Josie no tardó mucho en perderse con la conversación.

—Brandon es el novio de nuestra amiga Caroline. O mejor dicho, prometido, ya que se lo ha pedido recientemente. Eso es lo que celebraremos esta noche —susurró Bethany—. Trabaja en Vibe como segurata y siempre cuida de nosotras cuando estamos allí emborrachándonos.

Josie asintió.

Gabe besó a Mia una última vez y luego asintió en dirección a Bethany y a Josie.

—Pasadlo bien, chicas, pero tened cuidado, ¿de acuerdo?

Permaneced juntas en la discoteca. No dejéis las bebidas sin supervisión y si alguna de vosotras va al baño, id acompañadas.

—¡Gabe! —exclamó Mia con irritación—. Por el amor de Dios, no somos adolescentes. ¡Ya podemos cuidar de nosotras solitas!

Gabe, que se rio entre dientes, tuvo la elegancia de parecer avergonzado y luego se dirigió al ascensor.

Las mujeres apenas tuvieron tiempo de encaminarse hasta el enorme cuarto de baño antes de que el teléfono móvil de Mia sonara. Esta soltó un suspiro pesaroso cuando vio de quién se trataba.

—Por Dios santo, no se ha ido todavía y ya me está llamando.

Bethany rio tontamente y tanto ella como Josie esperaron a que Mia respondiera la llamada. Dijo «de acuerdo» y luego «yo también te quiero», aunque su voz se suavizó cuando dijo esto último.

Mia soltó el teléfono en el mueble y levantó la mirada para mirar a Josie y a Bethany.

—Gabe se ha encontrado con Brittany abajo, así que la ha enviado para arriba en el ascensor. Iré a buscarla. Bethany, empieza con el pelo de Josie. Tendrá que ponerse el vestido antes de que pasemos al maquillaje o se manchará el vestido con la base.

—Lo tenemos controlado —dijo Bethany haciendo un gesto con las manos para que se fuera—. Ve a por Brittany para que podamos comenzar la noche.

Una hora más tarde, las cuatro chicas bajaron en el ascensor hasta el vestíbulo y salieron, con Mia liderando el grupo. Fuera, tal y como Gabe les había prometido, un conductor las estaba esperando para guiarlas hasta dentro de la limusina.

Cuando todas estuvieron bien sentadas, Mia sacó una botella fría de champán de la cubitera y sirvió cuatro copas.

—Caro no viene con nosotras; nos verá allí directamente. Sin embargo, eso no quita para que hagamos un brindis en su honor.

Bethany asintió con solemnidad y levantó su copa.

Brittany hizo chinchín con las copas con entusiasmo; sus ojos verdes, los mismos que tenía Ash, brillaban de emoción.

—Gracias por invitarme —dijo Brittany—. No he hecho más que ir a trabajar y luego volver al apartamento. ¡Estoy empezando a sentirme vieja!

Mia le dedicó una mirada horrorizada.

—No podemos permitirnos eso. Pasa una noche con nosotras y verás qué pronto dejas de sentirte así.

Brittany se puso seria y miró en la dirección de Josie.

—Siento de veras la escena que montó mi madre y lo que te dijo. Estaba tan avergonzada y horrorizada… e incluso más porque la he tenido que soportar durante mucho tiempo. Ash nunca ha dejado que lo pisoteara y por eso lo odia tanto. ¿Pero yo y mis otros hermanos?

Dejó de hablar, avergonzada.

A Josie se le rompió el corazón, así que estiró el brazo y le dio un pequeño apretón en la mano.

—No tienes que disculparte por nada, Britt —dijo, adoptando el diminutivo que Ash usaba para ella. Y a juzgar por la luz que se instaló en sus ojos, le gustó—. Yo solo me alegro de que no la dejes pisotearte ahora.

Mia arrugó la nariz de disgusto.

—No te ofendas, Brittany, pero tu madre es una zorra. Y Ash es tan bueno… No tengo ni idea de cómo lo ha conseguido con esos genes.

Brittany frunció el ceño.

—No me ofendes, Mia. Yo más que nadie sé lo mala que es mi madre. No sé por qué es así. Ojalá lo supiera.

La compasión se reflejó en los ojos de Bethany.

—Yo no sé mucho, solo lo que me cuenta Jace y las pocas veces que Ash ha mencionado a su familia, pero no suena muy bien. Jace se preocupa por él. Mucho.

—No hablemos de ellos esta noche —dijo Brittany con una voz más alegre—. Se supone que nos lo estamos pasando bien, ¿no es así? Esta es la primera vez que puedo decir con total sinceridad que he estado muriéndome de ganas por salir de noche con amigas.

—Estoy de acuerdo —dijo Josie—. Y yo necesito la ayuda de Mia y Bethany porque… eh… obviamente Ash está esperando algo de esta noche, y no estoy completamente segura de qué. ¡No quiero decepcionarlo!

Tanto Mia como Bethany se echaron a reír.

—Oh, te daremos todos los detalles jugosos —dijo Mia con suficiencia—. Tuve que guiar a Bethany la primera vez que salió con nosotras y digamos que tuvo a un hombre muy feliz esa noche.

—Me estáis matando —murmuró Brittany—. Yo no tengo ningún tío bueno con el que volver a casa, y tengo que decir que ha pasado demasiado tiempo desde la última vez que tuve algo remotamente parecido a buen sexo.

Bethany apretó los labios pensativamente.

—¿Qué tal uno de los amigos de Brandon, Mia? Hay una gran variedad de tíos buenos trabajando en esa discoteca. Seguro que uno de ellos está soltero.

—Le diré a Caro que se ponga manos a la obra cuando lleguemos —dijo Mia.

—¡No quiero parecer una desesperada! —protestó Brittany.

Bethany sacudió la cabeza.

—¡Por supuesto que no! Caro lo arreglará. A lo mejor te presenta a uno de los chicos.

Cuando llegaron a la discoteca, la puerta de la limusina se abrió de inmediato y una mujer guapa y más joven metió la cabeza dentro por la abertura con una sonrisa enorme en los labios. Antes de que ninguna pudiera salir, metió la mano dentro.

—¡Miradlo! —gritó emocionada—. ¿No es fantástico?

Mia agarró la mano de la mujer y luego tiró de ella para que cayera dentro del coche con ellas.

—Dios mío, Caro, ¡es precioso! ¡Brandon ha sabido elegir!

Caro sonrió tanto que su rostro iluminó el interior de la limusina. Luego miró a Josie y a Brittany y la sonrisa incluso se agrandó.

—Soy Caroline —dijo extendiendo su mano derecha—. ¡Vosotras debéis de ser Josie y Brittany!

—Yo soy Josie —dijo Josie, devolviéndole la sonrisa—. Y ella es Brittany.

—Brandon nos está esperando, así que vamos —dijo Caroline con entusiasmo—. Tiene nuestra mesa, por supuesto, y esta noche tenemos a dos camareras en vez de a la que siempre nos atiende. ¡No estamos expandiendo, chicas! Ya mismo tendremos la discoteca entera para nosotras cuando salgamos.

—Eso sí que molaría —comentó Mia arrastrando las palabras—. Nuestro propio club privado. La idea tiene su encanto.

Bethany se rio al mismo tiempo que empezaron a salir.

—Todo lo que tienes que hacer es decirle a Gabe que quieres uno y él lo comprará para ti.

Mia sonrió.

—Eso es cierto.

—Chessy, Gina y Trish ya están dentro esperando en la mesa —explicó Caroline.

Luego una sonrisa amplia y bobalicona se dibujó en su rostro y Josie levantó la mirada para ver a qué estaba mirando.

Un hombre alto, musculoso y realmente atractivo estaba ahí sonriendo con indulgencia. Tenía perilla y llevaba un pendiente en la oreja izquierda. Era obvio, a juzgar por la forma en la que Caro lo miraba y en la que él la miraba a ella, que este tenía que ser Brandon, el segurata. Y bien que daba el tipo.

—Señoritas —las saludó—. Si me siguen, las acompañaré hasta su mesa.

—Lo has hecho genial, Brandon —dijo Mia dándole una palmadita en el hombro—. ¡El anillo de Caro es precioso!

Él sonrió.

—Me alegro de que le des el visto bueno. Quería que tuviera el anillo perfecto. Era lo justo. Yo tengo a la chica perfecta, así que ella tenía que tener el anillo perfecto.

—Oh, guau —murmuró Brittany—. Eso es lo más bonito que he escuchado nunca decir a un tío.

Josie tenía que coincidir en eso. Había sido un comentario de lo más dulce.

Las mejillas de Caroline se ruborizaron pero sus ojos se iluminaron de amor por Brandon. Dos semanas atrás, ver esto habría hecho que Josie se pusiera muy celosa, porque Michael nunca había demostrado sus sentimientos en público. Ni en privado, ya que estamos. Pero ahora tenía a Ash, que no tenía ningún problema con hacerle saber a la gente que Josie era suya.

Se dirigieron a la entrada del club, saltándose la larga cola de gente que esperaba para entrar. Enseguida, Brandon las guio a través de la alocada multitud hasta llegar a las mesas situadas en una esquina justo al lado de la pista de baile.

La música reverberaba en el aire e invadía la sangre de Josie, palpitando al mismo tiempo que su pulso. Los pies ya le dolían, y sabía que ni en sueños podría bailar con estos zapatos puestos. Seguramente se mataría. Pero los zapatos eran más para el beneficio de Ash. Él había sido muy claro con sus gustos cuando salieron de compras. Le daría un respiro a sus pies ahora, pero cuando volvieran de camino al apartamento de Ash, se los volvería a poner.

Cuando llegaron a la mesa, una camarera ya estaba allí con una bandeja llena de bebidas. Mia sonrió y se giró para darle una explicación a Josie y a Brittany.

—Siempre nos trae dos copas a cada una para empezar la noche. Nos bebemos una del tirón tras hacer un brindis y luego nos vamos bebiendo la segunda poco a poco hasta que vuelva con más. Bethany y yo no estábamos seguras de cuáles eran tus gustos, así que nos decantamos por las bebidas más de chicas. Cosmo y Amaretto Sour. Los *sours* son los favoritos de Bethany y una de las pocas cosas que puede beber hasta emborracharse. Si le dices a la camarera lo que te gusta, volverá con otra ronda más tarde.

—Me gusta el Cosmo —dijo Brittany hablando por encima de la música.

—Yo no bebo mucho —dijo Josie con arrepentimiento—. Estoy haciendo una excepción esta noche. Ash tenía tantas ganas de que saliera que no podía decepcionarlo.

Tanto Bethany como Mia se rieron.

—Eso es porque Gabe y Jace lo han estado torturando con todos los detalles de lo que un hombre consigue después de las noches de chicas —dijo Bethany poniendo los ojos en blanco.

—Prueba un Amaretto Sour, Josie —dijo Bethany poniéndole un vaso entre las manos—. Yo tampoco bebo mucho, pero este cóctel está riquísimo. Es dulce y afrutado y no tiene mucho alcohol, aunque yo siempre me las apaño para emborracharme con ellos.

Cuando todas tuvieron sus bebidas en la mano, se pusieron en un círculo estrecho mientras Mia hacía las presentaciones entre Cheesy, Gina y Trish y Josie y Brittany. Una vez hechas, todas levantaron sus copas.

—¡Por Caro! —gritó Mia—. ¡Y por ese diamante enorme que lleva en el dedo!

—¡Por Caro! —gritó el grupo al unísono.

Todas hicieron chinchín y derramaron ligeramente las bebidas por el borde. Luego comenzaron a bebérselas del tirón y no pararon de dar tragos hasta que los vasos se vaciaron. La camarera les dejó en la mesa la segunda ronda de bebidas y con una sonrisa se alejó de la mesa para ir a por más.

—¡Bailemos! —gritó Caro.

Josie se dejó arrastrar hasta la pista de baile. Le gustaba bailar, y en realidad era bastante buena haciéndolo. Aunque ya había pasado bastante tiempo desde la última vez que lo hacía. A Michael no le iba bailar ni ir de discotecas, pero ella podía moverse como la mejor, y esta noche era tan buena como ninguna otra para desmelenarse y divertirse un poco.

Le gustaban las amigas de Mia y Bethany. Britany también, a juzgar por su gran sonrisa y su mirada chispeante.

—Tenemos un precedente que seguir —gritó Mia.

—¿Eh? —inquirió Josie.

—Sí —interrumpió Bethany—. Nos volvemos muy sensuales en la pista y hacemos que a los tíos se les caiga la baba con nosotras, y cuando llega aquí cualquiera de los chicos al que le toque hacer de chófer y controlarnos, sacamos todo lo que llevamos dentro y les damos a él, a Brandon y al resto de los tíos un espectáculo que no olvidarán.

Josie estalló en carcajadas.

—Bueno, ya estoy empezando a ver por dónde va Ash con lo de la noche de chicas.

Lo ojos de Mia titilaron de alegría.

—Ah, Bethany y yo te daremos todos los detalles una vez nos hayamos bebido unas cuantas copas y nos tomemos un descanso en la mesa.

Sonaba bien. Hasta entonces, Josie iba a desmelenarse. En sentido figurado, por supuesto. Bethany se había pasado mucho tiempo recogiéndole el pelo en un «elegante moño desordenado», tal y como Mia lo llamaba. El resultado era sexi, si Josie tenía que dar su opinión.

Algunos rizos se le escapaban de las horquillas que sostenían el moño. Mia le había maquillado mucho los ojos, y bueno, el rostro en general, pero el efecto era impresionante. El resultado era increíble. Josie no era superficial, pero sabía que esa noche estaba irresistible.

Bethany la había llamado Diosa de Bronce. El vestido que Josie había elegido era de un color bronce dorado que combinaba perfectamente con su pelo y el color de su piel. Ceñido al cuerpo, palabra de honor y corto. No es que fuera muy elaborado, pero acentuaba sus piernas y luego, ¿con los tacones de diez centímetros que había elegido? Sí, sus piernas lucían impresionantes.

El collar de sumisa sobresalía bastante con el pelo recogido y el vestido palabra de honor. Había visto tanto a Bethany como a Mia mirándolo de camino a la discoteca, con un centenar de preguntas acumulándose en sus miradas. Josie se preguntaba cuánto más tiempo pasaría antes de que comenzaran a fisgonear.

Brandon se acercaba con frecuencia a ver qué tal iban, acompañado de tres tíos que Josie supuso que también eran seguratas. Aunque uno de ellos parecía demasiado… Bueno, no estaba segura de lo que parecía, pero no trabajaba de gorila. De eso estaba segura. Mientras Brandon y los otros iban vestidos de forma casual con vaqueros y polos, este otro llevaba un traje caro, una camisa de seda, y unos gemelos de diamante que no parecían ser falsos.

Lo interesante era que mientras Caro le había presentado a los tres seguratas que trabajaban con Brandon, el tipo del traje se había acercado solo y le había pedido a Brandon que le presentara a Brittany. Y ahora Brittany y el chico misterioso estaban hablando apartados de todo el grupo. Brittany tenía un halo de luz a su alrededor que solo podía significar una cosa. El tipo estaba interesado en ella.

Josie le dio un codazo a Mia y ladeó la cabeza en la dirección de Brittany.

—¿Quién es el que está con Brittany?

Mia siguió su mirada y luego frunció el ceño mientras se paraba a estudiar a la pareja.

—No tengo ni idea, pero Brandon lo sabrá. Le preguntaré.

Antes de que Josie pudiera decirle que no pasaba nada, Mia le hizo un gesto a Brandon para que se acercara. Vino, con Caroline pegada a su costado y él con los dedos cogiendo posesivamente su antebrazo.

—¿Quién es el tipo que está con Brittany? —preguntó Mia.

Brandon arrugó sus labios por un momento antes de devolver su atención a Mia y Josie.

—Se llama Kai Wellington. Es el dueño del club.

Josie abrió los ojos como platos.

—¿El dueño? ¿Pero de todo el club?

Brandon se rio entre dientes.

—Sí. Tiene varios. Normalmente no suele estar por aquí mucho. Acaba de abrir uno en Las Vegas hace unas pocas semanas, y ha estado allí casi todo el tiempo —bajó la mirada hacia Caroline y la apretujó más contra él—. Quiere que trabaje allí. Ser el dueño del personal de seguridad. Si voy, quiero que Caro se venga conmigo.

Por un momento, Mia pareció afligida y a Josie se le rompió el corazón. Caro era su mejor amiga. Pero Mia rápidamente se recompuso y sonrió de oreja a oreja.

—¿Es como un ascenso o algo?

—O algo —dijo Brandon con diversión.

—Me alegro por ti —dijo Mia, pero Josie pudo ver cómo su labio inferior temblaba.

Luego Mia lanzó sus brazos alrededor de Caroline y la abrazó con fuerza.

—Me alegro por vosotros dos —dijo Mia precipitadamente—. ¿Estás emocionada, Caro?

Caroline se separó de Mia con una sonrisa enorme en los labios.

—Sí, lo estoy. Me alegro mucho por Brandon. Ha trabajado muy duro para conseguir esto y es algo increíble y enorme que el señor Wellington confíe en él. Pero tengo que dejar la ciudad… y a ti —terminó con una nota de tristeza en la voz.

Brandon la volvió a estrechar entre sus brazos y luego atrajo a Mia hasta su otro costado.

—Míralo por el lado bueno. Vuestras noches de chicas pueden trasladarse a Las Vegas. Yo me haré cargo de que os traten como a invitadas vip de principio a fin. Podéis planear un par al año.

—Me gusta cómo piensa —dijo Bethany, hablando por primera vez.

—Y, Brandon —dijo Josie, volviendo a centrar la atención en Brittany—. ¿Qué quiere el señor Wellington con Brittany? ¿No te ha pedido que se la presentaras?

Brandon miró a ambos lados otra vez antes de devolverles la atención a las mujeres. Sus ojos expresaban arrepentimiento.

—No puedo decir mucho. El señor Wellington es un hombre muy reservado. Pero yo diría que está interesado en Brittany. No le ha quitado ojo durante toda la noche.

Muy interesante. Josie volvió a mirar en su dirección y se percató de que Brittany tampoco le había quitado la vista de encima a él. Ash probablemente lo encontraría interesante también, aunque él haría una investigación a fondo sobre Kai Wellington.

—Tenemos que seguir bebiendo —dijo Caroline con alegría—. La noche avanza y Jace aparecerá por aquí en cualquier momento. Bethany, se va a sentir decepcionado como no te vea completamente borracha. ¡Piensa que eres la mujer borracha más adorable del mundo!

Mia rompió a reír y Bethany sonrió, aunque sí que estiró el brazo para coger su bebida.

—Le diré a la camarera que venga y os sirva más copas —dijo Brandon—. Ya se me ha terminado el descanso. Tengo que hacer otra ronda. Si queréis ir a un lugar más tranquilo para beber y relajaros, os pondré en uno de los reservados con vistas a la pista de baile. Hay un botón que podéis pulsar para silenciar la música y el ruido de fuera.

Josie sonrió ante su comprensión. No cabía duda de que pensaba que Mia y Caroline querrían hablar sobre su inminente traslado y en la pista de baile no podían hacerlo muy bien.

—¡Eso suena perfecto! —exclamó Bethany—. ¿Podemos ir ahora durante un rato? Necesito descansar un rato de bailar y de estar de pie, y me encantaría poder estar en un sitio más tranquilo para beber y hablar.

—Seguidme. Le diré a la camarera que guíe a Chessy y a las

otras hasta allí. Ellas aún siguen en la pista. Les dirá dónde encontraros cuando terminen de bailar.

Las mujeres siguieron a Brandon, pero Josie les hizo un gesto para que pararan cuando llegaron a donde Brittany y Kai estaban. Quería ver qué tal iba Brittany y asegurarse de que estuviera cómoda o ver si necesitaba que la rescataran.

—Hola —dijo Josie con una sonrisa radiante mientras saludaba a Kai—. Quería decirle a Brittany que nos vamos a ir a uno de los reservados. No quería que se volviera loca buscándonos.

El brazo de Kai se deslizó alrededor de la cintura de Brittany y la ancló bien contra él. Bueno, parecía que el hombre se movía rápido. Él sonrió, y lo hizo con una sonrisa amable y cálida, pero a Josie no le pasó desapercibida la fuerza dentro de esos ojos. Este hombre era poderoso e intimidante. Miró a Brittany para medir su reacción.

—Tu preocupación es admirable —dijo Kai en una voz tan baja que ella apenas pudo escuchar por encima de la música—, pero cuidaré muy bien de Brittany y la llevaré yo mismo hasta vuestro reservado cuando ella quiera.

—¿Te parece bien?

Josie dirigió la pregunta solo hacia Brittany porque hasta ahora Kai había sido el único que había hablado.

Brittany sonrió y Josie pudo ver que no era forzado ni fingido. Su semblante entero estaba ruborizado.

—Estoy bien. Gracias, Josie. Estaré con todas vosotras en un momento.

—Tómate tu tiempo —dijo Josie con una sonrisa.

—Lo hará —murmuró Kai.

Capítulo veinticuatro

Ash se estiró en su sofá, bebida en mano, mientras Gabe se repantingaba en el sillón frente a él. Los dos habían cenado comida para llevar que Gabe había comprado de camino al apartamento tras haber dejado a las chicas en el suyo.

Ash comprobó la hora en su reloj de muñeca y sonrió.

—¿Crees que estarán muy borrachas ahora mismo?

Gabe hizo una mueca.

—Estoy seguro de que estarán en ello.

Ash se rio entre dientes, aunque tenía ganas de que las horas pasaran. Quería que Josie volviera, borracha, adorable, y se moría por verla con ese vestido y esos zapatos que había comprado. No dejó que la viera siquiera cuando se lo probó en la tienda. Todo lo que le dijo fue que pensaba que a él le gustaría el resultado final.

Por Dios, a él ella le gustaría hasta vestida con un saco o con una bolsa de papel en la cabeza. A él no le importaba lo que llevara puesto, porque la tendría desnuda más que rápido. Lo que había debajo era lo que más importaba. Sin embargo, verla pintada, contoneándose con esos tacones sexis y con los ojos nublados por el alcohol… sí, eso tenía su atractivo. Había escuchado a Gabe y a Jace suficiente como para saber que las noches de chicas no eran algo que debieran perderse.

Ninguno de los hombres tenía ningún problema con que sus mujeres salieran y se divirtieran porque después volvían con ellos a casa y la recompensa era bastante espectacular.

Su teléfono móvil sonó y él lo cogió de inmediato pensando que podría ser Josie. Esperaba que la noche estuviera yendo bien y que estuviera relajada y divirtiéndose.

Frunció el ceño cuando vio el nombre de su portero en la pantalla.

—Ash —dijo él secamente.

—Señor McIntyre, tiene visita en el vestíbulo. Quieren subir, pero le llamé antes. Dicen que son sus padres.

—Oh, Señor —murmuró Ash. Que alguien le pegara un tiro ahora mismo. ¿Tenían que venir esta noche de entre todas las noches que tenía el año? Ellos nunca habían pisado el edificio donde vivía, al igual que tampoco habían pisado la oficina. Y joder, antes de que su madre los interrumpiera hacía unos días, también dudaba mucho de que hubieran puesto un pie en alguno de sus hoteles.

Dar tal paso ahora olía totalmente a desesperación. Su madre había querido «hablar» tras haber montado una escena en el restaurante, y él le había dejado muy claro que no tenía ninguna gana de hablar nada con ella. Le había prohibido la entrada a todas sus propiedades hoteleras, pero a lo mejor tendría que haber ampliado los parámetros un poco más. Pero no se habría imaginado que vinieran aquí. Hacer que él fuera a ellos era más su estilo.

Le echó una mirada a Gabe, que lo estaba mirando con el ceño fruncido. Negó con la cabeza para hacerle saber que no era nada que tuviera relación con las mujeres.

—Voy para abajo. No los deje subir. De hecho, no los deje subir nunca, en caso de que vuelvan a aparecer. No son bienvenidos aquí —soltó Ash, mordaz—. Bajaré y me ocuparé del asunto personalmente, pero en el futuro, si vuelven a aparecer, enséñeles dónde tienen la puerta. Y mejor que no los deje subir cuando yo no esté aquí y Josie sí.

—Sí, señor.

Ash colgó y luego se puso de pie.

—¿Qué ocurre, tío? —exigió Gabe—. ¿Qué pasa?

—Mis padres me han hecho una visita —contestó Ash con sequedad—. Voy abajo a informarles de que no son bienvenidos.

—Mierda —maldijo Gabe—. Bajaré contigo.

—No es necesario —replicó Ash con voz calmada—. Tú espera aquí. Volveré en nada.

Gabe ignoró la respuesta de Ash y se levantó.

—No he dicho que fuera necesario. Pero voy a bajar contigo.

Ash se encogió de hombros. La mayoría de la gente no querría que sus trapos sucios ni sus problemas familiares se airearan frente a otra gente. Pero Gabe no era cualquiera. Él era familia de verdad, al igual que Jace. Y Gabe sabía todo lo que había que saber sobre su mamá querida, excepto su aparición durante el almuerzo. No es que Ash no hubiera querido contárselo ni a él ni a Jace, pero se le había ido de la cabeza. Había estado demasiado pendiente de otras cosas.

—Mi madre hizo acto de aparición el otro día —dijo Ash mientras entraban en el ascensor—. Yo estaba almorzando con Josie y Brittany en el Bentley, y ella entró pavoneándose y montó una escena. Hice que la acompañaran hasta fuera y di instrucciones de que no la volvieran a dejar entrar en ninguna de nuestras propiedades hoteleras.

—Dios, ¿no se cansa nunca?

Ash sacudió la cabeza.

—Evidentemente, no. Insultó a Britt y a Josie. Y luego quería que hablásemos. Como si yo fuera a hacerle caso aunque no hubiera escupido su veneno contra Britt y Josie.

Gabe negó con la cabeza mientras el ascensor descendía.

—Es triste, pero a lo mejor deberías pensar en ponerles una orden de alejamiento. Así los detendrían la próxima vez que vinieran dando por culo. Podría ser un aviso para hacerles saber lo en serio que vas con que se mantengan alejados de ti y de Brittany.

—Les dejaré las cosas claras cara a cara —dijo Ash endureciendo el rostro por culpa de la confrontación que se avecinaba.

Tener una discusión con sus padres en el vestíbulo del edificio donde vivía no era su primera opción, pero ni en sueños iba a permitir que entraran en su casa. Ese era su santuario. Y el de Josie. No iba a tenerlo invadido por personas a las que detestaba. Y estaba claro que no iba a tener esta confrontación en territorio conocido de sus padres. No les daría la satisfacción de ir hasta ellos. Nunca.

Cuando salieron del ascensor, Ash vio a su madre y a su padre esperando en el vestíbulo. Ninguno de ellos parecía contento, y cuando se giraron y lo vieron, no había ninguna expresión de bienvenida en sus ojos. No había reconocimiento alguno de que él fuera su hijo. Pero a decir verdad, nunca lo había habido. Ash no lo entendía. No podía concebir ser tan frío con tus propios hijos. Él no trataría a los suyos de ese modo jamás.

Se acercó con paso largo y se paró a cierta distancia de ellos con una expresión en el rostro más dura que un glaciar de hielo. Se los quedó mirando con frialdad hasta que su padre se encogió de verdad y apartó la mirada con una nota de culpabilidad.

—¿Por qué estáis aquí? —les exigió, cortante.

Los ojos de su madre recayeron sobre él y luego sobre Gabe, y comenzaron a echar chispas.

—¿De verdad, Ash? Este es un asunto privado. ¿No podríamos hablar en privado? ¿Quizás en tu apartamento?

—Gabe es familia —dijo Ash con un tono de voz plano—. Todo lo que tengáis que decir lo podéis decir delante de él.

Ella aspiró con delicadeza y luego dominó su expresión. Ash juraría que estaba intentado parecer… agradable. Suplicante, incluso. Los pelos de la nuca se le erizaron porque parecía un vampiro sediento de sangre acechando a su presa.

—Quería disculparme por mi desafortunado comportamiento del otro día.

Un rubor apareció en sus mejillas y pareció como si las palabras casi la hubieran ahogado. Probablemente sí que lo habían hecho. Ofrecer disculpas no era algo que solía hacer nunca.

—Disculpas aceptadas. ¿Eso es todo?

La ira destelló brevemente en sus ojos antes de desecharla y volver a recomponer su expresión una vez más para parecer más agradable.

—Tu abuelo quiere que vayamos a cenar. Brittany también. A él… y a mí… nos encantaría que vinierais. Tus hermanos y sus mujeres e hijos también estarán allí, por supuesto.

Ash entrecerró los ojos.

—Ni en broma.

Su padre se aclaró la garganta para hablar por primera vez.

—Espero que lo reconsideres, hijo.

Ash se lo quedó mirando con disgusto.

—¿Hijo? ¿Cuándo he sido yo vuestro hijo? Cortad el rollo

y decidme exactamente qué es lo que queréis. Porque está claro que no es pasar tiempo con la familia en una cena.

Los labios de su madre se afinaron y sus ojos destellaron. Esta vez no hizo nada para intentar esconder su enfado.

—Va a cambiar el testamento. Está enfadado porque nuestra familia se ha ido al garete, como él dice. No está contento con la defección de Brittany. Dijo que si yo fuera mejor madre, mis niños no me despreciarían. Ha empezado a decir que deberíamos comenzar a mantenernos nosotros solos y que está cansado de tirar el dinero en este nido de víboras. Dijo que si una madre y un padre no podían siquiera mantener su familia unida, que entonces por qué debería recompensarnos dejándonoslo todo.

Ash se rio, lo que solo consiguió enfadar a su madre incluso más.

—Esto también te afecta a ti —siseó—. ¡Y a Brittany! Si nos deja fuera del testamento, es a todos. Tú no cogerás ni un céntimo, y Brittany tampoco.

Ash sacudió la cabeza, aun riéndose entre dientes.

—A lo mejor no me has estado escuchando durante todos estos años, querida mamá. Me importa una mierda el dinero del viejo. Nunca me ha importado. Viene con demasiadas condiciones. Al igual que todo lo que tiene que ver contigo también tiene condiciones.

—Si a ti te da igual, entonces al menos piensa en cómo afectará esto a tu hermana. Ella tampoco se quedará con nada.

—Yo la apoyaré económicamente para que nunca tenga que preocuparse por el dinero del viejo ni de las condiciones con las que viene —dijo Ash ácidamente—. Ella no quiere formar parte de esta venenosa familia más que yo. Quiere alejarse de vosotros, y yo le he dado esa opción.

Los dedos de su madre se encogieron hasta formar dos puños a cada lado de su cuerpo. Luego se giró hacia su padre y comenzó a gritarle.

—¡Haz algo, William! No te quedes ahí callado como un cobarde. ¡Estaremos arruinados si cambia el testamento!

—No hay nada que él pueda hacer —dijo Ash con calma—. No hay nada que ninguno de vosotros dos podáis hacer para que vaya a jugar a las familias con vosotros. Me importan una mierda mis hermanos o el hecho de que no puedan mantener a sus esposas e hijos. Me importáis una mierda tú y mi querido padre. Tú sola te has buscado esta situación, así que ahora arréglatelas tú sola. Brittany y yo estaremos perfectamente.

—Te odio —siseó su madre.

Él se encogió, aunque ya lo sabía. Sin embargo, de alguna manera, escuchar esas palabras en boca de la mujer que le dio a luz dolía.

—Elizabeth, para —espetó su padre—. No lo estás diciendo de verdad. Es nuestro hijo, por el amor de Dios. ¿Te sorprende que no quiera tener nada que ver con ninguno de nosotros? Piensa en lo que estás diciendo.

Pero Ash sabía que sí que lo decía de verdad. Lo veía en sus ojos. Siempre había estado ahí desde el día en que mandó a freír espárragos a su familia y siguió su propio camino en el mundo.

—Creo que ya es hora de que os vayáis —dijo Ash con voz queda—. Y no volváis. No sois bienvenidos. No sois bienvenidos en ninguna de mis propiedades. Y aquí tenéis una advertencia. Manteneos bien alejados de Brittany. Manteneos bien alejados de mí. Y por vuestro bien manteneos bien alejados de Josie y el resto de mi familia. Como esparzáis vuestro veneno hacia alguno de ellos, iré a por vosotros. Os lo quitaré todo. Es más, me aseguraré de que el viejo sí que cambie el testamento y no os deje nada. Y si no creéis que vaya completamente en serio, solamente ponedme a prueba.

—Te estás marcando un farol —espetó su madre.

Ash arqueó una ceja y se la quedó mirando fijamente. No dijo nada. No tuvo necesidad de hacerlo. Ella empalideció y luego apartó la mirada; se había dado cuenta de lo en serio que sí que iba.

Cuando volvió a mirarlo, parecía… mayor. Ojerosa y derrotada. Ella dio un paso hacia delante y posó una mano en su brazo. Le costó todo lo que no estaba escrito no apartarse de una sacudida.

—Ash, por favor. Te lo suplico. No lo hagas. Si quieres que te dejemos en paz, lo haremos. No volveremos a molestarte más, ni siquiera a Brittany, si haces que el abuelo cambie de parecer. Si vienes únicamente a una cena, te juro que no nos volverás a ver a menos que tú quieras. Te haré esta promesa por escrito. Lo que quieras. No dejes que tu odio hacia mí arruine las vidas de tus hermanos. Piensa en sus niños. Sus mujeres. Piensa en tu padre y en mí. No tendremos absolutamente nada.

—No dejes que te coma la cabeza, Ash —gruñó Gabe, hablando por primera vez.

Ash levantó la mano.

—No iré a cenar. No expondría a Britt a esa situación nunca. Ni a Josie. Y a donde yo voy, ella va. Eso está escrito en piedra.

Viendo su madre que podría estar yendo por buen camino, se inclinó hacia delante con demasiado ímpetu.

—No tienes que venir a cenar. Pero ve a verle, Ash. Tú puedes explicarle lo de Brittany de un modo diferente. Dile lo que quieras. Dile que nos hemos reconciliado. Haz lo que tengas que hacer para convencerlo de que no nos quite del testamento.

—Señor —espetó Gabe—. Esto es patético.

Ella le lanzó a Gabe una mirada fría y tan llena de odio que Ash retrocedió. ¿Qué narices le pasaba a esta gente? ¿Cómo podía él haber nacido de estos dos egoístas avariciosos?

—Llamaré al viejo —ofreció Ash.

Gabe sacudió la cabeza con disgusto.

—Pero eso es todo lo que voy a hacer —continuó Ash—. Y os lo estoy diciendo ahora: toda esta mierda de acosarme se termina aquí. Si me entero de que os acercáis a Britt o a Josie, si aparecéis en alguno de mis hoteles, en mi oficina o especialmente en mi casa, os bajaré del carro tan rápido que no os habréis dado cuenta siquiera de qué ha pasado. ¿Entendido?

Ella asintió con rapidez y los ojos se le llenaron de esperanza. El adjetivo «desesperada» no empezaba siquiera a describir la situación que tenía ante sus narices. El hecho de que se hubiera humillado lo suficiente como para suplicarle a él ya le decía lo desesperada y asustada que estaba.

Debería irse. Debería lavarse las manos de todos ellos. Pero eran su familia. Su sangre. Aunque nunca quisiera una relación de familia con ellos, la idea que quedaran en la ruina le dejaba un sabor amargo en la boca.

—Fuera —dijo Ash—. Ya he terminado con vosotros. No voy a dejar que me arruinéis la noche.

—Gracias, hijo —dijo su padre con voz queda—. Esto significa mucho para tu madre. Para mí. Y para tus hermanos también. Dile a Brittany… —se paró con un suspiro y se pasó la mano por la cara—. Dile a Brittany que la quiero y que la echo de menos y que espero que le esté yendo bien.

Ash asintió y luego miró enfáticamente hacia la puerta.

Su madre, obviamente satisfecha de haber ganado esta ronda, se giró y se alejó con la barbilla bien alta.

Cuando Ash se volvió para dirigirse hacia el ascensor, Gabe lo estaba mirando con una mueca dibujada en sus labios.

—Joder, tío, qué mierda. Sabía que eran malos, pero hasta no ver esto, no tenía ni idea de cuánto.

Ash se encogió de hombros.

—¿Cómo dice el dicho? ¿«Los amigos se eligen pero la familia, no»?

Capítulo veinticinco

Josie siguió a Bethany y a Mia, las cuales seguían a Caroline y a Brandon hasta el reservado que se encontraba sobre la pista de baile. Aunque podían ver lo que pasaba en la planta de abajo, Brandon les aseguró que nadie podría verlas dentro de la habitación, así que tenían absoluta privacidad.

—Volveré a ver cómo estáis en un ratito —le dijo Brandon a Caroline mientras rozaba sus labios con los de ella.

Caroline se dejó caer sobre el cómodo sofá junto a Josie. Mia se sentó al otro lado de Caroline y Bethany se quedó sentada en el brazo del mismo.

—Así que te mudas a Las Vegas —murmuró Mia.

Las lágrimas llenaron los ojos de Caroline.

—Sí. Brandon quiere casarse antes de que nos vayamos. Tenemos seis semanas para encontrar un lugar donde vivir allí, casarnos y mudarnos por completo antes de que empiece su nuevo trabajo. El señor Wellington se está comportando maravillosamente bien con nosotros. Nos va a pagar la mudanza y también nos ayudará a pagar la casa. Va muy en serio con Brandon y quiere que lo considere como un puesto de trabajo a largo plazo. Doblará el sueldo de Brandon, así que no tendremos que preocuparnos por el dinero y yo tendré tiempo de sobra para encontrar un trabajo allí.

—Eso es maravilloso, Caro —dijo Mia con suavidad—. Pero te voy a echar de menos una barbaridad.

—Todas lo haremos —corrigió Bethany—. ¡Las noches de chicas no serán lo mismo sin ti!

Caroline las abrazó a ambas y luego se puso de pie.

—Voy al lavabo y a ver si las otras vienen. También bus-

caré a la camarera y le diré que todas queremos otra ronda.
Vuelvo en un abrir y cerrar de ojos.

Mia observó cómo su mejor amiga se marchaba con el ceño
fruncido de tristeza. Cuando Caroline salió del reservado, ella
suspiró.

—En fin, la voy a echar de menos.

—Lo sé —dijo Bethany—. Yo también. Pero aún nos tienes
a nosotras, Mia.

Mia levantó la mirada y sonrió, y luego, de forma impulsiva, alargó la mano para darles un apretón tanto a la de Bethany como a la de Josie.

—De acuerdo, ahora estamos solas y tengo que admitir, Josie, que Bethany y yo tenemos toda clase de preguntas entrometidas sobre ti y Ash. Espero que no te ofendas, ¡pero nos estamos muriendo por saber los detalles escabrosos!

Josie se rio.

—No me importa. Pero me temo que os vais a decepcionar.
Nuestra relación no es muy emocionante.

Mia resopló.

—Nos perdonarás si te decimos que no nos lo tragamos. Lo
primero que tienes que decirnos es lo bueno que es en la cama.
Supongo que Bethany ya lo sabe, ¡pero yo tengo que admitir
que tengo curiosidad!

Enseguida se llevó una mano a la boca con urgencia y en
sus ojos se reflejó el horror.

—Oh, Dios, Josie. ¡Lo siento! —Un leve gemido se escapó
de su garganta y Mia escondió su rostro entre sus manos—.
Soy una estúpida. De verdad. Gabe y Jace siempre me dicen
que suelto por la boca todo lo que se me pasa por la mente sin
tener en consideración lo que digo.

Josie sonrió irónicamente.

—No pasa nada, Mia. De verdad. Sé lo que pasó entre Bethany y Ash. —Miró a Bethany y vio que la otra mujer estaba
incluso más mortificada que Mia. Sus mejillas estaban de color
rosa y sus ojos eran un espejo de incomodidad.

—Espero que lo entiendas —dijo Bethany—. Quiero decir
que no significó nada para Ash. Oh, Dios. Esto es incluso más
incómodo que la primera vez que Jace y yo vimos a Ash tras
aquella noche.

Josie estiró el brazo para darle un apretón a la mano de Bethany.

—Por favor, no. No pasa nada, de verdad. Admito que cuando Ash me contó por primera vez lo que pasó, tenía miedo de conocerte. No es que me volviera loca tener que pasar tiempo con la mujer que había tenido sexo con Ash. Odiaba la idea de imaginaros a los dos juntos. Pero una vez te conocí ya no pasaba nada. Y creo que, de muchas formas, ver la relación que tenías con Jace me ayudó a caer en la cuenta de que no había nada entre tú y Ash excepto una profunda amistad.

—Me alegro —dijo Bethany con sinceridad—. Adoro a Ash. Mucho. Pero como amigo. Estoy locamente enamorada de Jace.

—Supongo que he mandado al traste cualquier oportunidad de sacarte todos los detalles sobre ti y Ash, Josie —dijo Mia con tristeza.

Josie se rio.

—Bueno, no. No si me dejáis que yo también os pregunte. Me muero de curiosidad por vuestros hombres también. Como por ejemplo, ¿eso que llevas es un collar de sumisa, Bethany? ¿O es simplemente un collar normal y corriente?

Las mejillas de Bethany se encendieron mientras tocaba con el dedo el diamante que descansaba en el hueco de su garganta.

—Es un collar de sumisa —dijo con suavidad—. Jace quería que lo llevara. Nunca me lo quito.

—¿Es el tuyo un collar de sumisa también, Josie? —preguntó Mia.

Josie asintió.

—Vaya —murmuró Mia—. Yo también quiero uno. Pienso que son geniales. Me encantaría que Gabe eligiera uno y me lo pusiera. Pero no le van los collares para marcar la sumisión. Y si tengo que ser franca, a mí tampoco hasta que vi el de Bethany. El significado que esconde es increíble.

Tanto Bethany como Josie asintieron.

Josie se terminó el último trago de su bebida y dejó el vaso en la mesa que había frente al sofá. Tenía un zumbido bastante sonoro en los oídos, pero no estaba ni mucho menos borracha. Se quitó los tacones y estiró los doloridos dedos de los pies casi suspirando de alegría.

—Oh, mira. Ahí está Jace —dijo Mia.

Se había puesto de pie y había caminado hasta la zona acristalada del reservado para mirar a la pista de baile.

Se giró hacia Bethany.

—¿Ha llegado temprano? ¿O no hemos estado bebiendo lo suficiente?

—No creo que hayamos bebido mucho —dijo Bethany con arrepentimiento.

—Bueno, tenemos que arreglar esto. ¡Y la única manera que conozco de emborracharnos en un tiempo récord es a base de chupitos!

—Oh —dijo Josie—. Yo nunca me he tomado un chupito de nada.

—No pasa nada —dijo Mia—. Tras el primero, el sabor de los demás ni lo notas.

Justo entonces la puerta se abrió y el resto de las chicas entraron haciendo bastante ruido. La camarera estaba con ellas. Esta dejó las bebidas en la mesa y luego escuchó a Mia mientras le daba instrucciones de lo que irían a beber ahora.

—¿Chupitos? —preguntó Caroline—. ¿Desde cuándo bebemos chupitos?

—Desde que no estamos lo bastante borrachas —dijo Mia con sequedad—. Jace ya está aquí, lo cual quiere decir que no nos queda mucho más tiempo. ¡Tenemos que ponernos al día!

—Trae la botella —le dijo Chessy a la camarera—. ¡O mejor dos! Tenemos a muchas mujeres aquí hoy.

La camarera sonrió.

—A la orden.

Todo el mundo se apiló en los sofás y en las sillas, y los zapatos volaron en todas direcciones. Un momento más tarde, la camarera volvió y comenzó a dejar una línea de vasos de chupitos en la mesa.

—¿Todo el mundo tiene uno? —gritó Trish.

Tras un coro de síes, Gina levantó su vaso para hacer un brindis. Todo el mundo levantó el suyo y luego entre gritos de «¡Venga, venga, venga!» se tragaron el primer chupito.

El fuego ardió en la garganta de Josie. Ella tosió y escupió tanto que los ojos le lagrimearon. Podía sentirlo en su vientre. Maldita sea, lo sentía incluso viajar hasta su vejiga. Estaba sobre su vejiga, ardiente y revuelto. Necesitaba ir a hacer pis.

—¡Vamos a por el siguiente! —las alentó Trish.

Cogieron los siguientes vasos, los alzaron tal y como lo habían hecho con los anteriores y luego volvieron a vaciar su contenido dentro de sus bocas.

Una risa entre dientes se escuchó desde la puerta. Todas se giraron y vieron a Jace de pie con Brandon. Los dos parecían divertidos. Jace directamente se estaba riendo. Luego Jace se apartó y Brittany apareció en la puerta, con el rostro sonrojado y los ojos brillantes.

Tras ella se encontraba Kai Wellington. La tenía agarrada del codo, pero la soltó cuando ella se encaminó hacia delante.

—Siento llegar tarde —dijo sin aliento—. ¿Me habéis guardado alguno para mí?

Gina lanzó un vaso en dirección a Brittany. La joven lo agarró y lo puso sobre la mesa para que Mia pudiera servirle un chupito de la botella de tequila que la camarera había traído. Estaban locas. Todas. Josie incluida. Tenían que estar todas chifladas para hacer esto. Tendrían una resaca impresionante por la mañana, pero por ahora, se lo estaban pasando de miedo.

—Estaba muy celosa de vosotras, chicas —dijo Brittany con tristeza.

Bethany ladeó la cabeza.

—¿Por qué?

—Porque todas tenéis un hombre con el que volver a casa. Todo de lo que habéis hablado es de lo monas que os ven cuando estáis borrachas. De cómo os quitan esos vestidos y os follan con los tacones puestos. —Su expresión se atenuó—. Yo nunca he tenido a ningún hombre que quisiera hacer eso.

—Ahora sí —dijo Kai desde la puerta arrastrando las palabras.

Brittany se puso roja como un tomate, pero el calor crepitó en su mirada mientras se giraba para mirar a Kai, que aún seguía de pie en la puerta.

—Dios mío —murmuró Mia—. Brittany, nena, yo diría que has pillado esta noche.

Brittany sonrió.

—¡A lo mejor sí!

—Nada de «a lo mejor», nena —dijo Kai gruñendo levemente—. Diviértete con tus amigas, pero cuando acabes, te
vienes a casa conmigo.

—Creo que me acabo de correr —murmuró Gina en voz
baja.

—No es coña —dijo Trish—. Tengo que cambiarme de bragas. Dios santo, Brittany. ¡Está buenísimo!

La sonrisa de Brittany era de cien vatios o más. Alargó la
mano hasta el chupito y se lo tragó apresuradamente.

—¿Esto lo hacen regularmente? —preguntó Kai con la diversión bastante presente en su voz.

—Sí —tanto Jace como Brandon respondieron al unísono.

—¿Cómo es que la habitación está dando vueltas? —preguntó Josie poniéndose bizca mientras intentaba seguir los
movimientos—. Kai, Brandon dijo que era tu club. ¿Por qué
da vueltas?

Kai se rio entre dientes.

—No da vueltas, nena. Es el alcohol.

—¿Entonces por qué sirves alcohol que hace que a la gente
le dé vueltas la cabeza? —preguntó Bethany con una voz perpleja.

Jace se rio esta vez.

—Se ponen peor —dijo Brandon con un suspiro—. Solo
acaban de empezar.

La camarera volvió para recoger los vasos vacíos y reem-
plazarlos por otros limpios. Miró cómo iba la botella que les
había dejado antes y luego depositó una nueva en la mesa.

—Esa tía mola —murmuró Caroline mientras cogía otro
chupito—. Deberíamos llevárnosla con nosotros a Las Vegas,
Brandon.

—¡Bebed, chicas! ¡La noche aún es joven! —coreó Chessy.

Josie se bebió dos chupitos más pero sus ojos la abandona-
ron durante todo el tiempo. Estaba mareada. De ninguna
forma podría digerir más alcohol sin vomitar. La habitación
daba vueltas como si fuera un maldito tiovivo. Y a todas las
veía doble, por lo que el reservado que ya de por sí estaba aba-
rrotado, parecía estarlo todavía más.

—¿Qué os parece algo de música? —espetó Mia—. ¡Hemos terminado de hablar por un rato? ¿Quién quiere bailar conmigo?

Josie levantó la mano.

—¡Yo! Pero alguien tiene que ayudarme a ponerme de pie.

Tiraron de ella por lo menos tres pares de manos. Mia pulsó el botón que permitía que la música sonara por los altavoces. Las chicas chillaron y a continuación todas se encontraron de pie, moviéndose y restregándose las unas a las otras a ritmo de la música.

—¡Es divertido! —gritó Josie.

—¿A que sí? —le devolvió Mia con otro grito.

—¡Gracias por invitarme! —exclamó Brittany—. Me lo he pasado muy bien, y, ¡ay, Dios! Kai quiere que me vaya a su casa después. ¿Debería ir o no?

Josie lanzó una mirada mareada a la puerta donde los hombres seguían de pie y habían escuchado casi con total seguridad la ebria pregunta de Brittany.

Los labios de Kai se torcieron, divertidos.

—¿Cuenta mi voto?

Josie se giró hacia Brittany.

—¿Tú quieres ir?

Brittany parpadeó.

—Sí. Sí que quiero.

—Siempre y cuando me dé toda la información de contacto para que pueda llamarte por la mañana y asegurarme de que no te ha asesinado mientras duermes, entonces, de acuerdo. A por ello —la urgió Josie.

Oyeron más risas procedentes de la puerta pero Josie las ignoró. Se lo estaba pasando demasiado bien bailando con sus nuevas amigas. Y todas eran geniales. Tal y como Ash le había dicho.

Cerró los ojos y pegó su espalda contra la de Mia mientras ambas se contoneaban con las manos arriba y meneando los culos todo el tiempo.

El teléfono de Ash sonó y este vio que era Jace el que llamaba.

—Hola, tío, ¿las mujeres te están dando problemas ya?

Jace se rio entre dientes.

—Deberías venir aquí, tío.

Ash entornó los ojos y miró a Gabe, que también estaba prestando mucha atención a la conversación.

—¿Qué pasa? —exigió Ash—. ¿Están bien?

—Oh, sí, están perfectamente. Pero creo que vamos a tener que ir a por el plan B.

—¿Cuál es el plan B?

—Bueno, el plan A era que yo las llevaría de vuelta a casa en la limusina cuando se hubieran puesto pedo y se lo hubieran pasado bien. Sin embargo, están ahora mismo en el suelo de un reservado, mirando al techo y hablando de cosas de las que no tengo ni la más remota idea. Si tenéis alguna esperanza de salvar la noche, mi sugerencia es que vengáis a por vuestras mujeres y os las llevéis a casa.

Ash se rio entre dientes.

—Gabe y yo estaremos allí en unos minutos. Échales un ojo mientras tanto.

—Lo haré —dijo Jace mientras colgaba.

—¿Qué pasa? —exigió Gabe.

Ash se rio.

—Según Jace, están bastante borrachas. Me ha dicho que están tumbadas en el suelo de uno de los reservados. Ha sugerido que es muy posible que queramos ir a recoger a nuestras mujeres si tenemos esperanzas de llegar al «después» de la noche.

—Iré contigo y llamaré a mi chófer de camino para que vaya directamente hacia allí.

Ash asintió.

—Pues vamos.

Veinte minutos más tarde llegaron al club. Ash le indicó al conductor que aparcara cerca y que se quedara a la espera. Luego él y Gabe salieron y caminaron hasta la entrada.

Gracias a Dios que Brandon los estaba esperando. La cola aún era larga. No habrían podido entrar en toda la noche si no fuera por él.

—¿Hay algo que deba saber? —le preguntó Gabe a Brandon mientras entraban.

Brandon se rio.

—No, lo dudo. Pero se lo han pasado bien. Nadie les dijo nada. El dueño estuvo con ellas casi la mayor parte de la noche y los de seguridad siempre estamos cerca de él.

—¿Quién es el dueño y por qué estaba con nuestras mujeres? —exigió Ash.

Brandon se rio otra vez.

—No con todas las mujeres. Solo con una. Parece bastante interesado en Brittany. Ha estado pegado como una lapa a ella durante toda la noche y eso no es muy común en él. A él nunca le faltan mujeres que le hagan compañía, pero es raro que busque a una mujer tal y como hizo con Brittany.

Ash gruñó. Ese tío tenía que mantenerse alejado de su hermana.

Brandon los guio hasta unas cortas escaleras que llevaban hasta el segundo nivel, donde muchos reservados y mesas formaban un semicírculo sobre la pista de baile. Brandon empujó suavemente la puerta y esta se abrió, dejando ver a Jace y a un hombre que Ash no reconoció.

Jace levantó la mirada y los vio. Sonrió al instante y asintió en su dirección para decirles que pasaran. Cuando Ash y Gabe se adentraron en el reservado, los ojos de Ash se abrieron como platos cuando observó la imagen que tenía frente a él.

Había mujeres por todas partes. Mujeres muy guapas. Esto era el sueño de cualquier hombre: una habitación llena de mujeres preciosas y muy borrachas.

Pero sus ojos se centraron en solo una de ellas. Josie. Estaba tirada al final del sofá con el brazo colgando por el lateral. Mia estaba tumbada junto a ella, pero la parte superior de su cuerpo se encontraba entre Josie y el sofá, así que su cabeza descansaba en la cadera de Josie. Al otro lado, Bethany estaba tumbada en la dirección opuesta, de modo que sus pies se encontraban junto a la cara de Josie.

Chessy, Gina y Trish estaban tumbadas en el suelo en diferentes posiciones, mientras que Caroline estaba despatarrada en una silla, con las piernas colgando por uno de los brazos.

No estaban dormidas, pero sí que eran ajenas a cualquier cosa que pasara a su alrededor.

Ash se rio entre dientes. Gabe dibujó una enorme sonrisa

FRENESÍ

en sus labios. Los otros hombres no estaban menos encantados
con la vista que tenían frente a ellos.

—¿Y qué demonios hacemos con ellas ahora? —preguntó
Ash en voz baja.

Gabe le lanzó una sonrisa petulante y satisfecha.

—Si yo tengo que decirte eso, no hay esperanza para ti, tío.

Josie levantó la mirada; aparentemente ahora había oído
por primera vez su voz. Su sonrisa era deslumbrante y sus ojos
estaban completamente desenfocados. Su cabeza se movió de
arriba abajo mientras hablaba.

—Hola, cariño —dijo alegremente—. ¿Sabías que hay dos
como tú? ¿Quién ha dicho que tengas que improvisar para
darme dos pollas? Ahora hay dos Ash. Ese sería un trío increíble. ¡Yo, tú y tú! ¿A que sí?

Gabe, Jace y Brandon se rieron a carcajadas.

Ash gimió y se precipitó a cubrirle la boca con la mano.

—Joder, nena. Ya puedes dejar de hablar.

Ella sonrió bajo su mano. Cuando él la apartó, Josie le dedicó una sonrisa completamente bobalicona y deslumbrante
que le quitó el aliento.

—¿Me vas a llevar ya a casa para follarme con los tacones
puestos? Mia y Bethany me han contado tooodos los detalles
sobre cómo se las follan con los zapatos puestos una vez les
arrancan los vestidos. Voy a sentirme muy decepcionada si yo
no consigo lo mismo —dijo con una voz solemne.

Ash se inclinó y le dio un ligero beso en la frente.

—Creo que puedo solucionar eso, nena. ¿Estás lista?

Ella levantó ambos brazos.

—Llévame a casa —dijo dramáticamente. Luego se llevó
un dedo a los labios y dijo—: ¡Shhh! No se lo digáis a Ash,
pero Brittany va a irse a casa de un tío macizorro esta noche.
No estoy segura de que vaya a estar muy de acuerdo con eso.
Seguramente quiera investigarlo a fondo para cerciorarse de
que es aceptable para su hermana.

Ash gruñó y luego miró a Brittany antes de mover su atención hacia la puerta.

—¿De qué narices está hablando? —preguntó en la dirección de Jace.

El hombre junto a Jace dio un paso adelante. Era elegante;

259

de eso se dio cuenta Ash desde el principio. Tenía dinero. Tenía un aspecto callado que le decía que tenía mucho dinero, pero que no iba necesariamente gritándolo a los cuatro vientos.

Ash se lo quedó mirando con dureza, sin recular ni un centímetro. Y en favor al hombre, tuvo que reconocer que él tampoco.

—Soy Kai Wellington —dijo calmadamente—. Soy el dueño del club. Me he ofrecido a llevar a Brittany a casa esta noche.

Ash siguió estudiándolo.

—No quiero que te aproveches de ella. Está borracha.

—Lo sé. No me acostaré con ella… todavía.

Ash se encogió e hizo una mueca. No tenía ni las más mínimas ganas de enfrascarse en una discusión sobre con quién iba a acostarse su hermana.

—Me aseguraré de que llega bien a casa —habló Brandon—. No tienes de qué preocuparte.

Kai le envió una mirada divertida a Brandon. Ash pudo ver que no le gustó que Brandon hablara por él o le ofreciera sus servicios. Pero Brandon también sabía lo importantes que estas mujeres eran para Gabe, Jace y Ash. Le habían dejado más que claro lo que le pasaría si alguna vez dejaba que a las chicas les pasara algo cuando estuvieran en el club.

—Más te vale —dijo Ash suavemente—. Me gustaría que me llamaras cuando ya esté sana y salva en casa.

—Dame tu tarjeta. Me aseguraré de que recibas la llamada —dijo Kai.

Ash rebuscó en su cartera, sacó una tarjeta con el número de teléfono de su móvil y luego se la tendió a Kai.

—Si queréis iros con vuestras mujeres, yo y los otros de seguridad nos aseguraremos de que Chessy, Trish y Gina lleguen bien a casa. Caro se quedará conmigo hasta que termine el turno —ofreció Brandon.

Gabe asintió.

—Perfecto, entonces. Cojamos a nuestras mujeres y salgamos de aquí —anunció Ash.

Capítulo veintiséis

—¡ $\mathcal{R}$ eunión! —gritó Mia agresivamente. Se encontraba de pie en el centro de la habitación y agitaba la mano de forma urgente hacia Bethany y Josie.

Josie y Bethany lucharon por levantarse del sofá. Josie se bamboleó peligrosamente y bajó la mirada hasta sus pies, confundida por no saber por qué no funcionaban como deberían. Casi se cayó, pero una mano fuerte la agarró del codo.

—¡Ay! —exclamó ella antes de enderezarse. Le regaló a su «ayuda» una sonrisa deslumbrante y una divertida sonrisa masculina la correspondió. ¿Era Ash? Joder, la cabeza le daba tantas vueltas que no podía distinguir quién era quién o dónde se encontraban.

Se tambaleó hacia donde Mia las esperaba y agarró el brazo de Bethany cuando la otra mujer tropezó en su dirección.

Riéndose como desalmadas, las dos abrazaron a Mia.

—De acuerdo, este es el trato —dijo Mia en un susurro potente—. Tenemos que quedar mañana para comer y darnos todos los detalles. Me muero por saber cómo va a reaccionar Ash.

Josie frunció el ceño y luego miró por encima del hombro hacia donde los hombres se encontraban con sonrisas indulgentes en sus rostros.

—¿Y qué pasa con Brittany? —siseó Josie—. Se va a liar con el Señor Dueño Del Club. Tenemos que averiguar qué ocurre entre ellos, ¿cierto?

—Cierto —Bethany dijo con solemnidad.

—¡Brittany! —gritó Mia otra vez.

Brittany se acercó a ellas apresuradamente y se unió al círculo que habían formado con el rostro lleno de emoción.

—Está bien, almuerzo mañana —dijo Mia—. ¡Tenemos que contarnos todos los detalles picantes!

Una serie de quejidos se escuchó, Josie se giró y silenció a los hombres con un gruñido feroz. Ellos se rieron y Josie devolvió su atención a las mujeres.

Brittany se mordió el labio y luego miró por encima del hombro de Josie en dirección a Kai Wellington.

—No sé, chicas. Quizás estoy metiéndome donde no debo.

—Yo cuidaré bien de ti, Brittany —dijo Kai con diversión.

—Están poniendo la oreja —murmuró Mia.

—Es difícil no hacerlo, nena —dijo Gabe con la risa bien presente en su voz—. Estáis vociferando lo bastante fuerte como para que os oiga el club entero.

Mia gruñó y a continuación bajó su voz hasta un susurro.

—A la una. En Isabella's. Y así podremos contárnoslo todo.

—¿Siempre hacen esto? —preguntó Kai de fondo.

—Ojalá lo supiera —murmuró Jace—. No hay nada como sentirse intimidado por la nota que te vayan a poner al día siguiente. Esa es una presión enorme sobre los hombros de un hombre.

Las mujeres se rieron tontamente y luego Mia estiró el brazo dentro del círculo.

—A la de tres vamos a por nuestros hombres.

Pusieron las manos una encima de la otra en el centro.

—¡Una, dos, tres!

Levantaron las manos y se separaron del corrillo. Josie se tambaleó y registró el suelo en busca de sus zapatos.

—¡Mis zapatos! Tengo que tener esos zapatos —se quejó—. ¡Si no tengo esos zapatos lo arruinaré todo!

—¿Estás buscando esto, nena?

Levantó la mirada y vio a Ash con los tacones colgando de sus dedos. Sus ojos brillaban divertidos, pero su mirada recayó sobre su cuerpo con apreciación. Se contoneó a modo de experimento y esperó que su vestido cubriera todo lo que debiera.

Sus ojos brillaron incluso más y estiró los brazos para ajustarle la parte de arriba del vestido. Sus dedos rozaron la piel de uno de sus pechos.

—Esa vista es solo para mí —murmuró—. No es que no estés deliciosa con ese atisbo de pezón, pero nadie puede verlo.

Ella se llevó las manos al pecho con brusquedad, horrorizada, y luego miró con ansiedad a los otros hombres.

—Dios mío. ¿¡Han visto ellos mis pezones!?

Las risas aumentaron y hubo una serie de negaciones con la cabeza. Ash se inclinó para besarla y la estrechó entre sus brazos. Todo su cuerpo se sacudía de la risa.

—No, nena. Nadie excepto yo los ha visto.

Mientras hablaba, se giró, y fulminó con la mirada a los otros hombres, que inmediatamente sacudieron sus cabezas y pusieron expresiones de completa inocencia.

—Tengo que ponerme los zapatos —gruñó Josie.

Ash la sentó en el sofá y luego le volvió a deslizar los pies dentro de los tacones con suavidad. Había algo extremadamente perverso en que un hombre le pusiera los zapatos. Sus manos eran cálidas y reconfortantes contra su piel. Le dio un pequeño apretón a uno de sus pies antes de retroceder para ofrecerle la mano y ayudarla a ponerse en pie.

Se levantó y comprobó con cuidado la estabilidad de sus piernas. No había llevado los tacones durante la mayor parte del tiempo que habían estado bebiendo y lo último que quería era caerse de bruces ahora que volvía a tenerlos puestos.

Se tambaleaba un poco, pero Ash la agarró con firmeza por el brazo antes de pegarla contra su costado. Ella suspiró y se derritió contra él, saboreando el calor y el olor de este hombre tan espléndido.

—Gracias por cuidar de ellas —le dijo Ash a Brandon mientras se encaminaban hacia la puerta.

—Eh, ¿y yo qué? —balbució Jace—. Recuerda, la próxima vez te toca a ti.

Ash sonrió.

—Lo estoy esperando con ansia.

Ash se dirigió hacia la puerta manteniendo a Josie bien apretada contra su costado. Ella se tropezaba cada dos por tres y Ash ralentizó el ritmo para adecuarlo al suyo inestable. Estaba derretida contra él, tan sumisa y adorable que desearía no estar tan lejos de su apartamento. No quería nada más que desnudarla y quitarle ese vestido y hacerle el amor con esos zapatos puestos hasta que ambos se quedaran dormidos.

Gabe y Jace no habían mentido. Estaba loco de celos de ellos por haber experimentado esto antes. Pero ahora tenía a Josie. Josie formaba parte de su círculo de amigos, tal y como había querido. Lo esperaba con ansia e inmensa satisfacción, sabiendo con absoluta certeza que a partir de ahora sí que lo experimentaría más a menudo.

Otros tíos podrían quejarse de las noches de chicas. A algunos no les gustaba que sus mujeres salieran sin ellos. Pero si tuvieran esto esperándoles al final de la noche, seguro que se pondría de moda llevar vestidos sexis y zapatos con tacones brillantes para morirse.

Sonrió de nuevo mientras guiaba a Josie hacia la rampa que llevaba hasta la pista de baile. Brandon apareció con otro segurata, flanqueando a Ash como una barrera protectora para que no los empujaran las otras personas en el club.

Cuando llegaron fuera, condujo a Josie hasta el coche y la ayudó a entrar. Cuando él se deslizó hasta el asiento trasero del coche, Josie ya estaba tirada de un modo poco delicado por todo el asiento con las piernas extendidas de lado. Uno de sus tacones colgaba peligrosamente de su pie, así que él lo volvió a colocar en su sitio agarrándola del tobillo mientras lo hacía.

Ella abrió los ojos y le dedicó una sonrisa adorable y bobalicona.

—Hola —dijo con voz ronca.

Él se rio y se echó hacia delante para besarla en la nariz. Era la cosa más adorable que hubiera visto nunca. Y era toda suya.

—Hola. ¿Te lo has pasado bien?

—Oh, sí —respondió en voz baja—. Tenías razón. Mia y Bethany son la bomba. Y también el resto de sus amigas. —Frunció el ceño por un minuto y Ash la miró con curiosidad para buscar la fuente de esas arrugas en su entrecejo—. Aunque Caro se va a mudar. Eso ha entristecido a Mia. Caro y Brandon se van a casar y se van a mudar a Las Vegas. Pero no pasa nada. Aún nos tiene a Bethany, y a mí —dijo señalándose su propio pecho.

Ash se rio entre dientes.

—Sí, nena. Os tendrá a vosotras.

—¡Y Brittany! —dijo Josie, iluminándosele el rostro—.

Se lo pasó bien, Ash. Estaba triste porque no tenía a ningún tío con el que disfrutar del sexo estando borracha, pero luego apareció Kai.

Ash frunció el ceño.

—No tengo muy claro que me guste la idea de que se líe con un tío que acaba de conocer en una discoteca.

—Él no está mal —dijo Josie lentamente—. Parece muy intenso. Pero para bien, ¿sabes? Como tú.

Ash sacudió la cabeza.

—Si él es como yo, entonces sé que no quiero que mi hermana pequeña tenga un lío de una noche con él.

Josie frunció el ceño de nuevo.

—No creo que vaya a ser un lío de una noche, Ash. Parecía muy… serio. Como si se la quisiera comer. Me hacía estremecer.

Ash gruñó ante eso último.

—¿Te hacía estremecer? ¿Qué demonios?

Ella se rio tontamente.

—No pasa nada. Ya sabes que yo solo te quiero a ti. Pero está bueno, y él piensa que Brittany es guapa. Me alegro por ella.

Ash suspiró.

—Yo seré el que juzgue si nos alegramos por ella o no. Tendré que investigar a este tío y ver si está al nivel.

Pero ¿qué podría decir Ash de estar al nivel? Lo hacía parecer un maldito hipócrita. Él había hecho cosas no muy buenas, y no se arrepentía de ellas, pero ahí estaban. Simplemente no estaba seguro del todo de querer que su hermana saliera con un hombre del que no sabía nada. Sabía que sus propias intenciones eran buenas, ¿pero y las de Kai Wellington?

Pero ya era suficiente de hablar de Brittany y Kai. Recibiría una llamada más tarde tal y como Kai le había prometido o Ash enviaría a alguien a que viera cómo estaba Brittany. Y mañana investigaría un poco el pasado de Kai Wellington y vería si tenía secretos oscuros que lo convirtieran en un mal partido para Brittany.

Ahora mismo tenía a una mujer muy borracha, muy adorable y muy sexi con la que se moría por volver a casa para quitarle ese vestido del cuerpo.

—Tengo que decir, nena, que ese vestido y los zapatos te van como anillo al dedo.

Ella le envió otra sonrisa deslumbrante; sus dientes destellaron y un hoyuelo se le formó en la mejilla.

—¿Te gustan?

—Joder, ya te digo —gruñó—. Pero me gustarán más cuando lleguemos a casa y te los quite de encima.

Ella arrugó la nariz y frunció el entrecejo.

—Pero los zapatos no, Ash. Mia y Bethany dijeron que ellas siempre tenían sexo con los zapatos puestos. No podemos saltarnos el protocolo. Es el credo de la noche de chicas.

Él se rio.

—Claro, nena. Los zapatos por supuesto que se quedarán puestos.

Cuando aparcaron frente al edificio, Ash salió y luego alargó los brazos hasta Josie dentro del coche para ayudarla a salir. Una vez se hubo asegurado de que tenía los pies debajo del cuerpo y que no se caería de bruces al suelo, la guio hasta la puerta de la entrada con el brazo envuelto firmemente alrededor de su cintura.

En el ascensor, ella se llevó una mano rápidamente al estómago y se volvió verde mientras subían.

Él la estrechó entre sus brazos.

—Respira hondo, nena. No puedo dejar que te pongas enferma ahora.

—Estoy bien —dijo ligeramente—. El ascensor solo ha hecho que me maree un poco.

Las puertas se abrieron para dar paso a su apartamento y él la ayudó a salir. Inmediatamente después se dirigieron al dormitorio. Su teléfono móvil sonó, pero cuando bajó la mirada para ver quién llamaba, no reconoció el número. Sabiendo que podría ser Wellington que llamaba para dar noticias sobre Brittany, mantuvo agarrada a Josie con una mano y respondió la llamada con la otra.

—Ash McIntyre —dijo.

—Soy Kai Wellington. Brittany está en casa sana y salva. No tiene de qué preocuparse, señor McIntyre. Su hermana está en buenas manos.

—Gracias —murmuró Ash—. Aprecio la llamada.

Colgaron y Ash se escribió una nota mental para asegurarse de que su hermana estuviera bien al día siguiente. Luego devolvió su atención a Josie y la depositó sobre el borde de la cama.

—De acuerdo, cariño, estamos en casa y estás a cargo de la seducción de la noche de chicas. ¿Qué quieres que haga tu hombre?

Sus ojos brillaron, y en comparación con la tenue luz de la lámpara de la mesilla de noche, parecieron casi luces de neón. Entreabrió los labios y él casi dejó escapar un gemido. Dios, esta mujer lo iba a volver loco.

—Primero tienes que arrancarme el vestido, y luego tienes que follarme con fuerza y pasión.

Ella parecía tan esperanzada que Ash se rio entre dientes.

—Lo que quieras, nena. Que no se diga que he decepcionado a mi chica.

Ella sonrió y dejó escapar un suspiro de felicidad.

—Me gusta.

—¿Qué te gusta, nena?

—Que me llames «mi chica». Suena muy dulce y sexi.

—Eres mi chica —dijo mientras hacía que su voz sonara grave y baja.

Ella levantó los brazos.

—Entonces arráncale a tu chica el vestido y poséela hasta que se quede dormida.

Él se rio, pero se acercó y la puso de pie.

—Eso puedo hacerlo, mi amor.

Ella suspiró otra vez, tambaleándose con paso vacilante antes de volver a recuperar el equilibrio.

—Me encantan todos los nombres cariñosos con los que me llamas. Son muy bonitos.

Él sonrió y le dio la vuelta para desabrocharle el vestido. Dejó que este se deslizara por su cuerpo hasta caer a sus pies, y luego la ayudó a desenredar sus tacones de la delicada tela. A Ash se le cortó la respiración cuando su mirada viajó por toda la superficie de su cuerpo.

—Dios santo —murmuró—. ¿De dónde has sacado la lencería?

—La tenía —dijo ella con petulancia—. Michael nunca la

MAYA BANKS

vio, así que no te preocupes. Tú eres el único hombre que me ha visto con ella. Lo estaba guardando para una ocasión especial, y yo diría que este momento cumple con todos los requisitos.

—Oh, sí. Desde luego.

Se giró, se inclinó hacia él con los ojos bien abiertos y le susurró como si estuviera compartiendo con él un enorme secreto.

—Tiene una abertura por debajo. No me la tienes que quitar siquiera para follarme.

El cuerpo de Ash se sacudió y él la agarró de la barbilla antes de bajar su rostro hasta el de ella para besarla en la boca. Sabía a tequila y a algo afrutado. Su lengua, caliente y salvaje, colisionó con la suya. Él la succionó, queriendo devorarla entera.

Ella gimió contra su boca. Lo besó animadamente mientras su cuerpo se retorcía contra el suyo de la necesidad que estaba sintiendo. Ash ya pudo incluso sentir que Josie se encontraba peligrosamente cerca de correrse. No le costaría mucho llevarla al abismo.

Pero él no quería que la noche acabara tan pronto. Si se corría ahora, podría quedarse frita perfectamente para dormir la mona. Había esperado demasiado para esto como para hacer que acabara en cinco minutos.

—Voy a follarte duro, nena —dijo poniendo a propósito una voz fuerte y tenaz. Ella se estremeció tal y como él sabría que lo haría—. Tu boca, tu coño y tu culo. Voy a tenerlos todos antes de que esto se acabe.

—Ash.

Su nombre salió en un gemido lleno de necesidad que lo hizo sonreír. Oh, sí, estaba cachonda y caliente. Su cuerpo ardía de pasión. Se restregaba contra él como un animal en celo.

—Ponte de rodillas —le ordenó con brusquedad.

Él permaneció agarrado a ella mientras Josie se deslizaba contra su cuerpo y se colocaba de rodillas. Ash agarró una almohada y la colocó debajo de ella antes de soltarla por fin. Se quedó de pie durante un momento para asegurarse de que no iba a caerse y luego retrocedió mientras se desabrochaba la bragueta.

Su miembro salió de su encierro para acabar en el de su propia mano, hecho que no le gustaba lo más mínimo ya que quería que lo que estuviera alrededor de él fuera la boca de Josie y no su mano. Enterró la otra mano en su pelo y la atrajo bruscamente hacia él al mismo tiempo que pegaba su polla contra sus labios.

Ella se abrió para él con un suspiro entrecortado, que le envió escalofríos por toda la espalda. Sus testículos se endurecieron, dolientes, mientras su erección se deslizaba por encima de su cálida lengua. Cerró la boca a su alrededor y lo succionó entero. Ash dejó escapar un gemido estridente mientras se adentraba hasta la parte posterior de su garganta.

—Inmensamente preciosa —dijo con un tono áspero.

Los sonidos húmedos de succión que ella producía eran altos y eróticos a sus oídos. Cada vez que se retiraba, siempre sentía su resistencia al intentar volver a chuparlo de nuevo. Sus mejillas se hundían con cada retracción y luego se inflaban cuando volvía a enterrarse en ella.

Le encantaba ver la imagen de su polla deslizándose y abriéndose paso entre sus labios y luego retirándose, húmeda debido a su saliva. Josie produjo un sonido con los labios semejante al de los besos sonoros que casi hizo que se corriera. Durante unos largos momentos, disfrutó de la sensación de tener su lengua deslizándose por la parte inferior de su miembro. Luego le rodeó la punta del pene y jugó con el sensible glande cuando se retiró de su boca.

No iba a durar mucho más como esto siguiera así. Reacio a abandonar la dulzura de su boca, se retiró y la puso de pie. Sus ojos estaban vidriosos, una mezcla entre el alcohol y el intenso deseo. Brillaban con fuerza y sensualidad, llenos de una dulzura que él asociaba con ella.

La tumbó de espaldas en la cama y tiró de su sujetador; quería darse un banquete con sus pechos. Se inclinó sobre ella, entre sus muslos separados, y le pasó la lengua por el montículo antes de capturar el pezón y succionarlo con fuerza entre sus dientes. Luego ascendió hasta su cuello, mordisquito a mordisquito, y succionó la elástica piel antes de morder el lóbulo de su oreja con la fuerza suficiente como para hacerla gritar. Deslizó la lengua lamiéndole todos los pliegues de su oreja antes de volver a bajar para succionarle el lóbulo.

—Aa… ash —gimió, pronunciando su nombre con dos sílabas—. Me estás matando.

Él se rio entre dientes.

—Esa es la idea, nena. Quiero que estés tan cachonda y loca que puedas acogerme en el culo sin esfuerzo.

Ella se estremeció sin parar y su cuerpo se arqueó sin poder contenerse contra el de él.

—Ya estoy ahí —jadeó—. Llegué al punto de la locura hace alrededor de dos minutos.

—Bien.

Se tomó su tiempo lamiéndole y devorándole los pezones hasta que estuvieran rojos y enhiestos. Luego dejó que su boca se deslizara más abajo, y besó la piel suave de su vientre, y más abajo aún, hasta abrirse paso entre la abertura de sus bragas y entre sus labios suaves y aterciopelados. Le lamió el clítoris, pero se aseguró de no pasar demasiado tiempo allí o se correría enseguida. Bajó más aún por su carne, succionándola y besándola, hasta llegar a su abertura y deslizó la lengua dentro tal y como su pene haría dentro de poco.

—Nunca voy a tener suficiente de ti —dijo con voz ronca—. Tienes un sabor muy dulce. Adictivo.

Continuó con su sensual asalto sobre su más íntima carne hasta que ella estuvo suplicándole descaradamente que la llevara hasta el final. Se movía hacia arriba con movimientos frenéticos y llenos de necesidad. Él le agarró las caderas y la mantuvo quieta mientras seguía poseyéndola con la lengua.

—¡Ash! ¡Me voy a correr!

Él se apartó y la dejó al límite del abismo. Se quedó así durante un rato, respirando con tanta fuerza como ella. Luego se colocó entre sus piernas y levantó los tobillos de Josie para poder agarrarse al tacón de sus zapatos.

Ella abrió los ojos como platos y la excitación explotó en esas profundidades aguamarinas. Le levantó aún más las piernas hasta estar dobladas sobre su cuerpo y las rodillas bien abiertas a cada lado. No esperó. No prolongó la agonía. Asegurándose de que la hendidura de sus bragas estaba entreabierta, embistió con fuerza y se enterró en ella con un solo movimiento, llenándola al instante hasta el fondo.

Ella dejó escapar un grito. Su sexo se lo tragaba con un frenesí apasionado que lo obligó a descubrir sus dientes mientras luchaba por mantener el control. Sabía que no podría seguir con esto mucho tiempo, así que se movió con velocidad hasta llevarlos a ambos a un frenesí imparable. Se enterraba en ella con profundidad. Con fuerza. Tal y como lo haría pronto en su trasero.

Cuando la sintió temblar con más urgencia a su alrededor, se quedó quieto, hincado hasta el fondo en su interior. Respiró hondo y cerró los ojos mientras intentaba recuperar el control. Luego se retiró, aunque siguió agarrado a los tacones con las dos manos.

Soltó una y rápidamente le quitó las sedosas bragas con las que se la había follado. Él quería su culo, y por muy sexy que fuera la lencería, solo había una abertura y esta solo le daba acceso a su sexo. Deslizó la mano por debajo de su ahora desnudo trasero y lo levantó para poder verlo mejor. Ella abrió los ojos como platos cuando se dio cuenta de que iba a penetrarla en esa postura. Normalmente cuando Ash le había follado el culo, ella siempre se encontraba a cuatro patas. De esta forma era mucho más vulnerable. Estaba completamente abierta a él, con las piernas bien arriba en el aire y su trasero perfectamente curvado y preparado para que él se hundiera en su interior.

Ash guio su miembro hasta su ano y tardó solo un momento en coger el lubricante.

—No voy a usar mucho esta vez, nena. Solo lo suficiente para entrar dentro de ti. Quiero que lo sientas. Que me sientas mientras empujo contra tu carne.

La respiración de Josie se entrecortó en sus labios. Se los relamió con deseo y él casi perdió la batalla contra el placer en ese momento. Con la mandíbula apretada, se aplicó apresuradamente el lubricante sobre su dura erección y luego arrojó el tubo a un lado mientras se ponía en posición. En el momento en que encajó la cabeza de su pene contra su ano, apartó la mano y la envolvió alrededor de su tacón, de modo que ambas manos volvían a estar sujetas a sus zapatos, abriéndola con amplitud para facilitar su invasión.

Él empujó sus caderas sin vacilar. Ella se abrió para él y abrió los ojos más aún como platos mientras se dilataba para acomodarlo en su interior.

—Eso es, nena —dijo en un tono aprobador—. Déjame entrar. Voy a follarte con fuerza hasta que ambos nos corramos. Quiero que uses tu mano porque yo voy a estar agarrándote los tacones todo el tiempo. Pero no te corras hasta que te lo diga, ¿de acuerdo?

—Está bien —contestó ella con una voz fantasiosa.

Ella deslizó una mano entre sus muslos y sobre su clítoris y emitió un gemido cuando se acarició.

Aprovechando ese descuido, cuando ella estaba más centrada en su propio placer, Ash se movió hacia delante y la abrió por completo con un solo envite implacable. Ella se alzó y un grito atravesó el aire de la habitación.

Estaba hundido hasta el fondo, empujando contra ella y luchando por seguir introduciéndose más aún en su interior.

—Joder —gimió él—. No voy a durar mucho, nena. Tienes que llegar ya porque yo voy a moverme con fuerza y no voy a parar hasta correrme.

—Estoy ahí —respondió ella sin aliento—. No pares, Ash. Estoy muy cerca.

Sin necesitar más ánimos por su parte, este comenzó a moverse con energía en su interior. Sus muslos chocaban contra el trasero de Josie, que provocaba que le temblara todo el cuerpo. Ella cerró los ojos y arqueó el cuello hacia arriba cuando él empezó la carrera para llegar al clímax.

Josie se corrió primero, y su intenso grito lo atravesó con fuerza y lo urgió a que él llegara a su propio orgasmo. Comenzó a correrse, y chorro tras chorro de semen se fue vaciando en su interior y haciendo su penetración más sencilla. Josie movía sus dedos casi violentamente sobre su clítoris al mismo tiempo que él la embestía con más vigor y profundidad. Entonces, ella apartó la mano y se quedó respirando con dificultad, con los ojos desenfocados y eufóricos.

Él se introdujo en ella una última vez y permaneció en su interior mientras terminaba de vaciarse dentro de su cuerpo. Luego se cernió sobre ella y soltó con cuidado sus tacones, dejando que sus piernas cayeran sin fuerzas sobre la cama.

Les costaba recobrar el aliento e inspirar el aire suficiente en sus doloridos pulmones. Ash cerró los ojos y la apretó fuertemente contra él, abrazándola y pegándola contra su cuerpo para que sintiera el latido de su corazón.

Nunca había sido así. Nunca antes. Solo con Josie. Su corazón estaba tan lleno que parecía estar a punto de estallar. Había muchas cosas que quería decir. Que quería decirle a ella.

Josie le pasó los dedos por su pelo y lo acarició con suavidad antes de que estos se cayeran sobre la cama y su cuerpo se quedara completamente laxo debajo del de Ash. Él levantó la cabeza y la miró con una sonrisa enorme curvando sus labios hacia arriba.

Se había quedado dormida.

Riéndose entre dientes, suavemente se retiró de su cuerpo y luego fue al cuarto de baño antes de volver con una toalla cálida para limpiarla. Tras asegurarse de que estaba limpia y cómoda, le quitó los tacones y luego se deshizo del resto de la ropa antes de cogerla en brazos y colocarla bien en la cama. Él se acurrucó a su lado y alargó la mano para apagar la lámpara.

La habitación quedó a oscuras y él la atrajo más contra sí, contra el refugio de su cuerpo. Le acarició el cuerpo y disfrutó de la sensación de tenerla saciada y calentita junto a él.

Sí, las noches de chicas deberían ser más regulares. No había nada mejor que una mujer preciosa, borracha y completamente adorable volviera a casa con él con el único deseo de que la follara con esos taconazos puestos.

Tomó nota mentalmente para ir a comprarle una docena de zapatos de tacones sexis y brillantes. Y aprovechando el viaje, estaba más que claro que también le compraría más lencería picante que tuviera hendiduras en las bragas para facilitarle el acceso de entrada.

Capítulo veintisiete

—¿Viene Brittany? —preguntó Mia cuando Josie se deslizó en la mesa junto a Bethany.

—Me mandó un mensaje justo cuando estaba saliendo del apartamento y me dijo que nos vería aquí —contestó Josie—. Creo que estará al llegar.

—¿Te dijo algo de cómo le fue la noche? —preguntó Bethany.

Josie hizo una mueca y negó con la cabeza.

—Nada. Dijo que ya nos contaría cuando llegara aquí.

—Al menos tiene el día de descanso en el trabajo y no ha tenido que enfrentarse a la resaca en el trabajo —dijo Mia—. ¡Los chupitos me dejaron fatal! Gabe fue muy dulce y me mimó hasta que tuvo que irse al trabajo, pero luego volví a la cama y me quedé allí hasta que se hizo la hora de venir para comer con vosotras.

Bethany se rio disimuladamente.

—Sí, Jace fue muy dulce también. Es increíble la gratitud que demuestran por tener sexo con una mujer borracha.

Josie se rio.

—Ash me trajo café y lo que dijo que era la cura de las resacas. No sé siquiera lo que era. Varias pastillas. Pero funcionó. Tras la ducha, por increíble que parezca, me sentí persona otra vez.

—Oh, mira, ahí está Brittany —dijo Bethany levantando la mano para avisarla.

Brittany se abrió camino entre el atestado restaurante y luego se sentó a la mesa junto a Mia.

—Buenas, gente —dijo ella animadamente.

—Esa cara es de alguien que ha pillado cacho —dijo Mia secamente.

Brittany se puso roja como un tomate, pero sus ojos brillaron.

—¡Suelta prenda! —exigió Josie—. Nos estamos muriendo por saber todos los detalles sobre Kai Wellington.

Brittany se rio.

—Ay, chicas. Él es… increíble. No tengo palabras siquiera. Tiene un aire oscuro y misterioso… No habla mucho, pero cuando lo hace, tú simplemente lo escuchas, ¿sabéis?

—Pasa a la parte interesante —dijo Mia con impaciencia—. ¿Cómo es en la cama?

Todas se echaron a reír.

—Hum… bueno, no tuvimos sexo anoche —admitió Brittany—. Me llevó a mi apartamento y me metió en la cama. No recuerdo nada más después de eso. Pero esta mañana, me desperté y él estaba en la cama, a mi lado. Se había desnudado y solo tenía los bóxers puestos, y dejadme que os diga, ¡el tío está potente! Por favor, estaba literalmente babeando en la almohada.

Josie se rio entre dientes ante la animada descripción de Brittany.

—¡Y fue muuuy dulce también! Me trajo el desayuno a la cama y luego me llevó al cuarto de baño para ducharme.

—¿Te llevó al cuarto de baño? —preguntó Bethany—. ¿Quieres decir que se metió en la ducha contigo?

Brittany se ruborizó.

—Sí. Fue muy dulce. Pero también sexual. Quiero decir, con toda esa carne de hombre, desnuda, pensé que me iba a dar un ataque al corazón.

—¿Y qué pasó entonces? —dijo Mia.

—Tras la ducha volvimos a la cama, y entonces es cuando tuvimos sexo.

Brittany tenía dibujada una sonrisa satisfecha y petulante. Sí, el sexo había sido muy bueno a juzgar por su expresión.

—¿Y? —exigió Bethany—. Vamos, ¡no nos dejes con la intriga! Tenía toda la pinta de ser un animal en la cama. Tan serio y pensativo… ¡como Jace!

—Está bien, para —dijo Mia con un escalofrío—. Podemos hablar de tíos buenos todo lo que queramos, ¿pero podemos dejar, por favor, a Jace fuera?

Josie hizo una mueca.

—Qué aburrida eres, Mia. ¿No puedes olvidarte del hecho de que es tu hermano por un ratito?

Mia negó con la cabeza con vehemencia.

Brittany se rio y luego se recostó contra el asiento, soltando un suspiro enamorado que le dijo a Josie que ya estaba bien pillada por Kai. Aunque ¿quién era ella para juzgar? A ella no le había llevado mucho más tiempo caer rendida a los pies de Ash. Había estado sentenciada desde el minuto en que la había sacado a rastras de su apartamento. Si era completamente franca, tenía que admitir que había estado sentenciada desde aquel primer día en el parque. Solo que le había llevado algo más de tiempo darse cuenta de eso.

—Fue increíble —dijo Brittany—. Y sí, es un animal en la cama. Tan exigente y posesivo. —Se estremeció, y pequeñas ráfagas de frío le atravesaron la piel. Luego su expresión se ensombreció y torció la boca en una mueca—. Nada comparado con mi primer marido. Ugh. ¡No son siquiera del mismo universo!

—Olvídalo —ordenó Josie—. Él es pasado. Pasa página. Y ahora cuéntanos más.

Las otras rompieron a reír otra vez. Estaba atrayendo la atención de las otras mesas, pero a Josie no le importaba. Normalmente se sentiría cohibida de tener tanta atención centrada en ella en un lugar público, pero ya adoraba a estas chicas y se estaba divirtiendo.

—Tuve tres orgasmos —dijo Brittany en un susurro alto—. ¡Tres! Esos ya son tres más de los que tuve con mi marido.

—¡Sí! —dijo Bethany con una sonrisa enorme en el rostro—. ¿Y ahora qué? ¿Fue solo un rollo de una noche? ¿Le diste tu número? ¿Te va a llamar?

—Una a una, Bethany —la regañó Mia—. ¡Se pierde! Pero sí, Brittany, cuéntanoslo todo.

Brittany sonrió y Josie vio lo guapa que era. Sus ojos brillaban y las sombras que la habían perseguido antes habían desaparecido. Parecía mucho más segura de sí misma. Parecía… feliz.

—Oh, sí que tiene mi número. Me hizo guardar todos sus números en mi móvil. Quería saber lo que iba a hacer hoy.

Adónde iba a ir y con quién. Luego me dijo que esto no era un rollo de una noche y que mejor que me quitara esa idea de la cabeza ahora si eso era lo que creía.

—Guau —susurró Mia—. ¡Suena intenso!

—Ni siquiera me preguntó si quería volver a verlo —continuó Brittany con una sonrisa bobalicona estampada en el rostro—. Me dijo que estaría en mi apartamento esta noche para llevarme a cenar y que me iba a quedar en su hotel.

Josie frunció el ceño.

—Entonces, ¿no tiene un apartamento aquí?

Brittany negó con la cabeza.

—No. Ha estado en Las Vegas arreglando todas las cosas para abrir el otro club. Y sí, está planeando pasar mucho tiempo allí, o al menos los primeros meses. Viaja mucho, yendo de club en club, así que no tiene una residencia permanente en ningún lado.

—Entonces, ¿cuánto tiempo se quedará aquí? —preguntó Bethany con los labios fruncidos al igual que Josie.

Brittany se encogió de hombros.

—No sé. Supongo que tendremos que ir día a día y ver qué pasa. ¿Quién sabe? A lo mejor solo soy una más de su gran lista de amantes durante el tiempo que ha estado en la ciudad. Ya he aprendido a no ver cosas donde no las hay. Me ayuda a no desilusionarme luego si no sale bien.

—Yo podría añadirme a su lista también —murmuró Mia.

Bethany se rio a carcajadas.

—Le voy a decir a Gabe eso que acabas de decir.

Mia la fulminó con la mirada.

—No, no lo harás. Es el código de amigas. Lo que se dice entre amigas, se queda entre amigas.

—Cierto —coincidió Bethany—. Pero es divertido meterse contigo.

—Además, yo tengo más que de sobra con Gabe. Puedo mirar. A mis ojos no les pasa nada, ni a mis hormonas, mejor dicho. Pero no tengo ningún deseo de tocar a ningún otro hombre —dijo con descaro.

—¿Es posible enamorarse a primera vista? —preguntó Brittany con tristeza—. Tengo treinta años y nunca me he enamorado. Obviamente no estuve enamorada de mi marido. Me preocupa que Kai me haya abrumado y que me haya enganchado a él porque se sintiera tan atraído por mí. Yo solo me pregunto si hubiera respondido de la misma forma que lo hice con Kai pero con cualquier otro tío.

Josie alargó la mano para darle un apretón a la de Brittany.

—Pues claro que es posible. Ocurre más de lo que piensas. Y tienes que dejar de martirizarte con ese primer matrimonio. Las cosas malas pasan, pero se sale de ellas. Ahora ya toca pasar página y darte la oportunidad de encontrar la felicidad.

—Yo no lo habría dicho mejor —dijo Bethany—. Y Jace jura que se enamoró de mí la primera vez que me puso los ojos encima. Y por lo que nos cuentas de Kai, parece que él también ha caído muy rápido.

Mia le echó un brazo a Brittany por los hombros.

—Ve a por él, nena. Pásatelo bien. Si funciona, perfecto. Si no, nos tendrás a nosotras para desahogarte. Eso sin mencionar a Ash y a los chicos, que le darían una paliza a Kai si te hiciera daño.

Bethany sonrió; también estaba de acuerdo. Incluso los ojos de Brittany brillaban de diversión. Josie no dijo nada ya que sabía muy bien que Ash haría precisamente eso. Las palabras de Mia eran solo eso: palabras. Pero Ash no vacilaría en ir tras cualquiera que hubiera lastimado a una persona por la que se preocupaba. Ya se lo había demostrado.

—Tienes razón —dijo Brittany—. Debería intentarlo. Pasármelo bien. Estoy dándole demasiadas vueltas. Él seguramente quiera algo de acción mientras esté aquí, y ya que es la bomba en la cama, eso no es problema. Solo espero no volverme una quejica llorona cuando se vaya.

—A lo mejor no se va —dijo Josie encogiéndose de hombros—. Parecía bastante interesado en ti anoche y por lo que nos has contado de él, no parece que solamente seas una vagina andante para él.

—¡Vagina andante! —dijo Mia a carcajadas—. Te voy a robar eso, que lo sepas. ¡Qué risa!

—Creo que tienes razón —concordó Bethany—. Yo también pensé eso cuando conocí a Jace la primera noche. ¡Nunca soñé con que pondría la ciudad patas arriba para encontrarme! Y digamos que una vez me encontró, ya me quedó claro. No es que no tuviéramos nuestros problemas, pero él tenía la mente puesta en que duráramos.

—¿Y qué tal tú y Ash? —preguntó Brittany, cambiando el centro de atención hacia Josie—. Nunca he visto a mi hermano tan encima de una mujer. No es que hayamos pasado mucho tiempo juntos, ya lo sabes, pero lo habría sabido si se hubiera quedado con una misma mujer durante un largo período de tiempo.

—¡Un largo período de tiempo! —exclamó Josie con una risa—. Solo estamos juntos desde hace apenas dos semanas.

—Está enamoradito perdido —dijo Mia, solemne—. Confía en mí, lo sé. Él y Jace siempre se habían tirado a las mismas mujeres, y no era siempre todo de color de rosa. Yo conocí a su último lío. —Hizo una mueca y se aclaró la garganta—. No me refiero a ti, Bethany. Quiero decir antes de ti. Oh, joder, otra vez estoy metiendo la pata.

Las mejillas de Bethany se volvieron de color rosa, pero Josie se rio.

—No, Bethany. No pasa nada, de verdad. Me gusta que podamos hablar de ello y que no dejemos que sea incómodo entre nosotras. De verdad, es mejor así.

Brittany parecía estar completamente perdida, pero las otras no la pusieron al día.

—En fin, como iba diciendo —dijo Mia—, antes de que metiera la pata. Conocí al último rollo de Jace y Ash. Ellos me llevaron a cenar y yo os juro que ella nos siguió hasta allí. No podía haber sido casualidad. El sitio no era para nada su estilo, si sabéis a lo que me refiero. Estábamos en un pub comiendo nachos y otras cosas de picar, y ella apareció como si fuera alguien y montó una escenita. De camino, me insultó a mí porque asumió que era su sustituta.

Le entró un ligero escalofrío mientras dijo lo último.

—No fue muy bien, ¿verdad? —dijo Bethany con una sonrisa.

Mia se encogió.

—No. Eh… digamos que no se tomó muy bien el mensaje de «hemos terminado». Y he sacado este tema porque Jace y Ash se han estado tirando a las mismas mujeres durante mucho tiempo. Y de repente, Jace conoce a Bethany y eso se acaba.

Y luego Ash te conoce a ti y es obvio que su etapa de benefi-
ciarse a chicas aquí y allá ha terminado también. He estado con
él durante muchos años, y nunca se ha quedado con la misma
mujer durante tanto tiempo como contigo, Josie.

—Me alegro de saber eso —murmuró Josie.

—¿Y estás enamorada de él? —preguntó Brittany—. ¿Debería preguntarte qué intenciones tienes con mi hermano?

Todas se rieron y Josie levantó las manos.

—Anoche fui dulce, ¡os lo prometo!

—No has respondido a la pregunta —señaló Mia.

Josie suspiró.

—Sí, estoy enamorada de él. No se lo he dicho. Quería asegurarme de que fuera en el momento adecuado. Suena muy
estúpido, pero no quiero soltárselo a la ligera cuando estemos
teniendo sexo, ni tampoco quiero decírselo cuando esté haciendo algo verdaderamente tierno por mí porque quiero que
sepa que lo digo de corazón y no por el calor del momento.

—¿Él te ha dicho que te quiere? —preguntó Bethany suavemente.

Josie hizo una mueca.

—No.

—La quiere —dijo Mia con resolución—. No tengo ninguna duda. Dios santo, nena, me pone los pelos de punta ver
cómo te mira.

Brittany asintió; también estaba de acuerdo.

—Además de que se puso hecho una fiera con mi madre
cuando montó una escena en el restaurante y te dijo todas esas
cosas horribles. Pensé que iba a estrangularla, ¡aunque tampoco le hubiera intentado parar los pies!

Todas se rieron otra vez y luego las interrumpió el camarero al traer su comida. Durante los siguientes minutos, co-
mieron y se rieron y hablaron de chicos, de sexo, y… bueno, de
más sexo.

Josie no recordaba habérselo pasado tan bien nunca. Todo
era muy… perfecto. Tenía a Ash, y aunque solamente lo tuviera a él, ya se sentía inmensamente feliz. Pero ahora, además,
también tenía unas amigas verdaderamente buenas. Le gustaban de verdad. Eran genuinas, tenían unos corazones enormes
y no tenían ni un pelo de falsas.

¿Qué más podía pedir? Ahora también era una artista de éxito; ¡querían más de su trabajo! Y qué si era solamente una persona. Solo hacía falta una. Quienquiera que fuese se había enamorado de sus cuadros lo suficiente como para comprarlos todos en el mismo momento en que los llevara a la galería. Y ahora tenía grandes amigas y un hombre al que adoraba, que, estaba bastante segura, la adoraba a ella también.

A lo mejor no le había dicho las palabras todavía, pero Josie confiaba en que Ash fuera el elegido. Las palabras saldrían. Ya había empezado a hablar de su futuro juntos como si fuera algo dicho y hecho. ¡Incluso le había dicho que tendría un anillo de compromiso! ¡Y niños! Ningún hombre que no estuviera pensando a largo plazo hablaría de anillos de compromiso y bebés.

Se recostó contra la silla con un suspiro, permitiéndose disfrutar de una copa de vino con las otras chicas. ¿Y por qué no? Al fin y al cabo tenía a alguien que la llevaba a casa.

Una hora más tarde, las chicas se despidieron y subieron a sus respectivos coches para dirigirse a casa. Josie se ofreció a llevar a Brittany ya que ella había ido caminando al restaurante antes, y ambas se pasaron el camino de vuelta al apartamento de Brittany hablando.

—Hoy me lo he pasado bien —dijo Brittany cuando se pararon frente a su edificio—. Muchas gracias por invitarme hoy y anoche, Josie. De verdad que me lo he pasado genial.

—De nada —dijo Josie con una sonrisa cariñosa—. Yo también me lo he pasado muy bien. Tenemos que quedar así de forma más regular.

—¡Por supuesto! —dijo Brittany mientras salía del coche.

—¡Y mantenme informada sobre Kai! —gritó Josie a su espalda.

Brittany se giró, levantó los pulgares y le sonrió de forma exagerada.

Josie se acomodó en el asiento trasero y le mandó un mensaje a Ash diciéndole que iba de vuelta al apartamento. Le había dicho que iba a comer con las chicas y él le había respondido que se lo pasara bien y que le avisara cuando fuera de camino a casa. A lo mejor él podía salir temprano del trabajo.

La excitación recorrió toda su espina dorsal mientras atravesaban la ciudad. No recordaba la última vez que se había sentido tan... feliz. Tan despreocupada y completamente satisfecha con la dirección que estaba tomando su vida.

Cuando llegaron al edificio del apartamento de Ash, ella se bajó y le dio las gracias al conductor. Cuando se dirigió al interior, el portero, que estaba al teléfono, puso la mano sobre el auricular y la llamó desde el otro lado del vestíbulo.

—Señorita Carlysle, le llegó un paquete mientras estuvo fuera. Está en mi mesa. ¿Se lo llevo al apartamento?

Josie sonrió.

—No, no pasa nada. Es pequeño, ¿verdad? Ya lo cojo yo.

Había pedido varios pinceles nuevos y sabía que llegarían hoy.

—Está en la oficina. Deme un segundo e iré a buscarlo.

—Oh, no hace falta —dijo—. Termine su llamada. Iré yo y ya me lo llevo.

—¡Señorita Carlysle! —la llamó desde atrás.

Ella se adentró en la pequeña oficina donde se guardaban los paquetes pendientes de ser entregados y miró hacia la mesa donde se encontraba uno pequeño. Con una sonrisa, se acercó y se lo guardó debajo del brazo. Cuando se dio la vuelta para salir, sus ojos se posaron en varias pinturas cubiertas apoyadas contra la pared más alejada.

Frunció el ceño porque una de ellas no estaba totalmente cubierta y era extremadamente parecida a una de las suyas. ¿Pero qué podrían estar haciendo aquí?

Se acercó precipitadamente sin importarle lo más mínimo meter las narices donde no la llamaban. Quitó el envoltorio y ahogó un grito. ¡Eran sus pinturas!

Capítulo veintiocho

Josie rebuscó apresuradamente entre los otros y el estómago se le hizo un nudo cuando vio todos y cada uno de los cuadros que había vendido en la galería de arte del señor Downing.

¿Qué narices significaba esto?

Dejó que el embalaje cayera al suelo y retrocedió un paso. El nudo que tenía en el estómago se le hizo más grande. Oh, no. No, no, no. No podía ser. Él no habría sido capaz.

Pero sí que lo había hecho. La evidencia la tenía frente a sus narices.

—Señorita Carlysle, por favor. No debería estar aquí —dijo el portero desde la puerta.

—No, supongo que no —murmuró.

Pasó por su lado e ignoró cómo le pedía que parara. ¿Qué demonios podría decirle él?

Se metió bruscamente en el ascensor con las lágrimas ardiéndole en los ojos. ¿Cómo podía haberlo hecho? Se sentía como la imbécil más grande de la tierra. Nunca se habría imaginado que Ash hubiera sido el que comprara todos sus cuadros, pero no debería sorprenderla. Había manipulado cada aspecto de su relación hasta ahora.

La desolación se apoderó de ella. No tenía éxito. No era independiente. Todo había venido de Ash. Estaba viviendo de su dinero, en su apartamento. No había comprado nada con su dinero. La sensación de felicidad que había tenido antes por haber encontrado su lugar en el mundo, ahora había desaparecido debido al descubrimiento de esos cuadros.

Salió del ascensor tan inquieta que no podía siquiera pensar en condiciones. Su mirada recayó sobre las cajas, que la gran mayoría ya habían sido vaciadas. Caminó por su lado y se hundió en el sofá antes de cubrirse el rostro con las manos.

Se sentía completamente humillada. Cada vez que le había hablado a Ash, emocionada, de su éxito, ahora volvía a ella con olas de vergüenza. ¡Y él lo había permitido!

Le había mentido. Algo que ella nunca se hubiera imaginado que él le haría. No, él no había venido ni le había negado haber comprado esas pinturas, aunque ella nunca le había preguntado. Nunca se hubiera imaginado que él fuera a estar detrás de todo. Había mentido por omisión. Y su mentira había sido tan enorme y monumental que su cabeza no podía siquiera concebir cuánto.

¿Qué más le había ocultado?

Las lágrimas ardían bajo sus párpados, pero ella se negó a sucumbir a ellas. También se negaba a creer que estuviera sobreactuando. Esto no era una nimiedad. Su éxito era lo único que le había permitido decir que sí a las exigencias de Ash. Se había sentido como si hubiera aceptado porque se sentía capaz de mantenerse a sí misma. De ninguna manera se habría metido tan a ciegas en una relación con Ash con tal enorme disparidad entre ellos. Ella había estado dispuesta y había sido capaz de someterse a él porque había sido lo bastante fuerte como para ir a él como una igual. En realidad nunca había existido una verdadera equidad entre ellos, pero su éxito como artista, tener dinero en su cuenta bancaria y los medios para mantenerse por sí misma, habían sido importantes para ella y habían igualado la balanza entre ellos. Al menos en su mente.

De lo que no se había dado cuenta era de lo desigual que las cosas eran entre ellos.

Ella vivía en el apartamento de él. Todo el dinero en su cuenta bancaria era de él. No suyo. Ay, Dios, incluso le había pagado el doble. Debería de haber puesto en duda su buena fortuna. La gente no entraba sin más en una galería de arte y ofrecía magnánimamente pagar más de lo que se pedía por una pieza de arte.

Era muy estúpida. Ingenua. Una total y completa idiota.

De verdad se había creído que alguien se había sentido impresionado por su trabajo. Se había creído que tenía verdadero talento aunque el señor Downing se hubiera negado a exhibir más de su arte porque no estaba vendiendo. Ahora sabía la verdad.

Cerró los ojos, destrozada por el descubrimiento. Había confiado en él. Se había abierto por completo a él. Y él se había reído de ese regalo.

Todas esas palabras de cuidar su regalo, de protegerlo y apreciarlo, no significaban nada. Se había reído de ella a lo grande. Dios, incluso les había contado a los demás lo de la venta de sus obras. Había estado tan orgullosa. Tan emocionada. ¿Sabían todos que Ash era su benefactor?

Aparentemente, Ash funcionaba distinguiendo lo que era necesario saber y lo que no. ¿Qué más había decidido que Josie no debía saber?

Levantó la cabeza con la pena anegándose en su pecho hasta no poder respirar. Inspiró hondo de forma irregular e intentó hacer remitir la sensación de ardor dentro de su pecho. Pero nada funcionaba.

Ella lo amaba, y había pensado que él la amaba a ella.

Se masajeó las sienes; el agotamiento se había apoderado de ella. ¿Qué se suponía que debía hacer?

Miró hacia las cajas, y la ira sustituyó parte de su desolación. Ni mucho menos iba a quedarse aquí y a fingir que desconocía lo que él había hecho. ¿Cómo podía hacerlo? Estaba viviendo una auténtica mentira. Y ahora se había topado de frente con el conocimiento de que realmente no tenía éxito en su trabajo. No había nadie que pidiera sus cuadros. Y había descuidado el negocio de las joyas desde que se había instalado en el apartamento de Ash. Había estado tan absorbida por otras cosas que no había tenido tiempo para diseñar nuevas piezas ni para ponerlas a la venta. Había estado tranquila sabiendo que sus pinturas se venderían tan pronto como ella las llevara a la galería, y esas piezas le aportaban mucho más dinero que las joyas. O al menos, le habían aportado más dinero.

Respirando hondo, Josie se obligó a ponerse en pie. A actuar. No le llevaría mucho tiempo volver a empaquetar sus pertenencias. Y todo lo que de verdad quería eran sus útiles de pintura y la ropa que se había traído de su propio piso. Todo lo demás pertenecía a Ash. Eran cosas que él le había comprado y no se las iba a llevar consigo.

De un modo mecánico, lo guardó todo en cajas sin el mismo cuidado que la primera vez que lo había hecho. Treinta minutos después, había llenado todas las cajas y había metido en la bolsa de deporte todos sus artículos de aseo y su ropa. Se quedó observando la habitación, sabiendo que habría que hacer varios viajes para llevar todas sus cosas a su antiguo apartamento. Gracias a Dios que no había anulado el alquiler y que aún tenía un lugar donde vivir.

Echando los hombros hacia atrás, sacó su teléfono y buscó en Google alguna empresa de mudanzas local. Tras una llamada y una factura desorbitante por un trabajo de última hora, todo lo que le quedaba por hacer era esperar. Esperar a las personas que borrarían todo rastro de su presencia en el apartamento de Ash.

Dolía. Dolía mucho. No había parte de su corazón o de su alma que no estuviera enferma en este momento. ¿Pero cómo se podría quedar con un hombre que la había manipulado con tanta despreocupación? Puede que no le hubiera hecho daño físicamente como lo había hecho Michael, pero ahora mismo Josie prefería esa clase de dolor antes que la agonía tan intensa que sentía en lo más profundo de su alma debido a su engaño.

Una hora más tarde, los de la compañía de mudanzas llegaron y comenzaron a bajar las cajas en el ascensor hasta el camión. Josie permaneció en el apartamento hasta que bajaron la última caja. En silencio, los urgió a que se dieran prisa. No quería que Ash volviera a casa del trabajo mientras ella estuviera llevando a cabo su mudanza. No la había llamado todavía, así que debería tener tiempo de sobra.

Para cuando él llegara a casa, ella ya estaría de nuevo en su propio apartamento, y esta vez, no se dejaría engañar por palabras bonitas y promesas vacías.

Maldito fuera por hacer que se enamorara de él. Y maldito fuera también por haberla incluido en su mundo. Le gustaban sus amigos. Adoraba a Bethany y a Mia y a Brittany y a todas las demás. Pero eran sus amigos, leales a él. A ella la aceptaban por él. Y ahora no tenía nada de nada.

Estaba saliendo del ascensor cuando se dio cuenta de dos cosas. Una, que no tenía quién la llevara a su apartamento y que el apartamento de Ash no estaba bien comunicado con el transporte público. Podría coger un taxi, pero tendría que decirle al portero que llamara a uno y podría tardar un rato.

Especialmente a esta hora del día, que todos los taxistas no estaban de servicio.

La segunda cosa de la que se dio cuenta fue que tenía que enfrentarse a Ash. No podía simplemente irse y esconderse en su apartamento. No es que le debiera nada a él, pero no quería irse a casa temiendo el momento en que él se percatara de que se había ido y la inevitable confrontación que eso conllevaría después. Era mejor ir a su oficina, decirle todo lo que tenía que decirle y dejarle claro que habían terminado. De esa forma no tendría que preocuparse por que se presentara en su apartamento buscando una explicación.

Para eso recurriría al chófer de Ash. A fin de cuentas, tenía que ir a recoger a Ash igualmente. Al mirar rápidamente su reloj, se dijo que seguramente seguiría aquí. Si no, cogería un taxi hasta allí aunque eso significara esperar. Desde su oficina, simplemente cogería el metro.

Buscó su teléfono móvil dentro del gran bolso que se había echado al hombro. Tras despedir a los de la mudanza en la puerta y darles las llaves de su apartamento para que pudieran empezar a descargar las cajas, llamó al chófer de Ash, que, gracias a su suerte, solo estaba a una manzana de distancia.

Unos pocos minutos más tarde, Josie se encontraba de camino a la oficina de Ash con lágrimas silenciosas cayendo por sus mejillas.

Capítulo veintinueve

 $\mathcal{A}$ sh echó la cabeza hacia atrás y la apoyó contra el respaldo de su silla con el teléfono aún pegado a la oreja mientras la conferencia continuaba, y continuaba, y continuaba.

Dios, todo lo que quería hacer en este preciso momento era colgar el maldito teléfono y volver a casa con Josie. Había comido con las chicas hoy, y tenía ganas de escuchar cómo le había ido el día. Después la llevaría a cenar. A algún sitio tranquilo e íntimo. Hablarían un poco más y luego la llevaría de vuelta a casa y le haría el amor hasta que ambos no pudieran volver a moverse del cansancio.

Alguien llamó a la puerta y Eleanor asomó la cabeza. Ash frunció el ceño ante la interrupción, aunque si había asomado la cabeza, tenía que ser importante. Era demasiado eficiente como para no saber que esta era una llamada importante.

Puso la llamada en silencio temporalmente, bajó el teléfono y miró a Eleanor con interrogación en los ojos.

—Lo siento, señor, sé que está ocupado, pero la señorita Carlysle está aquí para verle.

Le llevó un momento darse cuenta de que la señorita Carlysle era, de hecho, Josie. Se enderezó y colgó la llamada sin vacilar.

—¿Josie está aquí? —preguntó con brusquedad—. Dile que entre inmediatamente.

Eleanor desapareció y Ash no tardó en ponerse de pie y dirigirse a la puerta para encontrarse con Josie cuando entrara. Josie no había estado nunca en su oficina. Dios, no recordaba siquiera haberle dicho dónde trabajaba.

Un momento después, la puerta se abrió y Josie entró lentamente, pálida y con los ojos hinchados. Como si hubiera estado llorando.

Él estuvo frente a ella en cuestión de segundos y la estrechó entre sus brazos. Ella se tensó y su cuerpo se volvió rígido y completamente firme.

—¿Qué pasa? —exigió—. ¿Qué te ha molestado?

Ella se alejó y caminó por su despacho hacia el centro, donde se quedó completamente quieta; Josie estaba de espaldas a él y con los músculos tensos.

Él entrecerró los ojos.

—¿Josie?

Cuando ella no respondió, Ash la agarró y la puso de cara a él. Lo que vio en su rostro no le gustó ni una pizca. El miedo lo paralizó al mismo tiempo que la miraba a esos ojos sin vida.

Josie siempre brillaba. Así era ella. Podía iluminar una habitación tan solo entrando en ella. Ella resplandecía, tenía una sonrisa preciosa y sus ojos siempre brillaban y estaban llenos de luz. Tal y como todas y cada una de sus facciones.

Pero hoy no. Hoy parecía derrotada. Triste. Parecía completamente destrozada.

Cuando ella se volvió a alejar de él, Ash apretó los labios en una fina línea.

—Recuerda lo que dije, Josie. Cuando tú y yo hablemos, especialmente si estás molesta por algo, no va a ser con una habitación de por medio. Me estás alejando, y esa no es una opción.

Cuando fue a estrecharla de nuevo contra él, ella sacó ambos brazos y lo bloqueó con efectividad.

—No tienes el derecho a decidir —dijo con severidad—. Hemos terminado, Ash. Me he llevado todas mis cosas a mi apartamento.

Él no pudo siquiera controlar su reacción. De todas las cosas que le podía haber dicho, nunca se hubiera imaginado que fuera a decirle precisamente eso. ¿Qué demonios quería decir?

—Y una mierda —soltó mordaz—. ¿Qué narices está pasando, Josie?

—He visto los cuadros —dijo ella con voz ronca—. Todos ellos.

«Mierda.»

Él soltó el aire de sus pulmones y se pasó una mano por el pelo de forma desordenada.

—No quería que te enteraras así, nena.

—No, supongo que no —dijo con desprecio—. No, me imagino que no querías que me enterara nunca.

—No te vas a ir del apartamento, ni vas a cortar porque no te dijera que yo era el que estaba comprando tus cuadros.

—¿Ah, no? —le respondió ella con un tono ácido que no le pegaba nada.

—Nena, tienes que calmarte y dejar que te explique. Lo hablaremos y seguiremos adelante. Pero no voy a tener esta maldita conversación en la oficina, y menos aún teniéndote en la otra punta de la habitación y construyendo un muro entre ambos.

—¿Que me calme? —exigió—. Me has mentido, Ash. Me has mentido. ¿Y se supone que vamos a discutir esto y a pasar página?

—Yo nunca te he mentido —le soltó mordazmente.

—No me sueltes ese rollo. Me has mentido y lo sabes. Además, me hiciste parecer una completa idiota todas esas veces que estuve tan emocionada por vender los cuadros. Dejaste que hablara de ello con tus amigos. Dejaste que me sintiera como si hubiera hecho algo genial. Como si pudiera mantenerme sola. Me hiciste creer que tenía mi propio dinero. Opciones. Un futuro. Dios, me diste cuerda una y otra vez, Ash. Y cada una de ellas era una mentira.

—Mierda —maldijo él—. Josie, eso no era lo que pretendía. Para nada.

Ella levantó la barbilla.

—¿Sabes por qué no discutí contigo por mudarme a tu piso? ¿Por qué dejé que me convencieras con tanta facilidad? Porque sentía como que podía. Porque tenía opciones. Porque no te necesitaba. Pero te quería. Creía que era autosuficiente. Que era capaz de ser una igual, de alguna manera, aunque nunca tuviera todo el dinero que tú sí tienes. Pero era importante para mí ser capaz de contribuir con algo en nuestra relación, aunque solo fuera para mí. En tener confianza en mí misma. Estaba en la cima del mundo, Ash. Porque me sentía como si, por una vez, lo tuviera todo. Una carrera. Tú. Muy buenos amigos. Y nada de eso, ¡nada ha sido real!

Todas y cada una de sus palabras lo atravesaron como si fueran cuchillos. Su rostro había empalidecido incluso más, y sus ojos estaban más afligidos. Ash no había tenido en cuenta sus sentimientos, su autoestima. No había considerado que ella se había sentido como si tuviera opciones, como que no tenía que depender únicamente de él, aunque eso fuera lo que él quisiera. Pero, maldita sea, tampoco había querido hacerle daño. Esa no era la razón por la que lo había hecho, para nada.

—Has manipulado cada aspecto de nuestra relación —le dijo dolorosamente—. Has orquestado cada detalle. Cada paso ha sido calculado. Has jugado conmigo como si fuera un juguete que hubiera caído por primera vez en tus manos. Debería haberlo sabido cuando me chantajeaste con ir a cenar. Y no solo eso, sino también por el hecho de que habías mandado que me siguieran, que sabías que había empeñado las joyas de mi madre. Pero no presté atención. No pensé que fueran señales de advertencia importantes, aunque eso me convierte en una completa idiota por no saber reconocerlas por lo que de verdad eran. Estás tan acostumbrado a ser dios en tu mundo que no pensaste lo que sería jugar a ser dios en el mío.

—Josie, para —le ordenó—. Ya es suficiente. Siento haberte hecho daño. ¡Por dios, eso es lo último que quería hacer! Podemos arreglar esto, nena.

Ella ya estaba sacudiendo la cabeza, y el miedo se instaló en su estómago antes de extenderse hasta el pecho y la garganta; lo agarró y lo retorció hasta que apenas pudo respirar.

—Maldita sea, Josie. Te quiero.

Ella cerró los ojos y una lágrima se deslizó por su mejilla. Cuando volvió a abrirlos, ambos brillaban de la humedad y había tal desesperanza reflejada en ellos que su estómago le dio un vuelco.

—Lo habría dado todo por esas palabras —dijo con suavidad—. Incluso me había convencido a mí misma de que sí que me amabas pero no habías dicho las palabras todavía. No te haces una idea de lo mucho que quería escucharlas de ti. ¿Pero ahora? ¿Cómo puedo creerte siquiera? Ya has dejado claro hasta dónde puedes llegar para manipular las circunstancias y así conseguir lo que quieres. Así que, ¿cómo puedo saber si eso es lo que estás haciendo ahora? ¿Si estás intentando jugar con mis emociones?

Ash se había quedado sin palabras. Total y completamente.

Nunca antes en su vida le había dicho esas palabras a ninguna otra maldita mujer. ¿Y ella pensaba que las había dicho para manipular sus emociones?

La sangre le hervía en las venas con tanta fuerza que estaba seguro de que iba a perder los papeles. Se giró hacia un lado, asustado y frustrado porque no tenía ni idea de qué decir o hacer. Josie estaba rompiendo con él y él había estado planeando el «para siempre» con ella.

Su mano se sacudía mientras la levantaba hasta el collar que llevaba alrededor del cuello.

—¡No! —dijo él con voz ronca, girándose plenamente hacia ella otra vez mientras ella desabrochaba el cierre.

Lo agarró con la mano, se lo tendió y se lo puso en la palma de una de las suyas.

—He sacado todas mis cosas de tu apartamento —dijo con una voz grave—. Te he dejado las llaves en la barra de la cocina. Adiós, Ash. Has sido lo mejor, y también lo peor, que me ha pasado nunca.

Él levantó la mano en un intento de pararla porque ni en sueños iba a dejar que saliera andando por esa puerta como si nada.

—Espera un maldito minuto, Josie. No hemos terminado. No voy a rendirme tan fácilmente. Merece la pena luchar por lo nuestro. Por ti. Y espero por lo que más quieras que tú también pienses lo mismo de mí por muy enfadada que estés ahora mismo.

—Por favor, Ash. No puedo hacer esto ahora —le suplicó. Sus ojos estaban anegados en lágrimas y algunas cayeron por sus mejillas—. Déjame ir. Estoy demasiado enfadada como para formar un argumento coherente y lo último que quiero es decir cosas de las que luego me arrepienta.

Él acortó la distancia entre ellos y la estrechó contra su pecho. Le levantó el mentón con los dedos y la miró fijamente a los ojos.

—Te amo, Josie. Eso es un hecho. Sin manipulaciones, ni dobles intenciones. Te amo. Punto.

Ella cerró los ojos y giró la cara hacia un lado. Él apoyó una mano en su mejilla y le limpió uno de los trazos plateados con el pulgar.

—Solo dime por qué —susurró—. ¿Por qué lo hiciste? ¿Por qué no me lo dijiste? ¿Por qué me lo escondiste?

Ash suspiró.

—No lo sé —admitió—. A lo mejor pensé que reaccionarías tal y como lo has hecho ahora y no quería eso. Me gustaron mucho los cuadros, Josie. Me cabrea que porque hayas averiguado que fui yo el que los compró pienses que no tienes talento y que nadie quiere tu trabajo. Eso son estupideces.

Ella se apartó de él, le dio la espalda y dejó que sus hombros se sacudieran.

—Estoy demasiado enfadada como para tener esta conversación contigo, Ash. Por favor, déjalo.

—No voy a dejarlo cuando me acabas de decir que has sacado todas tus cosas de nuestro apartamento. ¿De verdad esperas que diga «de acuerdo, que te vaya bien»? A la mierda. La única vida que quiero que me vaya bien es contigo.

Ella se abrazó a sí misma por la cintura.

—Voy a volver a mi apartamento. Mis cosas ya están allí. No me puedo quedar más, les prometí a los de la compañía que los vería allí.

El pánico se le clavó en la garganta. La desesperación se apoderó de él. Josie se estaba alejando de él de verdad por culpa de esos cuadros. Sabía que había más. Ash entendía por qué estaba enfadada. No había mirado más allá del hecho de comprarle los cuadros y no había previsto cómo se sentiría ella después, cuando descubriera que todo era una mentira. Eso lo entendía, ¿pero cómo se suponía que iba a recompensarla, a hacerle caer en la cuenta de lo mucho que ella tenía por ofrecerle al mundo, si estaba durmiendo en otra cama y en otra parte de la ciudad?

Ella se encaminó hacia la puerta, y él la siguió con la mirada, completamente paralizado y con el corazón en la garganta.

—Josie, para. Por favor.

Al escuchar el «por favor», se paró, pero no se giró.

—Mírame, por favor —dijo con suavidad.

Lentamente se giró y pudo ver que sus ojos estaban anegados en nuevas lágrimas. Ash maldijo calladamente porque nunca había querido ser la razón por la que ella derramara esas lágrimas.

—Júrame que vas a pensar en ello. En nosotros —le dijo
con una voz ahogada—. Te daré esta noche, nena. Pero si crees
que voy a rendirme y a dejar que te alejes de mí, entonces no
me conoces muy bien.

Ella cerró los ojos y respiró hondo.

—Lo pensaré, Ash. Eso es todo lo que puedo prometerte.
Tengo muchas cosas que solucionar en mi cabeza. Has hecho
que me estrelle, y ahora tengo que averiguar qué hacer. Sabía
al empezar una relación contigo que prometiste cuidar de mí.
Protegerme. Mantenerme económicamente. Y yo estuve de
acuerdo con eso porque pensaba realmente que no necesitaba
que lo hicieras. ¿Puedes entender la diferencia? No tenía por
qué estar contigo. Y por eso quería estar contigo. Si no hubiera
tenido otra elección, ni un lugar donde vivir, ni dinero, ¿cómo
podrías haber estado completamente seguro de que no estaba
contigo por el dinero? Yo nunca quería que eso se convirtiera
en un problema entre nosotros. Es importante para mí ser independiente y ser capaz de mantenerme económicamente aunque no termine haciéndolo. Pero quiero tener esa elección.
Quiero ser capaz de mirarme al espejo y saber que valgo. Que
puedo mantenerme sola y tomar mis propias decisiones.

Él cerró los ojos porque muchas cosas de las que había dicho tenían sentido. Él se sentiría igual en su situación. Y se le
había pasado por completo. No consideró nunca cómo la iba a
hacer sentir que él le hubiera comprado los cuadros y se lo hubiera ocultado. La había cagado. Y ahora podía perderla por
culpa de esa metedura de pata.

—Lo entiendo —dijo con voz ronca—. De verdad, nena. Te
daré esta noche, pero no me gusta nada. Y no voy a darme por
vencido con lo nuestro, así que prepárate. No me rendiré nunca.

Ella tragó saliva con el rostro aún pálido y los ojos, heridos.
Luego se giró y salió de la oficina, llevándose con ella su corazón y su alma y dejándolo únicamente con el collar que se había quitado en la mano.

Capítulo treinta

Josie pasó una noche horrible dando vueltas y vueltas en la cama hasta que finalmente se rindió y se sumergió en la pintura. Por primera vez, los colores vivos no vinieron. No había nada mínimamente alegre en la escena que había pintado. Era oscura, gris. Y exhibía una tristeza que ella misma no se había percatado de haberla filtrado en el lienzo.

Al amanecer, sus hombros se combaron, tensos y doloridos debido a las horas que se había pasado pintando. Cuando le echó un vistazo a la pintura, se encogió de dolor. Era una clara imagen de su estado de ánimo. Miserable.

Josie a punto estuvo de manchar el cuadro con más pintura para estropearlo, pero se contuvo. Sus manos temblaban antes de finalmente añadir su firma, su característica J, en la esquina inferior de la derecha.

Era una pintura honesta. Y también muy buena. Solo era diferente de cualquier otro de los trabajos que hubiera hecho antes. A lo mejor este se parecía más a la línea de lo que los demás querían. A lo mejor la gente no quería su diversión viva y erótica.

Mientras miraba fijamente al cuadro, el título le vino a la cabeza. *Lluvia en Manhattan*. No era particularmente original, pero le iba a su estado de ánimo aunque fuera hiciera una perfecta mañana primaveral. Los edificios de su pintura eran altos y sombríos, y estaban delineados por la lluvia y el cielo encapotado. También se dio cuenta de que el edificio representado en el lienzo era el de Ash.

Suspiró y se levantó al mismo tiempo que estiraba sus músculos agarrotados. Entró dando tumbos en la cocina para prepararse un café. Gracias a Dios que aún tenía un bote en el armario. Tendría que volver a reponer de provisiones su apartamento. Había tirado a la basura todos los alimentos perecederos cuando se mudó, y solo había dejado unos cuantos productos. Y uno de ellos era el café. Necesitaba pasar de las tazas e ir directamente a por una infusión de cafeína intravenosa.

Con una taza humeante en la mano, volvió al salón y subió las persianas para dejar que la luz de la mañana entrara por las ventanas. Fuera las calles estaban silenciosas, apenas empezando a volver a la vida con el tráfico del día.

A ella siempre le había encantado su apartamento. El alquiler le costaba un buen pico, eso sí, y se dio cuenta de que tendría que mudarse a algún sitio más barato. El dinero no le había caído del cielo. No había ningún cliente al que le hubiera enamorado su trabajo y que fuera a comprar cualquier cuadro que llevara a la galería.

Tenía que ir y hablar con el señor Downing para dejarle claro que si continuaba exponiendo sus cuadros no podría vendérselos a Ash. Probablemente no le aceptara nada más ya que estaba rechazando al que debía ser su mejor cliente. ¿Pero cómo podía confiar en que Ash no fuera a comprarlos bajo un seudónimo, uno que ella no pudiera rastrear?

Sí, tendría que mudarse, reorganizar sus prioridades y pensar en las opciones que tenía. Tendría que diseñar más joyería y ponerlas a la venta en su página web. La web había languidecido desde que se había mudado con Ash, ya que toda su atención la había acaparado la pintura. Pero necesitaba el dinero que conseguía de las joyas. Cuando las producía regularmente, vendía regularmente. Su arte tendría que estar en un segundo plano de forma temporal hasta que consiguiera el dinero suficiente como para pensar qué nueva dirección tomar con sus cuadros.

El señor Downing le había dicho que le faltaba visión y enfoque. Que era muy dispersa y le faltaba coherencia. Evidentemente tenía razón. ¿Pero cuál podría ser su nuevo enfoque? Si a la gente no le gustaban los cuadros alegres y vivos que ella creaba, entonces tendría que replantearse su visión de las cosas.

No debería ser demasiado difícil pintar cosas más depresivas y sombrías como la que había pintado esta mañana. No iba a olvidarse de Ash en un día, una semana, o ni siquiera un mes. Lo amaba. Se había enamorado perdidamente de él. El antiguo refrán sobre jugar con fuego se le vino a la cabeza. Ella claramente había jugado, se había lanzado directamente a las llamas, y como consecuencia se había chamuscado.

Sacudió la cabeza, se terminó el café y depositó la taza en la mesita auxiliar. Tenía que volver al trabajo y a lo mejor dibujar una pieza para acompañar a su *Lluvia en Manhattan*. Podría llevárselos entonces al señor Downing y ver si pensaba que esos se venderían mejor que sus anteriores pinturas. ¿Si no? Plan B. Fuera cual fuese.

Miró su teléfono móvil, que había puesto en silencio, y se debatió entre si debería ir a mirar las llamadas perdidas y los mensajes, o no. Seguidamente suspiró. Nadie la llamaría. Excepto a lo mejor Ash, y no quería pensar en él ahora. Se resistió a la tentación de mirar los mensajes —si es que había alguno— y volvió al trabajo, decidida a terminar otra pieza.

Pintar un cuadro normalmente le llevaba días. Cambiaba de parecer sin parar y se fijaba hasta en el último detalle, por muy pequeño que fuera. Pero hoy simplemente estamparía la pintura en el lienzo y no pararía hasta que estuviera terminado. ¿Y qué si no era perfecto? No es que su detallismo la hubiera llevado muy lejos antes.

Sacudió la cabeza. Dios, sonaba como una imbécil quejica y compadecida de sí misma. Ella no era así, y tampoco iba a cambiar para serlo. No era de las que se rendían. Ella nunca había tirado por tierra su sueño. Su madre la había obligado a jurarle que no iba a rendirse. Y de ningún modo iba a defraudar a su madre o a sí misma.

Trabajó durante horas, sin parar, mientras el sol subía cada vez más y más en el cielo y la luz se colaba por su ventana. Llegó a un punto en el que tuvo que cerrar las persianas porque se sentía demasiado expuesta a los que paseaban por la calle. Se había percatado de que un par de tíos no dejaban de pasar frente a su piso para ver si podían seguir viéndola pintar. Y pintar era algo privado. Incluso más ahora que estaba volcando su corazón y su tristeza en el lienzo.

Le había dado los últimos retoques al cuadro cuando alguien llamó a la puerta. Ella se quedó paralizada y el desaliento comenzó a correrle por las venas. ¿Estaba Ash aquí? Había sido bastante claro y cortante en que le daría la noche para pensar pero que no iba a rendirse e iba a luchar por ella y por su relación juntos. Él había querido que ella pensara en ello, pero al final había dejado apartado todo el tema y se había puesto a trabajar.

Se levantó y las manos le temblaron. Podría ignorar la puerta, pero no era una cobarde. Y si Ash había venido hasta aquí, lo mínimo que podía hacer era decirle que necesitaba más tiempo. Espacio.

Con el corazón latiéndole a mil por hora, se limpió las manos y se encaminó hasta la puerta. Respiró hondo y la abrió. Parpadeó de la sorpresa al percatarse de que no había sido Ash el que llamaba a su puerta. ¿Era decepción lo que sentía? Se quitó la idea de la cabeza y se quedó mirando sin decir ni una palabra a Mia y a Bethany, que llevaban expresiones decididas en sus rostros.

—Estás horrible —dijo Mia sin delicadeza—. ¿Has dormido siquiera?

—Esa es una pregunta estúpida, Mia. Es evidente que no —dijo Bethany.

—¿Qué estáis haciendo aquí? —preguntó Josie sin apenas voz.

—Para responder a la que será tu próxima pregunta, no, Ash no nos ha enviado —dijo Mia con firmeza—. Y para responder a tu primera pregunta, estamos aquí porque vamos a obligarte a comer con nosotras y no pienses siquiera en decirnos que no.

Josie se quedó boquiabierta. Bethany se rio.

—Es mejor que te vengas por las buenas, Josie —dijo Bethany, con la risa aún patente en su voz—. Mia es muy decidida y asusta un poco cuando se le mete algo en la cabeza. Estoy segura de que Gabe corroborará ese hecho.

Mia le dio un codazo a Bethany y gruñó. A pesar de todo, Josie sonrió y el alivio se le instaló en los hombros.

—¿Me podéis dar un minuto para que lo limpie todo? He he… estado trabajando —terminó sin convicción.

—Claro —trinó Mia.

—Entrad —dijo Josie apresuradamente—. Sentaos. Está

todo un poco desordenado. No he desempaquetado nada todavía, y, como os he dicho, he estado trabajando.

—¿Esos son tus cuadros nuevos? —preguntó Bethany suavemente cuando entraron en el salón.

Mia y Bethany se habían quedado mirando fijamente las dos pinturas que acababa de terminar. Josie se pasó las manos por los pantalones y asintió.

—Son muy buenos —dijo Mia—. Hay mucho sentimiento en ellos. —Giró sus ojos llenos de compasión hacia Josie—. Y es obvio que estás molesta.

Josie no sabía qué responder a eso.

—Yo… eh… vengo en un minuto, ¿de acuerdo?

Mia y Bethany asintieron y Josie se precipitó hacia el cuarto de baño para asegurarse de que estuviera presentable. Cuando se miró en el espejo, hizo una mueca. Con razón le habían dicho que estaba horrible. Lo estaba de verdad.

Se echó agua en la cara y rápidamente se aplicó la base de maquillaje y los polvos. Se pintó las pestañas con una máscara suave y luego se puso brillo de labios. No iba a ganar ningún concurso de belleza, pero al menos no parecería tan vacía ni demacrada. Aunque lo cierto era que ni todo el maquillaje del mundo podría ocultar las sombras oscuras que tenía debajo de los ojos.

Cuando volvió al salón, Mia y Bethany la estaban esperando y la sacaron rápidamente del apartamento hasta llevarla al coche que se encontraba aparcado al final de la calle.

Los dos tíos que Josie había visto antes llamaron su atención una vez más y ella frunció el ceño. Sin duda alguna, eran hombres enviados por Ash. Para observarla, aunque le hubiera jurado que le daría al menos una noche para pensar. Josie negó con la cabeza. Ash hacía las cosas a su manera. Como siempre. En el fondo, suponía que era bueno que aún la estuviera protegiendo, pero su confianza en él estaba rota. Lo que debería parecer protección, ahora simplemente era otra señal más de lo controlador que realmente era.

—Habríamos invitado a Brittany también, pero nos preocupaba que fuera un poco incómodo ya que es la hermana de Ash —dijo Mia con una voz grave ya una vez dentro del coche.

Josie se encogió de dolor. De acuerdo, evidentemente sabían

de su ruptura con Ash y no la estaban simplemente invitando a ir a comer como si todo fuera normal.

Bethany deslizó su mano por encima de la de Josie y le dio un apretón.

—No estés así, Josie. Todo irá bien. Ya lo verás.

Las lágrimas ardían bajo sus párpados, pero ella intentó con todas sus fuerzas evitar venirse abajo.

—No estoy segura de que nada vaya a ir bien otra vez.

—Irá bien —dijo Mia con fiereza—. Puedes contarnos qué ha pasado mientras comemos. Luego buscaremos la manera de darle una patada en el culo a Ash.

Bethany se rio y Josie la miró con perplejidad.

—Pero Ash es vuestro amigo —dijo Josie—. ¿No estáis enfadadas conmigo por romper con él?

—Tú eres nuestra amiga —dijo Mia—. Ash no es la única conexión que tenemos contigo, Josie. ¡Y las mujeres debemos mantenernos unidas! Estoy segura de que sea cual sea el problema es culpa de Ash.

—Por supuesto —dijo Bethany lealmente—. Gabe y Jace la han pifiado tantas veces que es completamente lógico que Ash lo haga también. Al fin y al cabo, es un hombre.

Josie se rio aunque tuviera los ojos anegados en lágrimas.

—Ay, dios. Os quiero, chicas.

—Nosotras también a ti —dijo Mia—. Ahora vayamos a comer algo rico y que engorde y critiquemos a los hombres.

Diez minutos más tarde, las tres se encontraban sentadas en un pequeño pub no muy lejos del apartamento de Josie. Tras pedir lo que iban a almorzar, Mia se le echó encima.

—Y ahora, danos los detalles. Todo lo que nos han dicho Gabe y Jace es que rompiste con Ash y te fuiste de su apartamento y que Ash se emborrachó como nunca anoche.

Josie se encogió de dolor y se llevó las manos a la cara.

—Oh, dios. No sé qué hacer. Por un lado estoy enfadada y dolida y un montón de otras cosas más. Pero por otro, me pregunto si me habré excedido.

—¿Qué ha pasado? —preguntó suavemente Bethany.

Josie suspiró y luego les relató toda la historia de principio a fin, sin omitir nada. Ni el hecho de que Ash hubiera mandado que la siguieran, ni de que hubiera comprado las joyas de su madre o insistido para que se mudara con él tras el suceso con Michael, y por último, tampoco el haber descubierto que él había sido quien había comprado todos sus cuadros.

—Guau —dijo Mia echándose hacia atrás en su silla—. Diría que me sorprende, pero suena muy a Ash.

—También a Gabe y Jace —señaló Bethany—. Son muy decididos cuando quieren algo.

—Cierto —admitió Mia—. Otra cosa no, pero persistentes sí que lo son.

Bethany asintió.

—¿Me he pasado?—preguntó Josie—. Una parte de mí me dice que sí, mientras que la otra está dolida. Lo que quiero decir es que estoy enfadada también, pero más que eso, me siento destrozada.

—No te has pasado, Josie —dijo Bethany.

Mia se volvió a echar hacia delante con una expresión seria mientras miraba fijamente a Josie.

—Entiendo por qué estás molesta. Pero escúchame, Josie, y no lo digo para hacerte daño. Solo para dejar algo claro. Ash podría tener a cualquier mujer que quisiera. Tiene, literalmente, a miles de mujeres en una larga cola esperando su oportunidad con él. Pero él te quiere a ti.

Bethany asintió con rapidez.

—Entiendo totalmente lo que dices de que te ha quitado tu independencia y de cómo lo que hizo te ha anulado los logros que con tanto esfuerzo has conseguido. Pero la cosa es que los hombres son imbéciles. No tienen muchas luces. Ash quería ayudarte. Los hombres como Ash solo conocen una forma de hacer las cosas. La suya. Pero, Josie, él estaba muy orgulloso de ti. Alardeó de todo el talento que tienes con Jace y con Gabe, e incluso conmigo y con Bethany. No creo que él tuviera la más mínima intención de hacerte el daño que te ha hecho. Él vio la forma de ayudarte, de apoyarte económicamente y de darte ese sentimiento de realización. Puede que no lo haya hecho de la mejor manera, pero sus intenciones eran buenas. De verdad lo creo. Es solo que Ash es muy intenso, pero tiene un corazón enorme. Y evidencia de eso es que ha ayudado a su hermana, que siempre se ha comportado fatal con él durante años. Y a pesar del hecho de que en su familia todos son unos imbéciles, no les ha dado la espalda por completo nunca.

—Yo tuve un montón de conflictos conmigo misma por el hecho de que Jace me quisiera —dijo Bethany con voz queda—. Me desconcertaba que hubiera puesto la ciudad patas arriba buscándome tras aquella primera noche y que se tomara tantas molestias para ayudarme y apoyarme económicamente. Él, al igual que Ash, podría haber tenido a cualquier mujer que hubiera querido. Pero me quería a mí. Al igual que Ash te quiere a ti. Podemos quedarnos aquí sentadas y analizarlos e intentar entenderlos, pero al fin y al cabo, ellos quieren a quien quieren y al parecer esas somos nosotras. Y Jace cometió un montón de errores también, pero los solucionamos y me alegro de haberlo hecho, porque me hace muy feliz. Nunca había tenido una relación así con ningún otro hombre. Y tampoco querría tenerla.

—Así que creéis que estoy haciendo una montaña de un granito de arena —dijo Josie con arrepentimiento.

Mia sacudió la cabeza.

—No, cariño, no. Creo que obviamente es algo importante para ti y también creo rotundamente que Ash debería saber eso y debería reconocer que lo que ha hecho está mal. Pero al mismo tiempo, ¿es algo por lo que no podrías perdonarlo? ¿De verdad lo que ha hecho ha sido tan terrible? Sus intenciones eran buenas aunque al final todo saliera mal.

Y ahí estaba. Todo resumido. ¿Lo que había hecho era de verdad tan imperdonable? Por supuesto que tenía el derecho de enfadarse, ¿pero mudarse? ¿Romper? Esas cosas eran muy… permanentes.

Ella volvió a esconder el rostro entre las manos.

—Ay, dios. Sí que me he pasado.

Bethany deslizó una mano por su espalda.

—Debería haberme enfrentado a él, sí, pero exageré totalmente mi reacción. No debería haber hecho lo que hice. Ahora estará muy enfadado conmigo, ¡y no lo culpo!

—No estará enfadado contigo, Josie —dijo Mia con suavidad—. Simplemente se alegrará de tenerte de vuelta.

Ella negó con la cabeza con tristeza.

—Es peor de lo que piensas. Dijo… —suspiró—. Dijo que me amaba y yo se lo eché en cara. Le dije cosas muy feas. Como que no podía saber si lo estaba diciendo solamente para manipularme.

—¿Ha sido la primera vez que te lo ha dicho? —preguntó Bethany con tacto.

Josie asintió.

—Entonces es comprensible que hayas reaccionado de ese modo —dijo Mia—. ¿Tú lo quieres?

—Oh, sí —dijo Josie en voz baja—. Estoy total y locamente enamorada de él.

Bethany sonrió abiertamente.

—Ahí lo tienes. Los dos os queréis. Podéis solucionar esto. Él te perdonará y tú lo perdonarás.

—Haces que parezca muy fácil —murmuró Josie—. Me comporté como una idiota histérica. No me puedo creer que fuera hasta su oficina y le dijera las cosas que le dije. Ojalá tuviera algún botón para rebobinar en el tiempo y poder hacer las cosas de otra manera.

—El amor no es perfecto —dijo Mia—. Todos cometemos errores. Gabe, Jace, yo, Bethany. Y ahora tú y Ash. No debería ser perfecto, sino lo que vosotros queráis que sea. Y podéis hacer que sea muy especial, Josie. Ve y habla con él. O llámalo. Haz las cosas bien y dale una oportunidad para que también haga las cosas bien.

Parte del peso que tenía sobre los hombros remitió. La esperanza se apoderó de Josie y con ella el pensamiento de que esto no era el final. Nada de lo que Ash había hecho era imperdonable. Ella cometería errores, sin duda. Pero creía con absoluta certeza que Ash sería mucho más comprensivo con sus errores que ella con los de él.

—Gracias, chicas —dijo mientras sonreía de alivio—. Voy a volver a casa, voy a ducharme y luego llamaré a Ash con la esperanza de que no esté demasiado enfadado como para escuchar mi disculpa.

Mia le devolvió la sonrisa.

—Seguro que te escuchará. Vamos. Es hora de irse. Te llevaremos de vuelta a tu apartamento.

Josie negó con la cabeza.

—Gracias, pero iré caminando. Necesito tiempo para reorganizar mis pensamientos. Quiero hacer las cosas bien.

—¿Estás segura? —preguntó Bethany.

—Sí. No está muy lejos y me dará la oportunidad de conseguir el coraje necesario para llamarlo.

—Está bien, pero prométeme que nos mandarás un mensaje a mí y a Bethany para decirnos qué tal ha ido —exigió Mia.

—Lo haré, lo prometo. Y gracias de nuevo. Significa mucho para mí que hayáis estado dispuestas a patearle el trasero cuando me conocéis de tan poco tiempo.

Mia sonrió.

—¿Para qué están las amigas?

Josie se levantó, las abrazó a ambas con fuerza y prometió mandarles un mensaje cuando solucionara las cosas con Ash. Luego salió del pub con ellas y esperó a que las chicas se montaran en el coche antes de despedirse de ellas con la mano.

Colocándose el bolso sobre el hombro, comenzó a caminar en dirección a su apartamento. Sus pensamientos eran un torbellino, pero la emoción y el alivio reemplazaron la desolación que había sentido antes.

Ahora solo esperaba que Ash la perdonara y que de verdad la amara.

La caminata le llevó más de lo que había pensado, de modo que cuando llegó a su apartamento, estaba cansada por no haber dormido la noche anterior e impaciente por entrar, ducharse y llamar a Ash.

Maldijo haberse dejado el móvil en el salón. Podría haber leído ya todos los mensajes que hubiera tenido además de escuchar los mensajes de voz. Le habrían dado una ligera idea del estado de ánimo de Ash y de si con una disculpa sería suficiente o no.

Metió la llave en la cerradura y frunció el ceño cuando se percató de que debía de habérsele olvidado cerrar con llave cuando salió. Lo último que había tenido en la mente había sido cerrar la puerta con llave. Debía tener más cuidado con eso. Por supuesto, si ella y Ash se reconciliaban, no tendría que volver a preocuparse por eso porque siempre se aseguraba de que estuviera protegida. Incluso había seguido haciéndolo aunque ella lo hubiera dejado. Sin embargo, no había sentido a esas dos sombras al volver al apartamento. ¿Se había arrepentido? ¿Se había rendido Ash?

Josie frunció los labios mientras entraba, cerraba la puerta y echaba la llave. Pero la sonrisa desapareció al entrar en el salón y al darse cuenta de que no estaba sola.

Se le cortó la respiración cuando vio a tres hombres allí, esperándola con expresiones serias en los rostros. Reconoció a dos de ellos de haberlos visto antes y asumir que eran los hombres que había enviado Ash para protegerla. En ese instante supo que se había equivocado de forma horrible. Esos hombres no estaban aquí precisamente para eso.

Antes de poder reaccionar, uno se le acercó por la espalda rápidamente para bloquearle el camino hasta la puerta. Aunque no habría tenido tiempo de escapar de todas formas ya que había cerrado la puerta con llave al entrar.

—Señorita Carlysle —dijo uno de los hombres en un tono que le envió escalofríos por toda la piel—. Hay un mensaje que quiero que le entregue a Gabe Hamilton, Jace Crestwell y Ash McIntyre.

Antes de poder preguntar de qué estaba hablando y de exigirles que se fueran de su apartamento, el dolor se apoderó de su cuerpo, tirada en el suelo, completamente desconcertada.

Y luego el dolor. Más dolor que atravesó su cuerpo de forma agónica mientras ellos volcaban toda su violencia en ella. La sangre manchó su nariz. La podía saborear en la boca. No podía respirar bien, dolía demasiado. No podía ni siquiera gritar.

Iba a morir.

Ese pensamiento se formó en su mente y, extrañamente, no luchó contra él porque significaría escapar de la terrible agonía que estaba soportando.

Entonces todo se quedó en silencio. Una mano se hundió en su pelo y tiró de su cabeza hacia arriba sin miramiento alguno. Un hombre se inclinó sobre su rostro hasta estar a varios centímetros de distancia de ella.

—Diles que nada que tengan en alta estima está a salvo de mí. Voy a por ellos. Se arrepentirán del día en que me jodieron. Me arruinaron, y juro por Dios que los arruinaré yo a ellos antes de que ponga fin a esto.

Le puso bruscamente algo en la mano y luego dejó que su cabeza volviera a caer al suelo. El dolor recorrió su columna vertebral. Oyó pasos y luego la puerta al abrirse. Y después al cerrarse.

Un ligero quejido salió entrecortado entre sus labios hinchados y doloridos. Ash. Tenía que coger su móvil y llamarlo. Tenía que advertirlo. Él vendría a por ella. Todo iría bien si pudiera coger su teléfono.

Intentó ponerse de pie, pero gritó de dolor cuando apoyó todo su peso en la mano derecha. Bajó la mirada hasta ella con un ojo casi cerrado debido a la hinchazón y la visión borrosa. ¿Qué le pasaba a su mano?

Usando el codo para mantenerse alzada, se arrastró hasta la mesita auxiliar donde había dejado el teléfono móvil. Intentó alcanzarlo, pero solo logró tirarlo al suelo, así que ahora solo le quedaba rezar para que no lo hubiera roto.

Con su mano izquierda buscó torpemente el botón para abrir su agenda de contactos. Luego cambió de idea y le dio al de llamadas recientes porque la suya habría sido la última. Le dio a su nombre y rezó para que descolgara.

Capítulo treinta y uno

Ash se encontraba sentado en la reunión con Gabe y sus ejecutivos, pero su mente estaba más bien lejos de esa habitación. Tenía una resaca del demonio por haberse emborrachado la noche anterior. Gabe y Jace lo metieron en un coche y luego lo llevaron a casa antes de soltarlo en su cama. Se había despertado a la mañana siguiente sintiéndose como si un camión lo hubiera atropellado, pero el dolor de cabeza no era nada comparado con el dolor por haber perdido a Josie.

No, no la había perdido. Todavía no. No se permitiría pensar así. Ella estaba enfadada —y con razón— y él le había dado toda la noche anterior para pensar. Le había dado tiempo para estar separada de él y con suerte para decidir cuando se le pasara el enfado que esta situación la podían resolver.

En cualquier caso, le había dado ya todo el tiempo que le había prometido. Tan pronto como esta maldita reunión terminara, iba a salir escopeteado de aquí. Iba a ir al apartamento de Josie y, si hacía falta, se arrodillaría ante ella. Haría lo que fuera para hacer que volviera a casa. Al apartamento de ambos. A sus brazos y a su cama. Y después no volvería a dejarla escapar nunca más.

Su teléfono vibró y él bajó la mirada. El corazón le dio un vuelco cuando vio que era Josie la que llamaba. Sin decir ni una palabra, se levantó de un modo abrupto y salió de la reunión con el teléfono ya pegado a la oreja.

—¿Josie? ¿Nena? —se adelantó a decir antes de que ella pudiera soltar nada.

Hubo un largo silencio y al principio pensó que había colgado. Pero luego escuchó algo y el sonido le congeló la sangre en las venas. Un quejido en apenas un hilo de voz. De dolor. El corazón se le subió a la boca de la garganta.

—Josie, háblame —exigió—. ¿Qué pasa? ¿Dónde estás?

—Ash...

Su nombre salió en apenas un susurro y era evidente que Josie estaba sufriendo mucho dolor.

—Estoy aquí, nena. Dime qué ha pasado. ¿Dónde estás?

—Te necesito —susurró—. Duele. Es grave.

El pánico lo paralizó. No podía pensar, no podía moverse, no podía procesar nada más que la agonía en su voz.

—¿Dónde estás? —exigió.

—Mi apartamento.

—Voy de camino, nena. Espérame, ¿de acuerdo? Estaré allí en un par de minutos.

Se dio la vuelta en el pasillo, ya que no se había alejado mucho de la puerta donde estaban manteniendo la reunión, y se tropezó de forma abrupta con Gabe.

—¿Qué pasa? —exigió Gabe—. Te he escuchado al teléfono hablando con Josie. ¿Qué ha pasado?

—No lo sé —contestó con voz estrangulada—. Está herida. Tengo que irme. Está en su apartamento.

—Vamos. Iré contigo —dijo Gabe gravemente mientras recorría el pasillo para encaminarse hacia el ascensor.

Sin discutir, Ash se apresuró tras él con el corazón martilleándole en el pecho.

—¿Te dijo lo que había pasado? —preguntó Gabe cuando se subieron al coche.

—No —dijo Ash simplemente—. ¡Joder!

—No pasa nada, tío. Iremos a por ella. Estará bien. Tienes que creer eso.

—Dijiste que Mia y Bethany iban a almorzar con ella. ¿Has tenido noticias de Mia? ¿Qué podría haber pasado? No pueden haber terminado de comer hace mucho.

Gabe empalideció y marcó inmediatamente el número de Mia en el teléfono.

—¿Estás bien? —le preguntó de sopetón.

Luego sus hombros se relajaron y el alivio se apoderó de ellos. Mia debía de estar bien. Pero Josie no lo estaba. ¿Qué demonios podría haber pasado?

—¿Cuándo dejasteis tú y Bethany a Josie? —preguntó Gabe.

Él escuchó durante un momento y luego le dijo adiós sin contarle nada de Josie.

—¿Y bien? —exigió Ash, urgiéndole en silencio al conductor a que fuera más rápido. Ya de por sí estaban conduciendo de un modo bastante temerario.

—Dijo que Josie se fue andando hasta su apartamento cuando terminaron de comer. Eso fue hace una hora.

Ash cerró los ojos. Debería haber seguido vigilándola. ¿Y si Michael se había acercado a ella? Se había negado a ponerle ningún guardaespaldas porque no quería enfadarla más de lo que ya estaba. Le había prometido espacio y ahora ese espacio le había costado caro.

Unos pocos minutos más tarde, el coche pegó un frenazo y se paró frente al apartamento de Josie. Ash salió de inmediato con Gabe pisándole los talones. Lo primero que registraron cuando entraron por la puerta fue el olor a sangre. La suya propia se le heló en las venas. Irrumpió bruscamente en el salón y el corazón se le encogió cuando vio la imagen que tenía frente a él.

—Virgen santa —dijo con voz estrangulada.

Josie yacía acurrucada y llena de sangre frente a la mesita auxiliar. La sangre manchaba el suelo por donde obviamente se había arrastrado hasta llegar al teléfono.

—Llama a una ambulancia —ladró Ash en dirección a Gabe.

Dios, debería haber llamado ya a una, pero no había podido pensar. Su único pensamiento había sido llegar hasta ella lo más rápido posible. Quizás, en el fondo, se había estado convenciendo de que no era tan grave.

Corrió hacia ella y se arrodilló a su lado. Tenía tanto miedo de tocarla porque, Dios, había mucha sangre. Su rostro era un poema. Sus ojos estaban hinchados, los labios, partidos y sangrando.

—Josie. Josie, cariño. Estoy aquí. Soy yo, Ash. Háblame, nena. Por favor. Abre los ojos y habla conmigo.

Le estaba suplicando al mismo tiempo que llevaba un dedo tembloroso hasta su cuello para sentir su pulso.

Ella se movió y emitió un leve gemido que abrasó su corazón y le llegó directamente al alma.

—¿A.. ash?

Sus palabras salieron mal pronunciadas, distorsionadas por culpa de sus labios hinchados. Él pasó una mano por su frente porque era el único lugar que no estaba amoratado ni sangrando.

—Sí, nena, soy yo. Estoy aquí. Cuéntame lo que ha pasado, Josie. ¿Quién te ha hecho esto?

—M.. me d… duele re… respirar —dijo, pero luego paró. Tosió y se atragantó mientras un flujo de sangre chorreaba por la comisura de sus labios.

Ay, dios. Ay, dios. La habían herido gravemente. Alguien le había pegado hasta hartarse. La ira explotó dentro de su pecho hasta que él tampoco pudo respirar. Su visión se emborronó; la cabeza estaba a punto de explotarle. Se estaba desmoronando. Deshaciendo. Sus manos temblaban tanto que tuvo que apartarlas de su piel para evitar hacerle daño.

Intentó levantarle la mano izquierda y vio que sostenía algo. Se lo quitó suavemente y frunció el ceño cuando vio que era una fotografía. La bilis ascendió por su garganta mientras miraba la imagen con incredulidad. Era una fotografía de Mia. Dios santo. Estaba desnuda, atada y tumbada sobre una mesita auxiliar. El hombre de la fotografía era Charles Willis y estaba intentando meterle la polla en la boca.

Se metió la foto rápidamente en el bolsillo antes de que Gabe pudiera verla. Gabe se volvería loco, y ahora mismo lo único que le preocupaba era Josie y que tenían que llevarla a un hospital. Ya se enfrentaría a lo de la fotografía más tarde.

—¿Está bien? —preguntó Gabe mientras se arrodillaba junto a Ash—. Dios. Obviamente no está bien. La ambulancia está de camino. Estará aquí en cinco minutos. ¿Qué demonios ha pasado?

—No lo sé —dijo Ash con la voz aún llena de furia.

Se inclinó hacia ella y depositó un beso sobre la frente de Josie ya que tenía demasiado miedo de hacer lo que más quería, que era estrecharla entre sus brazos. Era evidente que tenía lesiones internas y él no quería causarle más daño.

—¿Quién te ha hecho esto, nena? ¿Me lo puedes decir? —le preguntó amablemente.

Las lágrimas se acumularon en los ojos de Josie y se deslizaron silenciosamente por sus mejillas. Cada una de ellas le rompía el corazón. Ash quería llorar con ella, pero se negó a venirse abajo. Ella necesitaba que se mantuviera fuerte. Y lo sería. No iba a volver a decepcionarla.

—Tenía un mensaje —susurró Josie—. Para ti. Y Gabe y Jace.

Gabe y Ash intercambiaron una rápida mirada de incredulidad y sorpresa.

—¿Cuál era el mensaje, Josie? Pero no intentes hablar si te duele. Tenemos tiempo de sobra para hablar luego cuando no estés sufriendo.

Ella se relamió los labios con la lengua llena de sangre. Ahora Ash estaba temblando de pies a cabeza mientras decidía cómo reaccionar. Era grave. Si tosía sangre significaba que estaba mal por dentro. ¡La gente moría de lesiones internas!

—Dijo que… —se paró y se atragantó con más sangre que chorreaba por sus labios. Ash estaba ahora entrando en pánico. ¿Dónde estaba la maldita ambulancia?

Ella se quedó callada durante un rato y por un segundo Ash pensó que se había quedado inconsciente.

—Josie. ¡Josie! Quédate conmigo, nena. Lucha. Mantente despierta. ¿Puedes hacer eso por mí? Abre los ojos, nena. Estoy aquí. No me voy a ninguna parte. La ambulancia está de camino. Estarán aquí pronto y cuidarán de ti. Yo cuidaré de ti —dijo con voz estrangulada y con un nudo en la garganta debido a las lágrimas.

Ella parpadeó y posó sus borrosos ojos sobre él; el dolor estaba bien presente en sus pozos aguamarina.

—Dijo que nada de lo que tengáis en alta estima… está a salvo. D…di… dijo que lo a… arruinasteis… y ahora él os va a arruinar a vo… vosotros.

Gabe empalideció mientras cogía su teléfono móvil. Retrocedió y se alejó de Josie y Ash, pero Ash pudo escucharlo hablando con Jace, diciéndole que se asegurara de que Mia y Bethany estuvieran a salvo. Luego le dijo a Jace que se reuniera con él y con Ash en el hospital.

El sonido de una sirena hizo que el alivio empezara a correr por sus venas. Se puso en pie de un salto, pero Gabe lo detuvo.

—Yo iré a por ellos. Tú quédate con Josie —soltó Gabe.

Ash se volvió a arrodillar y se inclinó sobre ella para que supiera que estaba aquí.

—La ambulancia está aquí, nena —la tranquilizó—. Van a llevarte al hospital y yo estaré contigo en todo momento. Te pondrás bien, cariño. Yo me ocuparé de ello. Quédate conmigo. Te quiero. Te quiero mucho.

Ella intentó levantar su mano derecha, pero luego gimió de dolor.

—L… la m… mano du… duele. ¿Qué le pasa?

Él miró con horror los dedos que, evidentemente, estaban partidos. ¡Hijo de puta! ¡Le habían roto los dedos! Estaba a punto de perder la compostura. Quería ponerles las manos encima a esos malditos cabrones que le habían hecho esto; los mataría con sus propias manos.

Obligándose a centrarse en ella y en apartar todo lo demás de su mente, le agarró la muñeca y la sostuvo con delicadeza para que ella no la dejara caer al suelo otra vez y se hiciera incluso más daño. Luego le besó los dedos inflamados con tanta delicadeza que las lágrimas se le acumularon en los ojos.

—Solo tienes unos cuantos dedos rotos —dijo agitadamente—. Nada que el médico no pueda arreglar.

—La mano con la que pinto —dijo mientras más lágrimas caían de sus ojos hinchados.

—Shhh, no pasa nada, nena. Volverás a pintar antes de que te des cuenta.

Mientras hablaba, su mirada recayó sobre las dos pinturas que se encontraban pegadas contra la pared. Oscuras. Llenas de confusión. Él le había hecho eso a ella. Le había quitado su vitalidad, la esencia de su trabajo. Esos cuadros no describían a la Josie que él conocía y amaba. Esta era la Josie destrozada expresando sus sentimientos del único modo que conocía.

Los médicos del servicio de urgencias entraron por la puerta y se adentraron en el salón para evaluar de inmediato el estado en el que se encontraba Josie. Ash retrocedió para no interferir, pero se quedó cerca y los observó con ansiedad mientras comenzaban a evaluarla.

—Descenso de sonidos respiratorios en el lado izquierdo —dijo el médico gravemente mientras apartaba el estetoscopio—. Trae oxígeno —le gritó a su compañero.

—¿Es muy grave? —preguntó Ash.

El paramédico sacudió la cabeza.

—No hay forma de saberlo sin radiografías. Así a primera vista me atrevería a decir que tiene varias costillas rotas. Y probablemente un pulmón perforado.

—Tenga cuidado con su mano —dijo Ash—. Está rota.

—Está echa un Cristo —dijo el médico sin rodeos—. Necesitamos meterla en la ambulancia e irnos. Le pondré un collarín y le aplicaremos el oxígeno de camino.

Ash empalideció. Las palabras sonaban muy graves y completamente serias.

—¿Vivirá? —susurró Ash dándole voz a su miedo más oscuro.

—No me corresponde a mí decirlo, pero no morirá mientras esté bajo mi cuidado.

Trajeron una camilla y los médicos trabajaron con rapidez. Le pusieron primero el collarín y luego el oxígeno. La sacaron y metieron en la ambulancia igual de rápido. Ash apenas tuvo tiempo de subirse a la parte trasera de la misma antes de que salieran corriendo entre sirenas y luces.

Se metió la mano en el bolsillo y tocó la fotografía que Josie había tenido en su mano. Gabe tenía que darle muchas explicaciones, y luego Ash iba a ir tras el hijo de puta que le había puesto las manos encima a Josie.

Capítulo treinta y dos

—¿*Q*ué mierdas está pasando? —exigió Jace mientras entraba con paso largo en la sala de espera de Urgencias.

Ash se giró y luego les hizo un gesto tanto a Gabe como a Jace para que se dirigieran a una de las salas privadas más pequeñas donde los médicos se reunían con los familiares.

—Tenemos un grave problema —dijo Ash seriamente.

—¿Qué demonios le ha pasado a Josie? —preguntó Jace—. Gabe me ha llamado muy preocupado por Mia y por Bethany, me dijo que las encerrara a ambas y que me asegurara de que estuvieran a salvo. He llamado a Kaden Ginsberg y ahora tengo a dos mujeres extremadamente cabreadas porque he hecho que Kaden las vigilara a ambas y tienen miedo y quieren saber qué coño pasa, ¡lo cual no he podido decirles porque ni yo mismo lo sé!

Ash levantó una mano y se metió la otra en el bolsillo. Sacó la foto que había encontrado en la mano de Josie y se la mostró a Gabe.

La expresión de Gabe fue una mezcla de conmoción y rabia. Y luego, extrañamente, de culpabilidad también. Se puso gris y seguidamente retrocedió dando tumbos hasta sentarse en una de las sillas. Escondió el rostro entre las manos y arrugó la foto con uno de sus puños.

Jace se la quitó y luego empalideció al ver a su hermana desnuda, atada, y con otro hombre intentando meterle la polla en la boca.

—¿Qué cojones es esto?

La explosiva pregunta de Jace retumbó en la habitación.

—Josie la tenía en la mano cuando llegué —dijo Ash con voz queda—. Y luego me dijo que el hombre que le había dado la paliza tenía un mensaje para mí, para ti y para Gabe.

—¿Qué? —dijo Jace con incredulidad.

—Le dijo que nada de lo que tuviéramos en alta estima estaba a salvo de él. Que lo arruinamos y ahora él nos va a arruinar a nosotros. Diría que Josie fue el primer objetivo porque era la más fácil. Estaba sola y vulnerable. Sería mucho más complicado acercarse a Mia o a Bethany.

—Quiero saber de qué coño va esta foto —dijo Jace en un tono furioso—. Ese de la fotografía era Charles Willis. ¿Es él el que le ha hecho daño a Josie y ahora nos está amenazando?

—Sí —respondió Gabe con desolación.

—¿Qué sabes tú que no nos hayas contado? —preguntó Ash con un tono peligrosamente grave. Era evidente por la expresión del rostro de Gabe que había muchas más cosas que Ash y Jace no sabían.

Gabe se pasó una mano por la cara con cansancio; sus ojos rebosaban de angustia.

—Lo que voy a decir os va a cabrear a ambos. Pensé que era algo que habíamos dejado atrás Mia y yo, pero aparentemente me equivoqué.

—Sí, diría que sí —soltó Jace con mordacidad—. ¿Qué demonios has hecho, Gabe?

—Cuando Mia y yo estábamos juntos, antes, cuando te lo estábamos ocultando, justo antes de que fuéramos a París por negocios, mi exmujer vino a la oficina diciendo toda clase de estupideces. Luego me acusó de estar enamorado de Mia. Me acusó de estar enamorado de ella cuando aún estaba casado con Lisa. No lo supe asimilar bien. No estaba preparado para admitir mis sentimientos por Mia. Y en un esfuerzo por distanciarnos, por demostrarme a mí mismo que solo era sexo, preparé algo en París.

—¿Qué quiere decir ese algo? —gruñó Ash.

Gabe soltó su respiración.

—Mia y yo habíamos discutido, antes, su interés por estar con otro hombre. Conmigo, quiero decir. Supongo que era más o menos como tú y Jace cuando compartíais a las mujeres. Así que lo preparé con Charles Willis y otros dos hombres más en nuestra habitación. Joder, esto es complicado.

Jace miraba fijamente a Gabe con los ojos echando chispas.

MAYA BANKS

—Las cosas se salieron de madre. Yo iba a dejar que la tocaran, nada más. Les dejé clarito que no podían hacer nada más que tocar, lo cual significaba que tenían que quedarse con las pollas bien guardaditas. Pero cuando la cosa empezó, supe que estaba mal. Me di cuenta de lo que estaba haciendo, pero antes de poder pararlo todo, Charles se sobrepasó con Mia. Estaba intentando meterle la polla en la boca y luego la golpeó cuando ella protestó.

—¡Hijo de puta! —maldijo Jace—. ¿Qué demonios esperabas, tío? ¿Cómo pudiste hacerle eso? ¿En qué estabas pensando?

Gabe levantó la mano.

—Hay más. Se pone peor.

—Dios —murmuró Ash.

—Cuando volvimos, Charles se enfrentó a Mia fuera del edificio de oficinas cuando fue a comprarnos algo para comer. Intentó chantajearla para que le diera información sobre las ofertas. Sabía que yo no tenía ninguna intención en hacer negocios con él, pero supuso que si ofrecía el precio más bajo no tendríamos elección. Le enseñó esa imagen a ella y le dijo que si no le daba lo que quería, la haría pública.

—Increíble —gruñó Jace.

—Mia vino a mí en vez de sucumbir, y yo me ocupé del asunto. O al menos pensé que lo había hecho —terminó Gabe con cansancio.

La mandíbula de Ash estaba apretada con fuerza. La ira lo quemaba por dentro.

—Me ocuparé de ello —dijo Gabe con voz queda—. La cagué, por lo que me aseguraré de que ese maldito cabrón no le ponga las manos encima ni a Mia ni a Bethany y me aseguraré de que pague por lo que le ha hecho a Josie.

—No —dijo Ash, y la palabra salió de sus labios con tanta brusquedad que pareció un disparo.

Tanto Gabe como Jace miraron a Ash con los ojos entornados.

—Tú ya tuviste tu oportunidad —dijo Ash con una voz plana—. Ahora voy a ser yo quien se ocupe de ese cabrón.

El rostro de Jace destelló, alarmado.

—No creo que eso sea una buena idea, tío. Tus emociones

están apoderándose de ti ahora mismo. Deja que yo y Gabe nos encarguemos de esto.

—He dicho que no —espetó Ash—. Es mi turno. Gabe tuvo su oportunidad. La cagó, así que no le voy a dejar esto a él.

—Ash —replicó Gabe, pero Ash lo calló con una mirada.

—Si fuera Mia o Bethany la que estuviera tumbada en una cama de hospital, con moratones, huesos rotos, un pulmón perforado y Dios sabe qué más, ¿os quedaríais sentados, dejando que otra persona se ocupara del cabrón que le ha hecho todo eso?

Jace torció la boca y luego suspiró.

—No. Pero, joder, tío. Después de lo que ha pasado con Michael, esto es demasiado arriesgado. Te has librado de la primera, no te vas a librar de esta. Charles Willis no tiene nada que perder. No va a ceder ante amenazas. Tócalo, y tendrá tu cabeza en una bandeja de plata.

—¿Quién ha dicho nada de amenazas? —preguntó Ash con calma—. En mi mundo, las amenazas no valen nada a menos que hagas algo que las respalde. Yo no tengo intención de amenazar a Charles Willis. Pero sí que tengo toda la intención de cargármelo.

Gabe y Jace intercambiaron miradas de preocupación, pero Ash las ignoró. Intentarían hacer que se lo pensara dos veces, pero no lo iban a disuadir.

—Esto no os salpicará. Y mucho menos les salpicará ni a Mia, ni a Bethany ni a Josie. Nunca más. No tenéis de qué preocuparos. No estaréis relacionados con esto.

—Que te jodan —dijo Jace con rudeza—. Ni de coña voy a dejar que toda esta mierda te caiga encima a ti solo. Ya hemos pasado por eso. No tienes que pedirlo. Siempre te cubriremos las espaldas.

—Significa mucho —dijo Ash calladamente—. Pero no voy a arrastrar a mi familia conmigo. Vosotros y las chicas significáis demasiado para mí. Yo no voy a caer tampoco, eso lo podéis tener claro. Ni en el peor de los sueños voy a dejar que Josie sobreviva sola. Yo voy a estar ahí en todo momento y no se volverá a tener que preocupar de que algún gilipollas que nos tenga rencor la use para llegar hasta nosotros. Esto no volverá a pasar.

—¿Qué vas a hacer? —preguntó Gabe quedamente.

—Mejor que no lo sepas —respondió Ash.

Gabe se pasó una mano por el pelo.

—Joder, tío. Esto es por mi culpa.

—Tuviste tu oportunidad —dijo Ash con cuidado—. No estoy diciendo que lo hicieras mal, pero fuera lo que fuese, no fue suficiente. Yo voy a asegurarme de que esta vez sí lo sea. Él no le ha dado una paliza a tu mujer hasta casi dejarla muerta, aunque ella fuera el verdadero blanco. Ha jodido a Josie, y voy a cerciorarme de que eso no vuelva a pasar.

—¿Por qué narices no nos contaste esto antes? —le reprochó Jace a Gabe—. No me puedo creer que nos ocultaras esto, especialmente si no te aseguraste del todo de que Charles no fuera a ser una amenaza en el futuro.

—No os lo podía contar cuando ocurrió —dijo Gabe entre dientes—. Mia estaba histérica porque no quería que su hermano se enterara de la clase de relación que teníamos o ni siquiera de que teníamos una relación. Y después ya no parecía tan importante. Él desapareció. Los meses pasaron y él pareció esfumarse de la faz de laTierra. Pensé que no volvería a ser un problema.

—Lo que hiciste fue enfadarlo hasta tal punto de querer darle una paliza a Josie y de tener ahora en el punto de mira a Mia y a Bethany —dijo Jace con un tono furioso.

—Tienes que mantenerte ojo avizor con las chicas —dijo Ash desviando el tema que tenía enfurecido a Jace. Tenía ese derecho. Mia era su hermana. Pero eso no era lo importante ahora. La seguridad de las mujeres, sí.

—Sí —gruñó Gabe—. No van a ir a ninguna parte hasta que Charles ya no sea un problema.

Ash asintió.

—Os lo haré saber cuando el asunto se haya resuelto.

La expresión de Jace aún era intranquila pero se mantuvo en silencio, aunque era obvio que ni él ni Gabe habían terminado con la conversación.

—¿Señor McIntyre?

Ash se giró y vio a una enfermera en la puerta. Se precipitó hacia ella.

—¿Cómo está Josie? —exigió—. ¿Puedo verla ya?

La enfermera sonrió.

—La doctora les atenderá enseguida. Ella les dirá cuál es el estado de Josie y luego podrán preguntarle si pueden ir a verla. Quédense aquí mientras les informo de dónde está.

Ash se movió con impaciencia. Había pasado mucho tiempo sin que le dijeran nada y se estaba volviendo loco. No le gustaba que Josie estuviera sola. O al menos rodeada de extraños. Se estaría preguntando dónde estaría él. Le había jurado que no la dejaría, que estaría con ella en todo momento. ¿Cómo podía mantener esa promesa cuando lo habían echado de su habitación mientras la trataban?

Un momento más tarde, una mujer vestida con una bata entró por la puerta. Parecía joven, y la cola de caballo que llevaba contribuía a realzar su juvenil apariencia.

—¿Señor McIntyre?

—Sí, ese soy yo —dijo Ash dando un paso hacia delante.

Ella extendió la mano y la estrechó firmemente con la de él.

—Doctora Newton. Soy la doctora de urgencias que lleva el caso de la señorita Carlysle.

—¿Cómo está? —preguntó Ash con ansiedad—. ¿Cuándo puedo verla?

La expresión de la doctora se suavizó.

—Está bastante magullada. Lo más preocupante es el trauma que presenta en el neumotórax. Le he insertado un tubo en el pecho para ayudarla a eliminar el aire que se ha quedado atrapado entre el pulmón y la cavidad torácica y también ayudará a que el pulmón se vuelva a inflar. Vamos a vigilarla de cerca para ver si hay infección y también para ver cómo mejora el pulmón. Ahora mismo no creo que requiera operación, pero consultaremos a un cirujano y él tomará la decisión final.

»Tiene varias costillas rotas, una conmoción cerebral y algunos dedos fracturados en su mano derecha. Tiene también una pequeña fisura en la muñeca derecha. Numerosas contusiones y otras lesiones menores. La dejaron muy mal, señor McIntyre. Tiene suerte de estar viva.

Ash dejó escapar el aire que tenía en los pulmones mientras Gabe y Jace maldecían suavemente a su espalda.

—¿Puedo verla?

—Puede entrar. Acaba de volver de hacerse una radiografía

y la van a trasladar a la UCI en cuanto el papeleo quede solucionado y haya sido admitida. No puedo decir con ninguna autoridad el tiempo que permanecerá en la UCI. Eso dependerá
del médico que se le asigne. Pero puede quedarse con ella hasta
que se la lleven a la unidad. Normalmente suelen ser muy indulgentes dejando a los familiares entrar aunque no sean las
horas de visita.

—No la voy a dejar —soltó Ash.

En la expresión de la doctora se reflejó la compasión.

—Lo entiendo. Y como he dicho, normalmente suelen ser
muy indulgentes. Desafortunadamente, cuando la trasladen
allí por primera vez, tendrá que esperar hasta que la instalen,
pero le avisarán cuando pueda volver a estar con ella.

—Gracias —dijo Ash en voz baja—. Aprecio todo lo que ha
hecho por ella.

—Es mi trabajo, señor McIntyre —contestó con una voz
animada—. Ahora, si me perdonan, tengo otros pacientes que
atender. Si quiere, le acompaño dentro y le muestro en qué habitación está.

Ash se giró hacia Gabe y Jace.

—¿Le vais a contar a Mia y a Bethany lo que ha pasado?
Estarán preocupadas por Josie.

—Se lo diremos —dijo Jace—. Le diré a Kaden que las
traiga y se quedarán con nosotros hasta que nos vayamos.

Ash asintió y luego se volvió a girar para seguir a la doctora
hasta la habitación de Josie.

Cuando entró en el pequeño cubículo en el que Josie se
encontraba, se le cortó la respiración y las lágrimas se le acumularon en el rabillo del ojo. Le dolía respirar. El pecho lo tenía tan tenso que se llevó la mano automáticamente hasta
allí para acariciarlo e intentar hacer desaparecer esa incomodidad.

—Dios —susurró.

Le destrozaba verla tumbada en una cama de hospital porque un gilipollas tuviera una guerra abierta con él, Gabe y Jace.
Fue hasta el lado de su cama y, vacilante, levantó la mano para
acariciarle la frente. Le pasó la mano por el pelo y luego se inclinó hacia delante para darle un beso en la frente.

—Te quiero —murmuró—. Estoy aquí. Contigo, tal y

como te dije. Siempre estaré aquí, Josie. Tú y yo, para siempre, nena. No voy a conformarme con menos.

Estaba tumbada perfectamente quieta. El único sonido que se oía era el leve zumbido que la máquina de oxígeno hacía al llevar el oxígeno hasta la máscara que tenía colocada sobre su rostro, y el pitido del monitor cardíaco. Parecía muy frágil, amoratada e hinchada. Le habían limpiado la sangre, pero el color oscuro de los moratones ya se veía claramente en contraste con su pálida piel.

Le tocó la parte del cuello donde la gargantilla que él le había dado había estado antes. Ahora parecía desnudo. Quería que ese collar volviera a lucir alrededor de su cuello. Quería que tuviera su anillo en el dedo y la promesa de casarse con él. Quería atarla a él de todas las formas de las que no podría escapar. Pero serían las ataduras más sedosas y cariñosas del mundo.

La mimaría, la amaría y la adoraría todos los días de su vida.

Se quedó junto a su cama durante dos horas, y solo se movió cuando una de las enfermeras entró para ver qué tal iba. Y luego, finalmente, vinieron para llevársela a la UCI.

Para su completa frustración, le dijeron que pasaría un buen rato antes de que pudiera volver a verla. Pero no pasaba nada porque tenía que hacerse cargo del problema de Charles Willis. En cuanto antes estuviera fuera del mapa, antes se podrían relajar todos y antes dejarían de preocuparse por que Mia o Bethany pudieran ser las siguientes.

Tras contarle a Gabe, Jace, Mia y Bethany cuál era el estado de Josie, y conseguir la promesa de que se quedarían con ella hasta que él volviera, salió con paso largo del hospital, decidido a vengarse del maldito cabrón que le había hecho daño a Josie.

Capítulo treinta y tres

*D*olor. La atravesaba como si un martillo no cesara en el empeño de clavarle un clavo en la cabeza. Le dolía todo. Le dolía respirar. Le dolía abrir los ojos.

Había voces, o al menos una voz. Era difícil de distinguir porque tenía un pitido ensordecedor en los oídos que no podía hacer desaparecer.

Y luego también una mano, suave y cálida, sobre su frente. Un beso. Palabras dulces susurradas sobre su piel. Suspiró ligeramente y luego se arrepintió porque el dolor se extendió como fuego por su pecho.

—D… duele —dijo con una voz llena de dolor, que desconocía siquiera si era audible.

—Ya lo sé, nena. La enfermera ya viene para darte algo para el dolor.

—¿Ash? —susurró.

—Sí, cariño, soy yo. Abre esos preciosos ojos para mí y me verás justo aquí.

Ella lo intentó. De verdad que sí. Pero sus ojos no querían cooperar, y dolía mucho el simple hecho de intentarlo.

—No puedo —se las arregló para decir a través de sus labios doloridos e hinchados.

Una vez más, Ash pegó los labios contra su frente y ella sintió su mano en el pelo. Era agradable. Esa era la única parte del cuerpo que no le dolía.

—No pasa nada —la tranquilizó—. No lo intentes demasiado. Solo quiero que sepas que estoy contigo y que te vas a poner bien.

Pero aun así, quería verlo. Quería cerciorarse de que su imaginación no le estaba jugando una mala pasada. Se abrazó a sí misma contra el dolor y lo intentó con más fuerza. Un pequeño rayo de luz le quemó los globos oculares y ella volvió a cerrar los ojos de nuevo. Se quedó ahí tumbada, casi jadeante por el esfuerzo y por la agonía que ese pequeño movimiento le había provocado. Luego lo intentó otra vez, y esta vez ya estaba preparada para la luz.

Al principio vio una neblina un tanto borrosa, pero inmediatamente después, él se movió dentro de su campo de visión.

—Hola, preciosa —le dijo con suavidad.

Ella intentó sonreír, pero eso dolía también, así que simplemente se quedó allí, parpadeando lentamente para poder verlo con más claridad.

—Hola —le devolvió con la misma voz.

Para su completa sorpresa, Ash tenía los ojos brillantes de la humedad y tenía un aspecto horrible. No se había afeitado, su pelo estaba desordenado y parecía haber dormido con la ropa que llevaba puesta.

Josie se relamió los labios y gimió suavemente.

—¿Q... qué me ha pasado?

Ash frunció el ceño y sus ojos se pusieron serios.

—¿No te acuerdas?

Se concentró con fuerza pero todo estaba borroso.

—¿Cuánto tiempo?

Él le tocó el pelo con una expresión preocupada en el rostro.

—¿Cuánto tiempo qué, mi amor?

—He estado aquí.

—Dos días —dijo.

Ella abrió los ojos como platos de la sorpresa a pesar del malestar que eso le provocó.

—¿Dos días?

—Sí, nena. Has estado en la UCI dos días. Nos has dado un buen susto.

—¿Voy a ponerme bien?

Esa era una pregunta que tenía miedo de formular, pero tenía que saberlo. No le dolería tanto el cuerpo si no fuese grave.

Él suavizó la expresión de su rostro y sus ojos se volvieron cariñosos y se llenaron de amor.

—Vas a estar bien. No permitiré ninguna otra posibilidad.

—Lo siento —dijo ella con un suspiro.

Ash echó la cabeza hacia atrás, sorprendido.

—¿Por qué lo sientes?

—Exageré —dijo—. No debería haberlo hecho. Lo siento. Iba a llamarte, pero entonces...

Y fue en ese momento cuando recordó todo lo que había pasado. Se le cortó la respiración al recibir el impacto de los recuerdos. Su miedo, su dolor, la preocupación por que fuera a morir. Las lágrimas se le acumularon en los ojos.

—Oh, nena —dijo Ash con la voz llena de dolor—. No llores. Y no lo sientas. No tienes nada por lo que disculparte. Nada de nada.

—¿Quiénes eran? —susurró—. ¿Por qué me hicieron esto? ¿Por qué os odian a ti, a Gabe y a Jace?

Él cerró los ojos y luego se inclinó hasta tocar su frente con la suya propia.

—No hablemos de esto ahora mismo, cariño. No quiero alterarte. Preferiría hablar de lo mucho que te quiero y de lo que voy a hacer para mimarte y consentirte hasta que te recuperes.

Josie tenía que preguntar otra cosa. Tenía que saber cómo estaba la situación entre ellos y si ella se había cargado toda posibilidad de estar juntos.

—¿Hemos vuelto?

Ash sonrió de un modo tan dulce y tierno que la hizo derretirse de pies a cabeza y, además, hizo desaparecer parte del abrumador dolor que sentía en todo el cuerpo. El alivio se reflejó en sus ojos.

—Por supuesto que sí.

Los propios hombros de Josie se hundieron del alivio también.

—Me alegro —dijo suavemente.

—Dios, nena, es una tortura estar tan cerca de ti y al mismo tiempo no poder abrazarte ni besarte como quiero.

—Yo solo me alegro de que estés aquí.

—No estaría en ningún otro sitio.

Ella cerró los ojos cuando el dolor y el cansancio aumentaron. Se volvieron acuciantes, pero ella tenía muchas preguntas por hacer. Necesitaba respuestas. Necesitaba saber exactamente lo graves que eran sus lesiones. De hecho, no sabía siquiera con exactitud qué lesiones tenía.

—La enfermera está aquí, cariño. Quédate conmigo unos segundos más y el dolor desaparecerá.

—Háblame —le suplicó ella—. Solo quiero oír tu voz. Quédate aquí y cuéntame lo que ocurrió y lo grave que es. Tengo que saberlo.

Él le pasó una mano por la frente mientras la enfermera le inyectaba el calmante para el dolor por la vía intravenosa. Josie sintió una ligera quemazón por todo el brazo y luego, justo detrás, un alivio maravilloso. Un sentimiento de euforia la envolvió. Se sentía ligera y como si estuviera en una nube. El techo de repente parecía estar justo encima de ella y Josie ahogó un grito.

—¿Estás bien? —preguntó Ash con preocupación.

—Sí.

Él se quedó callado y ella abrió los ojos presa del pánico para intentar ver adónde se había ido.

—Estoy aquí, cariño. No me voy a ir, te lo prometo.

—Háblame —le dijo de nuevo, grogui y adormilada. Pero no se quería ir a dormir. Todavía no.

Ash la besó en la frente.

—Dame un minuto, nena. Quiero hablar con la enfermera sobre ti, pero volveré enseguida. ¿Puedes mantenerte despierta por mí?

—Ajá.

Ella lo sintió alejarse y de repente el frío la atravesó. Odiaba esa sensación. El miedo y el pánico se instalaron en cada uno de sus huesos. Sus labios temblaron, pero estaban tan inflamados que los sentía raros, como si fueran diez veces más grandes.

O a lo mejor solo era la medicación.

¿Por qué le dolía tanto respirar? Fue entonces cuando se percató del oxígeno que estaba entrando en su organismo a través de sus orificios nasales. El pecho lo tenía muy tenso y los músculos le dolían desde la cabeza a los pies.

¿Habían querido matarla? Pero no, ese no podía ser el caso. Le habían dado un mensaje para que se lo trasmitiera a Ash. ¿Se lo habría dicho?

El miedo se apoderó de ella otra vez. ¡Tenía que decírselo! Mia y Bethany estaban en peligro, y nunca se perdonaría a sí misma si sufrieran algún daño por no haber advertido a Gabe y a Jace.

—Ash —lo llamó tan fuerte como pudo.

—Estoy aquí, nena. ¿Qué pasa? Tienes que calmarte y respirar más despacio. Vas muy rápido. ¿Puedes hacer eso por mí?

Ella respiró hondo e intentó tranquilizarse. La presión que se le estaba formando en el pecho era intensa. Inspiró de nuevo, luego soltó el aire y lo intentó otra vez.

—¿Qué pasa, Josie? ¿De qué tienes miedo?

—Mia. Bethany —graznó—. Les harán daño como a mí. Tengo que decírselo a Gabe y a Jace.

—Ya están avisados —la tranquilizó—. Ya nos lo dijiste. Gabe y Jace se están asegurando de que Mia y Bethany estén a salvo. No tienes que preocuparte por ellas. Y me he ocupado de Britt también. Te hará feliz saber que Kai la tiene encerrada bajo llave.

Ella intentó sonreír. Y puede que incluso lo hubiera medio logrado a juzgar por la expresión de felicidad que estaba dibujada en el rostro de Ash.

Luego volvió a ponerse seria porque la gran pregunta aún seguía sin tener respuesta. Y cada vez se sentía más y más adormilada. Se le estaba haciendo más complicado mantenerse despierta. No quería nada más que ceder al sueño, donde no había dolor ni preocupaciones. Nada excepto un negro vacío y nada más.

—¿Por qué?

Ash suspiró. No intentó siquiera malentenderla.

—Te hirieron por mi culpa —dijo con el dolor bien presente en su voz—. Por mi negocio. Por mí, Gabe y Jace. El tío es un cabrón que ya le hizo daño a Mia antes. Yo no lo sabía, pero él y Gabe tienen un pasado. Contraatacó porque nosotros lo dejamos fuera de una transacción y nos negamos a hacer negocios con él. No va a volver a ocurrir, Josie. Te lo juro.

La resolución en sus palabras preocupó a Josie. Era la misma que cuando habló de Michael y del hecho de que ya no volvería a ser un problema.

—¿Qué has hecho? —susurró.

—Nada de lo que tengas que preocuparte —le dijo mientras le daba otro beso en la frente.

Ella frunció el ceño; los ojos ya los tenía medio cerrados. Luchó por mantenerse despierta y centrada.

—Esa no es una respuesta —masculló.

—Lo es —insistió—. No quiero que te preocupes por nada que no sea ponerte buena. Esto no te va a salpicar, Josie. Nunca.

—No quiero perderte —susurró ella.

Ash le acarició el pelo y sus ojos se llenaron de amor.

—No me perderás. Nunca. Siempre voy a estar aquí.

—Está bien.

—Descansa ahora, nena. Estás a punto de quedarte dormida. Duerme tranquila. Estaré aquí cuando te despiertes.

Ella luchó por quedarse despierta tanto como le llevara susurrar las palabras. Palabras que no le había dicho antes.

—Te quiero.

Esta vez las lágrimas aparecieron en los ojos de Ash, y transformaron su color verde en uno más aguamarina. Se le cortó la respiración, que salía de modo irregular a través de sus labios, mientras la miraba fijamente.

—Yo también te quiero, cariño. Ahora descansa. Estaré aquí cuidándote mientras duermes.

Ella cedió y cerró los ojos, rindiéndose ante la fuerza de la medicación. Pero aún era consciente de la cálida mano que le acariciaba la frente. Y de los labios pegados contra su sien.

Capítulo treinta y cuatro

—¿*C*ómo está? —preguntó Mia ansiosamente cuando Ash entró en la sala de espera de la UCI—. ¿Se ha despertado ya?

Ash estrechó a Mia en un abrazo y luego rodeó a Bethany con el brazo, quien llevaba la misma expresión preocupada y seria. Detestaba que esto las tocara a ellas, de que las hubieran amenazado y que ahora tuvieran que vivir con ese conocimiento.

Y más que eso, odiaba que el pasado de Mia se hubiera visto arrastrado hasta el presente. La vergüenza brillaba con fuerza en sus ojos. Se culpaba por algo de lo que no tenía culpa alguna. No era su culpa que Charles Willis fuera un maldito cobarde que acosaba a mujeres para conseguir lo que quería. Ash estaba muy cabreado por que Charles hubiera instalado el miedo en los ojos de Mia y Bethany. Y más que eso, lo enfurecía que Josie hubiera acabado con moratones y huesos rotos por culpa de la agresión de Charles.

El hombre lo pagaría. Solo era cuestión de tiempo.

Gabe y Jace también miraron a Ash con expectación mientras esperaban a que los pusiera al día sobre el estado de Josie. Ninguno de los hombres había dormido desde que todo esto había empezado. Estaban demasiado preocupados de que Mia o Bethany pudieran ser las siguientes, así que habían tomado medidas para asegurarse de que ninguna de ellas estuviera nunca en peligro.

Mia y Bethany no estaban muy contentas con esa decisión, pero no objetaron nada.

—Se despertó durante unos pocos minutos —informó Ash.

—Oh, eso es maravilloso —dijo Bethany en voz baja—. ¿Cómo está?

—Le duele mucho todo el cuerpo. Le han dado algo contra el dolor y ha vuelto a quedarse dormida. Consiguió decir algunas cosas. Está confundida. Estaba muy preocupada por Mia y Bethany. No recordaba habernos advertido sobre Charles, así que estaba inquieta por decirle a Gabe y a Jace que habían amenazado a Mia y Bethany.

—Maldito cabrón —murmuró Jace—. ¿Qué ha dicho el médico?

—¿Cuándo podremos verla? —preguntó Mia con ansiedad.

—Quizás la próxima vez que se despierte —dijo Ash—. Y el médico ha dicho que está progresando muy rápido. Han podido quitarle el tubo del pecho y ya respira por sí sola con la ayuda del oxígeno. Seguramente la muevan a una unidad menos crítica mañana si continúa bien y no muestra signos de infección.

—Eso es maravilloso —comentó Bethany.

—Estoy muy cabreada de que le haya pasado esto a ella —dijo Mia al borde de las lágrimas.

Gabe inmediatamente se acercó a ella, le rodeó la cintura con un brazo y la pegó contra su costado.

—Es por mi culpa —continuó. Las lágrimas ya resbalaban por sus mejillas—. Debería haber sido yo, y no ella.

Ash gruñó y Gabe no estaba mucho mejor. La culpabilidad pesaba sobre sus ojos. Se lo veía demacrado, gris, y de repente aparentaba mucho más de treinta y nueve años.

—Esos son estupideces —gruñó Jace—. No es culpa tuya, Mia. No voy a permitir que lo digas.

—Todos sabemos que es por mi culpa —dijo Gabe, serio—. Si me hubiera encargado del cabronazo la primera vez, ahora nosotros no estaríamos aquí, ni Josie estaría descansando en una cama de hospital.

Ash no iba a refutarle aquello. Si hubiera sido él, y lo que pasó con Mia le hubiera ocurrido a Josie, Ash se habría encargado del problema entonces. Pero atribuirse la culpa no les traía nada bueno. Gabe ya se estaba torturando lo suficiente él solito sin que Ash o Jace le echaran más carga encima.

Jace le envió a Gabe una mirada sombría que decía que aún no había perdonado al otro hombre por lo acontecido en París, ni por el intento de Charles de chantajear a Mia. Pero permaneció callado y con los labios apretados en una fina línea.

—No importa. Ya me he encargado de ello —dijo Ash—. Hay cosas más importantes ahora por las que preocuparnos.

Jace lanzó una mirada preocupada en la dirección de Ash, pero este la ignoró. No iba a entrar en detalles estando Mia y Bethany presentes. Ya tenían suficiente de lo que preocuparse sin tener que añadirles ese peso extra encima.

—Tengo que recompensar a Josie por muchas cosas —continuó Ash—. Además del hecho de estar tumbada en una cama de hospital, sufriendo como no está escrito, también está el tema de las pinturas que compré. Le hice daño al hacerlo y al ocultárselo. Necesito vuestra ayuda.

—Sabes que haremos lo que sea —dijo Bethany.

Ash la apretó contra él ya que seguía teniendo el brazo alrededor de su cintura.

—Gracias, cariño. Significa mucho.

—¿Qué quieres que hagamos? —preguntó Gabe.

—Quiero organizar una exposición de arte para ella y quiero hacerla a lo grande. Necesito que os cobréis cada favor que tengáis pendientes para hacer que sea enorme. Podemos utilizar el salón en el Bentley, y asegurarnos de que todo el mundo que sea importante esté invitado y de que el evento esté calificado como el evento de obligada asistencia del año. Políticos, celebridades, todo el mundo. Quiero que Josie tenga una velada donde su arte brille y que le demuestre que tiene un talento increíble. Solo necesita la publicidad correcta.

—De acuerdo. ¿Cuándo? —preguntó Jace.

—Tendrá que ser dentro de un par de meses. Quiero asegurarme de que Josie esté lo bastante recuperada como para que pueda disfrutar de su gran noche. Lo último que querría es aparecer en su propio evento llena de moratones y con una escayola. Pero tenemos que empezar a movernos ahora para que todo salga perfecto.

—Sin problemas —dijo Gabe.

—Gracias —murmuró Ash—. Significa mucho para mí que siempre me apoyéis.

Mia se soltó del agarre de Gabe y abrazó a Ash con fuerza.

—Te queremos, Ash. Y queremos a Josie también. Nos encantará ayudar. Solo dinos si necesitas algo más.

Los labios de Ash se curvaron en una media sonrisa.

—Pues, de hecho, sí que hay algo más.

—Qué —dijo Bethany.

—Necesito que os quedéis aquí en caso de que Josie se despierte otra vez. Tengo que ir a comprar un anillo.

Las sonrisas de felicidad de Mia y Bethany le derritieron el corazón. Las abrazó a ambas y les dio un beso en la sien.

Y luego se fue a Tiffany's para comprar el anillo de Josie.

Capítulo treinta y cinco

J osie se las arregló para sentarse en la cama con la ayuda de varias almohadas, que no era poco, considerando el dolor intenso que sentía en las costillas. Pero tras varios días, haberla pasado a una unidad menos crítica y finalmente a planta, ya podía sentarse y moverse un poco. Y lo más importante, ¡podía comer!

No es que le hubieran traído comida de verdad, o remotamente deliciosa, pero había estado tan hambrienta que se había lanzado sobre el pudin y la gelatina como si fuera maná del cielo.

Ash había ido a por Gabe, Jace, Mia, Bethany, e incluso Brittany, para traerlos hasta la habitación. Se sentía extremadamente acomplejada por el aspecto tan horrible que tenía, pero tenía tantas ganas de tener compañía, que le daba igual. Ni todo el maquillaje del mundo podría arreglar su apariencia, pero con suerte los moratones se curarían rápido.

Algunos ya habían cambiado el color morado, casi negro, por el verde y amarillo. No quería ni saber el aspecto que tendría el resto de su cuerpo. Había evitado mirarse cuando Ash la había ayudado a ducharse.

La puerta se abrió y Josie levantó la mirada con ansia mientras todos comenzaban a entrar por la puerta. Ash iba el primero, y justo detrás de él estaban Mia, Bethany y Brittany. Se acercaron a la cama, le dieron pequeños abrazos y exclamaron lo mucho mejor que se la veía. Eran unas completas mentirosas, pero las quería por ello.

Para su sorpresa, Kai Wellington entró con Gabe y Jace. Josie arqueó una ceja en la dirección de Brittany, y esta se ruborizó como una adolescente a la que hubieran pillado liándose con el *quarterback* del instituto.

—Ha insistido en venir —susurró Brittany—. No me ha dejado sola desde que todo esto ocurrió.

—Exactamente —gruñó Kai—. No voy a dejar que un gilipollas se acerque a ti y te haga daño. Ya es bastante malo que lo haya conseguido con Josie.

—Suena muy posesivo —le susurró Josie a Brittany—. ¿Significa eso que todo va viento en popa?

Los ojos de Brittany brillaron y ella asintió con vigor.

—Oh, sí. Totalmente.

Josie le dio un apretón a su mano con los dedos que no estaban escayolados.

—Me alegro.

—¿Cómo te sientes? —preguntó Mia ansiosa.

—Mejor —dijo Josie.

Al ver la mirada escéptica de Ash, ella se ruborizó.

—De acuerdo. No me siento de maravilla, pero sí que estoy mejor. Ya me puedo sentar sin sentir como si mi pecho estuviera ardiendo. Y puedo respirar con normalidad otra vez. Me han quitado el oxígeno esta mañana.

—¡Eso es maravilloso, Josie! —exclamó Bethany—. Hemos estado muy preocupados por ti.

—¿Cómo estáis vosotras? —preguntó Josie en voz baja. Pero la pregunta estuvo dirigida principalmente a Mia. Ash le había contado todo lo acontecido entre Mia y Charles Willis.

—Estamos bien —dijo Mia, pero sus ojos aún se veían torturados—. Aún sigo sintiendo que es todo por mi culpa. Yo soy la que lo enfadó.

Josie negó con la cabeza y se encogió debido al dolor que eso le causó.

—Es un imbécil, Mia. No tienes que culparte por sus actos.

—Muy cierto —gruñó Ash.

—Yo odio tener el mismo apellido que él —dijo Bethany haciendo una mueca de desagrado—. ¡No quiero que nadie piense que estamos relacionados!

Mia puso los ojos en blanco.

—Vaya, como que Willis no es un apellido común, qué va.

—No te tendrás que preocupar por eso dentro de poco, nena —dijo Jace con la satisfacción escrita en su cara—. Tu apellido pronto será Crestwell.

Bethany se ruborizó de felicidad y automáticamente bajó la mirada hasta el anillo que descansaba en su mano izquierda. Y era un anillo precioso. Tenía un diamante enorme, que quedaba espectacular. Era increíblemente caro y le iba a la perfección.

—Hablando de eso, ¿habéis decidido ya una fecha? —preguntó Josie.

Jace pareció entristecerse y Bethany se rio.

—Estamos en ello. No voy a planear nada hasta que estés plenamente recuperada y puedas acompañarme a la boda.

A Josie se le derritió el corazón. Sonrió de oreja a oreja para hacerle saber lo mucho que apreciaba ese gesto.

—No me lo perdería por nada del mundo —dijo—. Aunque estuviera escayolada. ¡No me esperéis a mí! No quiero retrasar vuestro gran día.

—No sería lo mismo sin ti —dijo Bethany, poniendo una mano sobre la de Josie—. Quiero que estés allí. ¡Y Brittany también! Todas las chicas estarán allí. Caro me ha prometido que vendrá aunque tenga que volar desde Las Vegas.

Kai se aclaró la garganta.

—Eso no será un problema. Si Brittany y yo estamos en Las Vegas para entonces, volaremos en mi jet y traeremos a Brandon y a Caro con nosotros.

Josie abrió los ojos como platos y desvió su mirada hasta Brittany.

—¿Te vas a Las Vegas con él?

—Sí —se adelantó Kai antes de que Brittany pudiera responder.

Ash entrecerró los ojos pero permaneció en silencio. Josie no tenía ninguna duda de que hablaría de esto con su hermana. Y con Kai también.

—Gracias —le dijo Bethany a Kai agachando la cabeza con timidez—. Significa mucho para mí que te asegures de que puedan venir.

—No me lo perdería —dijo Kai con una sonrisa dibujada en su robusto rostro—. Quizás el veros casaros a vosotros persuada a Brittany para dar el gran paso otra vez. Su exmarido fue un imbécil por dejarla ir, pero yo no cometeré el mismo error.

Guau. ¡El tío iba rápido! Josie le envió otra mirada a Brittany y vio que el rostro de la mujer estaba lleno de consternación. Parecía que, aunque Kai quería moverse rápido, Brittany no estaba del todo segura todavía. Sin embargo, ella apostaba por Kai. Le había dado la sensación de que era un hombre bastante decidido cuando quería algo. Tal y como eran los otros hombres que se encontraban en la habitación.

—Supongo que no habréis traído comida, ¿verdad? —preguntó Josie, esperanzada—. Estoy famélica y todo lo que me dan es líquido, lo cual significa mucho caldo de pollo y gelatina.

Ash le lanzó una mirada recriminadora.

—Nada de comida de verdad todavía, nena. No hasta mañana, e incluso entonces empezarás poco a poco.

Ella suspiró.

—Tenía que intentarlo. A lo mejor las chicas me dan algo a escondidas cuando vosotros no estéis mirando.

Mientras lo decía, las miró de un modo suplicante que hizo que todos comenzaran a reírse.

—Estamos en ello —dijo Mia con firmeza, fulminando a Ash con la mirada.

Ash sacudió la cabeza y puso los ojos en blanco.

—Recordad que tenéis que pasar por encima de mí primero.

—Tendrás que dormir alguna vez —dijo Bethany en voz baja—. Si el olor a comida te despierta por casualidad, estoy segura de que provendrá de la habitación de al lado.

Todos se rieron y Josie sintió cómo el pecho se le aligeraba. Las cosas irían bien. Ella superaría esto. El médico incluso le había dicho que podría irse a casa en un día o dos si seguía mejorando como hasta ahora. Tras haber estado tantos días en el hospital, estaba que se subía por las paredes.

No había podido salir de la cama excepto para ducharse o ir al baño. Se moría por ponerse en pie y estirarse. Cualquier cosa excepto estar tumbada en esta cama durante todo el día.

Hablaron más, se rieron, soltaron bromas y charlaron hasta que Josie comenzó a bostezar porque el cansancio se estaba apoderando de ella. Ash se dio cuenta y les mandó a los otros una mirada no muy sutil. Ellos pillaron la indirecta de inmediato y anunciaron que se iban.

Se agruparon alrededor de la cama de Josie para darle leves abrazos y besos. Incluso Kai le dio un beso en la mejilla antes de retroceder para pegar a Brittany contra su costado.

—Odio que os tengáis que ir tan pronto —dijo Josie con tristeza—. Me aburre como una ostra estar tumbada en la cama todo el día. ¡Estoy a punto de subirme por las paredes!

—Volveremos pronto —prometió Mia—. ¡Y te traeremos comida!

Mia le envió a Ash otra mirada de advertencia mientras decía esto último.

—¡Lo esperaré con ansia! —dijo Josie.

Ash se inclinó y la besó suavemente en la boca.

—Voy a acompañarlos hasta fuera, cariño. Pero volveré enseguida, ¿de acuerdo? ¿Quieres que te traiga algo caliente para beber? El médico dijo que podías tomar café o chocolate caliente.

—Oh, eso suena divino —suspiró Josie—. Un café sería perfecto. ¿Me lo puedes traer con leche?

Ash sonrió.

—Lo que sea por ti. Veré qué puedo hacer.

—Lo que sea menos comida, querrás decir —gruñó Josie.

Él la acarició por un lado de la cabeza y le dio una palmadita cariñosa.

—Lo que sea menos comida.

Ella lo echó con la mano y se volvió a recostar contra las almohadas, combándose peligrosamente hacia un lado. La visita la había agotado. A lo mejor no se había recuperado tanto como a ella le gustaría creer. Pero se alegraba de que hubieran venido todos.

Todos salieron por la puerta, pero Ash se giró y le envió una mirada llena de amor que hizo que se le cortara la respiración. Luego se volvió a girar y cerró la puerta silenciosamente a su espalda.

Josie suspiró y cerró los ojos, aprovechando el momento para descansar. Se había empezado a quedar dormida cuando oyó que la puerta se abría. No había podido dormir tanto. A Ash no le habría dado tiempo a bajar con sus amigos, conseguirle el café y luego volver.

Dos hombres vestidos con traje de chaqueta aparecieron

en la puerta y ella los reconoció como los detectives de policía que la habían interrogado tras haber sido hospitalizada. No recordaba mucho de la conversación. Ella había estado adormilada, dolorida y dopada por los calmantes. Pero a lo mejor habían arrestado a Charles. Esta vez había hecho lo que debería haber hecho cuando Michael la agredió. Había presentado cargos. Quería que Charles fuera a la cárcel por lo que había hecho porque estaba aterrorizada por lo que Ash podría llegar a hacerle.

—Señorita Carlysle, nos gustaría hacerle unas preguntas, si no le importa. ¿Recuerda a mi compañero, Clinton? Yo soy el detective Starks. La última vez que nos vimos fue justo después de ser agredida. No estoy seguro de lo mucho que recordará.

—Le recuerdo, detective Starks. Y no, no me importa. ¿Lo han arrestado ya?

—Eso era lo que queríamos hablar con usted —dijo Starks con un tono neutro.

La expresión en sus rostros puso a Josie de inmediato en guardia. Los miró a ambos de forma intermitente, intentando averiguar qué era lo que pasaba.

—Charles Willis fue encontrado brutalmente asesinado esta mañana —soltó Starks sin rodeos—. Nos gustaría saber quién lo mató.

Capítulo treinta y seis

Josie se quedó mirando totalmente conmocionada a los dos policías. El miedo le corría por las venas. Oh, Dios. Seguro que Ash no... No, no lo haría. ¿No? El pánico le revolvió el estómago, y tuvo dificultades para respirar. El dolor comenzó a expandirse por su pecho debido al esfuerzo.

—¿Está bien, señorita Carlysle? —preguntó Clinton con preocupación.

—Por supuesto que no estoy bien —dijo imperceptiblemente—. Me acaban de decir que el hombre que me agredió ha sido asesinado. —Y luego otro pensamiento se le vino a la cabeza. Miró a ambos detectives con brusquedad—. Dijeron que querían averiguar quién lo había matado. Supongo que no pensarán que soy sospechosa. No es que sea muy capaz de matar a un hombre en mi actual estado.

Pero Ash sí que sería un sospechoso. Él no había escondido su rabia ante lo ocurrido. Y peor, Josie no podía quitarse de la cabeza la idea de que podría haberlo hecho de verdad.

—Usted no es sospechosa, por ahora —dijo Starks con un tono insulso—. Pero el señor McIntyre sí. ¿Puede decirme si sabe qué estuvo haciendo anoche entre las siete y las diez de la noche?

El alivio se apoderó de ella con tal fuerza que hasta se mareó. Se agarró a la cama con la mano izquierda porque sentía como si se fuera a caer por el lateral. Si esa era la franja horaria que estaban investigando, Ash no podría haberlo hecho entonces, porque había estado con ella.

—Estaba aquí conmigo —dijo firmemente—. Pueden preguntarle a cualquier enfermera que estuviera de servicio. Estuvo sentado conmigo toda la noche y durmió en ese sofá.

Clinton estaba ocupado tomando notas en una pequeña libreta mientras Starks continuaba mirándola fijamente hasta que la hizo removerse en la cama con incomodidad.

—Muy conveniente que el hombre que la agredió aparezca muerto, ¿no le parece?

—¿Adónde quiere llegar, agente? —espetó—. Si ustedes hubieran hecho su trabajo y lo hubieran detenido, ahora no estaría muerto, ¿verdad? Ya le he dicho que Ash estaba conmigo. Si no me cree, hay un montón de personas diferentes que pueden apoyar su coartada.

Starks asintió lentamente.

—Lo comprobaremos, por supuesto. ¿Y qué me dice del señor Hamilton y del señor Crestwell? ¿Vio a alguno de los dos anoche?

Josie empalideció.

—¿Está loco? ¿Por qué iban a matar alguno de los dos a Charles Willis?

—No ha respondido a la pregunta —interrumpió Clinton.

—No —dijo ella—. No los vi, pero estoy segura de que si le pregunta a ellos le podrán decir dónde estuvieron.

—Oh, lo haremos —dijo Starks seriamente.

La puerta se abrió y Ash entró, aunque se paró de forma abrupta cuando vio a los dos policías en la habitación. Evidentemente vio algo en el rostro de Josie que no le gustó, porque su expresión se volvió estruendosa.

—¿Qué demonios está pasando aquí? —exigió.

—Señor McIntyre —lo saludó Starks con la cabeza—. Estamos interrogando a la señorita Carlysle por el asesinato de Charles Willis.

Ash parpadeó. Su expresión no traicionaba sus pensamientos.

—¿Está muerto?

Clinton asintió.

—Bien —dijo Ash con crueldad.

Josie ahogó un grito. No estaba ayudando al caso con esa declaración. Ahora estarían convencidos de que Ash tendría algo que ver con ello.

—¡Se creen que tuviste algo que ver, Ash!

Ash arqueó una ceja.

—¿Ah, sí?

—No parece muy afectado por el hecho de que esté muerto —comentó Starks.

Ash desvió su furiosa mirada hacia los detectives.

—Mírenla bien. Y ahora díganme, si fueran sus esposas las que hubieran sido golpeadas hasta casi matarlas, ¿les molestaría que alguien hubiera matado a ese cabrón?

Clinton se removió con incomodidad y Starks tuvo la gracia de parecer avergonzado.

—No estoy diciendo lo que creo —contestó Starks—. Lo que yo crea no importa y tampoco cambia el hecho de que se ha cometido un crimen. Tengo que investigarlo como si fuera cualquier otro asesinato.

—Háganlo —dijo Ash con un tono normal—. Pero dejen a Josie en paz. Ni la miren a menos que haya un abogado presente. ¿Está claro? Es más, si quieren volver a hablar con ella, llámenme y quedaremos, pero no será cuando esté sufriendo y a punto de caerse redonda al suelo del cansancio. La han molestado y eso es lo último que necesita en este momento.

—Entonces a lo mejor no le importará salir con nosotros para responder a unas preguntas —dijo Starks con un tono entrecortado.

—Sí que me importa —espetó—. No voy a dejar a Josie. Si quieren hablar, les daré el número de mi abogado y pueden organizarlo a través de él.

—No tiene por qué ser así de difícil —interrumpió Clinton—. Solo responda a unas preguntas y nos marcharemos.

—Y ya les he dicho todo lo que tienen que hacer si quieren volver a hablar con nosotros —dijo Ash con voz plana.

Rebuscó en su cartera y luego sacó una tarjeta para tendérsela a Starks. Ninguno de los dos agentes parecía muy contento, pero retrocedieron.

—Vamos a investigarle, señor McIntyre. Si ha tenido algo que ver con la muerte de Charles Willis, lo averiguaremos —dijo Starks con seriedad.

—Mi vida es como un libro abierto —contestó Ash calmadamente—. Aunque si investigan las gestiones de Charles Willis en su negocio, encontrarán a sus sospechosos. Hay muchos móviles ahí. Hágase un favor y pasen tiempo investigando sus quehaceres y no lo pierdan investigando los míos. No encontrarán lo que están buscando investigándome a mí.

Clinton y Starks intercambiaron miradas cortantes.

—Estaremos en contacto —les dijo Starks tanto a Josie como a Ash.

Luego se dieron media vuelta y salieron. Ash los siguió y cerró la puerta de un portazo tras ellos.

Seguidamente se acercó a la cama con la expresión feroz.

—Lo siento, nena. Nunca pensé que fueran a venir aquí así. Siento haberte dejado sola y que hayas tenido que enfrentarte a ellos. No volverá a pasar. Si vuelven a aparecer, no hables con ellos a menos que haya un abogado presente. Si por cualquier razón yo no estoy contigo, llámame inmediatamente.

La mano de Josie temblaba a pesar de estar todavía agarrada a la cama. Ash, con cuidado, le soltó los dedos y se los rodeó con su propia mano antes de acariciarlos suavemente con su dedo pulgar.

—Me preguntaron dónde estuviste anoche entre las siete y las diez —dijo con voz temblorosa—. Creen que tú lo hiciste.

—Estuve aquí contigo —dijo Ash con suavidad.

—Lo sé. Les dije eso. Pero aun así, piensan... y me preguntaron sobre Gabe y Jace. Ash, tienes que advertirlos. Piensan que alguno de vosotros tres lo hizo. Porque no lo hiciste, ¿verdad?

Su voz tenía un deje suplicante que no pudo controlar.

Ash negó con la cabeza lentamente.

—No lo hice, nena. Estuve aquí, contigo.

—¿Pero mandaste que lo hicieran? —susurró.

Él se inclinó hacia delante y la besó en la frente, pero no apartó los labios cuando terminó.

—No me hizo falta. Le ha robado a un montón de gente. Ha jodido a mucha gente con sus negocios. A la gente equivocada. Una vez se enteraron de ese hecho, su vida perdió todo valor.

Ella lo miró perpleja cuando se volvió a enderezar.

—¿Cómo se enteraron?

Ash sonrió, pero no era una sonrisa llena de cariño. Se estremeció al ver la seriedad que había en sus ojos. A este hombre no se le tocaban las narices. A pesar de lo relajado, encantador y despreocupado que pudiera parecer, bajo esa perfecta fachada tan bien construida se encontraba un hombre intenso con una determinación irrompible.

—Puede que hayan necesitado un poco de ayuda —dijo con un tono profundo.

Josie inspiró mientras se lo quedaba mirando.

—Así que sí que tuviste algo que ver con su asesinato.

Ash negó con la cabeza.

—No. Si me estás preguntando si tengo sangre en las manos, entonces sí, sin duda. Pasé la información adecuada a la gente adecuada. Lo que ellos hicieran no es cosa mía. Yo no lo maté, no mandé que lo mataran. Pero sí que lo hice posible con la información que filtré. Supongo que tienes que decidir si eres capaz de vivir con eso. Y conmigo.

Ella asintió lentamente. Se encontraba un poco paralizada, pero aliviada también. No podía enfrentarse a la idea de que Ash fuera a la cárcel por su culpa. De que sus vidas quedaran arruinadas. No cuando había planeado una vida entera con él.

—Se merecía morir. No era un buen hombre. Y eso va en contra de lo que siempre he creído. No me corresponde a mí juzgar. Antes me habría horrorizado ver a alguien tomarse la justicia por su mano de esta forma.

—¿Y ahora? —le preguntó él con voz queda.

—Tú me has cambiado, Ash. No sé si todo es bueno. O todo malo. No sé siquiera si es ambas cosas. Pero me has cambiado. Me has hecho mejor persona en algunos aspectos, pero más turbia en otros.

—No quiero que te toquen nunca los asuntos grises en los que estoy sumergido, nena. Te quiero limpia. Quiero que brilles, como siempre haces. Nunca volveremos a hablar de esto. No me preguntes, y yo no te diré. Puede que sepas cosas —no te voy a mentir— pero no tendrás que enfrentarte a ellas. Nunca. ¿Puedes vivir con eso?

—Sí —susurró—. Puedo vivir con eso.

—Te amo, nena —dijo Ash con una voz firme, llena de emoción—. No me merezco tu amor o tu brillo, pero los quiero porque contigo puedo sentir el sol. No quiero volver a esas sombras.

—No tienes que hacerlo —dijo ella calladamente—. Quédate en el sol. Conmigo.

—Siempre, cariño. Nada tocará a nuestros hijos, Josie. Tienes mi palabra. Nada os tocará nunca a ti ni a nuestros niños. Ni a Gabe o Jace, ni a Mia o Bethany. Sois mi familia. Moriría por cada uno de vosotros, así que vosotros os quedáis en el sol, adonde pertenecéis.

—Tú también perteneces al sol, Ash. Y te quiero conmigo.

Se paró y frunció el ceño cuando se dio cuenta de lo que él había dicho.

—Espera, ¿vamos a tener niños?

Él sonrió lentamente, de un modo muy seductor y la miró con complicidad. La arrogancia y la confianza en sí mismo radiaba a borbotones.

—Vas a ser la madre de mis hijos, Josie. Eso seguro. Cuántos, te lo dejo decidir a ti. Quiero niños primero. Y luego una niña. Porque necesitará hermanos mayores que cuiden siempre de ella. Serán diferentes a mis hermanos. A ellos se la suda todo. Nosotros seremos una familia de verdad.

Josie le envió una sonrisa tierna, llena de amor por él.

—Sí. Seremos una familia de verdad. Quiero seis. ¿Crees que podrás con ello?

Ash se quedó boquiabierto.

—¿Seis? Joder, mujer. Voy a tener que trabajar mucho en la cama.

Ella asintió con solemnidad.

—¿No crees que deberíamos empezar ya?

—Sí —murmuró—. No quiero ser un viejo cuando tengas el último. Pero tienes que ponerte bien y salir del hospital antes de que empecemos a trabajar en el primer bebé.

Se metió la mano en el bolsillo y sacó una caja diminuta.

—Quería hacer esto en el momento perfecto —dijo con brusquedad—. Pero no se me ocurre ningún momento mejor que ahora cuando estamos hablando de nuestros hijos y de cuántos tendremos.

Ash abrió la caja y Josie ahogó un grito mientras se quedó mirando fijamente el precioso anillo de diamante. Brillaba y absorbía la luz del sol que se colaba por la ventana. El anillo la deslumbraba con su fulgor.

Él se arrodilló junto a la cama y le agarró la mano izquierda con suavidad.

—¿Quieres casarte conmigo, Josie? ¿Ser la madre de mis hijos y aguantarme durante el resto de tu vida? Nadie te amará más que yo y voy a pasarme todos los días de mi vida asegurándome de que lo sepas.

El anillo se bamboleó y se volvió borroso en los ojos de Josie mientras él se lo ponía en el dedo.

—Sí. ¡Oh, sí, Ash! Quiero casarme contigo. Te quiero mucho. Y quiero tener esos hijos. Muchos hijos.

Él sonrió y se levantó para poder inclinarse hacia ella y estrecharla entre sus brazos con cuidado. La besó con tanta ternura que el corazón se le derritió.

—Yo también te quiero, Josie. No quiero que lo dudes nunca. Tengo que recompensarte por muchas cosas, y estoy trabajando en ello ahora mismo. Pero eso vendrá cuando salgas del hospital y estés en casa, donde pueda mimarte y consentirte.

Ella levantó la mano izquierda y la apoyó sobre la mejilla de Ash. El anillo brillaba sin parar en su dedo.

—Lo espero con ansia, mi amor.

Capítulo treinta y siete

—No me puedo creer que hayas hecho esto por mí —dijo Josie impresionada mientras se quedaba mirando el salón del hotel Bentley atiborrado de gente.

Ash le puso un brazo alrededor de su cintura y la apretó firmemente contra él.

—Yo no hice nada, nena. Eres tú. Les encanta tu talento. Vas a venderlos todos en la primera media hora. Una guerra de pujas ha empezado por tu serie erótica.

Josie miró la gran variedad de gente que estaba admirando su trabajo mientras bebía un champán muy caro. Todo el mundo estaba aquí. El alcalde, las autoridades. ¡Y había celebridades por todas partes! Estaba impresionada por los nombres de algunas personas que habían asistido. ¡Y estaban aquí por sus cuadros!

Volvió a alzar la mirada hacia Ash y se pegó más contra él.

—¿Te molesta que estén viendo esos autorretratos eróticos? Sé que no te gustaba que los enseñara y que querías ser el único que los viera.

Él sonrió y depositó un beso sobre sus labios.

—Yo tengo a la de verdad. ¿Para qué necesito los cuadros? Ellos solo podrán imaginarse lo que no pueden ver en esas pinturas, pero yo sí que puedo verlo y tocarlo cada noche. Eso sí que me pertenece solo a mí. Nadie más lo tendrá.

Josie le correspondió la sonrisa. Estaba encantada con su respuesta.

—Eso sí, si alguna vez haces algo más revelador, entonces sí que los voy a comprar yo. No me importa lo que digas. Nadie excepto yo te verá completamente desnuda.

Ella sonrió y le dio un codazo en las costillas.

—No te preocupes. Eso es todo a lo que voy a llegar en lo que a desnudos se refiere.

—Gracias a Dios —murmuró—. No quiero tener que patear los traseros de todos los tíos que babeen contigo pintada en un cuadro.

—Oh, mira, ¡ahí están las chicas! —exclamó Josie separándose de Ash para ir a saludarlas.

—¡Josie! —gritó Brittany mientras envolvía a Josie en un enorme abrazo—. ¡Eres famosa! ¿Has visto toda la gente que está perdiendo la cabeza por tus cuadros?

Josie le correspondió al abrazo y sonrió a Kai, que se había quedado con cariño junto a Brittany mientras esta atacaba a Josie.

Mia y Bethany empujaron a Gabe y a Jace en el momento en que Brittany soltó a Josie y la abrazaron con fuerza.

—¡Ay, Dios, estáis preciosas! —dijo Josie admirando los vestidos de noche que ambas llevaban—. ¡Y los zapatos! —Su voz bajó hasta ser un susurro—. ¡Ya sé lo que vais a hacer más tarde!

Todas se rieron y luego Mia dijo:

—¡Eh, dónde está el champán! ¡Tenemos que empezar a beber!

Los hombres gimieron, pero no hubo ni uno solo al que no le brillaran los ojos con petulancia. Sí, ellos también sabían lo que obtendrían más tarde. Josie esperaba tener luego su propia fiesta privada con Ash entre las sábanas.

Había sido extremadamente tierno y paciente con ella durante su recuperación. Ella había tenido que atacarlo a él al final porque se había negado a tocarla, y mucho menos a tener sexo con ella, hasta que no tuviera la certeza absoluta de que estaba curada. Y aun así, no había hecho más que hacerle el amor con dulzura y exquisitez. No es que ella se quejara, pero se moría de ganas por volver a retomar una relación sexual normal con su hombre dominante.

Josie podía ver en sus ojos el deseo de no recordarle lo que había pasado. Había sido extremadamente cuidadoso, y había estado muy preocupado porque de alguna manera ella lo relacionara a él con la agresión que había sufrido. Pero ella adoraba esa fina línea entre el dolor y el placer, entre lo que era demasiado y no suficiente. Lo quería de nuevo. Quería que perdiera el control que tenía tan amarrado y que desencadenara sus oscuros deseos en ambos.

Se estremeció de solo pensar en ello. Esta noche. Esta noche no le iba a dar más opción. Quería todo lo que él pudiera darle. Quería sentir el contacto del cuero contra la piel de su trasero. Quería que la atara y le hiciera lo que quisiera. ¡Quería que Ash volviera!

—Os voy a robar a Josie y la voy a llevar por todo el salón. Quiero presentarle a varias personas. Bebed. Nosotros volveremos en unos minutos —dijo Ash.

Las chicas los despidieron con la mano y se giraron hacia sus propios hombres, que estaban más que contentos de volver a tener su total atención. Ash la guio a través de la multitud, parándose de vez en cuando para presentarle a gente a la que apenas pudo soltarle un hola sin tartamudear.

No sabía qué decirles a todas esas personas que hablaban efusivamente de su trabajo. Nunca hubiera soñado con que nadie estuviera tan emocionado por sus pinturas. Y tenía que darle las gracias a Ash por eso.

—Gracias —susurró, deslizando un brazo por alrededor de su cintura mientras se alejaban del gentío—. ¡Esta es la noche más increíble de mi vida!

—Me alegro de que la estés disfrutando, cariño. Esta es tu noche, para que brilles. Pero no te preocupes porque habrá muchas más. A juzgar por lo rápido que se han vendido tus cuadros, vas a estar muy solicitada. Puede que me arrepienta de haberte hecho esto porque te pasarás todo el tiempo pintando y te olvidarás de mí.

Ella se rio y lo abrazó con más fuerza.

—No hay posibilidad de que eso pase. Tú siempre estarás primero, Ash.

Él la besó lentamente y con parsimonia durante un rato; no le importaba la gente que había en el atestado salón. Josie suspiró de absoluta felicidad. Habían pasado muchas cosas en los últimos dos meses. Le habían dado el alta en el hospital tras haber tenido que quedarse ingresada durante casi dos semanas. La policía la interrogó a ella y a Ash, esta vez con un abogado presente. También interrogó a Gabe y a Jace e investigó toda la vida de Ash, sin dejarse ni un solo detalle. Pero no había nada que pudieran encontrar.

Luego centraron su atención en las gestiones del negocio de Charles Willis y fue allí donde parecieron encontrar la mina de oro. Había robado a numerosas personas, desfalcado dinero y abierto cuentas falsas. Había cobrado por trabajos que nunca hizo, y descubrieron al menos tres cuentas bancarias en el extranjero con millones de dólares de dinero robado.

Lo peor era la gente a la que le había robado. No eran exactamente los legítimos hombres de negocios que Ash y sus socios sí eran. No eran la clase de gente a la que se robaba porque, como lo descubrieran, el tiempo que fuera a pasar en la cárcel no era precisamente por lo que habría que preocuparse. Tal y como Charles había descubierto demasiado tarde. Incluso tenía relación con la mafia. Josie no se había creído que la mafia aún siguiera existiendo fuera de películas y libros.

La policía investigó a un hombre en particular, convencida de que estaba detrás del asesinato de Charles, pero se frustró por su incapacidad de encontrar pruebas contra él. Como resultado, el caso seguía abierto, pero Ash ya no era sospechoso.

Josie había empezado a respirar con mucha más tranquilidad cuando la policía retrocedió. Sabía que Ash no había estado directamente detrás de la muerte de Charles, pero sí que había estado involucrado hasta cierto límite. Pero tal y como le había prometido aquel día en el hospital, no volvieron a hablar de ello otra vez, y ella no le preguntó tampoco.

Quizás eso la convertía en una mujer tan gris y turbia como él se consideraba a sí mismo, pero Josie no podía sentir ninguna clase de remordimiento por la muerte de Charles. Había hecho daño a un montón de gente, y ella misma podría haber muerto por la paliza que recibió. Estaba preparada para seguir con su vida. Con Ash.

—Tengo algo que preguntarte, nena —murmuró Ash junto a su oído.

Ella levantó la mirada, curiosa por saber por qué tan de repente estaba tan serio.

—Jace y Bethany me han preguntado si queremos casarnos con ellos. Hacer una boda doble. Les he dicho que lo hablaría contigo. Es algo que les gustaría mucho hacer. Jace es impaciente y quiere que la boda sea pronto, pero no quiero que lo hagamos con ellos si quieres o necesitas más tiempo. Si tú quieres tu propio gran día separado del de ellos, lo entiendo. Quiero que sea especial para ti.

—¿Y tú que opinas? —preguntó Josie suavemente—. ¿Tú qué quieres?

Ash sonrió.

—Todo lo que quiero es a ti. Lo demás no me importa. Me da igual dónde sea, o cuándo, aunque no quiero tener que esperar mucho. Quiero que tengas mi apellido, quiero saber que legalmente eres mía. Cómo lo hagamos, no me importa.

—Creo que sería muy especial compartir una boda con Jace y Bethany —murmuró—. Él es tu mejor amigo y yo adoro a Bethany. ¡Hagámoslo!

—¿Te parece bien casarnos tan pronto? —preguntó Ash—. Jace quiere que sea lo antes posible. Ha pensado en ir a la playa en algún sitio. Quizás Bora-Bora y luego casarse en la arena.

—Eso suena muy romántico —suspiró—. A mí tampoco me importa cuándo o dónde, Ash. Solo quiero estar casada contigo. Todo lo demás son detalles sin importancia.

Ash la besó otra vez.

—Entonces vayamos a decírselo. Tenemos que celebrarlo.

Josie enlazó el brazo con el suyo mientras se encaminaban hacia donde sus amigos se hallaban, todos juntos, al otro lado del salón. Sus amigos. No solo los de Ash. Todos ellos eran también sus propios amigos y eso le llenaba el corazón de alegría.

Brittany estaba coladita por Kai. Ya se había mudado a Las Vegas con él, pero visitaban la ciudad a menudo. Josie se alegraba de que Ash tuviera al menos a su hermana. El resto de su familia lo dejó en paz después de que llamara a su abuelo. Él aún no sabía lo que el viejo iba a hacer con su testamento, pero Ash hizo lo que había prometido y se había lavado las manos de todos ellos.

Pero Brittany y él ahora eran cercanos y ella pasaba mucho tiempo con Josie y con su hermano. Sin embargo, su verdadera familia estaba a tan solo unos metros de distancia. Gabe, Jace, Mia, Bethany. Y la de ella también.

Todos soltaron gritos de alegría cuando Ash anunció que él y Josie se casarían con Jace y Bethany. Luego el champán pasó de mano en mano otra vez.

—Espero que vengáis también a mi boda con Brittany —interrumpió Kai con una sonrisa engreída—. La he convencido precisamente hoy.

Brittany levantó la mano en la que lucía un enorme anillo de diamante de compromiso del que Josie no se había percatado hasta ahora. Su cara irradiaba felicidad y sus ojos brillaban con fuerza.

—Un brindis doble, entonces —dijo Ash levantando su vaso—. Por Josie y su éxito. Y por Brittany y Kai.

Todo el mundo levantó sus copas y brindaron con entusiasmo antes de beberse el champán.

—Por las amigas —dijo Mia, levantando su vaso en dirección a Josie, Bethany y Brittany.

—¡Brindaré por eso! —exclamó Bethany.

—Y este es para que les regalemos muchas más noches de chicas a los hombres —dijo Josie con una sonrisa.

—Yo sí que brindaré por eso —dijo Ash.

—Yo también —se incluyó Jace.

—Y yo —dijo Gabe, sonriendo.

—Yo traeré a Brittany para la ocasión, por supuesto —dijo Kai con los ojos titilando de diversión.

Josie tiró de Brittany y Bethany para ponerlas a su lado, abrazándolas mientras Mia se deslizaba junto a Bethany. Todas levantaron sus copas.

—¡Por las noches de chicas! —corearon al unísono.